민주사회로 가는
독일적 특수경로와 예술

인문정신의 탐구 19

민주사회로 가는
독일적 특수경로와 예술

이순예 지음

도서출판

지은이 **이순예**(李順禮)는 서울대 독어교육과를 졸업했다. 같은 대학교 대학원 독어독문학과를 거쳐 독일 빌레펠트 대학에서 테오도르 아도르노의 문명비판적 시각으로 이마누엘 칸트의 『판단력비판』 이래 독일철학적 미학의 발전과정을 조화미 범주의 추상화 과정으로 분석한 연구로 박사학위를 받았으며, 아도르노 강의록 시리즈의 한국어 번역·출간을 기획했다.

논문으로 「예술과 천재」, 「페터 바이스와 언어의 가능성」, 「미디어 시대, 신화파괴적 글쓰기의 두 유형: 그라스와 옐리넥」 등이 있으며, 저서로 『아도르노와 자본주의적 우울: 계몽의 변증법에서 미학이론까지 아도르노 새롭게 읽기』(풀빛, 2005), 『예술, 서구를 만들다: 알타미라에서 게르니카까지, 서구 근대를 밝힌 예술 읽기』(인물과사상사, 2009), 『여성주의 고전을 읽는다』(공저, 한길사, 2012), 『예술과 비판, 근원의 빛: 예술은 우리를 구원할 수 있을까』(한길사, 2013), 『아도르노: 현실이 이론보다 더 엄정하다』(한길사, 2015) 등이 있다. 번역서로는 『여성론』(아우구스트 베벨, 까치, 1995), 『발터 벤야민』(몸메 브로더젠, 인물과사상사, 2007), 『부정변증법 강의』(테오도르 아도르노, 세창출판사, 2012) 등이 있다.

인문정신의 탐구 19

민주사회로 가는 독일적 특수경로와 예술

2015년 9월 15일 제1판 제1쇄 찍음
2015년 9월 25일 제1판 제1쇄 펴냄

지은이 | 이순예
펴낸이 | 박우정

기획 | 이승우
편집 | 김춘길
전산 | 한향림

펴낸곳 | 도서출판 길
주소 | 135-891 서울 강남구 신사동 564-12 우리빌딩 201호
전화 | 02)595-3153 팩스 | 02)595-3165
등록 | 1997년 6월 17일 제113호

ⓒ 이순예, 2015. Printed in Seoul, Korea

ISBN 978-89-6445-119-9 93850

이 저서는 2010년 정부(교육부)의 재원으로 한국연구재단의 지원을 받아 수행된 연구임(NRF-2010-812-A00215).

 이 책은 박사학위를 마친 이후, 이 땅의 구성원으로 살면서 2002년 월드컵 경기 증후군과 정치권의 궤도이탈 그리고 세칭 '낙수효과'라는 비상식적인 경제운영원칙을 도입한 결과 한층 극심해진 사회적 양극화의 소용돌이에 휘말려들 수밖에 없었던 내 삶의 또 다른 측면을 반영하고 있다. 전공 영역인 독일철학적 미학과 관련된 논문을 쓰면서 한국의 근대화 과정과 닮은 듯 다른 독일의 근대화 과정을 구체적으로 뜯어보지 않을 수 없었던 실존적 조건이 글의 전망을 결정한 것이다. 인문학 전공자가 비정규직이라는 벽에 부딪혔을 때 상황은 이미 돌이킬 수 없는 지경에 빠져 있다. 직업을 바꾸는 일은 완전히 불가능하다. 오래 붙들고 있었던 책들을 계속 부여잡을 수 있도록 자신의 삶을 재조정하는 수밖에 없다. 논문 쓰는 작업이 생존 및 사회적 소통의 유일한 통로이므로 논문을 쓰는 과정에 실존적인 맥락이 덧씌워지지 않을 수 없었다.

 내가 전공한 독일철학적 미학은 고통스러운 과거를 통과한 학문이다. 18세기에는 계몽의 첨병으로 두각을 나타냈지만(극작가 레싱이 제창한 '시민비극'은 사회혁명을 이루지 못한 독일에서 연극을 통해 시민층이 귀족을 대신하여 사회의 주류로 등장할 수 있는 이념을 마련해주었다), 19세기 관념론이 시민사회 구성원리에 깊이 침윤된 이후 독일사회가 20세기 전반 두 차례의 세계대전을 인류사회에 불러들이자 한때 파국의 원흉으로 지목된 고전 독일철학, 그 이성중심주의 학문에서도 핵심에 속하는 분야인 것이다. 독일 지식인들에게는 세계사적 파국의 책임을 자국의 관념론 철학체계에 묻는 자세가 자기반성의 일환일 수 있다. 하지만 고전 독일철학을 끌어다가 그 핵심을 이루는 이성을 도려내면서 자유주의적 모델에 '꿰어 맞춰' 누구나 사회의 주류가 될 수 있다는 환상을 유포한 일부 프랑스 포스트모더니스트들은 무책임의 혐의를 벗어나기 어렵다. 관념론이 사회통합이라는 원래의 이념에 제대로 부응하지 못했음은 물론이다. 관념론은 사회적으로 실패하였고 자본의 일방적 독주에 길을 열어주었다. 하지만 포스트모더니즘에 의한 관념론의 형해화(形骸化)가 신자유주의 흐름에 정당성을 부여한 것도 사실이다.

그런데 내가 오늘날 처한 상황에서 독일 인문학을 바라보니 어쩔 수 없이 독일의 과거보다는 20세기 말 독일에서 공부하면서 접했던 독일 사회의 복지제도 그리고 21세기에 거머쥔 독일의 유럽연합 내 패권을 더 주목하게 된다. 그런 '파국' 이후의 '정상화' 과정을 견인한 힘이 무엇일까를 묻지 않을 수가 없다. 대한민국도 이제 정상화의 길로 접어들어야 한다는 바람이 간절하기 때문이다.

그 '정상화'를 21세기의 자유시민은 어떤 상태로 상정해야 하는 것일까. 최근 그리스 시민들이 유럽연합의 경제정책을 불신임하는 결단을 내렸다는 소식이 전해졌다. 자본주의가 전 지구적으로 관철되는 경제체계가 된 이래 단일화폐로 경제공동체를 꾸리겠다는 구상이 유럽지역에서 회자되던 시절, 독일사회 곳곳에서 진행되던 찬반토론을 국외자의 입장에서 접하면서 나는 불가능할 것이라고 생각했다. 분단의 불가역성을 거듭 확인하는 가운데 국민경제가 유지되던 한반도에서 성장한 경험이 전부인 내게 '화폐통합으로 추진되는 사회통합'은 상상 불가능한 사안이었다. 하지만 유럽인들은 경제통합을 실현했고, 그 과정을 주도한 주체가 바로 독일이었다. 그리고 그 후의 유럽역사를 결정한 것도 독일이었다. 제조업 기반이 탄탄하고 금융 시스템이 잘 갖추어져 있다는 등의 사회경제적 요인들에 대해서 나는 그냥 흘려들으면서 독일 사회의 새로운 흐름으로 독일 신문지상에 소개되는 '18세기 문예살롱의 부활'에만 주목하였다. 교양시민의 존재가 여하튼 새로운 전망을 견인하는 역할을 하지 않았겠냐는 확신이 있었던 것이다. 그런데 10여 년만에 그들의 전망이 반드시 미래지향적이지만은 않을 수 있다는 물음이 강력하게 제기된 것이다. 그리스의 국민투표 결과를 수용하여 다시 앞길을 결정해야 하는 과제 역시 현재로서는 독일의 몫이다. 히틀러가 집권했던 기간과는 성격이 전혀 다른 방식으로 세계사에서 다시 한 번 결정적인 역할을 수행하는 위치에 선 독일이 어떤 방향으로 삶을 꾸려가든 간에 교양시민의 '독특한' 위상이 같이할 것임은 틀림없다. 왜냐하면 교양시민은 항상 자신을 배반하는 사회적 결단을 내리는 사회주도층이기 때문이다. 히틀러의 집권과정에서 교양시민의 계급배반은 반동적인 결과를 가져왔었다. 그래서 전후에 '비사회성'과 정치사회적 문제를 도덕으로 치환하는 교양시민의 속성을 탄핵하는 연구들이 쏟아져 나왔다. 자기가 소속한 계급을 배반하는 독일 교양시민의 속성이 변하지 않았다면 앞으로 그들은 어떤 선택을 하게 될지 — 여하튼 한국과는 다른 '계급배반'의 역사를 지닌 독일의 행보가 한층 궁금해지는 시기이다.

처음에는 박사학위 논문을 작성하면서 옆으로 미루어 두었던 주제들을 하나씩 꺼내 논문을 작성하기에 급급하였다. 한국연구재단의 지원금을 받아 생활해야 하는 비정규직 시간강사라는 존재상황의 독촉을 받은 '어쩔 수 없는 선택'이었다. 독일철학적 미학을 한국에서 연구하는 시간을 수년간 보내고 나니 한국사회에는 없는 독일 인문학의 고유성, 독일의 특수적인 무엇인가를 오랫동안 붙들고 있었던 까닭에 내가 사회적 부적응자가 되었다는 깨달음이 왔다. 자율예술을 연구하는 일이야말로 한국에서는 변두리의 지분 한 뼘도 부여받을 수 없는 특이체질에 불과함을 뼈저리게 인식하지 않을 수 없었던 것이다. 하지만 인식은 인식으로 남을 뿐, 나의 연구는 독일철학적 미학에 충실한 채 계속될 수밖에 없었고, 계속 하다 보니 이 파국을 통과한 학문을 통해 독일의 과거와 현재를 조명할 수 있다는 생각이 들기도 하였다. 10여 년간의 사념과 연구 끝에 '민주사회로 가는 독일적 특수경로'(Deutscher Sonderweg: 이 개념은 서론 각주 7에서 약술하였다)와 예술'이라는 하나의 정식이 머리에 떠올랐다. 독일 역사학계에서 논란이 분분한 '독일적 특수경로' 개념을 사회구성에서 예술이 차지하는 역할에 방점을 두고 그대로 사용하면서 나는 앞으로 한국의 학계에서 우리 근대화 과정과 관련하여 인문학의 위상을 중심으로 활발한 논의가 이루어졌으면 좋겠다는 생각을 해본다.

한국연구재단에서 시행하는 저술성과 확산사업에 응모하여 그동안의 연구를 위 테제로 재편성하고 확대할 수 있는 기회를 가질 수 있어 무척 기쁘다. 전문학술지에 발표한 논증결과를 토대로 논의를 전개하는 경우 수록된 전문학술지를 명기하였다. 이 연구가 전문연구자들은 물론 일반 독자들에게 우리보다 먼저 산업화와 민주화 과정의 굴곡을 겪은 독일을 타산지석으로 삼아 한국사회의 현재를 한 번 점검해보는 계기로 작용하기를 바란다. 이 책에서는 독일철학적 미학이 첫 번째 정점에 이른 이마누엘 칸트(Immanuel Kant)의 『판단력비판』까지 다루었다. 파국을 딛고 두 번째 정점을 찍은 테오도르 아도르노(Theodor Adorno)의 『미학이론』에 이르는 여정은 이후에 포스트모더니즘 사상과 대결하면서 본격적인 저서로 집필할 계획이다.

열악한 인문학 출판환경에도 불구하고 이 연구를 마무리할 수 있도록 배려해주신 도서출판 길의 박우정 대표와 이승우 기획실장께 감사드린다.

2015년 7월
이순예

차례

제3장 딛고 일어서기

제4장 미적 주체

서론: 지금 시작하는 이유

독일은 난문(難問, Aporie)이다. 요즈음은 유럽연합(EU)을 주도할 정도로 세계 정치무대에서 두각을 드러내고 있지만, 얼마 전까지만 해도 분단으로 상징되는 아픈 상처를 가진 나라였고, 유대인 박해의 과거사를 세계사적 부담으로 지고 가는 나라였다. '도이칠란트'(Deutschland)라는 기표는 프로이센의 군국주의와 히틀러 유겐트가 쇠붙이 쩔렁거리는 소리를 내며 행군하는 일사불란함을 표상했다. 하지만 그 일사불란함이 섬세한 운율로 사람의 마음을 사로잡는 로베르트 슈만(Robert Schumann)의 「시인의 사랑」(Dichterliebe) 같은 음악작품을 딛고 넘어서 행진을 무작정 계속한다고 또 여겨지지는 않았다. 웬일인지 군국주의와 예술이 서로 다른 길을 가는 나라인 것처럼 보이곤 했던 것이다. 19세기 슈만의 가곡을 20세기에 뮤직비디오로 제작하면서 등장인물들이 노래의 흐름을 타고 점점 자기감정에 성실하게 되어 결국은 서로 파트너를 바꾸는 결말을 제시하는 음악인들이 여전히 선율과 마음이 부합하는 계기를 지닌 작품들을 내놓으려 분투한 덕택일까? 18세기만큼은 아니지만 '미적 주체'[1]라는 개념이 여전히 구성원들의 문화의식 속 깊숙이 자리 잡고 있는 까닭일까? 루트비히 판 베토벤(Ludwig van Beethoven)도 있고 요한 볼프강 폰 괴테(Johann Wolfgang von Goethe)와 토마스 만

---

1 이 개념에 대해서는 제4장에서 본격적으로 다룬다.

(Thomas Mann)도 있으며 20세기 아방가르드에 이르기까지 어마어마한 예술작품의 보고(寶庫)가 수도 베를린의 풍경을 결정하는 프로이센 청색(Preußen Blau)[2]에 결코 짓눌리지 않고 여기저기서 예술적 과거를 현재로 빛낼 손길을 기다리는 나라이다.

이 나라는 연이어 일으킨 두 차례의 세계대전에서 두 번 다 패망했고, 대가는 무척 쓴 것이었다. 그런데 그런 나라에서 18세기 계몽 이후 근대가 추구했던 '개별성'을 구현할 공간을 일정하게 열어주는 문화지형이 형성되었고, 그 영향력은 아직도 여전한 편이다. 유럽연합의 경제를 쥐락펴락할 만큼 흥성하는 21세기에 18세기식 문예살롱이 부활하는 현상에 대해서는 독일의 언론조차 의외라는 반응이다. IT기기에 대한 낯가림이 개별성의 표상으로 이해되기조차 한다.

이렇게 된 연유를 따지고 들어가 보면 자국의 산업화 과정에 대한 재검토, 즉 히틀러 독재와 전체주의 과거에 대한 강도 높은 자기반성이 단단히 한몫했음을 시인하지 않을 수 없다. 한마디로 이 나라는 파국을 통과하고 나서 원래의 자리로 복귀하는 나라이다. 그런데 남다른 점은 원래로 돌아가면서 처음의 뜻을 살펴 오늘날의 상황에 맞게 재구성하는 힘을 발휘한다는 데 있다. 히틀러의 제3제국과 20세기 후반 복지국가 시스템을 구축한 나라가 같은 영토에 동일한 주민들이 살고 있는 집단이지, 서로 이웃한 두 나라가 아니라는 점을 눈여겨볼 필요가 있다. 독일인들에게 히틀러의 등장이 근대 계몽의 이념을 위반하는 것이었다는 깨달음은 파국 한가운데에서도 값진 것이었다. 그래서 히틀러 집권 기간 동안 발전시킨 중공업의 생산력을 복지국가 수립을 위한 토대로 삼아 더 나은 공동체 수립을 위해 무척이나 심혈을 기울였고, 그 결과 일정한 수준의 과거극복과 계몽의 유토피아적 표상을 내재적 근거로 삼는 '공동체'를 복지국가 이념으로 산출해낼 수 있었다. 물론 지금은 그 '이념'이 또다시 시험대에 올라 표류하기 시작한 신자유주의 시대를 맞

---

2 프로이센 군인들의 제복에 사용된 색으로 군국주의 이미지를 풍긴다.

고 있지만, 가까운 과거에 그런 이념을 내세우고 실현을 추진하였던 공동체가 있었다는 사실은 뒤늦게 세계 자본주의 체제에 편입되어 온갖 시련을 겪고 있는 한국사회에 여러 가지로 생각할 거리를 제공해준다.

독일의 독특한 문화지형에 대해서는 1950년대 뮌헨 주변 슈바벤 지역 예술가들의 비일상적 삶을 잠시 접했던 전혜린(1934~65)이 남긴 에세이 덕분에 우리에게 아주 낯설지만은 않은 편이다. 전후 재건에 총력을 기울여야 하는 상황에서도 그 총력 재건의 목적이 '자유'이지 그냥 매끄러운 일상일 수 없음을 떠올리게 해주는 예술가들이 항상 존재했음을 지구 반대편에 위치한 나라에 알려준 이가 전혜린이었다. 그 배고픈 예술가들에 의해 보이지 않는 차원에서 자유로운 의식의 공간이 크게 열렸고, 그런 사유 차원의 공간을 공유하면서 전쟁 재건사업은 더 견실해질 수 있었다. 그때가 언제였던가 이젠 기억도 희미하지만 단연코 '전혜린 현상'은 우리에게도 그 '자유'에 대한 갈망이 현재였던 적이 있었으며 그런 의식을 잠시나마 공유했던 공동체가 바로 얼마 전의 한국사회였음을 상기시켜준다. 우리가 요즈음처럼 물질만능주의에 빠져 '더 많이' 그리고 '더 높이' 솟아오르는 소비의 파고에서 헤어나지 못하는 삶을 살았던 것만은 아니다. 다른 생각을 하면서 사는 사람들이 많았던 시절도 분명히 있었던 것이다.

독일은 물질과 자유가 이처럼 '부정합'의 방식으로 관계를 맺으면서도 물질적 진보의 대열에서 이탈하지 않을 수 있음을 20세기에 증명하였다. 물론 여러 전제조건이 미리 마련된 상태였으며, 특히 히틀러 집권기에 기반을 닦은 군수산업이 큰 지분을 차지하고 있음은 부인할 수 없는 사실이다. 그래서 '독일'이라는 난문은 무척 난도가 높아 보인다. 앞으로 이 '난문'에 접근하면서 개발독재의 성과를 토대로 민주사회 수립이라는 과제를 수행해야 하는 공동체가 떠맡을 수밖에 없는 '역사적 짐'을 구체적으로 의식하는 기회를 가지려 한다.

1. 독일이라는 난문(Aporie)

독일인들 스스로에게도 독일의 역사는 난문이다. 그리고 오늘날까지 이 난문의 난해성은 줄어들지 않았고, 오히려 한층 도를 더해가는 중이다. 중세 천 년을 '신성로마제국'[3]이라는 불가사의한 제국이 붕괴하지 않도록 조절하면서 자국의 존립을 유지하는 데 심혈을 기울인, 로마제국 변방 북쪽 유럽대륙 한가운데 위치한 소규모 영방국가들은 미래보다는 과거를 목적론으로 삼아 현재를 유지하는 편이었다. 하지만 '기독교 제국'의 부활은 이상적인 목적론의 역할 이상을 하지 못했고, 30년간의 종교전쟁(1618~48)을 치른 후 그 천상의 목적은 현실정치 앞에서 힘을 잃었다. 종교분쟁의 종식을 선언한 1648년의 베스트팔렌 조약[4]은 기독교의 정신성을 세속적 삶에 적용하는 본보기를 보여준 대표적 사례로 꼽힌다. 죽은 후 영혼을 거둬줄 초월자의 진위 문제로 살아 있는 동안은 더 이상 서로를 살육하지 말자는 태도가 유럽인들의 생활감정으로 굳어지는 계기였던 까닭에 '세속이성의 승리'로 특징지어지기도 한다. 종교심을 버리지 않고도 현실에서의 행복 추구가 삶의 목적으로 들어설 수 있는 길을 열어준 베스트팔렌 조약은 세속화의 모태라

---

3 Das Heilige Römische Reich Deutscher Nation: 962년에 오토 1세가 황제로 대관한 때로부터 프란츠 2세가 제위(帝位)를 물러난 1806년 8월까지에 걸쳐 독일 국가 원수(元首)가 황제 칭호를 가졌던 시대의 독일제국의 정식 명칭. 히틀러 집권기를 제3제국, 비스마르크에 의해 통일된 빌헬름 제국을 제2제국으로 통칭하면서 이 시기를 제1제국이라 부르기도 한다. 신성로마제국은 고대 로마제국의 부활과 연장이라고 여겨졌기 때문에 로마제국이라 불렸고, 또 고대 로마의 전통 보존자인 그리스도교회와 일체라는 뜻에서 신성(神聖)이라는 말을 붙였다. 그러나 실제로 신성로마제국의 호칭이 쓰이기 시작한 것은 15세기로서 그 이전은 단순히 제국 또는 로마제국이라 불렸다.

4 30년전쟁을 끝마치기 위해 1648년 10월 24일 베스트팔렌(Westfalen) 주 오스나브뤼크에서 체결된 평화조약으로 가톨릭 제국으로서의 신성로마제국을 사실상 붕괴시키고, 주권 국가들의 공동체인 근대유럽의 정치구조가 나타나는 계기가 되었다.

고 할 수 있다.

그러므로 이제 영국에서 시작된 산업혁명의 여파가 대륙을 휩쓰는
데 저항할 정신적 힘은 남아 있지 않았다. 그런데도 독일은 이웃나라 프
랑스와 바다 건너 영국이 세계사의 주역으로 부상하는 18세기와 19세
기를 '역사적 지체'라는 꼬리표를 달고 보내야 했다. 정신적 세속화가
진행되었다고 해서 현실이 곧바로 세속적으로 되는 것은 아니었다. 결
정적인 결격사유는 본격적으로 산업화를 추진하고 행복한 질서를 지상
에 수립하는 세기적 과제를 담당해야 할 사람들이 나타나지 않았다는
데 있었다. 이 현상을 사회과학은 '경제시민(Bourgeois)의 미성숙'이라는
용어로 설명한다. 일반적으로 산업혁명은 면방직 공장을 운영하는 산업
자본가들이 사회의 주류로 등장하고 정치적 발언권을 획득하는 과정을
동반하였지만, 독일은 그런 사람들이 매우 적었고, 정치적 존재감은 엄
두도 못 낼 수준이었다. 신성로마제국은 산업발전을 가로막는 요소들로
채워진 넓은 땅덩어리를 유산으로 남겼다. 하지만 그렇다고 해서 요즈
음 우리가 '자본주의적 계산법'이라고 지칭할 합리적이고 분석적인 사
유가 사람들의 마음을 파고드는 일마저 가로막을 정도는 아니었다. 이
지역에서 제일 먼저 그런 '세속적' 사유를 받아들여 삶에 적용한 이들
은 대토지를 소유한 귀족층이었다. 융커[5]라고 불리는 이들은 재빨리 농
업을 자본주의적으로 '경영'하기 시작했다. 융커층에 의한 농업의 자본
주의화는 독일이라는 난문의 뼈대를 이룬다.

이제껏 이 '독일이라는 난문'은 산업화에 성공하여 높은 생산성을 자
랑하는 자본주의 사회를 이룩했으면서도 그런 사회를 만드는 과정이
자유주의적 변혁, 즉 부르주아 혁명을 통해 진행되지 않았다는 사실을
배경으로 '해결 불가능한 의제'로 이해되기 일쑤였다. 구체제의 주류를

---

5 Junker: 프로이센의 지배계급을 형성한 보수적인 토지 귀족. 동부 독일 지방은 중세
   말의 식민운동에 의해 개발되었고 농민의 부역 노동에 의한 상품 생산을 위하여 대
   농장이 경영되었다. 이와 같은 대농장을 소유·경영한 토지 귀족을 융커라 불렀다.

단두대로 보낸 경험이 없는 공동체는 자유민주주의를 실현하기에는 역량미달이지 않았는가 하는 생각이 지배적이었다. 계몽의 이상을 지상에 실현하기 위해서는 반드시 부르주아 혁명을 통과해야 한다는 역사철학 탓이었다. 이 역사철학은 독일과 마찬가지로 단두대를 설치한 적은 없지만 그래도 버킹검 궁전을 '통치는 하지 않고' 좋았던 과거에 대한 향수를 응집하는 인물들의 거주지로 만든 영국 자유부르주아에 대해서는 '명예로운' 선택이라는 왕관을 씌워주었다. 피비린내 나는 격변을 계몽의 이름으로 수행한 프랑스에 비하면 영국 역시 비정상적인 경로를 통과했음은 사실이지만 여하튼 왕권에서 통치권을 박탈한 영국 부르주아들은 자국의 역사를 '난문'으로 만들지는 않았다고 평가받았다. 산업혁명을 주도한 영국의 자유부르주아들은 한편으로 자본주의 발전에 박차를 가하면서도, 다른 한편으로는 구체제의 주도세력인 귀족들과 꾸준히 협상을 벌인 끝에 피 흘리지 않고 권력의 중심부로 진입한 '신사'들이었다. 귀족적인 품격을 유지하면서 자본주의 산업체의 경영자일 수도 있음을 증명한 영국 경제시민은 자유부르주아의 표상으로 부상하였다. 실상을 들여다보면 새 시대의 주역으로 시민사회의 주도권을 장악해야 할 부르주아가 귀족층에 흡수된 일면이 있어 오히려 계몽의 이상을 훼손했다고 평가해야 마땅한 현상이었지만, 아직은 역사철학적 평가 기준이 '왕권의 무력화'에 집중되었던 까닭에 새 시대의 주역이 어떤 지향으로 시민사회를 구성하는가 하는 문제는 뒷전으로 밀려나 있었다.

2. 세계대전과 파시즘

결국 관건은 자유주의적 변혁이었다. 신사가 되는 명예로운 길을 택했는가 아니면 코뮌[6]마저 한차례 휩쓴 전복적 과정이었는가와 무관하

---

6 파리코뮌(Paris commune)을 말하는 것으로 1871년 3월 18일부터 5월 28일까지 프랑스 파리에 존속했던 세계 최초 노동자 계급의 자치정부.

게 자유부르주아지가 자본주의를 주도하면서 사회의 주류로 부상하였는가 여부로 봉건제에서 시민사회로의 이행을 판가름하는 관점이 19세기는 물론 20세기까지 계속되었던 것이다. 이런 관점에서 보면 독일의 근대화 과정은 비정상임이 분명하였다. 산업의 근대화가 궤도에 올라 생산력이 향상되었어도 군주가 국가재건의 의도를 가지고 시행한 계획경제는 사회의 민주화를 동반하지 않았다. 왕국의 신민들을 근대화에 동참시키기 위해 발전시킨 관료제도는 자유주의가 발붙일 여지를 철저하게 차단하는 것이었다. 군주가 추진한 개발독재는 독일이 뒤늦게나마 근대적인 산업국가로 발돋움할 발판이 되었음이 분명하지만 민주주의가 꽃필 토양을 일구지는 못했다. 두 차례에 걸친 세계대전과 파시즘은 자유주의 단계를 거치지 않고 고도산업사회로 진입한 결과 내부의 문제를 스스로 풀 수 없는 상태에 빠진 독일이 자국의 모순을 외부로 전가할 수밖에 없어 터뜨린 사고로 이해되었다. 절대주의 체제의 일사 불란함은 계획경제의 효율성을 보장했고, 중공업을 주력산업으로 육성하기에 우호적인 조건을 제공했다. 일순간에 경제선진국으로 비약할 수 있었다. 하지만 생산의 고도집중과정에서 발생하는 부작용 및 판로개척의 문제는 내부적으로 해결할 수 없었다. 그래서 전쟁이 일어났고, 히틀러 독재와 제2차 세계대전이야말로 이 모든 과정의 필연적 귀결이었다는 줄거리로 독일 근현대사는 해석되었다. 역사적 필연은 독일의 예외성을 당연한 사실로 추인했다. 그래서 독일적 난문은 끝내 풀 수 없는 문제로 인식되었다. 20세기 후반에도 독일의 예외성은 역사적 필연으로 고정된 채 계속 '예외'로서 파악되었다.

　'필연'이었다고 하니, 그러면 여기에서 독일적 근대가 제시하는 '난문'의 내용을 좀 더 심층적으로 파고들어갈 필요가 있을 것 같다. 독일적 예외라는 화두가 등장한 것은 아마 독일이 고도산업사회가 되었다는 사정에 제일 큰 원인이 있을 것이다. 부르주아 없이 어떻게 산업화가 가능하단 말인가. 그처럼 사상누각을 지어놓으니 히틀러 같은 이상한 인물이 정권을 잡은 것 아닌가. 히틀러 독재는 '독일이라는 난문'의 정곡을 찌르는 사건이다. 자유주의적 변혁이란 단순히 부르주아가 사회를 자본주의적으로 재편하는 데 불과한 것이 아니라 자유부르주아 계급이 자신의 세계관으로 세상을 재해석하여 봉건유제를 발본색원하고 자유사상을 전파하는 길을 닦는다는 뜻이라는 당연사항이 아주 새삼스럽게 부각되기 때문이다. 그래서 '독일적 후진성'은 군주 개발독재에 의한 산업화의 문제에 국한되지 않고 절대주의 체제 아래에서 사람들이 '자유롭게' 자신의 삶을 꾸려가는 경험을 하지 못한 탓에 사회구성원들이 근대의식을 획득하지 못하고 계속 구체제의 봉건질서에 순응했다는 의미로 확장되었다. 이 모든 모순의 집약체가 히틀러 독재로 나타났다는 해석이 주류를 형성하였다. 이 독일적 후진성에는 독일 식자층에 특유한 사유의 '관념성'도 포함되었다. 제2차 세계대전 직후 독일인들의 자기반성 혹은 자기부정과 역증은 전통의 부정으로 치달았고, 고전철학과 낭만주의를 비롯한 정신적 자산을 탄핵하는 정서도 강했다. 우리 역시 일제 강점기에 선비문화와 성리학 등을 비롯한 과거의 문화유산에 역사적 파행의 책임을 전가했던 경험이 있지 않은가. 같은 맥락이다. 현재가 불행하면 지나간 일에서 책임질 요인을 찾아내 분석의 출발점으로 삼게 마련인가 보다.

3. 마르크스주의와 변증법

독일 태생의 카를 마르크스(Karl Marx)가 구상한 목적론적 역사철학, 즉 부르주아 혁명을 단계적 필연으로 상정한 후 프롤레타리아 혁명에 의해 계몽의 이상인 '행복한 사회건설'이 실현될 수 있다는 관념은 오랫동안 '독일적 난문'을 설명하는 동시에 그 고난도의 난문을 해결할 전망제시 역할을 하면서 인류의 공유자산으로 빛을 발했다. 부르주아 혁명 단계를 생략하였다는 점이 난문의 핵이며, 그러므로 프롤레타리아 혁명이 한층 더 필요하고, 이 프롤레타리아 혁명과정에서 이전에 생략하고 넘어온 문제도 해결해야 한다는 프로그램이 매우 '구체적'으로 다가왔기 때문이다. 이 목적론적 역사철학에서 말하는 '일반경로',[7] 즉 부르주아 혁명을 통해 구체제를 무너뜨리고 시민사회로 이행하는 절차를 밟은 나라가 지구상에는 프랑스를 제외하면 사실상 없다. 그러므로 부르주아 혁명 다음 프롤레타리아 혁명이라는 절차를 정식으로 밟아 계몽의 역사철학적 과제를 실현하기를 기대하기보다는 그 두 혁명의 과제를 한꺼번에 해결하는 방식이 오히려 현실적인 가능성일 터였다.

실제로 마르크스는 『공산당 선언』에서 부르주아지의 세계사적 역할을 높이 평가했고, 『헤겔 법철학 비판』에서는 부르주아 혁명을 실기한 독일이 프롤레타리아 혁명을 수행하게 되면 그것이 바로 인류의 '보편해방'으로 발화할 것임을 역설하였다. 독일의 세계사적 과제는 일국의 해방이 전 세계 인민의 보편해방으로 상승하도록 견인하는 차원으로 비상하였다. 자유주의 단계를 겪지 않은 역사가 이제는 세계사적 문제의 보편적이고 동시적인 해결의 실질적 가능성으로 전환된 것이다. 이 보편해방의 도정에 오르는 프롤레타리아가 국제적 연대를 꺼려할 까닭이 없다. 따라서 『공산당 선언』의 마지막 문장[8]은 호소라기보다 미래기획의 전제에 더 가깝게 들린다.

이 보편해방의 관념을 계승한 20세기 마르크스주의자들은 부르주아

7　신분제 사회에서 민주주의 시민사회로 이행하는 과정에서 사회혁명을 통과한 프랑스가 역사철학적 모델로 제시되면서 관념론과 고전예술을 동반한 독일적 길은 특수경로(Deutscher Sonderweg)로 분류되어 왔다. 사회혁명을 이행의 보편적 길로 보는 관점은 한국에서도 일반적이다. 그리고 여기에는 부르주아 혁명 다음 프롤레타리아 혁명을 통해 인간의 자유의지가 온전하게 실현된다는 목적론적 역사철학이 작용하고 있다. 현실 사회주의권이 몰락한 이후 프랑스적 길은 전형이고 독일적 길은 예외라는 역사철학적 관점에 대해 많은 논란이 일었고, '예외'라고 보는 관점은 크게 퇴색했다. 오히려 20세기의 역사는 군부독재와 재벌기업의 독점경제를 경험한 나라들에서 민주주의 개혁을 위한 움직임이 강력한 경우를 많이 보여주었다. 독일적 길 역시 '예외'라고 할 수는 없지만 나름대로 독특한 길을 간 것은 사실이다. 내가 이 글에서 사용하는 '특수경로'라는 용어 역시 그런 내포를 갖는다. '독일 나름의 길'이라는 뜻이다.

8　"만국의 프롤레타리아여, 단결하라!"

혁명으로 자유주의 부르주아가 사회의 주도권을 쥐고 있지 않은 나라에서도 자본주의 경제 시스템에서 일하는 노동자들이 자유주의 부르주아의 무덤을 파는 프롤레타리아로 자신을 정립할 것이라고 '전제'하였다. 기득권층의 횡포는 사실 자유주의 부르주아의 존재가 미약한 지역에서 오히려 더 노골적인 편이고, 사회적 억압은 말할 것도 없다. 그런데도 자유민주주의 토양이 척박한 탓에 노동자들이 그 실체를 직시하지 못하고 프롤레타리아 계급의식을 제대로 획득하지 못하고 있으니 '계몽'이 다시 한 번 역사철학적 목적론 실현을 위해 사회적 힘을 발휘해야 마땅하다는 생각이 설득력을 얻었던 것이다. 당연한 일이라고 볼 수 있다. 산업이 발전하면서 피억압계층의 권리박탈과 이윤착취를 고착시키는 사회적 모순도 심화된다는 '사실'을 계획경제를 통해 고도성장을 이룩한 후발자본주의국의 노동자들도 알아야 하지 않겠는가. 그렇게만 되면 보편해방의 길은 열릴 것이었다. 20세기에 마르크스주의는 자본주의 모순이 은폐된 상태로 사회구조에 정착되었음을 '폭로'하는 담론들을 제출하는 일에 심혈을 기울였다. 물론 자본주의 역시 체제유지를 위해 체질을 개선하려고 각고의 노력을 기울였고, 대단한 성과를 거두었다. 자본주의 모순을 폭로하는 담론들이 온갖 언설의 상찬으로 각축을 벌이면서 새로운 인간형의 출현이 임박한 듯 현실에 긴박해서 살아가는 사람들에게 주목하는 사이 실제로 그 '현실'을 접수한 것은 자본주의였다. 자본주의는 승리하였다. 이 '진실'을 외면할 수 없었던 탓에 변혁의지를 키워야 할 노동자의 정체성은 프롤레타리아트에서 '대중'으로 바뀌었다가 다시 이런저런 양태로 변주되어 등장하였다.

마르크스의 바람과는 달리 독일은 인류의 역사에 '보편해방'의 불을 지필 근본적 변혁의 길을 가지 않고 20세기에 파시즘으로 방향을 틀었다. 계몽의 이상인 '자유로운 개인'을 지구상 모든 곳에 등장시킬 조건을 완성하고 더불어 그 자유주의적 조건이 발생시키는 착취의 모순구조도 아울러 해결하는 길을 가야 한다는 마르크스주의 역사철학은 이제 독일적 기원을 상실하는 듯 보였다. 그래서 다시 한 번 독일을 '난문'

으로 만든, 역사적 무능의 시대인 18세기에 주목하게 되었다. 왜 혁명을 하지 못했던가! 회한은 혁명 없이는 민주주의 사회를 바랄 수 없다는 관념으로 굳어졌다. 독일이라는 난문은 혁명을 하지 못하고 관념론과 고전예술이나 꽃피운 역사단계가 '이탈'이었음을 한층 절실하게 고백하는 내용으로 채워졌다.

독일적 기원에서 뿌리 뽑히기는 했지만, 마르크스주의 역사철학은 그다지 타격을 받지 않았다. 더 나은 삶을 추구하는 사람들 사이에서 여전한 호소력을 확보해냈다. 끊임없이 자기갱신을 거듭한 덕택이지만 그렇다고 러시아혁명과 소비에트의 존재가 마르크스주의 역사철학에 생명력을 공급한 것은 아니었다. '현실사회주의'는 오히려 마르크스주의 역사철학을 불신임하는 계기로 더 큰 힘을 발휘했다고 할 수 있다. 그보다는 '자유주의적 필연'을 상쇄할 이런저런 대안에 불씨를 지피는 담론들이 개발되면서 혁명적 상상력을 발휘할 여지가 확보됨에 따라 마르크스주의 역사철학이 계속 '유예'의 시간을 얻었기 때문이라고 보아야 마땅하다. 근본적으로 자유주의적 맹아에 크게 의지하는 역사철학인 탓이다. 역설이라고 해야 마땅할 흐름이지만, 20세기 마르크스주의는 이 길을 갔다. 자유부르주아가 혁명성을 발휘한 시기는 사실 지극히 짧았고, 내용을 따져보면 새로 획득한 경제력으로 구체제를 무너뜨린 역할에 국한되어 있음이 사실이다. 물론 그 과정을 통해 '개인의 자유'라는 혁명적 사상이 일반화되기는 했지만, 그 후 자유부르주아는 자유를 경제행위의 자유로 축소함으로써 자신들의 역사철학적 임무가 끝났음을 스스로 증명하였고, 역사철학적 부담에서 면제된 채 그들 자신이 자본주의 체제 개편과정의 객체[9]로 전락하였음이 사실이다.

---

9 20세기 마르크스주의는 어떤 판형이든 부르주아 타도를 외쳤다. 그러면서 동시에 자유주의 개혁의 필연성을 털어내지 못하는 담론들을 개발하였다. 역사철학적 과제를 완성하자마자 기꺼이 타도될 운명을 수용하는 집단을 상정하는 마르크스주의야말로 이상주의적 관념의 원형일 것이다.

하지만 자유부르주아가 혁명적이었던 시기를 변혁의 원형으로 상정하는 역사철학은 후발자본주의 국가들로 하여금 추체험에 대한 충동에 노출되도록 자극하였다. 프랑스혁명을 연구하고, 그 가능의 조건을 만들어낼 요건들을 주변에서 찾는 노력이 기울여졌던 것이다. 이런 노력을 통해 마르크스주의 역사철학은 계속 생명력을 공급받았다. 하지만 그 자생력이 결정적으로 한계에 봉착하는 계기 역시 이 역사철학의 필수요건을 이루고 있음도 사실이므로 꽃을 피우는 이론은 거듭 재탄생했지만 현실적인 결실로 맺어진 경우는 나오지 않았다. 원래 부르주아 계급은 자기 무덤을 파는 프롤레타리아를 자신의 경제활동으로 만들어 내야만 하는 숙명을 안고 태어났고, 그래서 스스로 지양되지 않으면 안될 운명도 더불어 지고 가는 존재이다. 이와 같은 역사철학적 임무를 수행하는 부르주아 계급의 '자기지양'은 자유주의 혁명에 대한 추체험의 충동을 아무리 강력하게 발현시킨들 애당초 성취할 수 없는 문제가 아닌가. 충동은 역사를 대체하지 못한다. 그래서 지구상에 '독일적 난문'을 해결하는 나라는 등장할 수 없었다. 자유주의 개혁의 경험이 있는 나라 그리고 없는 나라 가릴 것 없이 이 역사철학적 '자기지양' 문제 앞에서는 모두 갈팡질팡하였다. 아마도 세계사적 경험부재에 원인이 있을 것이다.

'혁명'은 여하튼 역사적 필연이어야 한다. 시작과 경과에 우연적인 요소가 다분하더라도 결과적으로는 '필연'이었다고 설명할 수 있는 사건이어야 한다. 그럴 만한 요건을 갖추지 않으면 성공할 수 없을 것이며, 좌절한 혁명만큼 참담한 일도 없을 것이다. 그런데 프롤레타리아 혁명의 성공요건인 부르주아 계급의 '자기지양'은 역사적 필연으로서의 요건을 갖추지 못한 채 마르크스주의 역사철학을 구성하는 핵심계기가 되었다. 부르주아 계급의 등장은 역사적 '사건'이었지만 부르주아 계급이 자기지양을 통해 사라지는 세상은 마르크스의 형이상학적 '사변'을 통해 지구상에 등장한 미래의 전망이었던 것이다. 마르크스의 사변은 변혁의 주체인 노동자 계급이 자본가 계급을 실제로 타도하는 역사적 차원이 아니라 보편해방을 위해 필요한 계기를 강구하는 '형이상학적' 차원에서 전개된다. 그런데 '지양'이라는 변증법적 과정은 부르주아 계급의 실제적 '사라짐'을 통해서만 만인의 의식에 뚜렷하게 각인될 수 있는 요인이다. 그래야 보편해방으로서의 프롤레타리아 혁명이 완수되었음을 확인할 수 있기 때문이다.

사라지는 모습을 보여주기 위해 우선 존재감을 획득해야 했지만, 다시 말해 부르주아가 자유롭게 자신을 펼칠 공간을 확보하고 일정기간 사회의 주류로 살면서 사회기구들을 자유주의적으로 재구성하는 시간을 보냈어야 하는데, 독일 부르주아는 그런 경험을 자산으로 갖고 있지 않았다. 그 역사적 무능력 앞에서 좌절하지 않고 독일에서의 변혁 가능성을 고민한 마르크스를 위대한 사상가로 평가하지 않을 이유는 없다. 그렇지만 자본주의 발전의 고전적 사례인 영국을 연구하고 그로부터 터득한 자본주의 발전의 '논리'를 새로운 사회를 위한 전망모색에 직접 연결한 마르크스가 마르크스주의에 남긴 '자유주의적 편향'에 대해서는 면밀한 검토가 필요하다. 헤겔 좌파의 수장이었던 경력은 고전 관념론이 발전시킨 '변증법적 사유'를 가장 높은 차원으로 끌어올리기에 충분했다. 그리고 변증법은 자본주의 발전의 논리를 자본주의 전복의 논리로 탈바꿈시킬 만큼 역동적인 사유라는 것도 분명하다. 그래서인지 그동안 마르크스주의 역사철학은 변증법적 전복에 방점이 찍혀 있었다. 반면 이 전복이 자유주의 모델을 전제한다는 사실에는 특별히 주목하지 않고 지내왔다.

이런 부주의함은 논리적 오류를 불러일으키기에 충분한 것이다. 대표적인 경우가 영국 출신의 마르크스주의 비평가 테리 이글턴(Terry Eagleton)의 독일 프랑크푸르트학파에 대한 '잘못된' 평가이다.[10] 아도

---

10 "아도르노의 파시즘 경험이 그와 프랑크푸르트학파의 다른 멤버들로 하여금 자유주의적 자본주의의 특수한 권력구조를 희화화하고 오해하게 만들었다는 것은 이제 널리 받아들여지고 있는 사실이다. 자유주의적 자본주의의 전혀 다른 제도

르노를 비롯한 프랑크푸르트학파[11]는 파시즘을 자본주의 발전의 한 단계로 파악하며 그것이 '극복대상인 한' 자유주의 시장자본주의와 근본적으로 다르지 않다는 입장이다. 테오도르 아도르노(Theodor Adorno)가 막스 호르크하이머(Max Horkheimer)와 함께 쓴 『계몽의 변증법』은 파시즘 박해를 피해 미국에 망명하는 동안 자신들이 왜 이역만리에 와 있는가라는 실존적 고민을 바탕으로 '독일이라는 난문'과 사유상의 전면전을 벌인 결과를 기록한 책이다. 두 저자는 마르크스주의 역사철학에서 부르주아의 자기지양이라는 계기를 탈각시켰다. 사회적 모순이라는 핵심계기에는 한 치 흐트러짐 없이 주목하면서 '다른' 해결방안을 모색한 이 학파의 비판이론은 마르크스의 문제해결 의지를 충실하게 계승한 이론이라고 할 수 있다. 이 책의 세기적 성과는 자유부르주아가 개별 주체로서 자기결정권을 가졌다고 '전제되는' 시장 자본주의가 물론 아주 짧은 막간극으로서 인류 역사에 존재한 적이 있긴 하지만, 이미 그 내부에 파시즘으로 전복될 계기를 내포하고 있었음을 밝혀낸 데 있다. 그리고 그 전복의 계기란 무엇보다도 개인이 개별 주체로 자신을 정립한다는 계몽의 이상이 자본주의적 조건에서는 실현될 수 없는 것이라는 사실이다. 그럼에도 짧은 막간극으로나마 자유주의적 단계를 경험해본 인류가 그 '개별 주체'의 실현에 대한 염원을 포기하지 않아 자본주의적 주체라는 허상이 여전한 작금의 현실이 파국의 원인이다. 마르크스의 표현을 차용하자면 예나저나 '자본주의적 주체라는 유령이 떠돌고 있다.'

들에 파시즘 체제의 강박적 음영을 투사했던 것이다."(테리 이글턴, 방대원 옮김, 『미학사상』, 한신문화사, 1995, 409쪽)

11 현대 자본주의 세계체제가 발생시키는 파국적 상황을 극복하기 위해 고전독일철학과 마르크스주의 그리고 초기 프로이트 이론을 집중적으로 연구한 일군의 학자들을 지칭한다. 연구의 거점은 1924년 프랑크푸르트 대학의 부속기관으로 문을 연 사회조사연구소였으며, 히틀러 집권기간 동안에는 소속 연구원들이 모두 미국으로 망명했다가 제2차 세계대전이 끝난 후 연구소 소장인 호르크하이머와 1960년대 『부정변증법』을 저술하여 학파의 새로운 연구방법을 정립하는 아도르노는 독일로 돌아온다. '비판이론'(Kritische theorie)의 학파로 지칭되기도 한다.

체계의 존립을 구성원의 자격과 분리할 수 없다는 전제를 고집하면서 자본주의 세계체제를 분석한 책『계몽의 변증법』은 영국 신사 이글턴에 의해 '패배주의 정치학'이요 '역사적 염세주의'로 평가되었지만, 영국식 자유주의를 경험하지 못한 한국사회에는 다른 차원에서 검토되어야 마땅하다. 마르크스주의자 이글턴이 얼마나 자유주의를 기준으로 사유하는가를 알려주는 이러한 논리적 오류야말로 마르크스주의에 내재한 자유주의적 편향을 고스란히 드러내 주는 '사건'이다. 프랑크푸르트학파의 비판이론은 마르크스주의 역사철학을 수용하면서 '독일적 난문'의 정점인 파시즘을 한가운데로 끌어들임으로써 마르크스가 변혁의 전제로 받아들였던 자본주의 발전의 '논리' 대신 생생한 역사적 '경험'을 바탕으로 고전적 마르크스주의에 프로그램으로 자리 잡은 자유주의적 편향을 바로잡을 수 있었다. 이 학파에 의해 마르크스주의가 명실상부한 '독일산'으로 되돌려졌고, 처음 마르크스가 제시한 '보편해방'의 역사철학적 전망이 우리에게 아주 낯설지 않은 화두로 재탄생할 수 있었다. 고전 독일철학 전통에서 발전된 변증법은 20세기에 다시 한 번 역동성을 발휘하여 부르주아의 자기지양이라는 변혁의 '전제'가 자유주의에 발목이 잡힌 허상임을 폭로하고 계몽의 이상인 행복한 사회건설을 위해서는 아주 다른 사유를 시작해야 함을 인류에게 주지시켰다.

재사유의 시작은 아마도『계몽의 변증법』에서 최초의 시민적 개인으로 '해석'되는 오뒷세우스[12]가 험난한 모험을 끝내고 고향에 돌아간 뒤 어떤 삶을 살게 될 것인가를 곱씹는 데서 시작될 수 있을 것이다. 웬일인지 신화는 이 지점에서 별다른 이야기를 들려주지 않는다. 페넬로페와 백년해로했다는 줄거리로 사람들의 기대감을 충족시켜 줄 법한데도 극적 상봉 이후 두 사람의 금슬이 어떻게 흘렀는지 알 수가 없다. 대신 오뒷세우스가 다시 원정을 떠났다는 둥 계속 '공공생활 영역'에서 일어난 사건만 보고한다. 21세기에 사는 우리는 자신의 경험으로 고향에 돌

---

12 호메로스의 서사시『오뒷세이아』의 주인공.

아온 오뒷세우스의 삶을 유추해볼 수 있다. 오뒷세우스의 모험은 인류 역사에 처음 등장한 자유로운 사업주의 험난한 여정에 다름 아니다. 파산과 부도의 위기를 거듭 넘기고 '살아남은' 자유부르주아는 밤에 집에 돌아와 부드러운 가장이 될 수 없다. 오스트리아 소설가 엘프리데 옐리네크(Elfriede Jelinek)는 공생활에서의 고단함(유능함)을 가정폭력으로 푸는 공장장을 주인공으로 『욕망』이라는 소설을 썼다. 전승되어온 신화를 운율에 맞게 '정리한' 호메로스의 서사시가 자유로운 개인의 원형을 탄생시키면서 공생활에서의 '살아남기'에 집중하였다면 21세기의 서사는 '살아남는 신화'로 전락한 자유주의 모델에서 개인의 내면에 어떤 상처가 똬리를 틀었기에 자유로운 재산 소유주가 폭군으로 전락하는가를 추적해야 할 것이다. 이러한 관점이동의 필요성에 주목하면서 프랑크푸르트학파는 인류가 시민사회 구성기획을 끝내 성사시키지 못하고 관리되는 사회에서 살게 되었다는 테제로 집약되는 비판이론을 제출하였다.

4. 민주사회로 가는 독일적 특수경로와 예술

마르크스주의 역사철학에 내재한 자유주의적 편향을 재사유해야 함을 주장한다고 해서, 내가 그렇다고 이 책에서 '독일이라는 난문'을 풀어볼 의도는 아니다. 오히려 독일이 난문으로 된 과정을 추적하면서 자유주의가 얼마나 사람들의 마음에 일종의 향수로 남아 있는가를 강조할 생각이 더 크다. 오뒷세우스의 모험은 험난한 여정이지만 그 용맹과 지략으로 읽는 이를 사로잡기에 충분하다. 우리는 지금까지 그런 '영웅적 인간형'을 흠모해왔다. 그러면서 다른 한편으로는 영웅적 면모가 삶에 드리우는 그늘에 대해서는 그냥 외면하거나 '절차상의 문제'로 치부하든가 아니면 시간이 흐르면 해결되리라는 '대책 없는 낙관'으로 그 억압과 불편함을 참으로 오래 감수하였다. 영웅은 시민적 일상을 견디지 못한다. 오뒷세우스가 페넬로페와 백년해로했다는 신화의 후일담을 듣지 못하는 이유이다. 하지만 우리는 요즈음 매끄러운 일상을 사랑하는 대중으로 살아간다. 이 불일치가 이 책을 이끄는 화두이다.

유럽의 18세기를 장식한 자유주의가 인류 역사에 참으로 많은 것을 선사하였음은 부인할 수 없는 사실이다. 경제력으로 얻은 자유를 성공한 개인의 특수한 사안으로 제한하지 않고 누구나 추구할 수 있는 보편적 가치로 추켜세운 결과 인류는 '자연'으로 굳어진 신분질서를 인간의 자유의지를 앞세워 무너뜨리는 경험을 할 수 있었다. 경제적 독립을 실질적으로 확보하느냐의 문제는 초기 자유주의 이념에 비추어 볼 때 부차적이라고 할 수 있다. 누구에게나 기회가 열려 있으며, 그 기회를 누리는 과정에서 경제 외적 요인이 걸림돌로 되면 안 된다는 관념이 왜소한 '기회의 자유'로 굳어지지 않고 보편적인 자유의지로 상승한 세기가 바로 18세기였던 것이다. 이처럼 자유가 보편으로 상승한 까닭에 기회를 사용할 줄 모르는 사람은 타고난 오성(Verstand)을 사용하지 않고 후견인의 보호에 안주하려는 미성숙한 인간으로 간주되었다.[13]

자신에게 주변을 정리할 수 있는 오성능력이 심겨 있다는 사실을 자각하는 인간은 신분적 구속을 넘어 오뒷세우스처럼 얼마든지 저 험한 바깥세상에 나가 자신을 관철할 수 있었다. 포세이돈의 저주는 일종의 구체제의 방해로 간주되었다. 저주를 피할 수는 없지만, 극복의지를 잃어서는 안 될 일이다. 그래야 '자유로운 개인'이라는 관념에 걸맞은 인간으로 자신을 정립하여 넓은 세상에서 '자유롭게' 살아나갈 것이었다. 기회의 평등이라는 틀을 벗고 보편이념으로 상승한 18세기적 '자유'는 자기실현을 저해하는 요인들을 극복해야 한다는 투쟁의지를 자유 관념에 보탰다. 구체제가 몰락하는 과정에는 여러 역사적 요인들이 작용했지만, 그 중에서 구 지배세력이 더 이상 경제적 주도세력이 될 수 없다는 사실을 가장 중요한 요인으로 꼽은 마르크스가 기득권 세력에 대

---

13 Immanuel Kant, "Beantwortung der Frage: Was ist Aufklärung?", *Berlinische Monatsschrift*, 1784.

한 투쟁의지를 앞세운 "만국의 프롤레타리아여, 단결하라"는 외침으로 『공산당 선언』을 마무리한 사실이 이 정황을 가장 잘 보여준다고 할 수 있다.

그런데 유럽의 18세기 자유주의는 산업혁명의 산물이기도 하다. 하지만 자유주의가 산업혁명의 성공이 맺은 결실을 토대로 그처럼 화려하게 빛날 수 있었다는 이 명백한 사실에 대해 18세기와 19세기를 지나면서 사람들은 별달리 주목하지 않았다. 산업혁명은 인간의 일상생활을 근본적으로 재편하는 것이었다. 생산력의 발전으로 생활수준이 향상됨과 아울러 시간이 흐를수록 과학주의가 삶의 온갖 측면을 '계산 가능'하게 재구성하고, 다시 그 재구성된 인간적 요인에 합당한 소비재를 공급하는 방식으로 과학주의는 자본주의 세계체제 아래에서 갈수록 힘을 발휘했다. 과학주의는 사람들의 정신세계라고 해서 분석의 대상으로 삼지 말라는 법은 없다는 계몽의 지침에 충실했다. 무의식이라는 말까지 새로 만들어 두뇌와 마음 깊숙이 파고들어갔다. 물질적이지 않은 인간적 속성들도 '분석대상'으로 전환시킴으로써 비물질적 요인들의 물질화가 자본주의 문명의 성과로 기려졌다. 과학주의가 계산 가능하게 만들어낸 욕구충족의 계기들에 둘러싸여 살아가는 사람들이 많아지면서 인간의 분석능력이 적용되는 대상은 모두 인간의 행복에 기여할 것이라는 믿음도 더해갔다. 과학주의는 승리했다. 원자탄을 사용한 제2차 세계대전의 파국적 귀결과 이후 끊이지 않는 과학의 오작동에도 불구하고 이미 과학적 사유방식과 과학기술이 생산해낸 상품에 크게 의지할 수밖에 없는 삶을 살게 된 사람들 사이에서 과학주의는 여전히 승자의 위치를 유지하고 있다.

현대인은 과학이 인간의 모든 욕구를 충족시켜주고 명실상부하게 만물의 영장으로 우뚝 설 수 있게 해줄 것이라는 계몽적 이상에서 쉽게 벗어나지 못한다. 하지만 과학적 계몽의 무한질주가 그냥 반가운 것만은 아님도 어느덧 깨우쳤다. 길을 잘못 들어선 것은 아닐까 하는 의구심과 더불어 근본적인 회의도 피할 수 없었다. 그래서 20세기 후반 한차례 계몽의 폐해를 탄핵하는 몸짓을 취해보기는 했다. 포스트모더니즘이라는 이름으로 불린 몸짓이다. 그런데 이 '몸짓'으로서의 포스트모더니즘은 자기 토대를 망각한 운동이었다. 자유를 보편이념으로 추대할 수 있게 해준 토대가 다름 아닌 산업혁명을 촉발하고 성공시킨 과학주의였다는 사실을 간과하고 그 과학적 해명방식을 못마땅해 하면서 자유자재로 해명하고 싶어 했던 것이다. 더 풍요로운 세상을 위해서라는 깃발도 내걸었다. 누구에게나 모든 것이 가능한 세상이 되었으므로 세상을 '제대로' 해명하겠다는 의도를 가지고 계몽에 임하는 자는 타인의 가능성을 제한하는 사람으로 치부되었다. 사안에 맞는 해석을 하겠다는 노력은 해석의 중심을 계속 거머쥐려는 권력의 속성으로 분류되었다. 모든 것이 가능하므로 더 큰 가능성을 위해 모든 제한이 철폐되어야 한다는 주장(anything goes)은 실제로 결실을 거두었다. 자본이 모든 경계를 넘어서 자신의 논리를 관철하는 신자유주의 세상이 도래한 것이다. 18세기에 경제적 자유와 짝을 이룬 투쟁의지로서의 자유는 소비수준과 선택의 자유가 향상됨과 더불어 사람들의 의식에서 사라졌다. 그 빈자리마저 과학주의가 채웠다. 분석적 해명은 일상적 실천에서의 자유로운 선택에 합리성을 보장하여 더 자유롭게 선택할 수 있는 여지를 사람들에게 제공하였다. 이제 보편이념으로서의 자유는 합리적 구체성 앞에서 빛을 잃게 되었다. 20세기 후반부터 자유는 선택의 자유로 축소되었다. 근원을 망각하고 '포스트모던'한 몸짓을 취해본 현대인은 그 결과로 자유관념에서 보편성이 탈각되는 경과를 고스란히 감당해야 했다. 부지불식중에 과학적으로 세분화된 온갖 선택지들에 둘러싸여 살게 되었다. 보편적 자유의지는 선택의 자유로 전락하였다. 18세기 자유주의가 추구했던 자유와는 너무도 동떨어진 모습이다.

자유주의 원형에 해당하는 시장자본주의야 처음부터 그리 오래 못 갈 운명이었지만, 독점단계로 접어들면서 기회의 자유 자체에 손상을 입은 상태에서도 '자유'는 여전히 보편관념으로 머물렀다. 원래 자유란 경제적 자유 이상이 되지 못하는 관념 아니냐는 '진실'을 적나라하게 드러내면 마치 민주주의 이념이 훼손당하는 듯 불안한 반응이 뒤따르는 시기도 상당기간 지속되기는 했다. 그런데 20세기의 민주주의는 자유를 보편이념으로 지켜낼 만한 힘을 갖지 못했다. 세계대전의 결과 마르크스가 보편해방의 전제로 간주했던 생산력 증가를 실현한 자본주의 진영과 그 발전된 생산력을 토대로 인간해방을 실현해야 하는 역사철학적 목표를 추구하는 사회주의 진영으로 나뉘었지만, 두 거대진영은 마치 마르크주의 자체의 내부모순을 적실하게 구현하는 듯 서로를 타자로 삼아 제각기 각자의 체제를 유지하기에 바빴다. 세계질서는 체제경쟁 구도로 재편되었다. 자본주의 진영은 경제적 자유를 지키는 일이 자유를 '보편이념'으로 유지하는 최후의 보루인 듯 행동했다. 두 진영 모두 생산력이 고도로 발전된 단계를 누리는 삶을 표상하고 있었으므로 현실에서 경제적 번영을 이념적 가치로 명시하는 진영에 더 유리한 시간이 흘렀다. 자유는 마침내 보편성을 벗고 경제적 기회의 자유로 본 모습을 드러냈다.

그리고 신자유주의 시대가 열렸다. 새롭다는 형용사가 붙었지만 사실은 그동안 자유주의 이념이 보편성을 유지하기 위해 동원하였던 여러 가지 기제들, 예를 들면 복지나 시장조절과 같은 국가의 개입을 더 이상 참아주지 않고 처음의 순수한 단계로 돌아가겠다는 자본의 자기관철에 해당한다. 그래도 새롭다는 형용사가 유용한 까닭은 18세기 자유주의가 개인의 경제력을 토대로 개인의 자유 실현을 중요한 가치로 상정했다면 20세기부터는 개인의 경제력이 아닌, '자본'이라는 이름의 집중된 경제력을 뜻하게 된 사정에 있다. 그리고 이제 정말로 자유가 처음부터 '돈벌이'와 관련되는 사항이었음이 적나라하게 드러났다. 아날로그냐 디지털이냐, 제조업이냐 최첨단산업이냐의 구분은 사실 과정적인 것이었다. 한때 디지털이 중요하게 보인 적이 있고 테크놀로지의 발달로 근대적인 제조업 비중이 축소되는 경향을 보였을 뿐 근본적으로는 인류를 '발전주의'라는 동일한 궤도에 올려놓는 과정이었다. 그 결과로 산업혁명 이후 지구상에 등장한 '발전' 개념, 즉 더 많은 생산과 더 풍족한 소비에 모두가 매달려 지내게 되었다. 생산과 소비의 발전에 국한된 산업주의는 산업혁명의 결과 꽃피운 자유주의에서 '자유의지'라는 또 다른 열매를 고사시켰다.

'독일이라는 난문'을 구성하는 일차적 계기는 말할 것도 없이 산업혁명으로 인류의 정신세계에 등장한 발전개념이다. 그리고 18세기에 서유럽 지역이 초자연적인 형이상학을 공유하는, 거대한 기독교 문화권을 이루고 있었다는 사정이 일반경로와 특수경로를 낳은 바탕일 것이다. 발전은 과학주의에 의한 기독교 형이상학의 세속화를 통해 실현될 수 있었다. 발전된 산업이 사회를 근대적인 관계로 재편하는 과정은 그처럼 산업을 발전시킨 새로운 세력인 부르주아지가 담당해야 했다. 부르주아지가 사회의 주도권을 쥔 나라에서는 산업화와 민주화가 동일한 과정에 해당되었고, 이 길을 개척한 프랑스 부르주아지에 혁명세력이라는 영예가 안겼다. 독일은 프랑스가 구현한 일반적인 경로에서 너무도 동떨어진 길을 갔다. 산업 부르주아가 제대로 성장하지 못한 탓이다. 그렇다고 물질적으로 더 풍요로운 삶의 가능성이 독일에서 묵살되도록 할 수는 없었다. 구세력 스스로 발전의 담당자가 되겠다고 자처하였고, 절대주의 국가에 의한 발전계획이 수립되었다. 국가 주도의 계획경제는 개인적인 차원에서 물질적인 영역의 세속화와 정신영역의 세속화가 서로를 견인하며 동시에 진행되지 않아도 발전의 결실을 얻을 수 있도록 하였다. 산업화는 민주화를 동반하지 않았다. 사회는 여전히 구체제의 신분질서로 짜인 채 산업화에 참여하는 주민들이 자유의지를 키울 수 있는 여지를 남기지 않았다. 독일문학사에 3월 전야(Vormärz) 같은 시대개념이 등장하는 데서 알 수 있듯이 혁명적 전위가 아주 없었다고 할 수는 없지만 1848년 3월의 혁명적 시도가 좌절한 후 독일은 '부르주아 혁명의 부재'라는 꼬리표가 달린 나라가 되었다. 자유의지를 경제적 자유 실현을 위해 관철해 본 경험이 없는 나라인 것이다.

마찬가지로 부르주아 혁명을 역사적 자산으로 갖지 않은 나라이지만 영국은 문학비평가 이글턴이 말하듯이 "새로운 사회적 엘리트와 전통적인 사회적 엘리트 사이의 괄목할 만한 이데올로기적 제휴"가 18세기에 농업 이익과 상업 이익의 군건한 결합체를 등장시켜 이 지배 블럭이 "스스로를 국가보다는 '공공부문', 즉 시민사회에 뿌리를 둔 정치적 구성체로 이상화시킨"[14] 길을 가서 시민사회 이행의 '일반경로'에 편승할 수 있었다. 영국의 귀족과 자유부르주아가 18세기 혁명기에 일궈낸 '이데올로기적 제휴'의 내용을 이글턴의 서술을 통해 들여다보면 다음과 같다.

그 구성원들은 철저한 개인주의자들이면서도 동시에 계몽된 사회적 교류와 공동의 문화적 관습에 의해 동료들과 연결된다. 정치적 경제적 안정을 확보한 그 지배 블럭은 보편적 문화와 '점잖은 처신'의 형태로 힘의 일부를 펼칠 수 있는데, 사회적 지위와 경제적 이해라는 공유 가능한 현실보다는 공동의 감수성과 동질적 이성에 바탕을 둔 '점잖은' 행동은 전통적인 귀족정신에서 배워온 것이었다. 그 내역은 쁘띠부르주아지의 외부 법에 대한 성실한 순종보다는 신사들의 유려하고, 자연발생적이고, 당연시되는 미덕이었다. 따라서 아직 그 자체는 가차없는 절대적인 것이었지만, 도덕적 기준은 어느 정도 개인적 감수성의 짜임 속으로 확산될 수 있었다. …… 그러나 그 공공부문의 원형이 신사도의 영역으로부터 나온 것이긴 하지만, 그로 인한 개인적 감수성의 우세, 계몽된 여론의 자유로운 유포, 사회적으로 다양한 참여자들의 추상적으로 평등화된 지위 등은 공공부문을 특이한 부르주아의 사회 구성체의 성격을 띠게 만든다. 감수성의 공동체는 형이상학적 추상에 대한 부르주아지의 과감한 경험주의적 백안시, 길들여진 감상주의의 심화, 귀족의 상징인 이론적 정당화에 대한 무관심과 잘 어울리게 된다. …… 효과적으로 자연화되려면 사회적인 힘은 경험적 생의 감각적 직접성에 뿌리를 두고, 시민사회의 감정과 욕망을 지닌 개인에서 시작하고, 개인을 보다 큰 전체에 묶을 수 있는 제휴를 추구해야 한다.[15]

14 테리 이글턴, 『미학사상』, 23쪽.

"토지에 기초한 고도의 자본주의적 생산성을 부러울 정도의 문화적 연대 및 단절 없는 연속성과 결합시키는 엄청난 성공을" 거둔, "유럽에서 가장 안정되고 부유한 장원 소유주들인 영국 귀족계급"이 영국 상인계급과 맺은 정치적 타협의 결과 '자유'와 '현실경험'은 서로 확대 발전하면서 단단한 결속을 이루어낸다. "귀족정치에 의해 떠받쳐지고 통제되는 하노버 왕조국가는 열성적으로 상업이익을 보호 증진시키고, 급격히 확대되는 경제와 막대한 이윤을 올리는 제국을 영국에 확보해주었다."[16] 이런 성공은 "자본주의의 지속적 발전을 위한 보편적 전제들과 그것을 지켜줄 탄력 있는 정치적 체제를 제공한 그런 드물게 유망한 기반 위에서" 1688년 혁명 이후 영국 상인계급이 "자신들의 핵심적인 제도들(증권거래소, 영국은행)을 새로 열고 자신들의 정치적 국가형태의 우위(의회)를 확보할 수"[17] 있었기 때문에 가능한 것이었다. 정치적 타협은 자유주의가 경험주의와 더불어 꽃피울 토양을 제공하였다. 자유와 경험은 결합될 수 있었다. 자유주의적 경험주의는 개인의 자유의지로 실현된 구체적 경험에 보편의 위상을 부여하였다.

반면 독일에서는 자유와 경험이 극단적으로 배치되는 문화지형이 형성되었다. 개인의 경험을 공동체 구성의 토대로 수용할 만한 정치사회적 여건이 부재한 탓이었다. 영국 신사의 미덕은 '상식'과 '공동의 감수성'에 크게 위배되지 않는 방식으로 공공사안을 개인적 경험으로 받아들이는 한편, 사적 경험 역시 공동체로서의 사회 전체라는 표상에서 크게 벗어나지 않는다는 믿음으로 행동하는 '점잖음'에 있을 것이다. 하지만 독일에서는 어떤 계층에 속하든 개인에게 자신의 감정을 신뢰하면서 행동할 가능성이 열려 있지 않았다. 개인적 경험은 비판정신으로 검토된 후에 사회적 통용 가능성 여부가 결정되었다. 독일 계몽주의 문

---

15 같은 곳.
16 같은 책, 22쪽.
17 같은 곳.

화운동의 성과인 '자기비판'(Selbstkritik)은 누구도 스스로를 전체에 비추어 상대화하지 않고는 개인적 경험의 사회적 지분을 요청할 수 없다는 독일적 생활감정의 기원을 말해준다. 독일은 주어진 구체적 현실과의 갈등을 주체의 힘으로 벗어나는 방식이 아니고는 '자유'를 표상할 수 없는 나라였던 것이다. 절대주의 체제 아래에서 계획경제를 통해 산업화를 이룩한 지역에서는 '물질'이 계획적 통제에 의해 배분된다. 계획적으로 통제된 물질의 흐름에 동참해야 발전의 성과를 함께 누리는 공동체의 일원이 될 수 있는 지역에서 개인의 경험은 체계의 통제에 포섭된 상태로 발현된다. 물질적 영역의 세속화와 정신적 영역의 세속화가 영국에서처럼 동일한 궤도에서 보조를 맞추며 진행될 수 없는 이유이다.

따라서 독일에서 자유는 경험의 한계를 인지하고 경험에서 벗어남을 뜻했다. 영국에서는 가능한 '자유와 경험의 결합'은 표상조차 할 수 없는 일이었다. 앞에서 언급했듯이 자유를 현실적으로 실천하면서 사회의 주도권을 확보할 '가능성의 세기'를 제대로 살아내지 못한 자유부르주아의 미성숙과 무능에 일차적인 원인이 있는 일이었다. 경제적 힘으로 구체제를 무너뜨리는 프랑스적 경험도, 귀족을 신사로 만들면서 경제적 자유를 확대해나가는 영국적 경험도 요지부동하게 불가능의 영역으로만 남긴 독일의 18세기는 그래서 늘 특수한 예외로 분류되었다. 자유부르주아가 주도권을 행사하지 않았음에도 산업화를 이루고 경제대국으로 부상한 까닭이다. 그런 나라가 20세기에 두 차례나 세계대전을 일으킨 탓에 독일적 예외성에는 파국을 불러오는 비민주성이라는 함의마저 포함되었다. 그래서 자유주의 단계를 거치지 못한 공동체는 아무리 경제가 발달해도 민주 시민사회를 제대로 구성할 수 없을 것이라는 관념이 굳어졌다. 자유주의 서방세계의 중심부에 들지 못한 채 20세기 후반 국토가 분단된 상태로 동서진영 모순의 대변자가 된 독일. 분단 독일은 민주 시민사회를 구성하려면 자유주의 단계를 반드시 통과해야 한다는 역사철학의 방증사례이자 그 필연을 역설하는 '빗나간' 현재였다. 그런데 20세기 말 유럽연합의 태동과정에서부터 주도권을 행사하기 시작한 독일이 21세기에도 계속 중심국의 위상을 지키면서 민주 시민사회로의 도약을 감행하고 있는 것이다. 시민적 자유와 사회의 민주화 그리고 자유부르주아의 세계사적 역할에 대한 재검토를 요청하는 사태가 아닐 수 없다.

그래도 역시 자유부르주아의 존재를 민주화의 필수요건으로 꼽지 않을 수는 없을 것이다. 독일의 경우는 자유부르주아가 현실에서 경제적 자유를 경험적으로 실현해내지 못했다는 의미일 뿐, 자유부르주아가 지구인들의 의식에 선사한 자유관념이 뿌리내리지 못했다는 뜻은 아니다. 사회적 세력으로서의 자유부르주아지는 존재하지 않았지만 자유주의 이념이 인류의 진보를 촉진할 것이라는 사실을 깨우친 계몽인들은 독일에도 적지 않았다. 독일 근대의 계몽인들은 자유관념을 현실에 관철할 가능성이 너무도 희박하다는 사태 앞에서 절망했다. 현실적으로도 처절하게 패배했다. 하지만 그래도 그 현실로부터 자유관념을 구출해내는 용기는 발휘했다. 이런 정황이야말로 후세대에게 해석의 부담을 주는 것이 아닐 수 없다. 그런 식으로 '용기를 발휘한' 독일 계몽인들이야말로 현실적 장애를 돌파할 관철의지를 포기했다는 측면에서 패배주의 요 좌절의 내면화라는 낙인을 찍는 사람들이 있는가 하면, 프랑스의 공포정치를 피할 수 있었고 영국식의 타협으로 시민층이 귀족화하는 경향으로부터도 거리를 둘 수 있는 길이었다는 식의 해석도 있다. 영국에서 경제시민과 귀족이 경계를 허물고 함께 '신사'가 되는 과정은 엄청난 식민지를 거느린 대영제국의 탄생과 짝을 이루기 때문이다. 분분하게 엇갈리는 '평가들'이었지만 공통의 기반을 이루는 한 가지 사실만큼은 분명했다. 독일에서 근대 계몽인들이 현실과의 충돌을 회피한 결과가 자유관념의 폐기라기보다는 원형의 보존에 더 가까운 쪽으로 귀착되었다는 사실이다.

그런데 이념이 훼손되지 않고 보존되는 곳은 현실과의 직접적인 접촉에서 벗어난 관념의 세계에서뿐이다. 고전관념론이 정립됨과 아울러 관념 속의 자유를 현실로 드러내줄 유일한 가능성으로 '아름다움의 제국'(Das Reich des Schönen)을 발굴하는 한편, 이 가상(Schein)의 제국에서 빛을 발하는 예술작품의 필연성을 증명하는 철학적 미학도 학문분과로서의 독자성을 갖추도록 체계화에 심혈을 기울였다. 자유주의 개혁의 길이 차단된 척박한 토양에서 자유관념을 받아들인 독일 자유주의자들이 택한 실천은 물질현실 대신 형이상학적 관념의 세계를 세속화하는 작업이었다. 세계사적 대열에 동참하지 못하고 '좌절한' 자유부르주아는 개인의 자유의지로 개척하는 '관념세계'라는 기상천외한 신기루를 현실의 척박함을 딛고 저 높은 창공에 올려놓았다. 영국 신사 이글턴은 이 정황을 다음과 같이 서술한다.

18세기 독일에서 미학이 요구된 것은 무엇보다도 정치적 절대주의라는 문제에 대한 대응으로서이다. 당시 독일은 봉건적 절대주의 소국들로 분할되어 지방분권주의와 특이성을 드러내고 그것은 그대로 보편적 문화의 결여로 이어졌다. 대공들은 교묘한 관료기구를 통해 가혹한 명령을 부과하는 반면, 비참하게 착취당하는 농민들은 가축보다도 별로 나을 것이 없는 상황에 시달리고 있었다. 그런 전제적 지배 아래서 무력한 부르주아지는 국가통제의 산업과 관세장벽의 무역에 바탕을 둔 귀족들의 중상주의 정책에 얽매이고, 궁정의 위세당당한 권력에 짓눌리고, 영락한 대중들로부터 따돌림당하고, 국민생활에서 어떤 집단적 영향력도 갖지 못한 상태에 있었다. 중산계급으로부터 역사적 역할을 몰수한 지주계급은 자신들의 제정적·군사적 이익을 위해 당시 진행되고 있던 산업발전을 주도하고 대개 침체상태에 있었던 부르주아지에게는 국가와 거래를 하게 했지만, 국가에 자신들의 이익을 위한 정책을 수립하도록 요구하는 것은 허용하지 않았다. 자본과 기업정신의 심각한 결여, 빈약한 교통시설, 국지적 교역, 낙후된 농촌으로 방치된 길드 지배 하의 마을들, 독일 부르주아지는 그런 암담하고 몽매한 사회질서 하의 열악한 상황에 처해 있었다. 그러나 그들의 직업적·지적 지위는 점차 향상되어 18세기 후반에는 처음으로 직업적 문사계급을 산출하게 되었다. 그 집단은 이기적인 귀족의 손에서 벗어나 문화적·정신적 주도권을 행사하는 갖가지 징후들을 보여주었다. 그러나 정치적·경제적인 힘에 뿌리를 두지 못한 그 부르주아 계몽주의는 여러 가지 점에서 봉건 절대주의에 함몰되어 권위에 대한 깊은 경의를 드러내 보여주었다. 용감한 계몽주의자이자 프로이센 왕의 유순한 신민이었던 이마누엘 칸트가 그 좋은 실례가 될 것이다.

18세기에 이상한 새 담론으로서 태어나는 미학은 그런 정치적 권위에 대한 도전은 아니다. 그러나 절대주의 권력에 내재한 이데올로기적 딜레마의 징후적인 것으로 판독될 수는 있다.[18]

신분제의 봉건질서에서 시민사회로 이행하는 과정에 등장한 독일적 특수성을 자유주의 관점에서 파악하는 이글턴의 결론, 즉 독일에서 태동한 철학적 미학을 "절대주의 권력에 내재한 이데올로기적 딜레마의 징후"에 대한 판독자료로 고정하는 결론을 그대로 받아들일 필요는 없을 것이다. 이글턴의 지적 배경이 영국 경험론 전통을 근간으로 한다는 사실을 고려하면 더욱 그렇다. 경험론은 예술과 미학을 구체적 현실경험의 반영으로 보고 그 이데올로기적 기능을 추적하는 전통을 일궈내는 성과를 거두었지만, 예술작품이 경험과 제휴하지 않을 수 있고, 현실에서 관철할 수 없는 자유의지와 제휴하여 '딴 세상'을 창조해내기도 한다는 사실을 깨우칠 능력은 없다.

그렇다고는 해도 이글턴이 분석의 토대로 사용하는 역사적 사실에 대한 기술은 새삼 주목할 필요가 있다. 즉 독일에서 정치적 절대주의라는 문제에 대한 대응책으로서 철학적 미학이 '요구'되었다는 것이다. 역시 영국식 자유주의자의 입장에서 이글턴은 미학의 이데올로기적 징후에 치중하여 "권력이 자체의 목적을 위해 '지각할 수 있는 생'을 설명할 필요"에서 미학 발생의 연원을 찾지만 실질적으로 철학적 미학은 『판단력비판』으로 그 이론적 정당화의 초석을 놓은 칸트의 경우처럼 유

---

18 같은 책, 2~3쪽.

순한 신민이자 용감한 계몽주의자인 두 얼굴을 한 것이었다. 이 양면은 어느 한쪽으로만 해석될 수 없다. 하지만 이제껏 이론가들은 어느 쪽이 더 타당한가를 고르느라 항상 오류를 범했다. 글 쓸 때만 용감한 계몽주의자였고 현실에서는 신하 근성을 버리지 못한 칸트인지, 비록 현실에서는 머리를 굽히는 한이 있어도 진리추구의 열정을 끝까지 유지한 칸트인지 두 명의 칸트를 두고 골라잡아야 하는 상황을 만든 사람들이야 말로 자유주의적 경험주의 판형만을 자유의 표상으로 아는 사람들이다. 이글턴 역시 여기에 속한다. 두 개의 깔끔한 선택지를 만드느라 양면이 하나의 전체를 이룬다는 진리를 간과할 수밖에 없었다. 진리는 선택지 속 골라잡을 대상으로 존재하지 않는다. 물질 세상에 발을 딛고 살아야 하는 개별 인간에게는 형이상학적 차원이 열릴 때 비로소 빛으로 다가오는 요령부득의 실체이다. 독일 계몽인들은 인간의 관념과 마음이 진리의 빛을 맞이할 수 있음을 확신하였다. 현실에서의 좌절감을 상쇄하기 위해서라고 비난을 해도 이 사실 자체는 변하지 않는다. 독일적 근대는 이상주의 문화지형을 일궈내는 성과를 거두었다. 독일의 철학적 미학은 자유주의적 이상주의를 통해 자유가 보편관념의 위상을 계속 유지할 수 있도록 하면서 경험론의 구체성과는 다른 방식으로 그 자유관념이 사람들의 삶에 영향을 미치는 방식을 개발하였다. 이와 같은 이상주의적 요구를 충족시킬 대안으로 독일 근대인들은 예술이라는 가상의 제국을 구축하였다.

위 인용문에서 이글턴이 언급한 바와 같이 독일에서 18세기 계몽의 결과 사회적 영향력을 획득한 '계급'은 문필가 집단이었다. 자유부르주아를 대신하여 최초로 사회권력을 행사한 문필가들은 계몽의 이상만 공유했지 출신은 제각각이었다. 따라서 자신이 속한 계층으로부터 이탈하는 것이 문필활동의 출발이요 필요조건이었다. 물론 대체로는 괴테의 경우에서 보듯이 상류층 출신이 많고 귀족들도 있었지만 프리드리히 실러(Friedrich Schiller)처럼 비교적 하층에 속하는 집단 출신도 있었다. 실러는 문필활동을 위해 고향을 다스리는 영주의 명을 거역하고 이웃나라로 도피하여 반역자의 삶을 산다. 그리고 평민 출신 괴테는 바이마르에서 공국의 모후를 중심으로 문예살롱을 열어 '독일식' 근대의 주춧돌을 쌓는다. 문예살롱은 예술작품 수용을 중심으로 신분이 다른 사람들이 모이는 사교의 장이었다. 예술작품이 계급적 차이를 무화시키는 핵으로 작용했다. 단두대를 통하지 않고도 귀족이 평민과 교류할 수 있고 정치적 타협을 통해 귀족적 점잖음을 덧쓰지 않고도 평민이 귀족과 보조를 맞출 수 있는 계기가 열린 것이다. 바이마르 공국의 카를 아우구스트(Karl August) 공의 모후 안나 아말리아(Anna Amalia) 대공비를 모델로 하는 문예살롱과 독서회가 전 독일에 우후죽순처럼 생겨났다. 시인과 사상가의 나라 독일은 예술작품을 통해 자유주의를 이상주의로 대체하면서 근대사회로 진입하였다.

이 독특하고도 세계사적으로 유일무이한 '독일적' 이행과정에서 개념화되어 지성사에 등장한 것이 '교양시민'(Bildungsbürger)이다. '시민'이라는 개념에 부합하려면 봉건유제를 청산하고 자유와 평등의 이상을 토대로 민주주의를 개척하는 근대인이라는 정체성을 가져야 할 것이다. 독일의 근대인은 봉건유제를 청산하는 일에서는 구체적인 성과를 내지 못했지만 자유와 평등을 이상적인 가치로 보존하고 유지하기는 했다. 그래서 그냥 시민이라는 일반적인 명칭을 부여받지 못하고 '교양'이라는 인문적 수식어가 앞에 붙은 정체성을 가지고 인류 역사에 등장하였고 20세기에 이르도록 이루 말할 수 없는 정당성 논란에 휘말렸다. 앞에서 서술하였듯이 독일 계몽인들이 자유시민이 되지 못한 것은 독일 산업화 과정의 독특성에 기인한다. 한국과 마찬가지로 개발독재를 추진한 빌헬름 제국 시기에 귀족과 관료가 통치권을 장악하게 됨에 따라 주류에서 밀려난 시민층이 민주화 투쟁(사회제도 개혁)보다 관념론과 고전예술이라는 전혀 다른 세계를 구축한 것이다. 그런데 교양시민의 존재는 부르주아지로부터 산업화 담당자 역할을 몰수한 독일 귀족에게도 자기정당화의 부담을 안겨주었다. 군림은 하지만 통치하지 않는 영국식 해결책도 찾지 못한 채 독일의 귀족은 시민사회가 발전되면서 그냥 자신을 시민화하는 편을 택하였다. 당장은 단두대로 갈 귀족의 운명에서 벗어나길 원했기 때문이었다고 할 수 있겠고 후일에는 남아 있는 기득권이나마 지키기 위해서였을 수 있다. 교양시민과 산업화 세력인 귀족의 긴장관계는 역사단계마다 미묘한 차이가 있다. 하지만 두 집단이 정치적으로 제휴한 적은 없었다. 두 세력은 서로 긴장하면서 19세기를 지냈다. 교양시민의 존재는 독일 역사의 독특성을 설명하는 핵심용어이다. 20세기에 성과를 거둔 노동자층을 포함한 사회 전반적인 이른바 '계급타협'을 교양시민의 존재로부터 설명해낼 수도 있다. 자유주의를 꽃피운 영국에서는 자유부르주아가 귀족과 사회적으로 제휴하였다면, 사민주의가 발전하는 독일은 노동자와 고용자 사이의 사회적 제휴에서 동력을 이끌어낸다. 영국이 신사의 '점잖음'으로 사회적 제휴를 유지했다면 독일은 사회구성원의 '자기상대화'로 공동체 의식을 고취한다.[19] 18세기에 비해 비록 수적으로는 현격하게 줄었지만 한때 신기루를 찾았던 교양시민의 전통은 오늘날까지 사회적 힘을 발휘하고 있다.

교양시민의 자유는 현실을 떠나 찬란한 관념론의 '딴 세상'으로 비상하는 자기부정에서 출발한다. 그래서 현실과의 구체적인 접점은 시야에서 사라졌다. 길을 잃고 허우적대기 일쑤였다. 하지만 아울러 자본과의 결탁도 비껴갔다. 빌헬름 제국의 권위주의적인 사회 분위기에서 돈을 버는 부르주아의 경제적 자유가 위축되었지만, 일반인들의 선택의 자유 역시 심하게 부추겨지지 않았다. 그래서 결과적으로 물질주의가 사람들의 심성을 점령하는 정도가 자유주의 나라들에서만큼 심하지는 않은 사회 분위기가 조성되었다. 경제시민이 자유주의 부르주아로 세력을 형

---

19 개발독재라는 마찬가지의 경로를 통해 산업사회로 진입한 한국의 경우와 비교해 보았을 때 근본적으로 차이가 나는 사회심리적 요인이라 할 수 있다. 사회적 부의 배분이 국가통제에 의한 계획경제의 결과로 집행되는 사회에서 '정당한 노력의 대가' 운운은 어불성설이다. 중산층 역시 마찬가지이다. 성실한 직장인의 경우라 하더라도 한국사회에서 부동산을 통한 부 형성과정을 통해 승자 혹은 패자가 되었다. 열심히 노력한 대가로 유복한 삶을 누리는 '강남좌파'는 기만이다.

성하지 못한 독일은 20세기 후반 자본주의 앞에 '사회적'이라는 형용사를 덧붙일 수 있었다. 사회적 시장경제(soziale Marktwirtschaft). 이 형용사를 현실에 불러오기까지 18세기부터 지속되어온 관념론의 전통이 있었고, 이 전통에서 시민은 '자기상대화'의 비판(Kritik)으로 인격을 도야하는 구성원이라는 정체성을 얻었다. 현실적 기반에서 이탈해 휘청거리는 교양시민에게 예술은 현존재의 상대성을 확인하면서 공동체의 일원이 됨을 주지시키는 절대의 영역이다.

5. 87년 체제와 동일성 사유(Identitätsdenken)

신분질서를 근간으로 하는 봉건제에서 근대 시민사회로 이행하는 '독일적 길'에서 가장 뚜렷하게 드러나는 특이점은 민주주의 시민사회 구성을 담당해야 할 주도층이 동질적인(homogen) 사회계층으로 존재하지 않았다는 사실이다. 자유주의 부르주아는 존재감이 없었고, 대토지 소유 귀족들이 토지를 자본주의적으로 경영하면서 근대화의 물적 토대를 마련하였다. 부르주아에게서 산업화의 역할을 탈취한 귀족층에 의해 절대주의 체제가 굳어졌다. 빌헬름 제국은 군주제의 국체를 유지하면서 산업화를 추진하였고, 군주 개발독재의 계획경제는 권위주의적 관료층의 비대화를 초래하였다. 따라서 사회의 민주화가 지체될 수밖에 없었다. 계획경제로 중공업에 주력하다가 세계대전을 두 차례나 일으켰다. 이런 길을 걸어온 독일 시민사회 성격을 두고 논란이 분분할 수밖에 없었다.

그런데 21세기에 들어와 이 '독일적 특수경로'에 대한 논란이 방향을 바꾸어 진행되기 시작되었다. 과거에는 세계사적 파국을 일으킨 나라의 책임을 묻고 그 근본요인을 찾아 근절하자는 의도로 진행된 논란이었다면, 이제는 '그럼에도' 민주주의 사회에 근접한 나라의 동력에 대한 궁금증이 논란을 일으킨다. 실제로 독일은 유럽연합 내에서의 위상이라는 단면만 분리해 놓고 보면 고도산업화와 일정한 수준의 민주화를 이룩한 나라로 평가할 수 있다. 20세기 후반, 자국의 과거사에 접근하는 독일의 방식은 일본과 비교하여 종종 세계사적 모델로 거론되기조차 하였다. 오늘날 지구상 모든 국가들이 추구하는 과제가 산업화와 민주화의 동시진행을 통해 인간다운 삶을 누리는 민주 시민사회 구성이라고 보았을 때, 독일의 '특수경로'가 새삼 주목을 받는 이유는 간단하다. 자유부르주아도 없었고 그들을 무덤으로 몰아넣을 프롤레타리아트가 세력을 과시한 적도 없는데 어떻게 민주화가 가능했는가? 독일의 민주주의란 대체 실체가 무엇인가. 산업화는 개발독재로도 충분히 달성할 수 있는 근대적 과제라는 인식이 일반적이다. 한국의 군부 개발독재가 가장 특징적인 경우이다. 하지만 민주화는 자유주의 부르주아가 민주적 가치를 사회적으로 관철한 경험이 있는 나라에서나 가능한 것 아닌가. 여태 그 역사적 '결여'를 독일이 세계사적 파국을 일으킨 원인으로 자리매김해왔는데, 갑자기 관점을 바꾸어야 하는 시간이 온 것이다.

  1789년 프랑스에서 발생한 정치혁명이 대변하는 '자유주의적 변혁'은 오랫동안 혁명적 낭만주의의 온상이었다. 한국의 변혁 주체 세력들도 이러한 편향에 깊이 침윤되었던 시간을 보냈다고 할 수 있다. '스스로 역사의 주체가 되는 경험을 해보는 것'이 혁명을 낭만화하는 이유일 것이다. 자신의 삶을 자율적으로 꾸려간다는 의미인 주인의식을 확보할 최적의 계기가 바로 구체제 붕괴의 현장이라는 주장에는 일리가 아주 없지 않다. 그런 방법으로 주인의식을 획득하는 길이 가장 간단명료할 것이기 때문이다. 하지만 그처럼 단칼에 주인의식을 획득할 수 있도록 혁명이 일어나 주어야 한다는 전제 때문에 후세대가 전망모색을 할 때 준거로 받아들이기에는 곤란한 점이 많다. 그래도 무너뜨리면서 획득하는 방식의 '확실성'이 주는 매력이 무척 강력한 까닭에 이처럼 명료한 주인의식 획득방법이 일종의 사유관성으로 굳어지게 되었다. 혁명적 순간을 한번 맛보고 싶은[20] 생각은 그와 엇비슷한 혼란의 시기가 오

20 지배자를 처단한 경험이 없는 사회구성체는 성숙할 수 없다는 생각을 하는 사람

44

면 있어야만 했지만 없었던 과거를 현재의 사건들에서 닮은꼴로 확인하고 싶은 충동으로 진화한다. 낭만화는 동일성 사유를 작동시킨다. 보고 싶은 바를 현실에서 추출해낸다.

이 자유주의적 낭만화 관성은 물론 유럽에서도 오랫동안 지속되었고, 독일 역시 마찬가지였다. 하지만 한국의 87년 체제 패러다임만큼 낭만화가 동일성 사유로 진화한 경우도 두 번 다시 없을 것이다. 개발독재에 의한 산업화의 성과가 사회 곳곳에서 감지되고 민주화 투쟁의 성과도 상당한 정도로 결실을 맺은 시기에 앞으로 어떤 사회를 구성할 것인가를 둘러싼 고민이 시작됨은 당연한 현상이다. 이미 1980년대에 한차례 이른바 '사회구성체 논쟁'을 치른 경험도 있었다. 그렇다고 해서 직선제 개헌을 통한 군부독재 종식을 '자유주의적 변혁'에 대입하고는 이를 통해 진보의 역사철학이 제시하는 도정의 한 단계를 거쳤다고 이해한 것은 오류였다. 이 오류는 오늘날까지도 한국사회 전망모색에 걸림돌로 작용하고 있다. '넥타이 부대'의 등장은 해석의 여지가 무척 풍부한 현상이었다. 그 현상을 어떻게 보느냐에 따라 전망모색의 갈래도 새로 잡힐 수 있었다. 그런데 프랑스혁명사를 공부한 사람들이 많았던 탓인지 점심시간에 평범한 직장인들이 집결하는 시가지를 구체제가 붕괴하는 현장으로 '간주'한 것이다. 그렇게 '보고 싶어' 하는 사람들이 그만큼 많았다는 것은 변혁에 대한 열망이 들끓고 있었음을 알려준다. 이 열망으로 지배층이 좌충우돌하는 현실을 '자유주의 변혁'에 대입하는 무리수를 두고 민주화 시대가 열렸다고 '선언'한 것은 지나친 자기위안이 아니었는지 근본적인 성찰이 필요해 보인다. 그동안 열심히 했으니 이쯤에서 한번 쉬어가면서 민주화 운동의 열매도 함께 누리자는 생각을

들은 대체로 지그문트 프로이트(Sigmund Freud)의 문법에 따라 '부친살해'의 계기를 자기성숙의 지표로 삼는다. 프로이트 학설의 소시민적 편협함에 대하여는 그동안 여러 차례 논증이 된 바 있으며, 아울러 프랑스혁명을 통해 가장 이득을 본 집단은 그 혁명을 구경한 사람들이었다는 속설도 생각해볼 일이다. '부친살해'를 민주사회 실현의 통과의례로 상정하는 사유는 위험하다.

했다고 볼 수 있는데, 민주화 시대가 되었다는 선언이 바야흐로 자유부르주아 없는 자유주의 시대를 여는 포문으로 변질될 줄 예상하지 못했던 것이다. 때맞추어 포스트모더니즘 열풍이 불면서 한국사회는 정말 '모든 것이 가능한' 사회가 되었고 '자본과 권력이 모든 성과를 독점하는' 세상이 되었다.

민주화 시대로 진입했다는 주장에 대해 부족한 점이 너무 많지 않은가 지적을 하면 그나마 형식적인 민주화라도 이루었으니 내용을 채우면 되지 않겠느냐는 반론이 즉각적으로 되돌아왔다. 하지만 정작 민주화의 내용이 무엇인가에 대한 논의는 일지 않았다. 대신 지배층의 재구성이 민주화의 핵심화두로 부상하였다. 그래서 이합집산을 거듭하는 정치권에 대해서도 너그러운 태도를 취할 수 있었다. 주인의식 획득을 스스로 지배층이 되는 일로 이해하면서 성장의 결실을 전유하는 과정에서 배제되지 않는 일에만 골몰하였다. 모두가 사회의 주류로 편입되고자 하는 의식을 가지고 살아온 지난 20여 년이었다. 결과는 무너뜨렸다고 생각한 구지배층은 그대로 남고 중산층이 사라짐과 아울러 경제적 양극화가 심화된 현실로 모습을 드러냈다.

'민주화'라는 용어를 새로 사유할 필요가 절박해진 시간이 된 것이다. 지금 글을 쓰면서 나는 민주사회로 가는 독일적 특수경로를 우리가 그대로 따라할 수 없음을 잘 안다. 오래 독일 인문학을 연구한 사람으로서 그들의 인문학이 기독교 형이상학의 세속화라는 독소조항을 뼈대로 삼고 있다는 사실을 외면할 수 없다. 그러면서도 지금 이 시간에 독일적 특수경로에 대한 연구서를 쓰는 까닭은 민주 시민사회로 가는 방법을 논의하면서 한국에서 프랑스적 길을 일종의 모델로 상정하는 경향이 너무 심하다고 생각하기 때문이다. 이러한 사유상의 '독과점'만큼은 완화할 필요가 있고 그러기 위해서는 다른 예시를 제공할 필요가 있을 터인데, 마침 독일이 요즈음 유럽연합의 중심국으로서 주목을 받고 있다 하니 이 새로운 현상을 한번 이용해볼 작정인 것이다. 오늘날 한국 시민사회가 직면한 전망부재의 상황에서 발상의 전환을 노려볼 심산으로 시도하는 작업이다.

한국 역시 산업화를 국가가 주도하는 계획을 통해 성공시킨 대표적 공동체이다. 자유부르주아가 신분질서의 질곡을 '자본의 힘'으로 극복하고 산업화를 추진했던 역사를 근대사로 가지고 있지 않다. 그래서 산업화 담당세력에게 자유와 평등이념의 실현을 기대할 수 없다. 그들이 권위주의 국가에 의해 산출된 집단으로서 무엇보다도 자유의지의 결여라는 태생적 한계에 묶여 있기 때문이다. 자유의지를 갖고 있지 않은 사람들은 시민사회 구성의 주역이 될 수 없다. 이른바 '민주화 세력'이라고 분류되는 집단의 경우도 이념의 담당자가 되기에는 크게 부족하다. 한국 민주화 세력의 반독재 투쟁은 민족주의와 성장 패러다임을 벗어나지 못하였다. 시대적 한계임은 분명하다. 불가피했던 한계라고 해서 저절로 극복되거나 느슨해지지 않는다. '민주 시민사회 구성'이라는 근대의 이념에 비추어 보았을 때 산업화 세력과 민주화 세력의 이념적 한계, 협소함은 반드시 지적될 필요가 있다.

산업화가 시민사회 구성과정 일반과 동일화되는 동안 한국은 압축성장의 결실을 누리면서 산업화 세력의 도덕적·역사적 정당성을 개선하기 위해 노력하였다. 의회가 정상화되고 복지제도가 도입되었으며 권위주의도 약화되었지만 현재 한국은 구성원들의 삶이 갈수록 피폐해지는 궤도에 빠져 헤어나지 못하고 있다. 압축성장의 부작용이라는 인식은 일반화되어 있다. 이 부작용을 어떻게 해소할 것인지에 대해서는 확실한 전망이 없다.

'이행기'를 국가 주도의 계획경제를 통해 '성공적'으로 통과한 독일과 한국의 공통점은 시민층의 허약함과 사회 주도층의 역사적·도덕적 정당성 결여에 있다. 하지만 차이점도 분명한바, 앞에서 서술한 이른바 '교양시민'의 존재 여부이다. 새마을운동이 전 국민의 이행기 의식을 포섭한 한국은 산업화 이후 사회통합에서 큰 어려움을 겪고 있다. 인간의 삶에는 잘사는 것 이상의 인간적 가치도 중요하다는 인문적 전통이 한국(조선)에 없었던 것은 아닌데, 새마을운동을 통해 말살되고 1980년대

백낙청이 주도한 문학계의 리얼리즘 전횡으로 이념적 뿌리마저 뽑혀버렸다. 한국적 리얼리즘은 중산층의 소비문화 정당화에 기여하였다. 그 결과 분배에서 주변부로 밀려난 계층이 중산층 소비문화에 자신을 동일시하는 현상마저 물밀듯 일어났다. 가난한 사람들은 더욱 가난해져 가고 있다. 분배 시스템을 재편하기 위해서라도 구성원의 가치 체계 재구성이 우선적으로 필요한 실정이라고 하겠다. 프롤레타리아의 계급의식을 고취하는 방식이 아니라 더 많이 분배받는 계층의 구성원을 자기 반성시키는 방식으로 한 번쯤 전 사회적인 의식개혁 움직임이 일어났으면 좋겠지만, 잘살게 되었다고 선뜻 성장 패러다임에서 벗어날 인구는 그리 많지 않아 보인다.

교양시민의 이념을 주류의 '자기상ㄴ대화'로 해석해서 한국의 공론장에 도입하면 군사독재가 성공시킨 산업화를 도덕적 평가대상에서 구출해내 모든 구성원의 부담으로 전환하는 효과를 기대할 수 있지 않을까—내가 독일 교양시민을 연구하는 주된 이유이다. 군사독재에 대하여는 그것이 '독재'인 까닭에 찬성과 반대의 이분법적 구도에서만 논의가 진행되어왔다. 그 독재가 오늘의 풍요를 가져다준 장본인이므로 누구도 그 과거의 '역사적' 사실에서 자유롭지 못하다. 그런데 선택지에는 찬성과 반대 두 가지만 있다. 독재이므로. 이 양자택일의 선택지가 우리의 사유를 방해한다. '산업화'라는 오늘의 한국을 있게 한 과거의 '사실'에 대해 도덕적으로 판단해야 하는 결단 상황으로 독재라는 과거 사실의 문제가 변질되기 때문이다. 박정희 통치 시절에 한국이 절대빈곤을 벗어났다는 사실을 도덕적 판단대상과 변별해서 대할 필요가 있지 않을까? 바라기로는 한국의 근대화 역시 자생적인 부르주아들의 출현으로 조금은 덜 폭압적인 방식으로 진행되었더라면 무척 좋았을 것이다. 소망스러운 일이 좌절된 경우 회한은 있을 수 있다. 그리고 도덕적인 판단도 할 수 있다. 하지만 역사적 사건을 두고 마치 지금 선택할 수 있는 '현재적 사건'인 듯 대하는 태도는 미래의 전망을 모색하는 과정에 오히려 걸림돌로 작용한다.

민주화 세력 역시 산업화의 결실을 먹고 살았다. 산업화 과정은 노동 집약적 효율성과 그 노동과정의 폭력성을 통해서만 성공의 궤도에 오른 것이 아니다. 자연을 가공하는 폭력적인 방식에 구성원 모두 참여하였다. 한국인들 중 개발독재에 의해 산업화를 이루고 자본주의 경제시스템이 정착되었다는 사태에서 자유로운 사람은 아무도 없다. 따라서 오늘날 우리가 취할 태도는 우리의 현재가 그다지 떳떳하지 못한 과거를 딛고 구성되어 있음을 받아들이는 것이다. 독재를 도덕적으로 비난하는 일과 과거에 독재가 있었다는 사실을 나의 삶의 일부로 받아들이는 일은 완전히 별개다. 독재자를 비난하는 일이 개발독재의 성과를 통해 구축된 경제 시스템에서 밥벌이를 하는 나의 현실을 도덕적으로 정당화해주지 않는다. 산업화의 성공을 사회의 자산으로 여기는 구성원들이 모두 지고가야 할 역사적 부채일 뿐인 것이다.

산업화란 인간이 자신의 필요에 의해 자연을 폭압적으로 지배하는 과정이다. 오늘날의 문제는 폭압적 지배가 제도적으로 정착되어 갈수록 강화될 뿐 아니라 일상에서 폭압의 현장이 사라졌다는 데 있다. 그 결과 사람들은 산업화가 '종결'된 것으로 착각한다. 산업화는 오늘도 진행 중이며, 더 큰 논란이 되는 쟁점은 도덕적으로 비난받아야 할 군사독재가 기틀을 잡아놓은 구조를 오늘의 민주시민이 계속 유지해나가고 있다는데 있다. 이제 우리의 시야는 독재와 민주시민의 관계에서 벗어나 민주시민이 되고 싶은 사람과 민주시민을 먹여 살리는 자연의 관계로 이동해야 한다.

산업화의 폭압성은 자유부르주아에 의해 주도되었든, 개발독재에 의해 주도되었든 실제로는 마찬가지로 가혹했다고 보는 것이 타당하다. 프랑스와 영국의 식민지 경영은 본국의 부르주아들에게 넉넉함과 점잖음의 가능성일 수 있었다. 그리고 한국 개발독재의 폭압성을 여전히 기억하고 있는 민주화 세력들에게 자유주의는 향수로 남을 수 있다. 민주적인 방식으로 사회를 구성하면서 산업화를 진행했더라면 좀 더 나은 삶의 기회를 제공하는 공동체를 구성할 수 있었으리라는 회한도 깊은 편이다. 이렇듯 자유주의 개혁의 부재를 몹시 아쉬워하면서 산업화와 더불어 민주화를 시민사회 구성의 필수과제로 생각하는 사람들의 가치 지향이 현실에서 제대로 힘을 발휘할 방법을 놓고 이제부터 본격적인 고민이 시작되었으면 좋겠다.

마지막으로 한 가지 제안을 해도 된다면, 고민의 화두를 평등으로 잡으면 좋겠다는 것이다. 시민사회의 이념들 중에서 특히 평등은 시민사회 스스로 실현할 수 없는 가치에 해당된다. 자유는 시민적인 틀에서 유감없이 실현될 수 있었다. 자유주의 역시 시민사회가 거둔 유례없는 역사철학적 성과이다. 하지만 평등이라는 가치는 여직 구체적인 실현을 누려본 경험이 없다. 인류는 자유와 평등을 서로 대립되는 긴장관계에서 파악하는 수준에 계속 머물고 있다. 그러므로 이처럼 바람직한 가치의 실현을 위해서라면 사변의 차원으로 사유를 비상시켜 볼 필요가 있지 않을까. 현실적 가능성이 부재한다고 해서 사유에서 배제하는 습관을 벗어나야만 없던 가능성이 생겨날 수 있는 것이다. 18세기 독일 교양시민이 어떻게 자유관념을 보편적 가치로 끌어올렸는지는 앞에서 살펴보았다. 21세기의 시민은 증대되어 가는 재봉건화 과정에 맞서 평등이념을 보편적 가치로 끌어올리는 교양시민이 되어야 할 것이다.

제1장 예술: 난파선의 조타수

1. 예술의 독특성

1) 특수자(das Besondere)

예술은 손에 쥐었다고 생각하는 순간 실체를 확인할 길 없는 신기루와 같으며 나의 감성계를 뒤흔들었지만 분명 지금 마주하고 있는 예술작품의 물리적 속성이 촉발한 감각적 자극 때문에 내가 감동을 받았다고 말하기는 어렵다.

이 독특한 현상을 두고 연구자들은 지금까지 여러 방법론들에 의지하여 다양하게 접근하였다. 하지만 이제껏 모두의 합의를 이끌어낼 수 있는 어떤 일목요연한 설명을 내놓거나 정식화된 개념을 도출하지는 못한 터이다.

예술은 시대에 따라 무척 다른 역할을 수행해왔으며, 그리고 동양화와 서양화 구분이 생길 만큼 지역적인 편차도 대단히 큰 편이었다. 그래서 우리는 예술 역시 문화와 마찬가지로 그 개념이 공동체마다 서로 다르게 이해된 채 사회화되고 있음을 확인할 뿐이다. 더 나아가 예술을 별도의 쓸모로 다듬어 자신의 인간학적 기획을 완성하고자 하였던 예술가 혹은 철학자들은 예술이 서로 무척 다른 모습들로 존재할 수 있음을 입증하였다.

초기 계몽주의 시절 감상주의 연극은 관객의 눈물샘을 최대한 자극하도록 설계되었고, 20세기 사회주의 리얼리즘은 예술이 수용자의 계급의식을 고취하여야 한다는 당위를 내세웠다. 절대정신이 감각이라는 옷을 입고 현실 속에 모습을 드러내는 것으로 미적 현상을 이해하였던 헤겔은 아도르노의 미학이론과 대척점에 서 있다. 아도르노는 예술이 거짓된 현실을 넘어서 사물의 참된 질서를 미리 엿볼 수 있도록 해야 한다는 이론을 발전시켰는데, 그에 따르면 우리가 현재 사용하고 있는 개념들로는 이 사물의 '아직 드러나지 않은' 참된 질서에 접근할 수 없으므로 계속 살아가기 위해서라도 감성을 활성화하지 않으면 안 된다. 유토피아를 향해 열린 감성과 결합했을 때라야 개념은 우리의 행복 추구 과정에 동참할 수 있는바, 개념의 규정성이란 한마디로 이미 확보된 도식으로 삶에서 '현재'를 박탈하는 관성에 다름 아니기 때문이다. 그렇다고 개념을 버린다면 우리의 사유도 중지될 것이다. 생각하는 존재인 인간의 한계이다.

예술이라는 독특한 현상은 우리의 삶을 구성하고 있는 요인들 중 그 어느 한 가지로 환원되지 않는다. 사회적으로 접근하든 역사적으로 접근하든 부족한 부분과 넘치는 부분이 나온다. 하지만 설명이 잘 안 되고 논증하기가 불가능한 채로 예술은 늘 우리와 함께 있었다. 아울러 수용하는 우리 역시 예술이 주는 즐거움을 누리면서 왜 즐거운지 반드시 그 이유를 꼭 찾아보겠다고 마음먹지 않는다. 평소의 삶을 지탱해오던 고정관념에 타격을 가하는 작품을 마주했을 때조차도 기껏해야 '예술가들이란 참!' 한마디 내쏘면서 순간적으로 휩싸였던 정서적 충격에서 벗어나려 애쓰는 우리들 아닌가.

결국 예술에 대해서 분명하게 말할 수 있는 점이 있다면 그것은 즐거움이든 충격이든 내 '마음속'에 무언가 새로운 움직임이 발생했다는 그 '부인할 수 없는 변화' 한 가지뿐이다. 예술작품을 접하고 그 이전과는 다른 마음상태를 갖게 되었음이 분명한데도, 그 까닭을 명쾌하게 해명하기가 어렵고 그래서 이 새로운 변화에 딱 들어맞는 이름을 찾을 길 없다는 점— 예술이 지닌 독특성의 실제내용이다.

합리성의 강박

그런데 세상만사에 모두 이름을 붙여야 한다는(즉 합리적으로 해명해야 한다는) '근대적 강박'이 등장하기 이전, 예술은 이런 독특함을 자신의 본령으로 여기며 별 탈 없이 지낼 수 있었다. 꼭 해명되어야만 하는 사물로 분류되지 않았던 것이다. 인류 역사에서 예술은 오랫동안 주술이나 제의에 더 가까운 채로 있었다. 종교 옆에서 자기 나름의 빛을 발하면서 사람들로부터 존재를 인정받았고, 그 빛으로 종교의 현실성에 힘을 보탰다.

이처럼 계속 친근성을 유지했던 종교와 예술이 서로 갈 길을 결정적으로 달리하기 시작한 것은 18세기에 들어와서이다. 세계를 합리적으로 설명하는 서구 계몽이 두 사안에서 각기 다른 '본질'을 간파했기 때문이다. 단위 영역들이 부분으로서 자신의 본령에 충실하면 결과적으로 그 모두가 조화로운 우주(Kosmos)에 귀속된다는 관념의 힘으로 추동된 탈주술화(Entzauberung). 따라서 탈주술화된 세계에서는 예술과 종교가 각기 나름의 영역을 확보했고, 아울러 그 차별성을 통해 세계가 하나의 통일된 전체로 조직되어야 했다.

종교는 형식적 탈주술화 과정을 통과하였다. 그래서 계몽된 세상에서도 '실체'로서의 위상을 계속 유지하게 된다. 내세와 현세를 구분하면서 시작된 서구 계몽이 제도로부터 종교심 자체를 구출해낸 결과이다. 반면 종교에 가까이 있던, 하지만 종교 자체는 아닌 예술에 대해서 계몽은 내용적인 합리화 작업을 추진하였다. 그 결과 완전히 세속화된 예술에는 사회적 제도화의 가능성이 주어지게 되었다. 철학이 계몽의 전통에 따라 내면성이라는 비합리를 내장한 이 '독특한' 영역에도 꾸준하게 개념을 적용한 결과이다. 서구 계몽이 추진한 탈주술화에 의해 '내면세계'라는 비합리의 영역이 사회적으로 공인되었다. 시민사회가 거둔 역사철학적 성과에 해당할 것이다. 탈주술화된 시민사회에서 예술은 '비정형화된' 사회적 기관으로 자리잡았다.

비합리적 영역에도 개념을 적용할 수 있다는 신념을 버리지 않은 서구 계몽이 거둔 성과 중 가장 획기적인 것은 독일철학적 미학에 의한 특수자(das Besondere) 개념의 발전이다. '철학적 미학'이라는 독자적인 학문분과의 정립을 동반한 발전이었다. 18세기로 접어들면서 인간의 인식활동에서 논리인 것(das Logische)에 절대적인 우위를 부여해온 전통을 재구성할 필요가 있다는 생각이 고개를 들었는데, 이른바 '아름다운' 사물들에 대한 인간의 체험, 즉 논리적인 분석으로 다 설명되지 않는 체험을 중요하게 받아들이는 시대적 흐름과도 관련이 있었다.

이런 생각으로 새로운 영역에 대한 계몽을 추진한 결과 논리적인 것과 감각적인 것(das Sinnliche) 사이의 긴장이 사물의 아름다운 면모를 알아보게 하는 '미적' 사태라는 사실을 '발견'하게 된 것이다. 진정으로 '근대적인'[1] 발견이었다. "아마도 하나의 공통의, 그러나 우리에게 알려져 있지 않은 뿌리에서 생겨난"[2] 인식의 "두 줄기"인 감성(Sinnlichkeit)과 오성(Verstand)이 평소와는 달리[3] '긴장상태의 균형'을 이루는 경우가 정

---

1 이른바 '아름다운' 사물들은 태곳적부터 늘 인간과 더불어 있었다. 꽃을 보고 감탄하는 마음은 고대인이나 근대인이나 마찬가지일 것이다. 근대인이 고대인과 다른 점은 그 '미적 사태'를 해명하겠다고 마음먹은 것이다. 자신의 철학체계 완성을 위해 미적 사태, 즉 '이 대상 x가 아름답다는 판정'을 분석한 칸트야말로 근대인의 원형이다.

2 임마누엘 칸트, 백종현 옮김, 『순수이성비판』, 아카넷, 2007, 236쪽.

3 두뇌의 일상적인 활동인 이른바 '인식'은 오성이 감성을 지배하는 양태이다. "오성은 인과성의 범주를 마치 도장처럼 감각적 지각의 원료에 새겨넣고, 그 지각 속에서 인과성을 재발견한다."(랄프 루트비히, 박중목 옮김, 『쉽게 읽는 칸트』, 1996, 이학사, 106쪽) 아도르노가 호르크하이머와 함께 쓴 『계몽의 변증법』은 그렇기 때문에 '실험철학의 아버지'인 프랜시스 베이컨(Francis Bacon) 이래로 학문정신이 '가부장적'인 성격을 지니게 되었다고 통렬하게 비판한다. 베이컨 이래 진행된 근대 과학주의의 승리를 고발하는 것이다. "사물의 본성과 인간 오성의 행

말 있다는 것이 새로운 '발견'의 요체이다. 이러한 긴장상태에서 우리의 두뇌는 대상을 분석하지 않는다. 오히려 자신이 처한 상태를 '반성'(Reflexion)한다. 따라서 '미적 긴장'은 인간 정신능력의 새로운 지평을 여는 계기가 아닐 수 없다. 칸트가 『판단력비판』에서 논증한 근대 계몽의 최대성과에 해당하는 내용이다. 이 문제를 우리는 앞으로 자세히 다룰 것이다.

미리 간략하게 정리하자면, 이른바 '비논리적인' 영역에 속하는 것으로 분류되는 감각 그리고 육체의 사안을 합리적인 담론에 도입하기 위해 사용되어온 아이스테시스(aisthesis) 개념이 칸트의 논증을 통해 논리적인 것과 감각적인 것 사이의 '긴장'(Spannung)을 뜻하는 내포를 획득하게 되었다는 이야기가 된다. 이 독립적인 내포를 통해 근대의 산물인 '미학'은 차츰 철학으로부터 독립하게 되었고 20세기에 들어서는 자신을 탄생시킨 철학과 본격적으로 갈등하는 국면도 조성했다.

감성의 자발성

물론 갈등은 그 자체로서 창조적 동인(動因)일 수 있다. 각 사안들이 자기주장을 굽히지 않을 때 일어나는 현상이므로 새로운 전망이 필요함을 명백하게 주지시키기 때문이다. 그런데 20세기에 들어와 미적 긴

───

복한 결혼은 가부장적인 것이다."(테오도르 아도르노·막스 호르크하이머, 김유동 옮김, 『계몽의 변증법』, 문학과지성사, 2001, 22쪽) 독일어에서 '사물의 본성'(die Natur der Dinge)은 여성명사이고 '오성'(der Verstand)은 남성명사이다. '가부장적'이라는 표현은 남성명사가 여성명사를 지배한다는 문법에 바탕을 둔 언어유희이지만, 사태의 본질을 드러내준다. 미적 사태의 '다름'은 감성이 오성의 지배를 받지 않을 만큼 강력해져서 두 인식능력들이 서로 갈등상태에 돌입함을 뜻한다. 지배의 관성에 사로잡힌 오성을 평소보다 힘이 센 감성이 거스르면서 팽팽한 긴장상태가 조성된다. 이 '유희'는 주체의 의지로 일어나는 일이 아니다. 아름다운 사물을 접했을 때 생기는 '어쩔 수 없는' 일이다. 유희가 둘 사이의 균형으로 마무리되면, 이 '기특한' 정신활동에 대한 보상으로 우리의 마음속에 쾌감이 일어난다. 그러면 우리는 '아름답다'는 술어로 미적 대상이 우리에게 불러일으킨 특별한 작용에 대한 감사의 뜻을 표한다.

장을 자신의 본령으로 계속 유지하려는 미학과 개념의 동일성 강제를 극복하지 못한 철학이 갈등하는 사이, 모든 긴장으로부터의 해방을 프로그램으로 하는 포스트모더니즘이 철학과 예술을 사회적 긴장으로부터 '자유롭게' 해방하는 지극히 '반(反)미학적'인 사태가 발생하였다. 포스트모더니즘은 갈등이 항상 새로운 전망을 견인하는 것은 아니라는 사실을 입증하였다. '포스트'를 표방한 새로움은 퇴행이었다. 사회적 해방을 자유주의적 구성으로 대체하는 프로그램을 작동시킨 까닭이다. 이 신자유주의적 기획으로 예술마저 개념의 동일성 강제에 희생되는 결과가 나타났고, 어느덧 현대의 예술은 자본의 팽창 메커니즘에 포섭되어 파편화된 채 의미상실을 본령으로 삼고 있다.

21세기에 우리가 풀어야 할 과제는 매우 역설적인 것이다. 스스로 전체와의 관련을 제거했으면서도 끊임없이 의미부여하는 손길을 기다리는 현대예술은 진정 새로운 도전이다. 자본주의 사회에서 가장 큰 손은 대자본이라는 '세기적 진리'가 두려울 따름이다.

이 모든 패착의 원인을 '개념의 동일성 강제'라는 일목요연한 표현에 위탁한 아도르노는 무엇보다도 현대철학이 진리능력을 상실했음을 애석해하였다. 그가 부정변증법의 철학자가 된 일차적인 원인일 것이다. 예술에 기대를 거는 까닭도 동일화하는 사유가 사회적 지배관계를 온존시키는 주범이라는 판단에서였다. 그렇다면 개념의 동일성 강제를 내부에서 차단하는 일이 진리회복의 지름길이 될 것이다. 이러한 철학적 과제를 수행하기 위해서는 비진리인 현실을 거슬러 대립하는 어떤 강력한 초월적인 계기가 필요하다. 이러한 아도르노의 당위적 요청은 비동일자(das Nichtidentische)[4]라는 명칭을 얻었다. 비동일자는 유토피아적

---

4 이 개념에 대하여는 테오도르 W. 아도르노, 이순예 옮김, 『부정변증법 강의』, 세창출판사, 2012, 142쪽, 편집자 주 103 참조. "비동일자는 아도르노 철학의 열쇠 혹은 핵심개념이다. 아도르노가 자기 나름의 철학을 세우기 위해 사용한 명칭. 동일자와 대립하는 비동일자는 전통적인 용어로 풀어보면 이념적인 것과 물질적인 것의 대립, 일자에 대한 다자의 대립이 의미하는 바와 전반적으로 일치한다. ……

감성회복을 위해 사회적 억압의 철폐를 겨냥한다. 이 과제를 수행하면서 비동일자가 구사하는 전략은 자본의 동일화 전략에 맞서는 것이다. 동일화 관성을 중지시켜 비동일자를 구출해내는 방식으로만 지배관계를 무너뜨릴 수 있다는 판단에서이다.

그런데 분석하는 오성의 관성을 중단시키는 '감성의 자발성'은 칸트가 『판단력비판』을 집필하면서 이미 확인한 바 있는 사실이다. 이 확인을 토대로 칸트가 '미적 긴장'을 새로운 학문분과의 본령으로 제시할 수 있었던 것이다. 어쩌면 오늘날 인류의 지성사는 '미적 긴장'에 새로운 내포를 채울 사상가를 필요로 하는지도 모른다. 칸트의 비판기획이 다시 한 번 수행되어야 할 정도로 이제껏 전해 내려온 사유의 틀이 세상에 대한 해명능력을 상실한 상태에 빠져버렸기 때문이다. 인류의 역사적 경험에 따르면 사유틀의 재조정은 논리적인 것과 감각적인 것의 새로운 매개 가능성을 확보함으로써 비롯된다. 18세기 말 칸트는 『판단력비판』을 통해 '반성'의 계기를 인간의 사유활동에 도입하여 새로운 전망을 열어젖힐 수 있었다.

2) 미학(美學, Ästhetik)

'아름다움에 관한 학문이 미학이다'라고 했을 때, 우리는 이 진술을

헤겔과 칸트 모두로부터 취하는데, 그래도 헤겔보다는 칸트의 비중이 크다. 헤겔 관념론이 옹호한 '절대적 동일성의 원칙'은 "비동일성을 억압되고 손상된 것으로 지속시킨다. 그 흔적이 동일성 철학을 통해 비동일성을 흡수해 들이는, 비동일성을 통해 동일성을 규정하는 헤겔의 긴장에 스며 있다. 하지만 헤겔은 동일자를 긍정하고 비동일자를 필연적인 부정자로 내버려둠으로써, 그리고 보편자의 부정성을 오인함으로써 사태를 왜곡한다. 헤겔에게 부족한 것은 보편성 아래 포박된 특수자의 유토피아에 대한 공감, 실현된 이성이 보편자의 파편적 이성을 자기 휘하에 거느리게 되면 바로 그 자리에 나타나는 부정성에 대한 공감이다."(Theodor W. Adorno, *Negative Dialektik*, S. 312) "반면 칸트는 비동일자를 체계 밖에 위치시킴으로써 비동일자를 좀 더 정당하게 다룬다. …… 칸트의 물자체에 인과론을 거스르는 계기, 즉 부정성에 대한 기억이 남아 있다는 사실은 이미 『부정변증법』에서 확정된 바이다."

최소한 동어반복으로 받아들이지는 말아야 할 것이다. 그렇지만 미학이라는 단어의 어원을 이루는 그리스어 아이스테티케(aisthetike)가 감각에 해당하는 사안을 다루는 학문(die die Sinne betreffende Wissenschaft)[5]이라는 뜻을 담고 있고 그래서 미학의 대상이 논리의 영역에 온전히 포함되지 않은 사물들로 이루어져 있다고 이해하고 나면, 동어반복으로 뜻풀이되어온 이 미학, 즉 '아름다운 것에 관한 학설'(die Lehre vom Schönen)이라는 단어가 인간의 어떤 정신활동을 지시하고 있는지 요령부득이 된다. 보편타당성으로 객관적 전달 가능성이 보장되어야 하는 학문의 영역에 개별적 다양성으로 온갖 예외들이 가득한 감각의 사안들이 어떻게 들어설 수 있을까?

인식할 수 없는 것에 관한 학문이라는 일부의 용어설명도 개념 이해의 어려움을 적나라하게 드러내줄 뿐, 미학이라는 개념 자체에 들러붙은 혼란을 풀어볼 만한 실마리를 언어화하고 있지는 않다. 하지만 그래도 사유의 방향을 제시해 주고 있기는 하다. 쉽사리 합치되지 않는 두 요소, 즉 논리적인 것과 감각적인 것 사이의 관계를 어떻게 설정할지가 관건이며, 서로 이질적인 것들이 맺는 '요령부득'의 관계에 학문적 탐구의 노고를 기울일 필요가 있다는 사실이 환기되기 때문이다.

이처럼 학문의 논리가 감각에 직면해서 이루어내는 불일치를 미학개념을 이해하는 중심화두로 삼기 시작한 것은 서구에서도 18세기 계몽주의 시기로 접어들면서부터이다. 신 중심 세계관에서 인간 중심 세계관으로 옮아가면서 신의 계시가 아니라 인간이 지닌 능력들이 세계를 해명하는 기관이 되었고, 이 과정에서 이전 시대에서라면 될 수 있는 대로 잠재워지고 억눌려져야 했던 개개인의 감각에 개별 주체로서의 인간이 세계를 인식해가는 아주 중요한 매개체의 지위가 부여되었기 때문이다. 이 시기에 독일에서 활발하였던 감식안(Geschmack) 논의도 감각

5 H. Schmidt und G. Schoschkoff (Hrsg.) *Philosophisches Wörterbuch*, Stuttgart: Körner, 1991, S. 44.

이 매개하는 인식 가능성과 감각의 매개로 확보되는 개인의 주체성을 강조하고 있다. 그러면서도 또 다른 한편으로는 아주 당연하게 보편타당성이 보장되리라 여겼다. 인간을 중심으로 세계를 해명하기 시작했지만 우주적으로 통일된 질서, 신의 섭리가 관철되는 보편에 대한 표상을 금방 떨쳐내지는 못했던 까닭이다. 이 시기에는 이성과 계시가 동전의 양면 같은 관계를 이루고 있었다.

감각과 논리가 이루어내는 긴장을 받아들이는 동시에 그런 새로움이 예전처럼 보편타당한 우주적 질서로 귀결되어야 한다는 요청은 인류의 지적 발전을 촉진하였다. 이 발전과정을 단계마다 뚜렷한 흐름으로 가시화한 독일 계몽주의 문화운동은 인류 문화사의 소중한 자산이다. 여기에서 우리는 사회구조적 조정을 통과하지 않은 채 역사현실에서 그 각각의 가능성과 한계들을 고스란히 드러내는 인간적인 요인들을 확인할 수 있다. 독일의 18세기는 혁명을 통해 사회를 개혁하지 못하고 또 절대주의 국가에 의해 사회체계가 권위주의적으로 완비되기 이전, 이행기의 혼란이 고스란히 드러나던 시기에 오성과 감성이 잠시 제각각 본 모습대로 인류의 역사에 등장할 수 있는 기회를 제공하였다. 둘 다 인간에게 심겨있는 요인들이지만, 매우 이질적인 능력들로서 제각기 독자적인 역학에 따라 움직이는 능력들이라는 사실이 계몽주의 문화운동 과정에서 확인되었다.

이상주의적 지향

계몽주의 문화운동은 철학분야에서도 뚜렷한 변화를 일궈냈다. 감각이 인식론 논의에서 중요한 변수로 떠오른 것이다. 철학은 감각의 중요성을 인정했다. 하지만 아직은 여전히 부차적이었다. 논리적 인식은 '밝은' 반면, 감각이 섞인 인식에는 여전히 '어두운' 일면이 있다고 여겨졌다. 그러므로 '진리'와는 적지 않은 거리가 있다. 「오이디푸스 왕」 공연을 보고 감동을 받았다면, 무언가 마음속에 확실한 느낌으로 들어섰으므로 그 실체를 인정할 수는 있다. 그런데 무엇 때문에 전율이 일어났는지, 그냥 허구에 불과한 연극을 보고 가슴을 쓸어내린 원인이 어디에 있는지 정확하게 분석할 수 없으므로 아직 명확한 인식은 아니다. 이런 생각이 데카르트학파에 속하는 미학자 알렉산데르 바움가르텐(Alexander Baumgarten)의 이론적 배경이었다. '감각의 부차성'을 논리화한 바움가르텐 미학은 이른바 '감각에 관한 학문'이 철학적 논구대상으로 되었음을 입증하는 사례이다.

계몽주의 문화운동은 감각과 논리의 '관계' 자체를 철학적 논구대상으로 끌어올렸다. 이 새 영역을 철학의 독립된 한 분과로 정립한 칸트는 『판단력비판』[6]에서 인간의 감성능력과 오성능력이 이루는 긴장이 '미적' 사태의 본질임을 논증하였는데, 이로서 미적 활동의 창조성이 바로 이 긴장에 근거한다는 점이 밝혀졌다. 그렇다면 이 '긴장에 찬' 정신활동에 의지해 아직은 인간에게 모습을 드러내지 않은, 새로운 차원의 전망을 열어나갈 가능성이 있다는 이야기가 된다. 미적 인식은 개별적인 차원을 여전히 유지하지만, 그러면서도 보편적 구속력을 지녀 아직 인

---

6 감성복권 과정과 더불어 그리고 영국 경험론의 철학적 뒷받침을 받아 활발하였던 18세기 감식안 논의에서 칸트는 처음에 심리학적 경험적 경향을 따랐다. 미학적 문제를 다룬 초기 글 『조화미와 숭고의 감정에 관한 고찰들』(*Beobachtungen über das Schöne und Erhabene*, 1764)에서 이러한 경향은 확인된다. 이렇듯 경험적 확실성에서 출발하여 이 감각적 수용의 문제를 인간의 감식활동에서 획득 가능한 보편성의 문제로 추상화해 가는 과정은 칸트가 자신의 철학적 문제의식을 인간정신활동이 관계하는 모든 영역들에 수미일관하게 관철하는 과정에 다름 아니다. 미와 숭고에 관한 우리의 판단이 단순한 경험적 타당성을 넘어서는 더 넓은 타당성을 지니고 있을까? 그런 일이 가능할까? 그는 오랫동안 부정적인 편이었다. (Karl Vorländer, "Zur Entstehung der Schrift", in: I. Kant, *Kritik der Urteilskraft*, Hamburg: Felix Meiner, 1990, S. xv 참조) 그러다가 자신이 감식안의 사안에서 지금까지와는 다른 선험적 원칙들을 발견하였다고 1787년 12월 28일 카를 레온하르트 라인홀트(Karl Leonhard Reinhold)에게 보낸 편지에서 처음으로 밝힌다.(Helga Mertens, *Kommentar zur ersten Einleitung in Kants Kritik der Urteilskraft*, München: Johannes Berchmans, 1975, S. 11~12 참조) 칸트는 이 새로운 선험적 원칙들을 발견함으로써 오래 고민하던 문제를 해결하고 자신의 철학체계를 완성할 수 있게 된다. 『실천이성비판』 발표 이후 불과 2년 만에 세 번째 비판서를 내놓는다.

간이 확보하지 못한 보편자와의 연관을 열어준다. 감성이 오성의 규정에서 벗어나 자유롭게 활동하여 오성과 '평소와는 다른 비율로' 결합하는 미적 활동을 통해서 열리는 전망은 그 새로움으로 유토피아에 접근한다. 새롭게 열리는 전망에서는 감성이 아직 생생하다. 오성의 '지배관성'을 거스르면서 우리의 의식활동에 참여했기 때문이다. 지배에서 벗어난 생생함은 유토피아를 구체화한다.

칸트의 비판철학은 중세 초자연적 형이상학의 세속화된 양태라고 할수 있다. 인간의 세계 해명능력을 전폭적으로 신뢰하는 한편, 우주적 보편성에 대한 믿음에도 한치 흔들림이 없었기 때문이다. 절대보편에 대한 지향은 칸트 이래 전개된 독일 관념론 발전의 전 과정을 관통하였고, 따라서 개별과 보편의 매개 가능성이 집중적으로 논구되었다. 신적 보편성을 인간적 차원에서 구현하려 한 근대적 지향의 소산이었다. 그리고 무엇보다도 근대인이 자신을 긍정하고 확신한 결과였다.

하지만 긍정과 확신이 항상 자명한 채로 근대인을 근대인답게 만든것은 아니었다. 근대인은 거듭 불신과 회의에 휩싸이는 인종(人種)이다. 근대인의 자기의식은 이 '어두운' 자신을 감당하고 난 뒤 거머쥐는 자신감의 발로라고도 할 수 있다. 18세기 말 독일의 근대인들에게 사회적으로 그 기회가 주어졌다. 계몽주의 문화운동이 '질풍노도'라는 파괴적흐름으로 마감되면서 불신과 회의가 파괴충동으로 형태를 갖출 수 있다는 사실을 직시해야만 했던 것이다. 인간의 의식은 건설과 파괴의 양극단으로 치닫는 이질적인 양태들로 발현될 수 있으며 더구나 항상 통제가 가능한 것도 아니라는 깨달음은 근대인에게 매우 중요했다. 자신이 모순과 역설로 점철된, '자명하지 않은' 의식을 지니고 살아간다는 사실을 받아들이는 과정에서 자기자각이 생기기 때문이다. 근대인의 자기의식은 합리와 비합리의 변증법적 역동성을 사유의 거점으로 확보하였음을 자각하면서 싹이 터나갔다.

칸트와 관련해서도 우주적 보편성의 세속화를 추동한 힘이 데카르트식의 합리주의를 넘어서는 지점에서 발현되었다는 사실에 주목할 필요가 있다. 바로 '질풍노도'의 격랑이 칸트의 비판기획을 촉발한 직접적인 계기였던 것이다. 논리적 정합성을 분쇄하는 '질풍노도'의 감성분출이 고전관념론을 발동시킨 사회문화적 배경이었던바, '감성'이 철학 패러다임의 변화를 견인하면서 독일철학에 고유한 변증법적 사유가 틀지어지기 시작하였다.[7]

변증법과 예술

이성을 역동적인 운동과정으로 내몬 당사자는 감성이었다. 이성은 스스로 움직이지 않았다. 감성의 엄청난 도전에 직면해서야 비로소 자신을 돌아보는 이성은 경직성이 특징이다. 하지만 솔직하기는 하다. 돌아보고 나서는 자신이 한번 관성에 사로잡히면 스스로 제어할 수 없는 상태로 빠져든다는 사실을 인정했다. 그렇다면 한계지점들을 확인하는 작업을 통해 활동반경에 제한을 가할 필요가 있을 것이다. 이성과 감성은 공히 이 제한을 받아들여야 한다. 비판기획은 이렇게 시작되었다.

인류의 역사에서 이러한 깨달음은 매우 소중한 것이 아닐 수 없다. 주어진 조건에 따라 이성과 감성이 지금까지와는 다른, 의외의 방식으로 관계를 맺고 새로운 전망을 열 수 있음을 확인해주기 때문이다.

오늘날의 관점에서 독일 계몽주의 문화운동의 중요성을 평가한다면, 비합리적인 요인, 즉 인간 내면의 '감정'이 우리 정신활동의 대상으로 떠오르게 되었다는 사실을 지적할 수 있을 것이다. 여기에는 무엇보다 인간이 삶을 꾸려 가는데 개별감정이 중요한 기관으로 자리잡게 되었다는 사실과 아울러 감정 역시 의식적 '처리'의 대상으로 되기 시작

---

7 "18세기가 거둔 철학적 성과는 전체적으로 이 세기에 서로 대립되는 원칙들이 동시에 펼쳐져 나갔다는 데 기인한다. 합리주의는 여전히 단절되지 않은 힘을 발휘하고 있었고 반면 비합리주의가 대두하였다. 이 원칙들의 대립과 화해에서 고전 독일철학이 발흥하였다."(A. Baeumler, *Das Irrationalitätsproblem in der Ästhetik und Logik des 18 Jahrhundert bis zur Kritik der Urteilskraft*, Tübingen: Max Niemeyer, 1967, S. 5)

하였다는 두 측면이 동시에 담겨 있다. 그리고 우리가 확인하는 바는 이 관계가 실제 역사에서 파행적으로 진행되었다는 사실이다. 낙관으로 시작된 합리주의 계몽이 '질풍노도'라는 세기적 파괴로 마무리된 독일 계몽주의 문화운동에 관해서는 다음 장에서 자세히 살펴본다.

이러한 사회문화적 배경 아래에서 예술은 계몽주의 시기 이래 독특한 사회적 기능을 부여받게 된다. 신분제 사회에서 권력을 장식하던 역할을 벗어던지고 자율성을 획득한 것이다. 내포가 매우 독특한 자율성이다. 예술이 사회 '밖'에서 빛을 발하는 자율적 존재가 된 것이 아니기 때문이다. 예술의 '자율성'은 탈주술화가 진행되면서 제각기 분화되어 나간 세속 영역들을 '사회'라는 표상 속에 하나의 전체로 모아들이는 기능을 담당해야 했던 예술의 새로운 운명에 대한 반어이고 고발이다. 이 근대적 운명은 예술이 사회 속에 내재해야 한다고 못을 박았다.

계몽주의가 인류의 가슴에 불 지핀 유토피아 이상이 현실에서 실현 불가능하다는 사실을 직시한 18세기 말 독일의 교양시민은 탈주술화된 세계에서 독립된 주체로 자신을 정립하는 일이 얼마나 어려운지 절감하였다. 어려울 뿐만 아니라 좌초가 프로그램일지 모른다는 불안에 휩싸였다. 그러다가 이웃나라 프랑스에서 발생한 혁명의 불충분함에 실망하고 더 나아가 독일에서는 자유주의적 변혁의 가능성조차 없다는 사실에 절망했다. 그래서 질풍노도에 몸을 던졌던 것이다. 이와 같은 자기 파괴의 급진적 회의를 통과하면서 계몽의 이상을 재검토하는 태도가 형성되었고 칸트의 '비판기획'으로 가시화되었다. 아울러 순수한 미적 활동 속에서 유토피아를 다시 구축해보려는 움직임이 일었다. 고전주의와 낭만주의 시대가 열렸다.

아이스테시스(aisthesis)

아리스토텔레스와 플라톤에 의해 '감각적·육체적 지각 및 느낌에 관한 학'(Lehre der sinnlichen, körperlichen Wahrnehmung und Empfindung)이라는 내용으로 정리되던 이 개념[8]이 한국의 공론장에서 '미학'(Ästhetik)이라는 용어를 설명하는 과정에 동원되면서 일반적으로 '미적 지각'이라고 풀이되고 있다. 무엇을 '알아채다'는 뜻의 용어 '지각'(Wahrnehmung) 앞에 '미적'(ästhetisch)이라는 말이 덧붙여지고 있는 것인데, 여기에는 미적으로 무엇을 알아채는 일이 예전과 비교할 수 없을 만큼 중요하게 된 그간의 사정이 깊이 관련되어 있다.

냉전의 종식과 더불어 급격하게 몰아친 탈이데올로기의 흐름이 20세기 후반 한국사회에 '미학의 세기'를 열었음을 고려한다면, '미적 지각'이라는 개념이 형성된 데에는 아무래도 이념적 긴장을 동반하는 논리적 요청에 따르지 않겠다는 뜻을 표출하고 싶은 시대적 의지가 반영되어 있다고 보아야 할 것이다. 실제로 한국사회에서 '근대이성의 폐해'는 한동안 지적 긴장을 무장 해제하는 암호로 작동했었다. 한국에서 '미적 지각'은 논리적이지 않은 지각이기를 원했다. 그래서인지 한국의 공론장에서 유통되는 이 '아이스테시스'라는 외래어에 대한 뜻풀이들을 살펴보면 어디에서나 대체로 '감각적'이라는 말로 시작하고 있음을 확인하게 된다.

논리적이지 않고 감각적이지도 않은

물론 우리는 '감각'이라는 개념을 '논리에 따르지 않는, 혹은 정신적

---

8 미학이라는 단어를 구성하는 요소인 느낌과 지각은 언어사용에서 늘 논란이 많았다. 이 서로 어긋나 다른 방향으로 치닫는 인간의 두 능력 사이의 긴장을 설명하면서 볼프강 벨슈(Wolfgang Welsch)는 단어의 어원에서 시작한다. "잘 알려져 있듯이 아이스테시스는 이중의 의미를 갖는다. 한편으로는 지각(Wahrnehmung)을 의미하고 다른 한편으로는 느낌(Empfindung)을 뜻한다. 이러한 이중의 의미는 이미 그리스어에 들어 있었고 대부분의 다른 언어에서도 발견된다. 이는 현상(Phänomen)에 속하는 문제이다. 지각이라는 의미에서 아이스테시스는 색, 음, 맛, 냄새 등과 같은 감각적 질(質, Sinnesqualitäten) 들을 지시하게 된다. 그래서 대상의 **인식**에 기여한다. 반면 느낌이라는 의미에서 아이스테시스는 감정적인 전망을 따라간다. 여기에서는 감각적인 것을 **쾌와 불쾌**의 지평에서 처리한다."(W. Welsch, *Grenzgänge der Äathetik*, Stuttgart: Reclam, 1996, S. 109)

인 것에서 벗어남'이라는 의미로 사용할 수 있다. 그런대로 무방한 일이다. 문제는 구체적인 사안에 적용하는 과정에서 발생한다. 한국의 공론장에서는 예술과 미학을 논하면서 '감각의 사안'이라고 했다가 어느 순간 '미적 지각'이라는 말로 바꾸어 쓰는 일이 잦다. '감각'에서 '미'로 그야말로 아무렇지도 않게 그냥 옮아가 버리고 마는데, 바로 이 말 바꿈이 한국에서 미학논의를 거듭 파행으로 끌고 가는 것이다. 그래서 어느덧 미학은 공허한 수사로 전락하고 말았다. 말을 바꾸어 쓰는 일 자체가 잘못이라는 뜻이 아니다. '감각적'은 당연히 '미적'으로 바꾸어 쓸 수 있다. 서로 넘나들며 쓰일 수 있는 단어들이다. 사태를 왜곡하는 주범은 '미적'이라는 개념의 내포에 '긴장'이 핵심으로 들어 있음을 간과하는 '무신경함', 개념의 역사에 주목하지 않는 지적 불성실이다. '긴장'이란 서로 이질적인 요인들이 맺는 관계의 특정한 양태를 말한다. 따라서 우리 의식활동의 특별한 양태인 '미적 긴장'에서 '감각적인 것'이 차지하는 지분을 제대로 짚어낸 후, '논리적인 것'과 어떤 관계를 맺고 있는지 밝히는 과정을 동반해야만 한다. 그러면서 말을 바꾸어 써야 하는 것이다.

　'미적 긴장'이 작품으로 구체화되는 양태는 무척 다양하다. 예술양식이 변해온 유구한 역사가 이를 증명한다. 바로크와 로코코처럼 긴장관계의 스펙트럼에서 감각 쪽으로 치우친 사조가 있는 반면, 카지미르 말레비치(Kazimir Malevich)의 극대주의 회화는 감각이 정신에 눌려 흔적조차 찾기 어려운 경우이다. 하지만 눌린 상태로 작품을 구성하고 있을 뿐, 감각이 배제된 것이 아니다. 감성분출의 패러다임을 구현하는 20세기 '포스트모던 예술'이라고 해서 작품이 감각만으로 구성되어 있지 않다. 그 작품들에서 우리가 미적 긴장을 느낄 수 없다면 이는 감각의 힘에 눌린 정신적 요인이 그 '긴장해소'를 성공적으로 증언하고 있기 때문이다. 그래서 포스트모던 예술작품에서 '알아챈' 긴장해소를 정신이 승리한 결과로 해석하고 싶은 충동마저 일기도 하는 것이다. '미적 지각'이라는 용어가 미적 긴장이 사라진, 포스트모던 작품들을 소개하는 과정에서 널리 사용되기 시작한 까닭에 감각적인 것이 미적 지각의 결과라는 등식이 발생하였을 뿐이다. 이론가들이 용어를 사용하면서 맥락을 생략한 탓이다.

감각은 저 홀로 작품에 등장할 수 없다. 우리가 '감각적'이라고 알아챈 작품들은 감각이 상대역인 정신을 누르는 과정이나 누른 결과를 작품의 전면에 내세운 경우이다. 그런데 지난 시기에는 특이하게도 이처럼 긴장이 사라진 작품일수록 이론가들이 해설할 여지가 더 많아지는 역설적인 상황이 전개되었다. 심지어 '해설'에 의해서 비로소 작품으로 성립되는 예술이기를 지향하는 경우도 많았다. 포스트모던 예술작품들이 불러온 새로운 국면이었다. 고전적인 이해에 따르면 예술작품은 그 자체로 빛을 발해야 하고, 작품과 관련해서 이론은 사족에 머물러야 한다. 이런 이해에 따라 이론적 갑론을박은 별도의 독자적인 공론장을 형성해야 했고, 미학은 인간 사유능력의 독특한 구조에서 파생되는 문제들을 논의하는 과제를 수행해야 했다. 그런데 포스트모던 예술은 늘 '정당화'되고 싶어 했고 그래서 해설이 꼭 필요했다. 작품과 이론의 관계가 역전되는 형국이었다. 그래서인지 예술과 비예술의 경계를 논하는 이론서들이 많이 나왔다. 하지만 논란은 계속되었다. 포스트모던이 제기한 '긴장해소' 자체가 그리 간단한 문제가 아니기 때문일 것이다. 또 어쩌면 우리가 아직 '미적 긴장'을 불러일으키는 예술작품을 보려는 의지를 가지고 있기 때문일 수도 있다. 그래서 작품이 해소시킨 긴장을 이론이 다시 소환하였단 말인가? 작품보다 말이 더 무성한 시기였다.

언어유희와 사유의 정지

미적 긴장을 관건으로 삼지 않은 예술담론은 작품을 배제한 채 개념들을 나열하는 언어유희로 추락했다. 예술비평은 작품이 밀려난 자리를 긴장에 찬 말들로 채웠다. 그러는 사이 작품과 비평의 동맹관계가 발했던 고전예술의 아우라에 대한 향수가 슬그머니 되살아났다. 과거를 그리워하면 요청은 더 강력해지는 법이다. 실제로 아우라는 차용되었고,

힘을 발휘했다. 작품이 배제된 말들이었는데도 논의 중인 말들이 정작 작품은 배제한다는 그 치명적인 결격사유를 제대로 짚어낼 수 없게 만들었다. 작품이 여전히 개념 옆에 나란히 있었기 때문이다. 자신을 둘러싼 언어유희의 장(場)에서는 배제된 채 개념들이 지시대상에서 미끄러지는 순간을 그 개념에서 배제당해 함께 유희할 수 없었던 작품으로 방어했다. 개념 밖으로 밀려난 작품은 외부에 있음으로써 개념을 호위할 수 있었다. 작품과 이론은 계속 동맹을 맺었고, 동맹의 아우라도 계속되었다.

'미적'이라는 단어에서 '긴장'을 제외하면 이 개념은 모든 것을 다 지칭하면서 동시에 아무것도 알려주지 않는 빈말이 된다. 포스트모던 동맹은 이 '비어 있음'을 완성하였고, 그 '공허한' 사태 위에 동맹이 관습적으로 불러일으키는 아우라가 덧씌워졌다. 그래서 '비어 있음'이 무슨 실체인 듯 여겨졌던 것이다. 사람들은 '비었다'는 사태가 작품에서는 긴장이 사라지고 말들은 의미를 잃은 상태임을 제대로 알아채지 못하였다.

이처럼 불성실과 무신경함으로 까다로운 쟁점을 피해가면서 지적으로 편안해지는 태도가 한국사회에서 어느덧 '인문학의 대중화' 깃발 아래 관행으로 굳어져버렸다. 아마도 미학은 비논리적이고 가벼운 대상을 다루는 학문이라고 여기는 한국 공론장의 '관성' 탓일 것이다. 이러한 지적·문화적 배경 아래 '미학은 감각적인 것을 다루는 분과학문'이라는 개념 역시 제대로 논구되지 못한 채 막연한 분위기의 포로가 되어버렸다.

그런데 패착은 여기에서 그치지 않는다. 이 막연한 분위기를 감싸는 말의 안개를 헤치고 정작 사태를 들여다보면 '미학'이라는 개념이 '감각적으로 현재화되는 매체를 통한 대상의 개별적 체험' 차원으로 추락하기 때문이다. 이렇게 해서 '한국적 미학'은 논리의 실종을 본령으로 삼게 되었다. 지각이란 '감각들의 통일'을 말하는 것이라며 감각과 지각을 구분해야 함을 일단 언급하고 시작하는 경우가 아주 없지는 않지만, 결국 마지막에 가서는 아이스테시스란 '미적 지각'이라는 뜻이라며 출발점으로 되돌아가 버린다. 한국적 미학에서 '대상을 감각하는 능력'과 '감각을 통일하는 능력' 사이의 관계를 논구하는 전통은 아직 싹트지 않았다. 다른 방식의 통일이 가능함에 대한 확신으로 새로운 질서를 모색하는 미학 본연의 과제에 소홀하였다.

한국에서 미학을 대변하는 용어로 '미적 지각'이라는 언어조합이 통용되는 현상의 이념적 배경은 비교적 명확하다. 아이스테시스를 '감각의 사안'으로 단순화하는 작업에 제동을 걸지 않으려는 강력한 의지가 관철되고 있는 것이다. 이 의지는 자본의 이해를 대변한다. 신자유주의 질서는 '감각'이라는 이름을 타고 우리의 미적 지각방식에 스며드는 전략을 구사해 끝내 성공하였다. 우리의 지각은 신자유주의적 질서에 의해 재편되었고, 사유도 이 '새로운 질서'에 순응적으로 변해갔다.

자본은 명쾌하게 이해하고자 하는 '대중'의 의지를 거스르지 말라는 지시를 내리면서 쉬운 길이 자연스러운 길이라는 포장도 잊지 않았다. 그래서 모두가 쉽게 가야 한다고 여겼다. 단순화의 필요성을 '자본의 지시'로 인지하지 못한 연구자들에 의해 쉽고도 새로운 질서가 자연스러운 질서로 정착되었다. 단순화를 대중적 계몽의 지름길로 여기는 오류도 발생했다. 그 결과 한국에서 인문학의 대중화는 인문학의 태생적 미덕으로부터 계속 멀어지는 흐름을 일궈냈다. 인문적 소양이란 본래 비물질적 가치를 중시하는 가운데 도야되는 법이다. 그래서 자본주의적 현실과 '동떨어진' 곳에서 빛을 발한다. 멀리서 볼수록 더 선명하게 빛나는 반자본적 아우라는 감각의 사안임이 틀림없다. 하지만 이 아우라는 '반자본적 태도'라는 확실한 토대 위에서만 빛을 발하는 '가상'이다. 자본의 질서를 거스르는 태도가 없으면, 가상은 무너진다. 현실적 토대에 뿌리박지 않은 찬란한 가상은 그 어떤 것과도 임의적으로 결합할 수 있다. 새로운 질서에 편입되는 방식으로.

과학주의가 기승을 부리면서 '삶과 인생'이라는 단어에서는 과거의 경험적 내용이 이탈하기 시작하였다. 이 흐름이 도도해져서 개념과 경험이 서로 무관해지자 자본주의는 이 개념을 '성형'과 결합했다. 2013년 한국에서 시내버스는 '성형미인'이 되어 새 삶을 개척하라는 선전문구를 싣고 달린다. 기표와 기의 사이의 불일치를 '차이'로 개념화한 포스트모더니즘은 이 새로운 결합을 언어의 승리로 기록해야 할 것이다. 말이 그야말로 씨가 되어 새로운 내포를 획득하였으므로. 성형으로 행복해지는 삶.

진리를 요구할 권리

'개별적 체험'이라는 내포로 '감각'을 이해하고 이 감각을 중심으로 '아이스테시스' 개념을 이해하면서 감각과 긴장관계를 이루는 정신에 대해서는 이성중심주의 폐해를 일으킨 장본인이라 하여 배척하는 지향이 그동안 한국의 미학 공론장을 주도하였다. 그래서 등장한 개념이 바로 '미적 지각'이다. 그런데 이러한 맥락으로 미학을 이해하면 사유가 개입할 수 있는 독자적인 형상화 공간이 예술작품에서 고려되지 않고, 개별적인 것에서 보편적인 것을 발견할 가능성이나, 개별과 보편의 매개 가능성이 모두 시야에서 사라져버리게 된다. 그렇다면 아리스토텔레스가 미학의 진리요구권을 위해 제시했던 것, 즉 예술적 진리를 정당화하기 위해 요구했던 그 모든 것은 다 어찌되는가? '개별적이고 감각적인 수용'을 말하기 위해 그토록 요령부득의 용어가 안티케 시절부터 현대에 이르기까지 철학자들의 논의에 등장했단 말인가? 아닐 것이다!

아무리 미디어의 시대, 이미지의 시대가 와서 감각의 위력이 커졌다고 할지라도 이 '아이스테시스'라는 개념의 복잡성을 연구할 필요성을 연구자들이 면제받는 것은 아니다. 이 말은 명쾌한 개념 정리라는 철학의 세례를 제대로 한번 받지도 못했으면서 그래도 여전히 철학으로부터 완전히 손을 떼지는 못한 채 복잡한 관계망 속에서 긴 세월을 지내오고 있다. 그토록 어정쩡한 상태를 유지하다가 마침내 한국이라는 나라에 와서는 '미학'(美學)이라는 요령부득의 이름을 얻지 않는가. 무슨 연유인지 따져보면서 단순화의 유혹을 물리칠 필요가 있다.

감각, 육체, 느낌 등과 같이 매우 사적이고 개별적인 사안을 지칭하는 말들이 '진리'와 관련하여서는 어떻게 자기주장을 관철해내는지 혹은 어떤 방식으로 자신의 정체성을 설정하는가의 문제가 아니라면 '미학'은 정말 아무것도 아니게 된다. 인간은 태생적으로 감각적인 것을 그냥 감각적인 것인 상태로 둘 수 없는 존재이다. 어떤 식으로든 사유과정에 끌어들여지기 때문이다. 더구나 언어적 표현은 지극히 정신적인 차원의 일이다. 애초부터 인간의 '말'에는 '감각'을 존중해주는 능력이 없기 때문이다. 말은 어찌되었건 논리라는 틀에 갇힌 인간적 요인이다. 정리하고 규정하는 행위이다. 이 정신적인 요인이 인간의 육체가 자기식대로 감각하는 과정을 포착해낼 때 거기서 어떤 일이 일어나는지, 그 모든 것을 인간이 다 알아낼 도리는 없다. 단지 그 중에서 인류가 오래전부터 가꾸어온 예술이라는 현상에는 원래 진리와는 아주 멀다고 설정된 감각이 진리로 향하는 방향을 취하고 있으며 이 방향을 우리가 논리적인 능력으로 알아챌 수 있다는, 참으로 요령부득의 '심증'만큼은 확보한 터이다. 그리고 이 '심증'을 근거로 미학이라는 개념이 독립된 분과학문의 지위를 획득하기도 했다.

철학자들은 이 요령부득의 복합성을 그런데 왜 손쉽게 '해결'해버리지 않았을까? 일목요연한 전후관계를 엮어 한쪽 방향으로 설명할 만한 논리능력을 충분히 타고난 철학자들일 텐데도 말이다.

무엇보다도 인간이 타고난 매우 독특한 능력, 논리능력도 아니며 그렇다고 완전히 개별적이고 사적인 취사선택으로서의 처리능력도 아닌 제3의 능력을 포기할 수 없었기 때문일 것이다. 이미지의 시대에 더욱 절실하게 요청되는 능력이다. 각자 즐거운 일을 찾아 즐기는 일은 그냥 알아서 제각기 즐기면 된다. 거기에 왜 '학'이라는 이름의 설명이 필요한가? 즐김은 설명을 배제할 때 정말 진정으로 즐거울 수 있다. 설명이 뒤따라 나오는 즐김이라면 이미 조작의 혐의가 강하다. 무엇보다도 미학이라는 개념이 진리요구권을 되찾아 올 필요는 바로 이 지점에서 더욱 절실해진다. 진리에 대해 이야기하지 않는 '감각의 학'은 즐김을 조작하는 관성에 힘을 실어줄 것이므로.

앞에서 서술했듯이 '미학'의 진정한 내포는 이질적인 것의 '긴장'상태이다. 독일 이상주의 철학 전통과 함께 발전해온 철학적 미학은 이 미적 긴장이 새로운 전망을 여는 동력임을 확인해주었다. 부분과 전체의 관계를 새롭게 맺어가는 가운데 이질적인 요인들의 공존을 가능하게 하는 새로운 전망이 열린다. 철학적 미학의 뒷심을 받는 예술은 사회통합의 구체적이고 강력한 계기가 된다.

사회의 안티테제인 예술이 사회를 통합한다. 마음의 질서를 통해. 마음의 질서는 새로운 전망을 사회 한가운데로 불러들일 것이다. 분열과 억압으로 서로 반목하는 사람들 사이에 고통을 직시하는 용기가 싹튼다. 새로운 전망은 새 질서로 변환된다.

2. 근대예술이 시작되는 곳

「미뇽의 노래」

당신은 아시나요, 저 레몬 꽃 피는 나라?
그늘진 잎 속에서 금빛 오렌지 빛나고
푸른 하늘에선 부드러운 바람 불어오며
협죽도는 고요히, 월계수는 드높이 서 있는
그 나라를 아시나요?
그곳으로! 그곳으로
가고 싶어요, 당신과 함께, 오 내 사랑이여!

당신은 아시나요, 그 집을? 둥근 기둥들이
지붕을 떠받치고 있고, 홀은 휘황찬란, 방은 빛나고,
대리석 입상(立像)들이 날 바라보면서,
'가엾은 아이야, 무슨 몹쓸 일을 당했느냐?'고

물어주는 곳,

그곳으로! 그곳으로

가고 싶어요. 당신과 함께, 오 내 보호자여!

당신은 아시나요, 그 산, 그 구름다리를?

노새가 안개 속에서 제 갈 길을 찾고 있고

동굴 속에선 해묵은 용들이 살고 있으며

무너져 내리는 바위 위로는 다시

폭포수 쏟아져 내리는 곳,

그곳으로! 그곳으로

우리의 갈길 뻗쳐 있어요. 오, 아버지, 우리 그리로 가요![9]

    괴테의 소설 『빌헬름 마이스터의 수업시대』에서 아이는 끝내 따뜻한 남쪽 나라로 돌아가지 못한다. 그 대신 근대인이 되고자 하는 추운 나라 사람들에게 '그 나라'에 대한 열망을 남겨주었다. '신분제는 무너지고 시민사회는 아직 도래하지 않은' 추운 나라 독일에 '따뜻하고 조화로운' 나라의 기운을 가져온 미뇽(Mignon). 독일인들은 미뇽을 통해 '따뜻한 나라'가 있음을 알게 된 것이다. 그런데 이 아이를 독일인들은 이탈리아에서 '강탈'해왔다. 그리고 미뇽은 빌헬름을 만나 그토록 '해방되길', 즉 집으로 돌아가길 소원했지만, 아이가 갈망하는 동안 빌헬름은 자기 일에 몰두하느라 사태를 제대로 알아채지 못한다. 아이가 죽은 후에야 그 아이가 독일인 집단에 가져다준 것이 무엇이었던가를 깨닫는다. 자신들의 부족한 점을 보충하기 위한 독일식 해법은 바로 이와 같은 이상주의적인 강탈과 그 후 뒤따르는 회한(悔恨)이다. 독일적 정체성은 바로 이 회한의 능력을 통해 형성되었다.

---

9 요한 볼프강 괴테, 안삼환 옮김, 『빌헬름 마이스터의 수업시대 2』, 민음사, 1999, 221~22쪽.

'회한'은 절대적 가치를 알아챌 줄 아는 사람에게서 생기는 정서이다. 삶의 궤도에 파묻혀 일상을 꾸리느라 일을 그르치기는 했지만, 그것이 이루어져야만 했던 그 무엇이었다고 알아채는 능력이 없으면 진정한 뉘우침도 없다. 때가 이미 지났으므로 시간을 되돌려 당시를 생각하면, 상실감이 생생하다. 이 상실감을 그동안의 관성을 반성하는 계기로 삼는 사람에게 회한은 새로운 삶을 시작할 동력이 된다. 이루어져야만 했던 과거의 그 무엇을 현재로 이전하려는 의지가 발동하면 새 길이 열린다. 현재를 정당화하는 과거. 지체된 시간은 미래로 이전된다. 때를 놓쳐서 절대를 상실했으므로 현재는 절대가 복원될 미래에 종속되어도 좋다. 미래로 이전되는 과거는 '이루어져야만 했던 무엇'을 보편으로 끌어올린다. 상실된 과거는 현재를 비추어줄 절대보편이 된다.

이렇게 해서 회한은 과거의 구체를 보편으로 추상하는 감정능력이 된다. 상실감이 미래로 방향을 틀었을 때 발휘되는 능력이다. 이러한 방향전환에 성공하면 절대를 '알아채는' 지각능력은 감정의 힘을 받아 새로운 전망을 여는 '반성능력'으로 비상한다. 감정의 방향전환과 지각의 층위이동은 이상주의 문화지형을 구축해낸다. 이상주의적 열망이 들끓는 사회 분위기가 조성된다.

시민사회와 개인의 행복

독일의 근대 작가 괴테는 이상주의적 열망을 동반하는 반성능력이 독일적 정체성의 근간을 이루고 있음을 보여주는 작품을 많이 남겼다. 그의 작품들은 근대문학이 감당해야 했던 과제가 무엇이었는지 우리에게 알려준다. 과학주의와 물질주의가 휩쓴 개명세상에서 계몽의 이상이 빛을 바래지 않도록 개인의 반성능력을 활성화하는 일이다. 개인이 시류에 저항하려면 무엇보다도 내적 확신으로 힘을 받을 필요가 있으며, 물질문명의 혜택을 받고 사는 개인이 자기확신에 이르기 위해서는 반성능력이 필수적이다. 괴테의 작품들은 이상주의 문화지형에서 형태를 갖춘 독일 고전주의 양식의 정점을 이룬다.

괴테가 청년시절에 쓴 『젊은 베르테르의 슬픔』(1774)은 시민사회의 질서원리가 개인의 행복권과 충돌할 수밖에 없음을 알려준다. 인류 문화사 최초의 세계적 베스트셀러로 꼽히는 이 작품은 그 충돌의 현장이 개인의 내면이라는 사실을 선명하게 부각한다. 여기에 괴테의 탁월함이 있다. '좌절된 행복'을 겪은 개인이 '미래의 기획'을 추진해야 할 당사자라는 사실을 당위로 끌어올려 놓은 것이다. 당사자의 내면에서 새로운 전망이 시작되어야 하지 않겠는가. 앞으로의 극복과정이 어떻게 진행되어야 하는지, 이 물음에 응답할 확실한 초석을 하나 세웠다. 개인의 내면은 이상주의 문화지형 구축의 동력이다. '내면의 발견'은 바야흐로 근대 시민사회의 역사철학적 성과로 굳어질 것이다.

주인공 베르테르가 연적인 알베르트와 갈등하는 것이 아니라 몸과 마음의 불일치 때문에 고통(Leiden)받는다는 줄거리는 일부일처제라는 '시민적' 질서를 극복하는 방법이 아주 없지 않음을 웅변하고, 편지소설이라는 형식을 통해 독자들을 설득한다. 절절한 내면감정이 그대로 분출되는 고백형식에 힘입어 고통의 진원지가 선명하게 모습을 드러내는 것이다. 고통이 강력한 흡입력을 지닌 채 사람들 사이에 떠올랐다. 보이지 않는 공간에 자리를 차지하고 들어선 고통. '사회' 속에 확실한 존재감을 확보한 고통은 '비정형'의 사회적 기관이 되었다. 고통이 사회적으로 공인받은 것이다. 제도(일부일처제)는 몸을 파괴할 수 있다. 그렇지만 개인의 내면세계에는 결코 접근하지 못한다. 이 사실을 떠들썩하게 알리는 고통은 일부일처제가 사라지지 않는 한 같은 일이 반복될 것임도 만방에 공표한다. 내면세계의 고유성은 현실적 파괴를 통해 더 생생해진다.

괴테가 『젊은 베르테르의 슬픔』에서 등장시킨 개별 주체는 사회구조는 물론 생물학적 존재기반마저도 뛰어넘을 만큼 자유롭게 사유하는 인물이다. 주인공 베르테르는 무제한의 자유 그 자체를 누리기 위해 자신의 몸을 파괴하는 '결단'을 내리고 자신의 판단을 실제 '행동'으로 옮긴다. 이렇게 하여 괴테는 인간 의식(Bewußtsein)의 역사에 처음으로 이른바 '주권적 개인'이라는 개념을 등록하게 된다.

베르테르가 '선택의 자유'를 누리는 선에서 만족하려 했다면 타협과 조정이 가능했을 것이다. 하지만 그는 자유의지를 선택의 자유로 축소하지 않고, 내면의 감정이 조정을 거치지 않은 상태 그대로 현실에서 관철되어야 함을 자신과 사회에 요구했다. 자유가 그 자체로서 현실에서 직접 실현되어야 한다고 생각했기 때문이다. 그런데 그가 누리고자 하는 '자유 그 자체'라는 개념은 당시로서는 실현의 척도조차 마련되어 있지 않은 것이었다. 척도는 어디에서 오는가? 자유는 어떤 조건에서 실현될 수 있는가? 모두가 이제껏 한 번도 제기된 적이 없는 물음들이었다. 계몽의 이념이 18세기에 들어와 새롭게 현실에 불러들인 물음들이었던 것이다. '선택의 자유'라면 대상이 공급되는 조건에 따라 실현 여부가 결정될 것이다. 이 경우는 공급자가 척도를 세운다. 공급자의 척도에 좌우되는 선택은 자유의지 여부를 가릴 사안이 되지 못한다. '주권적 개인'이라는 개념에는 '선택의 자유'라는 말이 들어설 자리가 없다.

실현의 조건을 스스로 설정하는 개인

주권적 개인은 절대자유를 현실에서 구현함으로써 계몽의 이상을 실현한다. 베르테르에 의해 자유의지가 주권적 개인의 첫 번째 덕목임이 선언되었으므로 이제 그 다음으로는 주권적 개인의 자유의지 실현을 위한 척도가 제시되어야 했다. 괴테는 『파우스트』를 쓴다. 절대적 자유는 그 실현의 조건을 스스로 만들어내는 과정을 통해서만 주체에게 의식될 수 있음을 웅변하는 인물을 탄생시켰다. 파우스트 박사이다. 절대적 자유를 누리기로 작정한 이 근대인에게는 악마 메피스토가 반드시 필요하다. 절대자유를 선택의 대상들로 분할하지 않을 수 있게 하는 절대타자는 문명세상에서 '악마'라는 이름을 가지고 있을 수밖에 없다. 선택지로 나누어진 상태가 아니라 몸과 마음을 통째로 거래를 할 수 있는 타자는 전지전능한 악마밖에 없기 때문이다. 영혼을 팔아 젊음을 산 파우스트는 현실과 타협하지 않고 현실에서 자신을 관철할 척도를 확보한다. 자기실현의 척도는 파우스트라는 주권적 개인의 내부에 있다. 악마하고만 결탁할 수 있는 내면. 현실관계에서 교환의 대상으로 전락하지 않는 내면이어야 한다. 이 '분할 불가능한' 내면만이 자신이 '절대적'으로 실현되어야 함을 요청할 수 있다.

악마와 결탁하는 순간 파우스트는 베르테르가 된다. 베르테르가 된 파우스트는 살아서 자유 그 자체를 현실에 관철하는 근대인이다. 새로 탄생한 주권적 개인에게는 절대자유를 누릴 조건이 모두 허락되었다. 젊음이 몸으로 들어왔고 영혼은 악마에게 넘겨졌다. 그런데 악마가 관장하는 영혼의 세계는 몸이 죽은 다음의 일이다. 주권적 개인에게 '삶'이란 몸과 마음을 모두 자기의지대로 처분하는 한에서 의미가 있다. 따라서 죽음은 삶의 생생함을 오히려 더해주는 계기일 뿐, 죽은 세계의 영혼에 연연해할 이유가 없다.

권총 대신 악마의 손을 잡은 파우스트는 삶의 생생한 현장, 구체적 현실로 들어갈 수 있다. 모든 것을 자기 마음대로 하는 '주권적 개인'은 현실을 통과하는 과정에서 사용한 몸을 버리고(그레트헨 비극), 진정한 정신적 존재로 자신을 완성한다. 『파우스트』는 결국 근대적 (남성) 주체의 성립 가능성에 대한 논증이다. 근대인 괴테는 파우스트라는 문화적 아이콘을 창조함으로써 관념론에 피와 살을 입혔다. 사람들 사이에서 살아 숨 쉬는 '육화된' 관념론은 시민사회에서 피와 살의 지향을 규제하는 '지시자'가 된다. 이 지시자는 개인의 내면 깊숙이에 자리 잡은 고통을 거듭 상기시킨다. 생생해진 고통은 '미래의 기획'을 입안하는 동력이다. 더 이상 '좌절된 행복' 때문에 고통스러워 '몸의 파괴'를 사회에 불러들이는 그런 고통이 아니다. 새롭게 자각된 고통이 관념론을 낳았다.

'자유로운 개인'이 모여 '사회'를 구성하는 과정에서 필연적으로 발생하는 배제와 폭력의 계기들을 어떤 방식으로 '처리'할 것인가의 문제를 두고 괴테만큼 정공법으로 접근하여 고민한 근대인도 드물 것이다. 현실에 발붙이고 사는 인간의 피와 살이 자연 상태 그대로, 그냥 즉자적으로 자신을 주장할 수 없음을 '고통'으로 받아들인 괴테. 아울러 정신의 지향과 피와 살의 지향이 갈수록 어긋날 것임을 인지한 괴테. 그래서 피와 살의 지향 역시 고민하고 탐구해야 할 주제임을 환기시킨 괴테. 근대사회에서는 정신능력만이 아니라 피와 살을 토대로 하는 '감성능력' 역시 삶을 꾸려가기 위한 필수요인이 됨을 공론화한 괴테. 근대 시민사회가 구성원들에게 행복을 약속하고 시작했음을 잊지 말라고 거듭 설파하는 괴테. 철학은 이러한 시대의 문제제기를 진지하게 받아들였다. 감성이 독자적인 능력임을 인정하고 정신과 맺는 긴장에 찬 관계를 탐구했다.

관능의 정신화

독일관념론이 고민했던, 정신과 감성의 관계를 둘러싼 문제는 실제로 시민사회 구성의 핵심적인 계기들에 해당하는 것이다. 시민사회는 일단 정신적으로 자유로운 개인을 사회구성원으로 상정한다. 그런데 이 자유인들이 물질을 생산하고 배분하는 노동관계에서는 자유를 누리지 못한다. 완전한 비자유의 존재가 되는 것이다. 위계질서를 이루어 종속되는 체계의 일부가 될 수밖에 없다. 그리고 시민사회에서 생산과 분배의 체계는 절대적이다. 자유의지를 발휘하라고 개인을 독려한 계몽이 일차적으로 노린 것이 바로 생산력 증대가 아니었던가? '자유로운 개인의 해방'은 굶주림으로부터의 해방이 선결과제였다. 절대자유에 대한 표상을 가슴에 안고 살아가는 개인이 '먹을 것을 버는' 노동관계에서는 효율성에 종속되고 조직의 일원이 되어야 한다는 사실이야말로 시민사회 구성의 핵심적인 모순에 해당할 것이다. 괴테는 이 난문(難問, Aporie)을 꿰뚫어 보았다. 치열하게 고민했다. 시민사회를 이루어 사는 한, 피할 수 없는 이 난문을 인류가 이상주의적 지향으로 '감당'해야 하지 않겠냐고 설득하려는 투지마저 보이는데, 일종의 '체념'이기도 할 것이다. 괴테의 작품은 손쉬운 '해결책'이 있을 수 없음에 대한 깊은 고민 그리고 한계를 넘지 않으려는 자기제어의 산물이다.

정신적인 주체가 감성을 정신화함으로써 인격적 완성에 이른다는 주체구성의 밑그림은 관념론의 이념과 궤를 같이하는 것이었다. 괴테는 작품을 통해 그 실현의 경로를 생생하게 드러내 보여주었다. 근대 시민사회는 '사랑'이라는 화두로 이 패러다임을 사회화했고, 이런 의미에서의 근대적 사랑(관능의 정신화)은 20세기까지 매우 성공적으로 작동되었다. 물론 요즈음 현실에서는 실현 가능성이 크게 의심되는 이념이 되었을 뿐이지만, 여하튼 관능의 정신화라는 무척 어려운 이념이 '사랑'이라는 이름으로 사람들의 마음을 사로잡았던 적이 있었다는 역사적 '사실'이 중요하다. 이제 사람들은 사랑을 과거의 유물로 치부할지 모른다. 문화유산의 분류목록에 들어야 할까? 그래도 한때 인간이 그런 방식으로 사유했던 적이 있었음을 기억할 필요는 있을 것이다.

이상주의와 세계시민성

괴테 그리고 더 나아가 독일 고전주의 문화유산을 어떻게 수용하고 계속 발전시켜나가야 할지를 두고 독일의 문학계가 쏟은 정성과 고민은 대단한 것이었다. 그리고 이는 독일 지식사회 전반을 사로잡는 사회적 화두이기도 하다. 괴테야말로 '독일적 정체성'이 불러일으키는 논란의 핵심에 자리하고 있기 때문이다.

논란은 두 가지 요점으로 수렴된다. 일단 괴테의 문학에 나타나는 이상주의적 지향이 '세계시민성'을 매개할 수 있다는 견지에서 보편성 개념을 근대 독일문학에 적용할 수 있다는 의지를 드러내는 흐름이다. 만만치 않다. 하지만 거의 동시에 이 관점을 반박하는 주장이 적극 제기되는데, 그 '이상주의적 지향'이 근대 국민국가 형성기에 발현된 것으로서 지극히 독일 중심적인 성향을 드러낸다는 사실에 더 주목해야 한다는 입장이다.

근대적 조건에서 살고 창작했던 괴테에게서 민족주의적 편향이 드러남은 부인할 수 없는 사실이다. 하지만 그렇다고 이 민족주의적 편향 때문에 그의 문학이 구현하는 선진적인 면모가 완전히 부정되는 것은 아니다. 우리는 그의 보편성을 결코 무시할 수가 없다. 일단 앞에서 살펴본 대로 주체구성 문제를 다룰 때 괴테가 이상주의로 기울며, 그 이상주의가 국민국가 형성기에 독일 지역에서 발현된 독특한 민족적 지향이었다고 인정해도 그렇다. 괴테의 문학이 단연코 그 단계에서 멈추지 않기 때문이다. 『파우스트』를 독일적 근대에 귀속시켜도 『빌헬름 마이스터』가 남는 것이다. 근대를 넘어서는 전망을 여는 이 작품에서는 근대의 산물인 민족주의가 힘을 잃는다.

『빌헬름 마이스터』에서 괴테는 신분제 사회를 넘어 시민사회로 나아가는 '이행기'가 인류에게 떠넘긴 온갖 인간학적 문제들을 '시민적 틀'을 벗어나는 관점에서 고민하고 있다. 그는 자신의 고민을 '아름답게'(schön) 그리고 '정직하게' 그려 주었다. 민주주의 시민사회로 이행하는 '독일적 길', 즉 사회혁명을 통과하지 않고 시민사회로 넘어온 독일의 가능성과 한계가 그대로 드러나는 작품을 남긴 것이다.

근대 시민사회로 이행하는 독일적 길을 미셸 푸코(Michel Foucault)는 '명실상부한 서구계몽의 범례'로 평가한다.[10] 프랑스의 철학자 푸코가 이렇듯 '독일적 계몽'에 주목하는 까닭은 독일의 근대화 과정에서 권력과 진리를 분리하는 전통이 다듬어져 나왔기 때문이다. 인문학의 힘이었고, 관념론과 고전예술이 담당한 전통이었다. 정치권력이 비진리로 전락할 때 인문학은 진리의 담지자로서 '비진리'인 권력과 거리를 두고 사회 속에서 자신을 주장할 수 있다. 이때 진리는 현실에서 권력과 투쟁하지 않지만, 현실권력이 진리가 아님을 분명히 한다. 그러기 위해서는 진리 자체가 손상되지 않은 채 계속 빛을 발해야 한다. 진리는 관념의 세계로 비상한다. 현실권력은 관념의 독자성을 인정한다. 권력의 확장성에 한계가 지워진다. 권력은 상대화 되는 방식으로 현실에 진리가 들어설 자리를 내준다.

독일 인문학은 진리가 훼손되지 않은 채 본연의 빛을 발해야 한다는 계몽의 이념에 충실하였다. 이 '서구이성의 자기선언' 과정이 역사현실

---

10 Michel Foucault, *Was ist kritik?*, Berlin: Merve, 1992, S. 22.

에서 구체적으로 모습을 드러낸 '독일'이라는 사회구성체는 앞에서 살펴보았듯이 스스로 풀 수 없는 '난문'에 늘 발목이 잡혀 온통 모순으로 가득하다. 일단 구성원으로 자격을 갖추는 일부터가 자연인으로 태어난 개인에게 큰 부담이 되는 구도이다. 따라서 행복을 누리는 일은 너무도 요원하다. 사회제도들은 본래의 기능을 제대로 수행하기 어렵다. 자기유지, 제도를 위한 제도로 전락하기 십상이다. 대의 민주주의 제도는 손쉽게 타락한다. 괴테의 문학은 이 모든 '난문들'의 핵심을 정조준하는 것이다. 고전적·이상주의적 편향이 뚜렷한 것은 현실이 너무도 쉽사리 '비진리'로 전락하여 계몽의 이념을 위반하기 때문이다. 이러한 현실을 직시하면서 괴테는 현실이 비진리라면 계몽의 이상이나마 구출해야 된다고 여겼다. 이상주의는 당시 상황을 극복하려는 의지의 소산이었다. 철저하게 독일적인 방식이었다.

독일적 정체성이 '이상주의적 편향'으로 기울어지게 된 일차적 원인은 독일이 신분제 사회 다음에 정착되어야 할 새로운 사회의 모델을 사회혁명의 나라 프랑스가 아니라 안티케(Antike)의 '문화'에서 찾았다는 사정에 있다. 후발 산업국으로서 부르주아 혁명을 주도할 집단, 즉 경제시민(Bourgeois)이 제대로 배출되지 않았기 때문이라는 분석이 이 사정을 가장 잘 설명해준다. 여러 차례 구조적 변혁(혁명)을 시도하였지만 실패한, 좌절의 경험이 독일 근대사를 특징지으면서 군국주의 전통이 강하고 관료주의가 일상을 지배하는 권위주의 국가체제가 자리잡아가고 있었다.

이런 토대 위에 근대 시민사회를 구성해야 했던 처지에 놓인 독일 계몽인들은 개인이 이성과 감성을 조화롭게 발전시켜 교양시민 (Bildungsbürger)으로 자신을 형성한 후, 자유로운 상태에서 '조화로운' 사회를 구성한다는 전망을 고수했다. 칸트의 비판기획 이래 사회 각 분야에서 진행된 세속화는 교양시민의 활동공간을 넓혀주었다. 위르겐 하버마스(Jürgen Habermas)가 '근대성'(die Moderne) 패러다임으로 파악한 이러한 기획에서 철학과 예술은 결정적인 역할을 요청받았다. 그리고 독일의 철학과 문학 및 예술은 시민사회의 요구에 적극 부응하였다. 독일 근대성 논의에서 예술과 철학이 중심을 이루는 까닭이다.[11]

예술과 철학은 깊이 연대하여 보편성 이념을 적극 개발하였다. 문학과 예술에 특수하게 부여된 과제는 이념을 현실에 실현하는 매개자로 기능해야 한다는 것이었다. 철학적인 용어로는 개별과 보편을 매개하는 특수(das Besondere)가 관건이었다.

근대소설 『빌헬름 마이스터』는 괴테가 이상주의적 문화지형에서 요청되는 '이념의 실현'이 어떤 과정을 통과해야 하는지를 두고 고민한 결과이다. 당시 독일은 보편인들이 모여 평등한 사회를 구성한다는 근대 시민사회 이념을 실현하기 불가능한 상황이었다. 이런 판단에 따라 괴테는 제1부 『수업시대』를 '탑의 결사' 대원들의 약속으로 마무리 짓는다. 신분제 질서의 관행이 완강하게 남아 있는 독일에서는 온전한 인간, 즉 '주체'로 자신을 구성할 가능성이 없다고 판단한 대원들로 하여금 '신대륙' 미국으로 건너가 새로운 사회를 건설하자는 결의를 맺도록 하는 것이다. 그런데 이 『수업시대』의 결의를 괴테는 제2부 『편력시대』에서 곧바로 이어가지 않는다. 인물들을 미국으로 보내지 않고 일단 알프스 산중으로 보낸다. 엄격한 규율 아래 수행되는 '편력'은 바로 동굴과 바위로 표상되는 자연체험의 과정이다. 새로운 사회에 대한 구상에 자연과의 직접적인 교감의 체험이 필수적임을 간파했기 때문일 것이다. 이야말로 자국의 땅을 밟으면서 보편인으로 자신을 도야하는(bilden) 교양시민의 이상 바로 그것이 아닐 수 없다.

자연체험과 보편인

이렇게 하여 괴테는 시민성과 보편성을 융화시켰는데, 이는 사회에

---

11 자크 랑시에르(Jacques Rancière)가 '미학적 예술체제'의 성립과정으로 주목하면서 독일 근대성의 원형으로 설명하는 내용이다. 이에 대해서는 이순예, 『예술과 비판, 근원의 빛』, 2013, 한길사, 223~43쪽 참조.

자연을 불러들임으로써 가능한 기획이었다. 여기에서 자연은 시민사회에서 사회구성 원리 바깥에 놓인 물자체의 위상을 갖는다. 개인은 사회구성에 적극 참여하고 그 속에서 구성원인 '시민'으로 살지만, 자신의 인격이 시민적 사회관계 속에 완전히 포섭되지 않도록 해야 한다. 구성원으로 살면서 그 사회에 속하지 않는 인간적 요인을 가지고 살아야 한다는 이야기인데, 정신도 이미 사회의 일부가 된 뒤 이 '사회 밖'은 오직 사회인의 내면에만 있다. 그런데 사회가 갈수록 합리화되고 근대적 기제들이 인간 적대적 면모를 드러내는 까닭에 내면은 계속 '사회 밖'으로 남기 위해 사회의 안티테제인 자연으로부터 자양분을 공급받고 이념으로 된 자연을 따라야 한다.

'보편인이 구성하는 시민사회'라는 이념을 구현하기 위해 사회(『빌헬름 마이스터』 제1부)에서 자연(『빌헬름 마이스터』 제2부)으로 방점을 옮긴 작품을 쓴 괴테는 내면의 독립성이 확보될 때에만 개인이 '기능인'이 아닌 '인간'[12]이 될 수 있음을 분명히 했다. 근대성 이념의 핵에 해당할 것이다. 독립적으로 된 내면을 통해서만 시민은 인격적 독립성을 확보하는 한편, 사회를 기능들의 총합인 기계로 타락시키지 않을 수 있다.[13]

괴테의 이러한 구상, 더 나아가 독일 관념론의 구상에 대한 평가는 극단적으로 엇갈린다. 구성원의 개별적 즉자성, 즉 타고난 성향을 있는

---

12 G. E. Lessing, "Ernst und Falk: Gespräche für Freimaurer", *Werke in zwei Bänden*, Band 2, München, 1995, 두 번째 대화 참조.

13 20세기의 파시즘을 계몽의 변증법 구도에서 파악하는 비판이론 역시 자연과 내면을 사회기구들과 동일한 방식으로 지배하는 문명의 현단계가 전체주의를 불러왔다고 진단한다. "완전히 계몽된 지구에는 재앙만이 승리를 구가하고"(테오도르 아도르노·막스 호르크하이머, 『계몽의 변증법』, 21쪽) 있는 문명사회는 자연과 인간의 내면마저 분석적 오성의 지배권에 넘겨 사회에서 추방해버렸다는 것이다. 전체주의에 거스를 힘은 여전히 자연에서 나온다. 자연은 개인의 내면이 사회화되는 것을 방지해서 사회로부터 추방당하지 않도록 해야 하고, 개인이 보편인으로 설 수 있도록 하는 비사회적 상수로 사회 속에 남아 있어야 한다. 사회구성의 전체주의화를 저해하는 물자체로서의 자연만이 인격의 보편성을 매개하는 계기가 될 수 있다.

그대로 적극 수용하지 않는 사회는 여전히 귀족주의적일 수밖에 없다고 질타하는 한편, 또 다른 관점에서는 시민사회의 협소함과 비인간성을 뛰어넘는 안목을 보여주는 작품이라는 평가가 있다. 실제로 독일식의 온전한 '교양시민'이 속물인가 아니면 인격자인가에 대해서는 판단하기가 아주 곤란함이 사실이다. 하지만 괴테가 시민사회 형성기에 바로 내적 모순으로 점철될 시민사회의 문제점을 이미 간파하고 나름의 대책을 강구했다는 것만큼은 부인할 수 없을 것이다. 21세기의 세계시민들이 괴테를 다시 읽어보려 한다면, 바로 이러한 문제들에 주목했을 때 유의미할 수 있다. 아무리 다원화되고 이해관계가 충돌하는 후기 자본주의 세계체제라 하더라도 그리고 신자유주의 광풍 앞에서 모두들 현기증을 느낄지라도 아직 인류는 '사회'라는 표상, 개인들이 모여 이루는 하나의 전체라는 표상을 버리지 않았다고 여길 수밖에 없기 때문이다.

자연조화미(Das Naturschöne)

서구 근대예술은 인류 문명사의 진행과정에서 근대적 과제를 감당해야 할 시기에 처한 계몽인들이 '보편적' 타당성을 확보할 수 있는 가능성으로 자연과의 직접적인 교감을 요구하고, 이 '문명과 자연의 결합'을 구체적인 형상화 원리로 관철할 방도를 모색하면서부터 시작되었다.

철학적 미학은 이를 하나의 예술이념으로 정식화해냈다. 바로 자연조화미(das Naturschöne)의 이념이다. 칸트가 『판단력비판』에서 이러한 이념이 정말로 인간의 정신능력에 부합한다는 점을 논증한 이후, 실러는 예술이념을 현실에서 실현할 객관적인 프로그램의 개발에 매진하였다. '균형과 조화'를 의식활동의 프로그램으로 객관화한 예술조화미(das Kunstschöne)는 자연의 즉자성을 관념의 필연성으로 고정하는 통로가 되었다.

시민사회는 시간이 지날수록 '정당화' 요구에 시달렸다. 한편으로는 내부모순이 점점 더 격화되었다는 측면과 아울러 구성원들이 시민사회의 이념에 적극적인 태도를 취하게 되고 인지능력도 향상된 결과라는 두 측면이 있을 것이다. 두 측면 모두 구성원들의 삶을 불안하게 만들었다. 그리고 불안은 시민사회 구성원을 항상적으로 이탈 가능성에 노출시켰다. 처음 약속했던 행복, 계몽의 온갖 노고를 언젠가는 보상받을 수 있으리라는 기대, 함께 사는 사람들과의 인간적인 교류를 통해 삶의 의미를 되찾을 수 있으리라는 희망을 구성원들이 완전히 저버리면 안 될 터인데—굶주림에서 벗어나자고 자유의지를 독려했던 계몽은 이제 살아남는 일을 관리해야 하는 처지가 되었다. 시민사회는 적극적으로 이념을 방어해야 했다. 문제해결 능력이 완전히 소진되지는 않았음을 웅변하기 시작했다. 그러다 어느덧 사회의 모든 영역들이 고도화되는 단계로 접어들었다. '사회 밖'에 위치한 개인의 내면 역시 이 고도화 과정에 부응하면서 자신을 유지해야 했다. 시민예술에서 추상이 등장하는 배경이다.

'균형과 조화'의 순간을 포착하는 자연조화미보다는 순간을 고정하는 예술조화미가 더 믿음직스럽게 보이게 된 것도 사회의 고도화 과정과 맥락을 같이한다. 외부로부터 확인을 받아야 내면에서도 확신감이 들어서는 관성에 계몽인들이 사로잡히기 시작하였기 때문이다. 객관화 프로그램으로 입지를 굳힌 예술조화미는 근대예술이 새로운 경지로 올라 설 수 있게 해주었다. 사회의 고도화가 심화될수록 예술 역시 추상의 도를 높였다. 20세기로 접어들면서 예술은 세계의 추상화 속도를 따라잡겠다는 투지를 불태웠다. 그러더니 어느 순간 예술 자체를 넘어서 버렸다. 추상화의 습성으로 대상의 경험적 속성을 털어내버린 결과이다. 경험세계와의 접점이 필요하지 않게 된 예술은 '순수한' 표상들의 추상을 다시 추상하는 관성에 빠져버렸다.

(보론) '근대'라는 난파선

계몽을 시작한 이래, 인류는 '과학'이라는 조각배를 타고 세속화의 거친 바다에서 표류하는 신세가 되었다. 계몽이 '자유로운 개인의 해방'이라는 기치를 내걸고 안전하지만 자유와 평등을 보장하지 않는 고향 땅을 떠나라고 독려했고, 물질적으로 풍요로운 미래에 희망을 걸 수밖에 없었던 사람들이 계몽의 빛을 신뢰하는 근대인의 운명을 기꺼이 걸머진 뒤 발생한 일이다. 유토피아를 향한 항해가 시작되었다.

처음, 유토피아는 가까운 곳에 있을 것 같았다. 하지만 앞으로 나갈수록 목적지가 훨씬 멀리 있다는 깨달음만 더 선명해졌다. 미래의 찬란함을 위해 에덴동산을 떠나면서 앞으로의 여정이 어떻게 펼쳐질지 시시콜콜 따져 묻지 않았다. 그럴 계제가 아니었던 것이다. 일단 발을 떼는 것이 중요했으므로. 그래서인지 '근대'라는 난파선의 방향을 잡아 줄 조타수가 필요할 것이라는 데까지 생각이 미치지 못했다. 하지만 갈수록 절실해졌다. 조타수가 반드시 필요했다.

무엇보다도 교회권력의 지시로부터 자유로워지기 위해 필요했다. 유토피아를 찾아 나선 항해가 종교를 세속화하면서 시작된 탓이다. 세속화를 추진할수록 지시가 하달되던 방향을 타고 지시자의 공백상태가 선명한 무게로 흘러왔다. 미래는 아직 안 왔고 과거는 공백인 상태— 근대인이 탄 조각배는 난파선이 되었다. 근대인은 현재를 비춰주는 미래가 더 강한 '빛'을 발하기를 요구하는 한편, 공백상태로 계속 현재를 엄습하는 과거에 대하여는 상실감이라는 정서로 대응했다. 세속화를 추진한 당사자인 근대인은 이제 대체종교라도 필요한 처지가 되었다.

근대는 그리 믿을 만한 배가 되지 못했다. 무엇보다도 과학주의가 물질적 진보의 결실을 앞세워 계몽의 이상을 근본적으로 훼손할 가능성이 컸다. 물질은 계몽의 토대이다. 따라서 패착의 징조는 늘 뚜렷했고, 파탄이 나면 과학주의는 계몽된 현실을 야만으로 쉽사리 둔갑시킨다.[14] 한편, 상실감으로 마음속에 자리 잡은 근원의 공백은 또 다른 위협이었다. 공백은 확실한 부재이지만 상실감은 신기루 같은 것이다. 확실한 부재를 감당할 좀 더 확실한 형식이 요구되었다. 근대인들에게 예술의 형식미가 한층 매력적으로 보이기 시작했다.

예술작품은 세속화의 물살을 가로질러가느라 항상적으로 전복될 위

---

14   테오도르 아도르노·막스 호르크하이머, 『계몽의 변증법』 테제.

협에 직면하는 '근대'라는 난파선이 내부로 불러들인 조타수가 되어야 했다. 권력을 밀어낸 후 새삼 선명해진 마음을 사로잡을 수 있는 힘은 예술에게밖에 없었던 까닭이다. 배 안에서 조타수는 자신을 불러들인 사람들의 지시를 따르지 않는다. 물의 흐름을 비춰줄 계몽의 이상을 주시한다. 과학주의가 계몽을 찬탈하는 야만의 조각배가 되지 않도록 하기 위해 명징한 한계선을 긋는다. 하지만 역시 야만과 빛은 늘 뒤섞인다. 조금만 느긋해도 앞을 가늠할 수 없는 처지가 된다. 거듭 한계를 재설정해야 하는 버거운 과제이다. 예술은 쉽사리 지친다.

'근대'라는 난파선 안에서 계몽인들이 구성한 시민사회는 구성원 개인에게 자신의 본모습을 훼손하는 프로그램을 생존전략으로 제시한다. 영역들의 합리적 분화를 근간으로 하는 사회구성체였기 때문에 어쩔 수 없는 일이었다. 타고난 본성을 사회구성에 합당하도록 다스리는 일은 '근대'가 처음 시작될 때 에덴동산을 떠나면서 자유를 원한다면 받아들여야 한다고 개인이 되려는 피조물에게 요구했던 바다. 동산에서 신의 피조물로 살 때는 옆 사람과의 관계도 신이 지시했다. 동산을 떠나고 부터는 사회구성원으로 살아야 했다. 이 '근대'라는 난파선, 과학의 조각배는 자유의지를 살리기 위해 타고난 본성을 훼손한 개인들을 미래의 시간으로 싣고 가야 한다. 난파선 속의 근대사회가 와해되지 않아야 조각배도 계속 갈 수 있다.

따라서 난파선에 몸을 실은 개인은 사회구성에 온전히 참여하기 위해 노력하는 동시에 왜 이 난파선을 탔는지, 조각배의 근원에 대해서도 끊임없이 반추해야 하는 신세가 된다. 사회구성의 원리가 난파선의 목적론에서 나오기 때문이다. 사회를 유지하기 위해 개인은 할당된 노동을 해야 하고, 노동능력을 유지하기 위해 휴식과 재생산의 시간을 갖는다. 그런데 문제는 이 노동과 휴식의 분리를 계몽의 이상에 비추어 정당화하는 과정을 통해서만 근대적 개인으로 남을 수 있다는 데 있다. 이 '정당화 과정'은 정신능력이 수행하는 의식활동이다. 따라서 정당화되지 않는 노동과 휴식을 식별해낼 수 있다. 여기에서 부당함을 알아채는 능력은 개인의 자유의지를 판가름하는 시금석이기도 하다.

노동관계의 위계질서와 사적 개인으로서의 평등은 모두 지켜져야 할 근대적 가치이다. 근대는 구성원 개인이 영역에 따라 자신의 몸가짐과 마음가짐을 달리해야 유지되는 사회를 지상에 도입하였다. 노동하는 시간과 쉬는 시간은 근본적으로 달라야 한다. 확실한 선을 긋고 벽을 세워야만 노동관계의 위계질서가 개인의 사생활에 침투하지 않을 수 있고, 사적 비합리가 노동관계를 교란하지 않을 수 있다. 그리고 비록 난파선에서지만, 더 많은 물질을 누려 현재를 조각배 안에 고정해야 한다. 영역들을 계속 나누어 고도화하는 일은 더 많은 생산을 위해 불가피하다. 그런데 사회의 분화과정은 개인적 분열을 초래한다. 필연이다. 세분화되고 독립되는 객관적인 영역들로부터 한줌 사생활을 지켜내는 일은 버겁다. 하지만 돌이킬 수 없는 세계사적 흐름이다.

처음 이 흐름이 시작될 때 근대적 분화과정을 거스르는 통합의 이상을 드높이 들어 올린 조타수가 있었다. 예술이었다. 근대가 부과한 역할에 지친 편이지만, 그런대로 아직 제 할 일에 대한 자부심을 잃지 않고 있다. 근대예술의 의미를 되새겨보면서 예술이 실종되지 않도록 할 필요가 있다. 항해가 아직 끝나지 않았다.

깃발이 된 행복

항해를 시작한 초기에 근대라는 조각배가 좌초할 뻔했던 적이 있었다. 처음 당하는 '질풍노도'의 격랑 속에서 사람들은 직접, 즉 몸으로 혼란을 감당할 수밖에 없었다.[15] 아직 조타수를 정식으로 배 안에 불러들이기 전이었다. 방향을 잃은 배는 엄청난 희생을 치르고서야 어렵게 바로 설 수 있었다. 망연자실한 가운데 조타수가 왜 필요한지, 무슨 역할을 해야 하는지 분명하게 깨달았다. 조타수는 사람들이 배를 탔기 때문에 필요한 것이다! 무엇 때문에 안전했던 동산을 떠나 이 망망대해로

---

15 이 책 160쪽 이하에 상술됨.

나왔던가? 돌아갈 수 없기 때문에 더 절실한 물음이었다. 자살열풍과 사회적 파괴의 혼돈을 겪으면서 근대인들은 더 행복해지기 위해서 이 배를 탔음을 재인식했다. 조타수를 불러들이면서 돛대 위에 행복해져야만 하는 근대인의 운명을 올려놓았다. 깃발이 된 운명은 필연이다.

그런데 몸을 파괴함으로써 이념으로 비상한 행복에 대한 표상은 행복해지려면 현실에서 몸을 구출할 방도를 찾을 필요가 있음을 사람들에게 주지시킨다. 반성사유가 요청되는 지점이다. 질풍노도를 통과하고 나타난 망망대해에서 행복에 대한 표상은 행복해지고 싶은 사람들에게 직접 구조요청의 손을 흔들라고 지시한다. 이웃과 더불어 살기 위해 현실에서 포기해야 했던 행복, 그 행복이 관념의 세계에서 사라진다면, 행복할 수 있다는 생각마저 우리를 떠날 것이다. 그러므로 손짓으로 직접 관념을 불러들여야 한다.

회한을 삼켜버린 과학주의

마음을 부여잡고 세파를 헤쳐가는 것—난파선에 올라 평등하게 된 개인이 누리는 자유로운 삶의 실체이다. 자유와 평등은 난파선을 과학의 조각배로 유지하는 목적론에 종속되어야 했다. 난파선이 전복되면 발 딛고 설 그 한 뼘의 단단한 바닥조차 사라져 다시는 앞을 볼 수가 없게 될 것이므로. 과학의 조각배는 근대인이 몸을 유지할 수 있는 유일한 가능성이다. 처음부터 그렇게 결정되어 있었다. 하지만 질풍노도의 격랑이 몰아치기 전에는 이 운명이 무엇을 뜻하는지 몰랐다. 난파선 안에서의 실존에 크게 신경 쓰지 않아도 되었던 것이다. 조각배 밖, 저 멀리서 빛나는 유토피아의 이상을 바라보느라 이웃과 서로 다른 꿈을 꾸어도 충돌하지 않았다. 그만큼 찬란한 이상이었다.

심하게 흔들리면서 배 안의 근대인은 동상이몽인 사람들이 한 배에 탔음을 절감했다. 서로 다른 시간 속에서 움직이며 꿈꾸는 사람들이었다. 서로 움직임의 반경을 조절하는 일이야 그럭저럭 할 수도 있을 것이다. 하지만 욕구충족을 위해서는 함께 같은 시간에 머물러 있어야만 한다. 이웃과 함께 머무는 공간 속에서 개인의 욕구는 충족된다. 그런데 이 공간은 여럿이 똑같은 시간에 움직여야 한다는 매우 까다로운 조건을 충족해야 열리는 것이다. 내부 시간이 다른 사람들을 동시간대에 배치하기 위해 시간을 숫자로 환산하는 수밖에 없었다. 수량화를 통해 과학주의는 난파선 안의 근대인들에게 자신의 승리를 알렸다. 개인이 되어야 했고, 아울러 동시에 개인 자격으로 사회구성원이 되어야 했던 근대인은 흔들리는 난파선 안에서 '동시간대의 공간'을 실현하기 위해 과학주의에 의지할 수밖에 없었다.

개인이 된 근대인은 그 사이 이 운명을 내면화했다. 살아남기 위해서. 20세기를 지나면서 근대인은 과학주의를 살아 있는 모든 것의 보편적 운명으로 승격시켰다. 21세기는 살아남는 것 자체가 공동체 구성의 목적임을 선포하면서 시작되었다(9·11 테러). 처음 항해를 시작할 때 품었던 행복의 표상은 아무런 회한도 남기지 못했다. 그 사이 마음을 모두 과학주의에 내주었기 때문에 행복을 포기한다는 생각조차 들지 않았다. 20세기의 과학주의는 그만큼 거리낌이 없었다.

과학주의 그리고 배반

초자연적인 형이상학 아래서 모든 것들이 있던 그대로 있고 태어난 상태로 고정되어 인간의 삶도 자연의 일부였던 세월을 뒤로하고, '단단한 것들이 모두 증발'[16]하는 시대가 오자 세상은 석탄과 석회를 뿜어내는 수증기로 뒤덮였다. 앞을 내다보기 어렵고 숨 쉬기도 힘든 나날이었다. 하지만 저 멀리 유토피아로부터 찬란한 빛이 파고들었다. 검고 탁한 수증기를 미래로 빨아들이는 빛이다. 무거운 수증기를 마시고 호흡 곤란을 겪던 사람들은 수증기와 함께 미래로 실려 나갔다. 미래에서 오는

---

16 "Alles Ständische und Stehende verdampft, alles Heilige wird entweiht, …", Karl Marx & Friedrich Engels, *Das Kommunistische Manifest*, Hamburg: Argument, 1999, S. 47~48.

빛이 너무도 찬란하여, 호흡 곤란은 빛의 작용으로 여겨졌다. 미래로 투사되는 현재는 충분히 감당할 만했다. 빛이 수증기의 현재를 미래로 이전해 석탄과 석회를 중력의 법칙에서 벗어나게 할 수 있을 때까지는. 수증기를 마시면서 빛을 바라보던 사람들은 세기의 흐름에 박차를 가했다. '단단한 것들을 증발시키는' 과학적 진보의 돛단배를 더 세차게 노 저었다. 18세기 유럽에서 있었던 일이다. 그리고 일단 일어났으므로 사라지지 않았다. 지구 곳곳에 같은 풍경을 만들어냈다. 한반도에도 20세기 후반에 차례가 왔다.

이미 망망대해로 나온 후였다. 목적지를 가리키는 철제 나침반이 그리 믿을 만한 것이 못 됨을 깨달은 것은. 철을 녹여 직접 손으로 만들어냈지만, 철제 나침반은 과거에서 오지 않았다. 분석되어야 할 대상이 아니라 분석의 도구인 나침반은 미래의 빛이 보내준 것이다. 빛나지만 확실하지 않은 미래. 미래의 염원으로 만든 나침반은 매혹적이었다. 하지만 염원만큼이나 흔들렸다. 돛단배 안에서 두 손으로 거듭 힘겹게 바로 세워야 했다. 배를 탄 사람들은 파도와 싸우는 만큼 나침반과도 씨름해야 했다. 그러다가 끝내 방향을 잃고 말았다. 망망대해 한가운데에서 과거와 미래의 방향은 뒤섞였다. 방향이 대수인가. 배가 뒤집힐 지경인데. 그냥 현 상태를 유지하는 일이 지상명제가 되었다.

나침반이 쓸모없어지자 마침내 현재가 목적이 아니라는 자각이 철제 나침반을 대신하는 시간이 찾아왔다. 미래를 지시하는 현재가 나침반을 움켜쥐고 있는 동안 돛단배를 타고 있는 사람들은 지금의 항해가 목적지로의 직항인 줄 알았다. 철제 나침반의 주술에 사로잡혀 있었던 것이다. 나침반을 포기하니 현재가 명확하게 보였다. 생존이 목적인 현재. 자기보존이 지상명제인 시간이 계속 되었다. 그런데 이렇게 살아남는 것이 목적인 항해를 위해 과학적 진보의 돛단배를 건조했던가? 결코 아니다! 진보의 목적은 미래였다. 한번 여기에 생각이 미치자 '살아남음'이 항해의 목적일 수 없다는 생각이 한층 절박해졌다. 한번 바꾼 나침반을 다시 또 바꿔야 하는 처지가 된 것이다. 미래는 반드시 도래해야 하고, 아직 오지 않은 미래는 이 난파상태인 현재가 단단한 자연으로 고정되지 않도록 들쑤셔야 한다.

도래해야 하는 당위인 미래는 자유롭고 평등한 사회에서 누리는 행복한 삶 그것뿐이다. 민주주의 시민사회에서 독립적인 개인이 되는 것이 돛단배의 목적론이다. 그런데 돛단배가 개인을 먼저 삼켜버렸다. 과학주의가 목적을 수단으로 만드는 솜씨를 유감없이 발휘하도록 방조한 개인의 허물이 제일 크기는 했다. 하지만 그렇다고 돛단배의 유지가 그냥 목적으로 되더니, 과학주의를 신봉해서 체계유지에 봉사한 개인에게 엉뚱한 선물을 내렸다. 망망대해의 광풍을 견뎌내기 위해 따라야만 하는 돛단배의 지시이다. 돛단배 안에서 살아남음이 목적인 일상으로 근대의 삶은 대체되었다. 근대의 역사철학은 체계 속에 갇힌 개인을 만들어내는 프로그램으로 전락했다.

제2장 계몽주의 역사철학의 파탄[1]

1. 서구 계몽주의 문화운동

유럽 역사에서 17세기 후반(베스트팔렌 조약, 1648)에서 18세기 말(프랑스혁명, 1789)에 이르는 시기를 연구자들이 '계몽의 시대'라고 이름 붙이는 까닭을 이해하기 위해 우리는 먼저 두 가지 사실을 머릿속에 떠올릴 필요가 있다. 중세 천 년과 산업혁명. 안티케(Antike)의 인간 중심적 문화가 퇴조한 후, 오랜 중세기간 동안 유럽은 기독교의 초자연적 형이상학과 봉건적 현실 정치제도 틀 속에서 일정하게 동질적인 문화권을 형성하고 있었다. 이 시기 즉 중세 신분제 질서에서 벗어나 근대 산업사회로 넘어가는 전환기는 그 시기를 살았던 사람들에게 무엇보다 혼란이었지만 미래를 위해 새로운 기회가 창출되는 시간이기도 했다.

이 시기에는 산업혁명이 인류에게 가져다준 근대적인 생산과 소비, 그리고 그에 따른 생활양식이 아직 유럽사회에서 두드러진 구조로 자리 잡지는 않은 상태였지만, 이 새로운 흐름은 사회 곳곳에서 의식할 수 있을 정도로 성장하였고, 더욱 빠른 속도로 강화되어 나갔다.

---

1   이 장에는 졸고 「계몽주의 시기 감성복권 움직임과 반성성 미학원리의 발전」, 『독일문예사상』, 문예미학사, 1996; 「질풍노도의 해석학」, 『담론 201』, 제15권 제4호, 사회역사학회, 2012에서 논증한 내용을 토대로 재구성한 부분이 들어 있다.

산업혁명과 더불어 유럽사회에 등장한 새로운 흐름 앞에서 전통적인 가치관과 그에 따른 고정된 생활방식은 차츰 비인간적인 모습을 곳곳에서 노출하면서 새로 사람들의 마음을 사로잡은 생활감정과 충돌하였다. 그런 가운데에서도 오래 완강하게 저항하던 힘들, 즉 기독교적 세계관과 봉건적 사회질서는 30년전쟁[2]으로 힘을 소진하고 이제 계몽주의 시기로 접어들면서는 근대적인 새로운 힘에 유럽 역사의 주도권을 넘기게 된다.

이성능력과 감성능력

베스트팔렌 조약 체결 이후 유럽인들은 전환기적 가치관의 혼란 그리고 30년전쟁이 몰고 온 폐허와 정치·사회질서의 공백상태를 딛고 근대사회를 건설해야 할 과제를 받는다. 아직 종교적 형이상학에 따른 완결된 도식을 기억하고 있던 당시 유럽인들은 이 도식을 대체할 만한 강한 지침으로 새로운 인간적 질서를 만들어 나가야 한다고 생각하였다. 그리고 이성의 합리성에 의지해 이를 실현할 수 있다고 믿었다. 이성능력은 유럽인들이 계몽주의 시기에 획득한 근대적 힘을 구성하는 첫째 요인이 된다. 오성의 분석능력으로 지금까지 세계와 인간을 감싸고 있던 신화적 형식을 무너뜨리면서 다른 한편으로는 이성의 질서능력을 절대적으로 신뢰하였다. 이성능력에 절대적 신뢰를 보내는 인간은 내적 긴장과 모순으로 팽팽한 상황에 처하게 되었다. 이성은 새로운 종교와 같은 위치를 차지하게 되었고, 이성에도 변함없이 계시능력이 있으리라고 믿었다.

이성능력에 힘입어 새롭게 유럽사회에 등장한 합리화 과정은 르네상스 이후 전혀 다른 방향에서 진행되어 오던 또 다른 사회적 움직임을

---

2 1618~48년의 종교전쟁을 종식시킨 베스트팔렌 조약을 서구인들은 '세속이성의 승리'로 기린다. 이제부터는 죽은 후 천당에 가는 일보다 현실에서 누리는 행복에 더 가치를 두는 삶을 살기로 했음에 대한 공식적인 선언으로 이해하는 것이다.

동시에 가속화하는 결과를 가져왔다. 인간성 복권 차원이기는 하지만 여전히 신의 '은총'으로 탁월한 개인이 구현한다고 여겨졌던 르네상스 시기 육체적 감성의 이상형[3]이 계몽주의 시기로 들어와 유럽인들의 일반적 정서가 변하면서 대중화 요구와 결합하여 사회 전반적으로 감성 복권 움직임을 불러일으켰다. 이처럼 일반적 정서를 종교적 도그마에서 벗어나게 하는 데에도 30년전쟁이 결정적인 계기로 작용하였다. 무엇보다 오랜 종교전쟁이 가져온 참혹한 결과를 보면서 사람들이 현세적 삶에 대해 이전과는 다르게 생각하기 시작하였기 때문이다. 현재 행복을 누리고 싶다는 강한 열망에 따라 한편으로 종교적인 갈등을 관용정신으로 인간화해 나갔고, 신과의 관계보다는 일상생활에서 만나는 사람들 사이의 인간관계를 중요하게 생각하였다.

내세를 준비하기 위해 현세는 들러갈 뿐이라는 생각에서 벗어나 현실에 행복한 삶을 구축하기 위해서는 두 가지 조건이 갖추어져야 하였다. 감성능력이 활성화되어 행복의 내용을 채워나가야 할 것이고, 이성능력은 감성능력이 펼쳐나갈 수 있는 조건을 마련해주어야 하였다. 30년전쟁을 종결한 베스트팔렌 조약을 유럽인들은 이러한 틀로 이해하였다. 종교분쟁을 세속적 이해관계를 표면에 내세워 종결지을 수 있었기 때문이었다. 유럽에서 정치적·종교적 통일을 포기하는 대신 지역별로 신앙의 자유를 누릴 수 있도록 현명하게 대처한 베스트팔렌 조약을 유럽인들은 세속적 이성이 인류 역사에서 처음으로 거둔 승리로 기록한다.[4]

이처럼 근대적인 힘들과 결부된 새로운 사회적 움직임이 계몽주의 시기 유럽의 사회관계들을 활발하게 재편해 나갔지만, 이제 새롭게 형성된 사회적 힘에 근거한 정치·사회조직을 현실관계에 정착시키려는

---

3 시스티나 성당 천정에 그려진 「아담」이 대표적이다.

4 Werner Schneiders, *Hoffnung auf Vernunft, Aufklärungsphilosophie in Deutschland,* Hamburg: Felix Meiner, 1990, S. 31.

노력이 결실을 보려면 프랑스혁명 시기까지 기다려야 하였다. 종교 역시 현실적 구속력을 상실한 이 시기는 제도 권력의 공백기였다. 유럽인들은 순전히 개개인의 이성능력과 감성능력에 의지해 지상에 행복한 사회를 건설해 보려는 역사적 실험을 하게 된다.

계몽주의를 시작(베스트팔렌 조약)하고 마감(프랑스혁명)하는 두 세기적 사건에는 이 시기 유럽인들의 자기이해와 역사관이 그대로 드러나 있다. 서구 계몽인들은 역사는 유토피아를 향한 진보의 여정이며, 인간의 노력으로 현실을 변화시킬 수 있다고 이해하였다. 한 세기 가량 진행된 계몽주의 문화운동은 매우 역동적인 양상으로 전개되었다. 그리고 인간의 질서구성 노력이 전혀 딴판인 결과를 초래할 수 있음도 보여주었다.

초기에는 좁은 의미로 이해된 이성이 현실의 무질서를 재편하여 인간적 질서로 이끌 것이라는 생각에 따라 극단적인 이성주의 운동이 나타났다. 합리주의 단계이다. 중반기에는 감성능력 역시 질서구성 능력이 있다는 견해에 따른 움직임이 활발하였고, 후반부로 접어들면서는 감성능력이 기존의 질서구성방식과는 전혀 다른 방식으로 인간의 삶을 이끌어간다는 깨달음이 나타났다. 특히 독일에서 강력했던 이 흐름은 인간의 이성능력에 대하여도 이전과는 달리 생각하는 계기로 작용했다. 이른바 '질풍노도'(Sturm und Drang, 1770~90) 운동을 통과하고 이성 개념이 깊이 변화되면서 인류의 정신사는 새로운 국면으로 접어들었다. 칸트의 비판기획이 변화를 주도하고 새로운 이성개념을 정립하였다.

언어의 정신성과 활자매체

이러한 움직임들을 지나오면서 유럽사회에서는 근대적인 의사소통 구조가 형성되기 시작하였다. 계몽주의를 지칭하는 단어는 영어의 '인라이튼먼트'(Enlightenment), 프랑스어의 '뤼미에르'(Lumières), 독일어의 '아우프클레룽'(Aufklärung)[5] 모두 공통적으로 빛의 이미지를 담고 있

---

5 독일에서 계몽운동에 참여하였던 사람들은 계몽의 방식과 한계 그리고 지향점 등

다. 이성의 빛으로 인간이 사물의 성질을 올바르게 판단한다면 세계와 자연이 인간의 처리능력 범위 안으로 들어온다는 당시 유럽인들의 생각을 형상화한 어휘이다. 이처럼 중세의 초자연적인 세계관에서 벗어나 인간세계와 자연을 설명하는 방법론으로 인간의 정신활동을 이해함에 따라 이 정신활동을 매개하는 매체도 달라졌다. 활자가 등장하였고, 문화지형에 근본적인 변화가 일어났다. 문화사적으로 보았을 때 18세기는 구전과 상징적 형상체계가 중심이었던 문화매체들이 활자에 의해 언어화되는 시기로 기록된다.[6]

언어는 우리의 의식을 조직하고, 우리의 의식은 우리가 접하고 있는 현실과 관계하여 얻은 것이다. 18세기에는 계몽주의 이념의 특성에 따라 언어가 인간의 의식을 조직하는 측면이 강조되었다. 언어에 현실을 개선할 수 있는 능력이 있다고 받아들여졌는데, 현실세계로부터 얻은 우리의 의식을 조직하는 과정에 언어가 개입한다면 그런 결과를 얻을

을 어떻게 설정할 것인가를 둘러싸고 활발하게 논의하였으며, 입장에 따라서 당시의 움직임들을 각각 서로 다른 단어들을 사용하여 불렀다. 크게 나누어 정리해 보면 (좁은 의미의) 이성의 합리적 법칙을 적용해 현실을 올바르게 해명하는 운동(Richtigdenken)이 현 시기의 과제라고 생각하였던 초기 합리주의적 단계에서는 '밝히다'(erhellen) 혹은 '설명하다'(erklären)라는 단어를 사용했다. 후반부로 접어들어 계몽활동에 대한 한계설정이 논의의 중심에 자리 잡으면서 사람들은 스스로 사고하기(Selbstdenken)로 이해하였다. 더불어 이성 활동을 바라보는 관점도 바뀌어 이성은 인간의 자율적 사고과정에서 조타수의 역할을 한다고 생각하였다. 대상을 분석하는 빛이 고정된 개념들에서가 아니라 바로 주체의 내부에서 비추어 나온다는 생각에 따라 '계몽하다'(aufklären) 동사가 사용되었고 1773년에서 1786년까지 『베를린 월보』(Berlinische Monatsschrift)를 중심으로 활발하였던 토론과정에서 일반적인 합의를 이루었다. 1784년 이 잡지에 발표된 칸트의 「계몽이란 무엇인가라는 물음에 대한 답변」은 이 시기 독일 지식인들이 일궈낸 성과를 집약하고 있다. N. Hinske, *Was ist Aufklärung?* Beiträge aus der Monatsschrift, Darmstadt, 1973; W. Schneiders, *Die Wahre Aufklärung. Zum Selbstverständnis der deutschen Aufklärung*, München: Karl Alber, 1974 참조.

6 M. Giesecke, "Schriftsprache als Entwicklungsfaktor in Sprach-und Begriffsgeschichte", in: R. Koselleck, *Kritik und Krise*, Frankfurt am Main: Suhrkamp, 1973 참조.

수 있다는 판단에서였다. 활자매체는 계몽주의 시기에 현실적 영향력을 확보하였고 대중화되었다. 이미 앞선 시기에 이루어진 루터의 성서 번역은 대중화의 기폭제가 되었다. 기독교의 메시지가 활자화되어 '일반인'들에게 접근 가능하게 되었기 때문이다. 활자화되기 이전 신의 메시지는 사제들에 의해 라틴어로 낭송되어 청각화되거나 십자가 앞의 마리아 상에 의해 시각화되던 터였다. 이런 문화지형에서 활자매체의 기능, 즉 사람들의 생각을 바꾸도록 도모하는 기능을 구교에 대한 신교의 투쟁과정에 대중적으로 활용할 수 있는 새로운 가능성이 열린 것이다.

18세기에 들어와 이른바 만인의 활자 앞에서의 평등이 '형식적'으로 달성되었다. 계몽주의 지식인들은 잡지를 발간하고 독서회를 조직하였고 아울러 낭송회를 비롯해 문맹대중들이 활자에 접할 수 있는 방법을 다양하게 생각해냈다. 책은 한 문화집단 구성원들 사이의 의견을 통합해 민주적인 변화과정에서 합의를 이끌어내는 기능을 한다.[7] 민족문화를 육성하기 위해 책을 통한 개개인들의 교양계발이 필수적이다. 혹은 일반인들의 교양 육성이 민주화 과정의 전제이다.[8] 당시 계몽주의자들의 활자매체와 책 문화에 대한 견해는 바로 가속화되어가는 문명화과정에 의식변화 기능이 있는 활자매체의 참여 가능성을 주목한 데서 비롯된 것이었다.

계몽주의 시기를 지나는 동안 많은 사람들에게 각인된 언어의 현실변화 기능과 대중적 확산력은 프랑스혁명 기간 중에 제작되었던 선전 팸플릿에서 그 절정을 보여주게 된다. 혁명 담당자들은 소책자들을 통해 언어의 정신성을 미래를 기획하고 개선하는 과정에 직접적으로 연결하였다. 활자화된 이념을 통해 대중들의 의식이 변화되도록 도모함으

---

7 Ch. Garve, *Popularphilosophische Schriften über literarische, ästhetische und gesellschaftliche Gegenstände*, Bd. 1, Stuttgart: Metzler, 1974, S. 348 ff. 참조.

8 F. M. Klinger, *Betrachtungen und Gedanken über verschiedene Gegenstände der Welt und der Literatur*, Frankfurt am Main: Suhrkamp, 1967, S. 93~94(661) 참조.

로써 인류가 유토피아에 도달할 수 있다는 관념이 구체화되었고, 계몽주의 시기에 발전된 이 생각은 20세기 베르톨트 브레히트(Bertolt Brecht)의 연극활동에까지 이어진다.

18세기 일반인들 사이에 근대적 의사소통 구조가 형성되는 과정을 주도한 것은 이처럼 활자매체였다. 인쇄된 읽을 거리는 교회조직과 시각적 상징매체가 이끌던 권위주의적 의사소통방식에서 벗어나는 기회를 제공하였고, 앞에서 지적한 계몽주의 시기의 독특한 역사적 조건 그리고 주도이념의 특성에 따라 우선 문화 영역이 일반인들의 의사소통 활동에서 중심에 들어서게 되었다. '사회'가 아직 구조적으로 제도화되지 않은 조건에서 일반인들의 '계몽'을 통해 더 나은 삶을 도모한다는 '계몽주의' 패러다임은 생활세계를 텍스트화한 문학작품들을 읽고 토론하는 문예공론장[9]의 정착을 견인하였다. 19세기로 들어와 정치공론장이 정착되기까지 18세기 계몽주의 문학작품들은 사회조직을 유지하기 위한 도덕기관의 기능마저 떠맡는다. 특히 고트홀트 에프라임 레싱(G. E. Lessing, 1729~81)이 정초한 독일 국민극 운동은 괴테와 실러의 바이마르 고전주의 연극운동으로 이어졌는데, 이 전통은 시민사회에서 예술이 비정형화된 사회기관으로 자리잡는 데 결정적으로 기여한다. 프랑스에서 발전한 리얼리즘 문학 역시 시민사회 구성원의 의식생활과 행동양식에 큰 영향을 미치는 규범으로 기능하였다.

근대의식

이러한 특징들에 주목하여 연구자들은 이 시기를 전반적인 영역에 걸친 정신문화 개혁운동의 시기로 규정한다. 범유럽적인 이 운동과정에서 세속적인 지식인 집단이 분화되어 나왔고, 인류의 지적 자산을 수도원의 담장으로부터 세속화하였다. 그러나 유토피아로 나가기 위한 계몽주의 운동의 구체적인 내용과 경과 그리고 지식인 집단의 역할은 개별

---

9 위르겐 하버마스, 한승완 옮김, 『공론장의 구조변동』, 나남, 2001 참조.

국민국가마다 매우 달랐다.

이 운동을 통해 영국은 정치적인 면에서 성과를 거두어 의회민주주의를 발전시켜나갔고, 프랑스는 전 사회적인 구조 재편 움직임을 통해 대혁명에 이르게 된다. 독일 계몽주의에 대해서는 일반적으로 철학을 비롯한 학문 영역에서의 발전을 지적해왔지만, 사실은 칸트와 라이프니츠를 제외한다면 독일 계몽주의 시기 철학은 신학적 도그마와의 화해를 끊임없이 추구하는 강단철학이거나 아니면 계몽의 이념을 쉽게 풀어쓴 대중철학이 대부분이다. 따라서 특별히 성과라고 거론할 만하지 못하며 그래서 분과학문으로서의 철학 자체의 발전보다는 철학 그리고 문학 분야에서 발전시켜나간 반성사유 원리(Reflexivität)[10]가 더 주목을 받는다.[11] 철학과 예술의 결합으로 도출된 독특한 패러다임인 반성

---

10 진자운동에서 힘을 받은 물체가 되튀겨 나오는 움직임을 언어화한 반성(Reflexion)이라는 말이 철학용어로 쓰이는 경우, 빛이 비치고 굴절되는 시각적 과정을 주목한다. 고대 플라톤부터 철학자들은 인간의 인식과정을 거울의 작용에 빗대어 표현해왔다. 거울 비유에 힘입어 추상적인 인식과정, 특히 절대자와의 간접적 관련을 가시적으로 언어화할 수 있기 때문이었다. 라이프니츠도 자기 철학체계의 근본을 이루는 단자(Monade)를 살아 있는 거울이라고 하였다. 거울 비유는 서구 철학의 근본적인 두 가지 계기를 담고 있다. 첫째, 인간이 자기인식을 획득해가는 과정(너 자신을 알라)에 대한 모델을 제시한다. 두 번째는 절대차원을 파악해 이를 인식하거나 체험할 가능성, 신의 존재를 증명할 가능성을 가시화하는 기능을 한다. 똑같이 그려내는 거울의 완전성보다는 절대자와의 관련을 암시하는 두 번째 기능이 철학사에서 점점 큰 비중을 차지하게 되었다. 칸트는 이 두 번째 기능과 언어의 상징적 형상력에 주목해 세 번째 비판서에서 판단력 개념을 새롭게 정리해냈다. 특수자를 통해 보편자를 주체가 획득하는 판단력 기능에서 반성적인 판단력(reflektierende Urteilskraft)은 규정적 판단력(bestimmende Urteilskraft)과 달리 아직 인식 영역에 들어오지 않은 절대자와의 관계를 찾아나서는 능력이다. 주체의 이성활동을 다시 판단력의 선험적 원칙에 따라 검토하는 이 반성적 판단력 개념은 이미 칸트 철학체계를 넘어서는 변증법을 기초하고 있다. 이 방면의 자세한 연구로는 A. Model, *Metaphysik und reflektierende Urteilskraft bei Kant. Untersuchungen zur Transformierung des Leibnizschen Monadenbegriffs in die Kritik der Urteilskraft*, Frankfurt am Main: Suhrkamp, 1987 참조.

11 이에 대하여는 이순예, 「독일 계몽주의 감성복권 움직임과 반성성 미학원리의 발

100

사유는 이후 역사과정에서 능동적인 역할을 담당하면서 독일적 특수성의 핵심을 이루게 된다. 계몽주의 문화운동 시기에 반성사유 원리에 따라 일반인들 사이에서는 경건주의의 내면성을 매개로 하는 의사소통구조가 형성되는 한편 독서능력이 있는 지식인층 사이에서는 반성공론장(räsonierende Öffentlichkeit)이 형성되었다.[12] 20세기 후반 진행된 이른바 '근대성' 논의에서 '독일적 근대'가 핵심쟁점으로 부각된 사정이 바로 여기에 있다. 사회구조적 차원이 아닌 인간의식 지형에 가장 두드러진 변화를 남긴, 명실상부한 '계몽'의 성과에 해당하기 때문이다. 이 변화의 결과를 우리는 '근대의식'이라고 지칭한다.

서구에서 14세기 이후 진행되어오던 르네상스의 인간성 회복운동은 18세기 계몽주의 시기로 접어들면서 대중화 요구와 결합하여 사회 전반적인 변혁운동을 불러일으켰다. 르네상스와 인문주의 전통에서는 특별한 개인에 국한되어 구현된다고 이해되었던 전인(全人, Der ganze Mensch) 이상(Ideal)이 고대 안티케 이상의 사회적 재수용과 더불어 모든 이들이 추구해 나가야 할 현세적 목표로 되었다. 인간을 연구하기 시작하면서 유럽인들은 오랜 중세기간 동안 신의 섭리와 계시로 받아들였던 자연현상과 인간의 운명을 인간의 정신능력으로 설명하기 시작하였다. 그리하여 인간을 탐구하는 틀로 '신의 피조물'을 대신하여 정신과 감성(Geist und Sinnlichkeit)이라는 안티케의 고전적 방식이 다시 등장하였다.

계몽주의 시기 인간학의 과제는 두 가지로 요약될 수 있다. 우선 인간의 정신능력을 신학의 도그마로부터 세속화해야 했고, 아울러 기독교적 정신성에 따라 철두철미 억압하였던 감성을 인간의 중요한 능력의 일

전」, 『독일문예사상』, 1996 참조.

12 Werner Schneiders, *Hoffnung auf Vernunft, Aufklaerungsphilosophie in Deutschland*, Hamburg: Felix Meiner, 2015, S. 31. 위르겐 하버마스(Jürgen Habermas)의 계몽주의 연구 역시 독일적 성과를 중심으로 유럽 계몽주의를 고찰한다. 위르겐 하버마스, 『공론장의 구조변동』 참조.

부로 공식 인정해야 했다. 그런데 이 두 과제를 해결하기 위해 노력하는 과정에서 예기치 못했던 새로운 문제가 부상하였으니 다름 아니라 인간이 지닌 이 두 가지 이질적인 능력들이 사실은 분리 불가능하다는 점을 깨닫게 된 것이다. 신학의 도그마 역시 기독교의 감성억압의 결과라는 인식으로까지 치닫는 생각이다. 계몽주의 시기 인간학 연구는 무엇보다도 기존의 고정된 기독교적 가치체계가 의미를 상실했음을 분석하고 증명하는데 집중되었지만, 이 과정에서 새로운 과제 하나가 도출되었다. **살아 있는** 인간에게서 정신능력과 감성능력이 어떤 관계를 맺는지— 이런 방식으로 정식화된 과제가 후세대로 이전되었다.

이러한 발전과정에서 두드러지는 사항은 인간이 구비하고 있는 능력을 중심으로 인간을 고찰하기 시작하였다는 점이다. 그런데 이런 방식으로 인간을 파악하는 것은 궁극적으로 인식주체가 현재 확보하고 있는 이해능력의 가시적 내용을 정신능력이라는 개념으로 묶고, 여기에서 제외되고 인간 이해능력의 지평에 아직 떠오르지 않은 부분을 감성에 포함하는 태도의 소산이다. 따라서 본질적으로 긴장관계에 있는 정신과 감성, 이 두 이질적인 개념은 시간이 지나면서 내포의 확대 변형을 겪게 되었고 그래서 거듭 새롭게 문제를 구성하면서 인간학적 전망을 수정하도록 근대인을 압박하게 된다.

정신능력의 고양

계몽주의 시기에 인류가 거둔 가장 두드러진 인간학적 성과는 오래 전부터 각양각색으로 진행되어 오던 움직임을 인간 정신능력의 고차화로 실현해냈다는 데서 찾을 수 있다. 그런데 이러한 성과를 얻기까지 인간의 감성을 기존의 고정된 틀에서 벗어나 새롭게 인식하기 시작한 사회 전반적인 움직임이 큰 역할을 하였다.[13] 무엇보다도 인간 정신능력

---

13 파나조티스 콘딜리스(Panajotis Kondylis)는 계몽주의 감성복권운동을 두 단계로 나누면서 각각 서로 다른 성과로 18세기 유럽정신사에 기여하였다고 파악한다.

의 기초를 이루는 인식활동에 대해 두 가지 서로 정반대되는 출발점을 지닌 이론화 작업들이 일원론으로 모이는 흐름이 결정적이었다. 기독교적 도그마에 갇혀 있던 정신능력으로는 도저히 설명할 수 없었던 사회적 감성복권 과정의 뒷심을 받아 진행된 흐름이었다.

이 세파를 타고 무엇보다도 인식론적 회의가 광범위하게 퍼져나갔는데, 초기 단계에서는 서로 다른 인간능력에 의지해 이 회의에 대처할 수 있었다. 이전 세대의 두 철학자 르네 데카르트와 존 로크가 대표적이었다.

데카르트의 코기토(Cogito) 원리는 인식활동의 근원과 진리를 알아내기 위한 궁극적인 회의과정 속에서도 이 과정을 이끌고 있다고 전제할 수밖에 없는 의식의 자명성을 철학적 사유의 출발점으로 설정한다. 이 의식을 중심으로 자아(das Ich)를 구성하는데 이를 사고체(res cogitans)라고 하였다. 여기에 대응하는 물질계(res extensa)는 의식이 외부 물질세계로 연장된 부분이다. 나의 자아가 공연히 회의하느라 외부 물질계와 맺고 있는 명쾌한 관계를 흐트러뜨리지 않는다면, 자기의식의 확실성 속

첫 단계는 이미 17세기에 이루어진 감성의 수학적 자연과학적 복권 단계로, 데카르트에게서 대표적으로 볼 수 있듯이 수학적 공리로 대변되는 논리적 규범에 따라 모든 인식을 도출해낼 수 있다는 좁은 의미의 합리론으로 귀결되었다. 인간이 모두 동일하게 지니고 있다고 전제하는 지력(Intellekt)의 자율적 파생에 인식의 전권을 부여하는 데카르트 합리론에서의 코기토 원리는 스콜라 철학에 대한 철학적 체계적 공격이었다. 둘째 단계는 인식론적으로는 반지성주의적이고 도덕적으로는 반금욕주의적인 의미에서의 감성복권 단계로 18세기에 들어와 시작되었으나 1단계보다 더 광범위하고 강력하게 사회의 전반적인 의식을 지배하였다. 인간의 정신능력이 생물학적·심리적·사회사적 감성에 깊이 뿌리내리고 있음을 강조하는 이 단계의 운동은 인식론적으로는 데카르트주의가 남긴 인간존재의 이분법적 파악을 극복하는 데 기여하였고, 도덕철학적으로는 금욕주의적 원칙을 배제한 도덕원칙의 수립 가능성을 정초하였다. 이 운동의 성과는 인간의 정신능력과 감성능력이 탄력적으로 깊이 결부되어 있다는 깨달음이다. 정신과의 관련 아래 감성의 복권이 어떤 의미에서 그리고 어느 정도의 범위로 진행되었는가에 따라 계몽주의 시기 작은 단계의 운동들의 특징이 드러난다. Panajotis Kondylis, *Die Aufklärung im Rahmen des neuzeitlichen Rationalismus*, Stuttgart: Klett-Cotta, 1981 참조.

에 굳건히 자리잡고 앉아 사유의 순수원칙들에 따라 현실의 구조를 인식할 수 있다. 이때 진리를 보장하는 것은 지성의 논리성이다.

데카르트의 합리주의와는 전혀 다른 능력에서 인간인식의 가능성을 찾아보는 경험주의적 인식론의 흐름은 인간의 인식활동에서 감각적으로 주어진 것들을 중요한 변수로 여기고, 고정불변한 진리의 담지자로 데카르트가 코기토 원리와 결합했던 지력(Intellekt)의 절대적 권한을 부정한다. 이러한 사고경향을 철학적으로 정초한 로크는 태어나는 순간 인간의 의식은 백지와 같은 상태이며, 시간이 지나면서 경험과 더불어 모든 생각들이 자리 잡는다고 설명하였다. 그는 인식이 발생하는 근원을 두 방향에서 찾았다. 하나는 외부의 감각적 지각이고 또 하나는 사유, 의지, 믿음 등과의 관련 아래 이루어지는 내부의 자기지각이다.

인식론 논의에서 서로 대립적인 방향으로 나아가는 이 두 가지 사고경향은 그러나 기본적으로는 공통적인 인간관에서 출발한다. 인간의 정신능력과 감성능력을 각각 고정해보는 이분법이다. 데카르트의 경우 정신적 실체(geistige Substanz)와 육화된 세계(Körperwelt)를 서로 엄밀하게 구분하고 있고, 로크가 인간인식의 기원을 설명하는 감각(sensation)과 반성(reflexion)의 구분 역시 인간존재에 대한 이분법적 파악에 따른 것이다.

계몽주의 시기로 접어들면서 이러한 이분법적 인간관이 흔들리기 시작하였으며, 일원론적 발상이 싹트기 시작하였다. 우선 정신능력이 감성능력과 그러면 어떤 관계를 맺고 있는가 하는 물음이 공공연하게 거론되었고, 이 물음에 대해 인간의 정신능력이 생물학적·물리적·사회적 감성에 깊이 뿌리내리고 있다는 사실을 강조하면서 응답하는 흐름이 조성되었다. 오래된 이분법이 무너지기 시작한 것이다. 아울러 인간의 능력을 서열에 따라 배열해오던 위계질서도 흔들리고 영혼과 육체를 가르던 경계도 뚜렷한 윤곽을 잃기 시작하였다.[14]

---

14 인간존재에 대한 이분법적 파악과 형이상학적 규정을 거스르는 흐름은 18세기

인간의 인식활동을 독점적으로 주도한다고 오랫동안 평가받아온 지적 능력을 상대화했고, 그러자 이성개념이 깊이 변화되었다. 인간 영혼에 고정된 상수로 존재한다고 간주되던 이성이 경험주의적 인식론에 따른 발생학적 관찰방식의 영향을 받아 차츰 정신능력 발전과정의 일정한 단계로 파악되기 시작하였다. 본원적으로 주어져 있는 실체가 아니라 여타의 능력들과의 관련 속에서 움직이는 활동성이라는 이성개념이 정식화되었다. 물론 이 새로운 깨달음도 인간 존재 깊숙한 곳에 합리성의 원칙이 관철되고 있다는 전제를 벗어나지는 않았다. 새로운 점은 인식이 감각적·실존적으로 조건 지워져 있으며, 결코 지력의 산물로 환원될 수 없다는 확인이다.

이처럼 인식론 논의에 새로운 변수를 제공한 실존적 움직임은 기존의 형이상학과 이분법적 인간관을 해체하면서 인간 의식활동에서 늘 중심이 되는 자리를 차지해온 지적 논리성(das Intellektuelle-Logische)을 밀어내고 그 자리에 인식하는 주체(Subjekt)가 들어서도록 하였다. 이제 사람들은 사유과정에 대해 생각할 때, 주체를 중심에 두고 보면서 주체의 활동성에 주목하기 시작하였다.

이처럼 변화된 관점으로 보기 시작하니 인식이란 감각적인 외부세계와의 지속적인 상호작용 속에서 이루어지는 것이며, 인간실존의 다면성에 깊이 뿌리박고 있다는 생각이 갈수록 깊어졌다. 따라서 우리들의 인식이 어떻게 이루어져 나가는지 파악하려면, 인간의 능력을 우선 정확

중엽에 들어서면 새롭게 '경험대상'으로 떠오른 인간을 연구과제로 삼아 인간의 동물적 성질과 정신적 성질의 관련을 연구하는 '학문'을 정초하기에 이른다. 이 새 학문은 '인간학' '인간적 철학'이라는 이름 아래 값려고 하면서 '인간 발견'이라는 용어를 광범위하게 유포하였다. 이 새로운 인간학에는 경험주의적으로 깊이 치우치는 경향과 아울러 사변적 해석학적 전통도 함께 영향을 끼쳤다. 세기말에 이르러 이 인간학에서 전인교육이라는 인문주의 이상이 발생한다. 괴테의 자연 연구와 실러의 의학 연구도 이러한 움직임에 포함된다. H-J. Schings (Hrsg.), *Der ganze Mensch*, Anthropologie und Literatur im 18. Jahrhundert, Stuttgart: Metzler, 1994 참조.

하게 알아야 한다는 자각도 들었다. 인간이 지니고 있는 속성이 모든 인식의 출발점일 터이니. 그런데 이러한 방향으로 생각을 계속 진전시키다 보면 우리가 머릿속에 지니고 있는 세계상은 우리가 보유하고 있는 인식기능의 작동결과에 불과한 것이라는 결론에 이르게 된다.

계몽주의 시기에 일었던 감성복권 움직임이 마지막 단계에 이르러 도달한 결론은 이처럼 주체의 능력에 모든 것을 귀속시키는 인간중심적인 것이었고, 그 파장은 양면적이었다. 인식론적 회의가 개별 인식주체의 실존이 인식의 출발이라는 사실에 대한 확인으로 귀결됨으로서 한편으로는 인식론상의 성과를 거두었다고 할 수 있지만, 또 다른 한편으로는 이전에는 예기치 못했던 새로운 물음이 등장하였기 때문이다. 계몽주의가 제기한 인식론적 과제는 매우 근본적인 것이었다. 모든 것이 주체의 능력에서 비롯된다면 인간인식의 객관성은 어디에서 보장되는가?

칸트의 초월철학

칸트의 등장은 계몽주의를 마감하면서 그 성과가 독일 특수적인 고전관념론으로 결집되도록 이끈 사건이었다. 그는 일단 계몽주의 시기에 부각된 인식론적 딜레마를 철학적 사유의 중심으로 끌어들였다. 그리고 인간의 인식(Erkenntnis)을 주체가 수행한 의식활동의 결과로 규정하면서 초월철학을 정초하여 나갔다. 종합판단이 선험적으로 어떻게 가능한가[15] 하는 문제제기로 당시의 인식론적 과제를 논구하기 시작한 『순수이성비판』에서 그는 우선 수학과 물리학이 확보하고 있는 인식조건을 분석하여, '참'인 인식이 어떻게 얻어지는가를 탐구하는 가운데 다음과 같은 결론에 이른다.

---

15 "wie synthetische Urteile a priori moeglich sein."
　임마누엘 칸트, 백종현 옮김, 『순수이성비판』, 아카넷, 2007, 229쪽.
　"오히려 칸트는 선험적 종합적 인식이 가능하다는, 아니 그러한 인식이 실제로 있다는 사실에서 출발하여 그런데 '이런 인식이 어떻게 가능한가?'를 '분석적으로' 탐구한다." 백종현, 「순수이성비판 해제」, 같은 책, 34쪽.

하나: 인식의 보편성과 필연성은 인식대상이 그 대상을 인식하는 우리의 인식방식을 향해 맞추어져 있다는 사실에 근거한다.[16]

둘: 인식활동은 인식대상과 관계하면서 이루어지는 것이 아니라 그 대상을 상대하는 우리의 인식방식과 관계하는 활동이다.[17]

인간의 인식활동이란 주체가 의식활동을 통해 대상을 근거짓는 행위이며, 이 과정에서 인식능력들의 선험적 형식들을 적용하는 것이다. 이러한 인식론적 규정에 따르면, 인간이 인식활동을 통해 들어 올린 현상계와 인간의 의식활동이 침투하지 못한 물자체의 세계가 엄격하게 구분된다. 이렇게 물자체라는 초감성계를 설정함으로써 칸트는 불가지론을 포함한 당시 인식론상의 문제제기를 한편으로 '해결'할 수 있었다. 그런데 칸트의 이 '해결' 방식은 인식론에서 새로운 주관주의적 경향이 싹트도록 하는 것이었다. 현상계 내에서의 인식의 진리성 여부를 검토하는 일 역시 이성의 자기인식을 통해서만 가능하다는 입장에서 진행된 '해결'이었기 때문이다.

인식론상의 코페르니쿠스적 전환이라고 일컬어지는 새로운 인식론적 기초는 이처럼 인간의 인식활동을 온전히 개별 주체가 수행하는 의식의 활동성으로 귀속시킨 발상의 전환에 다름 아니었다. 그리고 이런 발상의 전환은 무엇보다 인간의 감성능력이 인식과정에 필수불가결한

16 "지금까지는 우리의 모든 인식이 대상들에 따라 맞추는 것이라고 사람들은 생각하였다. …… 그래서 대상들이 우리의 인식에 따라 맞추어져야만 한다고 우리가 가정하면 형이상학의 과제들에 더 잘 추진해나갈 수 있지 않을까 해서 일단 그 일을 시도하게 되었다."(Immanuel Kant, *Kritik der reinen Vernunft*, B XVI, Hamburg: Felix Meiner, 1990, S. 19; 백종현, 182쪽)

17 "어떻게 해도 끝나지 않을 사물들의 본성이 아니라 사물들의 본성에 대해 판단을 내리는 오성, 그것도 선험적 인식과 관련해서만 여기서는 탐구의 대상이 된다." (Immanuel Kant, *Kritik der reinen Vernunft*, A 13, Hamburg: Felix Meiner, 1990, S. 56; 백종현, 211쪽)

요소라고 정당화하면서 시작된 것이었다. 칸트가 오성이 수행하는 개념규정 활동의 자발성과 감성의 수용능력이 결합하여 인식이 이루어진다고 규정[18]하는 데서 감성능력의 정당화는 단적으로 드러난다. 이렇게 파악함으로써 칸트는 정신능력과 감성능력을 가르는 이분법을 어렵지 않게 벗어날 수 있었다.

종전의 이분법적 견해에 따르면 인간의 인식활동에 '끼어드는' 감성을 두고 극단적인 찬반론으로 나뉠 수밖에 없다. 반대하는 사람들이 감성의 역할을 부정하는 이유는 세 가지로 정리된다. 첫째, 감성은 우리의 표상능력을 흐트러뜨리고, 둘째 그리하여 오성의 시녀로 태어났으면서 오성을 지배하려는 부당한 요구를 제기하며, 셋째 오성으로 하여금 겉으로 드러나는 것을 그냥 진리로 파악하게끔 속임수를 쓴다. 반면에 감성을 찬양하고 방어하는 입장에서는 시인들과 감각적으로 세련된 인간들 사이에서 볼 수 있듯이 감성에는 남다른 능력이 있다는 점이 그 무엇보다도 중요하다. 감성에는 개념을 감각적으로 드러낼 때 풍부한 외양을 선사하는 능력이 있으며, 또 감성이 내적 감동을 불러일으키고, 우리가 떠올린 표상들에 찬란한 빛을 선사한다. 이런 논지에서 그들은 감성의 역할을 적극 긍정하는 것이다.

찬반론 시비를 조정하면서 칸트는 철학적 이성에 감성능력을 올바르게 자리매김하는 역할을 부여하였다. 칸트의 판결은 이러하다. 감성은 우리를 속이지 않는다. 왜냐하면 감성의 활동은 주어진 것들을 '수용'하는 데 그 본래의 목적이 있는 것으로, 그저 단순히 수용할 뿐이기 때문이다. 감성은 수용한 것들을 서로 조합하지 않은 채 그것들을 해석할 의무가 있는 오성에게로 가져간다. 혼란을 일으킬 가능성은 수용한 것들을 잘못 연결하는 오성에 있다. 감성의 형상적인 수용은 풍부함을 보여주는 반면, 오성은 그저 옹색하고 현학적일 뿐이다. 그러나 이 두 가

---

18   Immanuel Kant, *Kritik der reinen Vernunft*, B 151, Hamburg: Felix Meiner, 1990, S. 165; 백종현, 360쪽.

지 활동의 협업이 성공하는 경우, 개념에는 함축성 있는 표현이, 감성에는 무게가 실린 표현이, 의지규정에는 흥미를 유발하는 표상들이 더불어 드러난다. 감성의 속성들로 분류되는 내적 풍부함, 표현력 그리고 주의를 환기시키는 능력들이 이렇게 해서 인식과정에서의 유효성을 인정받게 되었으며, 이에 근거하여 오성과의 동반자 권리도 적극 제기되었다. 칸트가 새롭게 철학 영역에 끌어들인 감성능력은 그의 미학체계에 이르게 되면 마침내 독자적인 인식구성의 기능을 부여받는다.[19]

주체의 자기의식과 낙관주의

이러한 인식론 상의 발전과 더불어 유럽에서 16세기 이래로 사회 각 분야를 재구성하는 힘을 발휘해온 합리주의적 사유[20]는 시간이 지날수록 점점 더 강화되었다. 방법적 회의로서의 자율적 사유가 인간사유의 전형적인 형식으로 정식화되는 흐름이 계몽주의 기간에 큰 줄기로 모아졌다. 그동안 각각 정반대되는 입장에서 출발해 철학적 사유의 형식들을 탐구해온 두 가지 철학조류들, 합리주의와 경험주의가 여기에 인식론적 기초를 제공하였다.

합리주의와 경험주의는 서로 대립되는 상이한 철학조류이지만, 개별

---

19 Friedrich Kaulbach, *Ästhetische Welterkenntnis bei kant*, Würzburg: Königshausen & Neumann, 1984.

20 합리주의라는 단어를 원뜻대로 따져들어가 개념정의를 한다면 대상을 처리하는 방법의 합리화라고 서술될 것이다. 그렇다면 주관적으로는 이성 내지 사유를, 객관적으로는 사물의 논리적 내지는 이성적 질서를 사유의 중심에 놓는 철학조류 모두를 포괄하게 된다. '합리주의'라는 개념을 우리는 사유를 사안의 이치에 맞게 전개해가는 능력이라고 풀어 이해할 수 있다. 좁은 의미에서 특정한 철학적 흐름을 지칭하는 개념으로 사용되는 경우, 합리주의는 이성(Ratio)에 전권을 부여하고 지력(Intellekt)의 인식활동을 강조하는 이론을 일컫는다. 지력은 경험계(Empirie)가 아무리 다양한 변화를 보인다 하더라도 흔들림 없이 고정불변한 진리를 담지하고 전달한다. 이처럼 지력의 무구함을 출발점으로 삼고 있으므로 이 철학체계에서는 수학과 논리학이 중심을 이룬다. 데카르트는 이 방법론을 수미일관하게 밀고 나가 독자적인 철학체계를 수립하였다.

의식을 인식과 행위의 절대적 출발점으로 삼는다는 점에서 공통성을 갖는 것이기도 했다. 자연과학적 진보와 지리상의 발견이 이 시기의 인류에게 가져다준 인간사유 지평의 확대는 제대로 된 인식수단을 사용해 세계를 내재적으로 해명한다면 삶을 합리적으로 조직하고 생활세계를 유용하게 꾸려나갈 수 있다는 믿음을 갖도록 했다. 그러면서도 기존의 세계관과 인생관이 흔들린 데 따른 인식론적 패배주의로 나아가지 않았다. 오히려 인류 역사에서 전무후무하게 인간의 독립심을 기리고 낙관주의로 가득한 역사관을 창출해냈다. 세계를 개선하는 힘이 있다고 믿도록 만드는 이성과 그 담당자로서의 개인이 사유의 중심에 들어섰다. 개별 인간의 사유활동이 형이상학적 틀에서 벗어나 새로운 철학적 사유대상으로 독립하였다. 이런 의미에서 계몽주의 시기의 사유는 철두철미 인간 중심이었다.

이전 시대와의 질적인 차별성을 강조하면서 계몽주의 시기가 유럽현대사의 실질적 시작이라고 파악하는 것은 이 시기 이래로 인류가 인식주체로서 그리고 자기 삶의 행위주체로서 역사에 등장하였고 마주하는 문제를 인간의 능력으로 해결해나간다는 자기의식을 획득하였다는 사실에 주목하기 때문이다. 유럽의 근대적 자기의식은 바로 자연, 신 등으로 대변되는 고정된 초개인적인 가치체계로부터 개별 주체가 분리되어 독립하였음을 주체가 스스로 의식하는 데서 시작된다.

2. 독일 계몽주의 문화운동

자연으로 굳어진 신분제의 구체제를 무너뜨리고 인권과 평등을 기초로 하는 시민사회를 구축하려는 인류의 노력이 사회적으로 결실을 맺기 시작한 18세기, 사회혁명의 범례를 제시한 프랑스에서 구체제 타파의 강력한 무기는 바로 부르주아의 경제력이었다. 신분에서 벗어나려는 인간의 자유의지가 구체적인 결실을 거두도록 경제력이 뒷받침한 까닭에 프랑스혁명으로 구현된 자유주의적 이행 모델은 경제활동의 자유가 제한되지 말아야 한다는 역사철학적 합의를 도출해냈다. 이 자유주의 모델이야말로 근대 시민사회에서 자본의 자유와 소비의 자유가 '자유 그 자체'로 대체되는 경향의 진원지라고 할 수 있다. 반면 자본주의 발전의 지체로 부르주아의 경제력이 세계사적 진보를 견인하는 성과를 거두지 못한 독일은 경제시민(부르주아)의 자유가 신분제 타파의 동력이 되지 못해 사회는 계속 권위주의에 머물러 있었다. 하지만 독일인들에게도 계몽의 빛이 일깨운 자유의지는 살아 있었다. 다만 이 자유를 실현할 동력을 현실에서 찾지 못하였을 뿐이다.

좌절한 자유주의자들의 자유의지

자유주의적 변혁을 여러 차례 시도였지만 모두 좌절한 독일. 독일의 근대사는 파행을 거듭한다. 프랑스에 비했을 때 경제적으로나 문화적으로 무척 열악한 상황이었지만, 빈곤하고 억압되었다고 자유의지마저 포기할 수는 없었다. 이후 독일의 '독특한' 역사발전을 견인한 요인은 독일의 '각성한 식자층'이 자유의지를 현실에서 어떤 식으로든 실현할 방도를 찾기 보다는, 그래서 자유의지의 좌절을 거듭 확인하는 길 보다는 관념의 세계로 비상하는 길을 갔다는 사실이다. 칸트에서 헤겔로 이어지는 관념론 구축의 역사가 시작되었고 그 관념의 힘으로 뒷받침되는 고전예술의 세계가 열렸다. 고전주의 문학은 도덕적 기품으로 유토피아를 가까이 해보겠다는 투지를 내세웠고, 낭만주의는 예술만이 온통 모순으로 파편화된 것들을 이어붙일 수 있다는 생각으로 들끓었다.

추상화된 이념을 매개로 궤도에 오르는 반성활동을 통해 '낙후된' 현실의 사회관계들을 비판적으로 재구성해감으로써 유토피아에 이를 수 있다고 생각하였던 독일의 '각성한 식자층'—이 시기 독일 계몽주의자들의 노력은 독일 시민계층의 현실적 한계와 이념적 가능성을 고스란히 노출하는 것이기도 했다.

이처럼 독일이 사회구조의 재편이 아닌, 정신능력에 의지한 '특수경로'를 가게 된 데에는 유럽에서 독일이 차지하고 있는 역사적·지리적 위치, 특히 중세 오랫동안 종교분쟁의 중심이었던 사정이 적지 않은 영향을 끼쳤다. 독일의 역사진행을 설명하면서 종교가 생활 깊숙이 자리 잡았던 점 그리고 그런 환경에서 형성된 독일인들의 관념적 심성에 주목하는 흐름이 생긴 까닭이 여기에 있다. 한때 날씨를 비롯한 자연환경적 요인을 독일적 심성의 원인으로 파악하는 '풍토론'까지 등장한 적이 있다.

교양시민과 변증법

근대화 과정에서 독일사회가 당사자들에게마저 '예외'라고 여겨진 '특수경로'를 가게 된 사정은 무척 복합적이어서 한마디로 일목요연하게 정리되지 않는다. 시대마다 매우 다른 관점에서 고찰되고 상이하게 평가되었다. 특수경로가 히틀러의 파시즘으로 가는 길이었다는 식으로 정리하는 입장이 있는가 하면, 독일문화의 정수를 보전한 길이었다는 견해도 있었다. 이러한 두 극단 사이에서 18세기 계몽주의에 대한 연구는 20세기 내내 이념적 지형에 크게 좌우되는 편이었다. '분단상황'이라는 독일적 특수성의 역사적 원인을 찾기 위해 현재의 원인으로서의 과거라는 관점에서 18세기 계몽주의를 바라보는 인과론이 득세한 까닭이기도 했다. 20세기 후반 차츰 진영논리에서 벗어나면서 '독일적 특성'을 '예외'라는 범주에 가두지 않는 흐름이 형성됨과 더불어 18세기에 대한 연구도 과거에 '있었던 일'을 연구하는 학문의 위상을 회복하였다. '있어야 했던 일'이 일어나지 않아 '일탈'이었다고 보는 태도에서 벗어나 평상심으로 과거를 바라보기 시작한 것이다.

여러 연구들 중에서 나는 독일의 '특수경로'가 사유방식으로서의 반성원리를 사회구성의 원리로 구체화했음을 부각하는 연구[21]에 주목한

---

21 Werner Schneiders, *Hoffnung auf Vernunft, Aufklaerungsphilosophie in Deutschland*;
    Werner Schneiders, *Die Wahre Aufklärung. Zum Selbstverständnis der Deutschen
    Aufklärung*; 위르겐 하버마스, 『공론장의 구조변동』 참조.

다. 그 까닭은 이들 연구에서 반성사유가 독일적 사유의 원형으로 응축되는 과정을 자세하게 볼 수 있기 때문이다. 사회갈등을 해결하려는 의지를 굽히지 않은 각성한 식자층의 '독일적' 선택이 바로 반성사유였다는 사실을 확인할 수 있는데, 사회통합의 계기가 절실한 오늘날 한국사회에 독일 계몽주의에 대한 연구가 타산지석이 되었으면 좋겠다는 희망을 가지고 있는 나에게는 매우 중요한 연구대상이다.

독일적 특수경로는 새 시대의 주역이 되어야 할 시민계층이 반성사유의 원리를 통해 사회적인 갈등을 조정하고 미래를 기획하는 노력을 남달리 보인 결과 등장한 길이었다. 독일 계몽주의 운동의 유산으로 오늘날까지 영향을 미치고 있는 이 원리는 독일 시민사회가 경제시민(Bourgeois)이나 정치시민(Citoyen)이 아닌 교양시민(Bildungsbürger)에 의해 대변되는 특징을 보이도록 하였다. 자유주의 모델도 공화주의 모델도 구현하지 않는 교양시민은 하지만 새롭게 역사에 등장한 힘인 '개별성'의 강력한 대변자였다. 이 교양시민에 의해 독일은 자유주의 없는 개인주의 사회를 구성하게 되었다.

무엇보다도 독일 계몽주의 운동의 독특한 전개과정에 주목할 필요가 있을 것이다. 한 세기나 넘는 기간 동안 지속된 '계몽'은 이성의 활동성을 무제한으로 확대해서 근대적 힘들이 사회 각 분야에서 기존의 관계들을 급진적으로 재편해나가도록 하였다. 장애요인들이 제거되고 이성이 자신을 마음껏 발현할 길이 열린 것이다. 그런데 이러한 '계몽'이 독일에서 '질풍노도'로 귀착되었다는 사실이 독일적 '독특성'의 내용이다. 계몽주의 운동이 진행되면서 인간 이성에 내재한 이율배반적 측면들이 현실에서 사회적 충돌양상으로 발현되다가 후기에 이르러서 끝내 사회적 파국을 불러들인 독일 특수적 역사진행이 특수경로의 경험적 내용인 것이다.

18세기 말 혼돈의 현실을 살아야 했던 '각성한 식자층'은 계몽의 역사철학적 귀결로 들이닥친 '힘들의 방출'을 둘러싸고 다각도로 생각하면서 무엇보다도 방출결과의 사회적 의미를 중점적으로 천착하였다. 이웃나라 프랑스처럼 혁명을 했어야 하는데 그렇지 못했다는 좌절감에 사회적 파괴의 혼란이 가중되었지만, 식자층은 자신들에게 부과된 사회적 압박을 관념의 힘으로 돌파하였다. 고전관념론의 독창적인 성과인 '변증법'은 이 시기의 역사진행에서 얻은 경험적 내용을 철학적 사유방식으로 추상한 것이다. '전복'의 계기가 사유의 능동성을 보장하는 독특한 사유방식, 즉 변증법적 사유가 인류지성사에 등장하였다.

도덕의 양면성

그러면 여기에서 계몽이 합리화한 도덕원리에서 '변증법적 계기'가 부상하는 과정을 살펴보기로 하자. 자신과 주변세계를 잘 다스려야 한다는 도덕원리는 18세기 이래로 독일인에게 구원의식과도 같은 위상을 차지하고 있는데, '질풍노도' 시기에 덮친 무질서의 폭력을 경험한 탓이 크다고 할 수 있다.

도덕의 변증법적 계기를 제일 먼저 사회적으로 노출한 것은 경제였다. 산업혁명은 재화의 효율적 이용과 근검절약을 중심으로 하는 경제적 영리추구 역시 도덕적인 행위로 받아들이도록 사람들을 몰아갔다. 그런데 도덕의 이 경제적 부분이 인간의 삶을 도구적으로 조직화하고 더 나아가 이윤 획득과정을 절대화함으로써 다른 분야의 도덕원리와 충돌을 일으키고 평화와 인류애를 바탕으로 하는 계몽의 유토피아에 거역하는 측면을 드러낸 것이다. 계몽의 도덕 내적 변증법이라 하겠다.

평등이념 역시 변증법적 계기에서 자유롭지 못했다. 무엇보다도 자연권 사상과 사회계약설이 현실에서는 서로 상충하는 결과를 불러왔기 때문이다. 부르주아지가 주도하는 산업사회에서는 불가피한 일이었다. 부르주아는 도덕심과 의무감을 강조하면서 개인들 사이의 평화로운 합의를 도출하는 사회구성방식을 택하였다. 자율적 자기통제와 이성적 규제를 강조하는 시민적 도덕이 수립되었다. 이처럼 '도덕적인' 사회에서는 개인의 타고난 애욕들을 가능한 한 잠재워야만 하였다. 시간이 지나면서 사람들은 문명화 과정을 이끈 이 도덕원리가 발생시킨 양면성을 심리적인 강압으로 체험하게 된다.

시민사회 성립과정에서 모습을 드러낸 도덕의 심리적 변증법은 향후 독일 인문학의 핵심화두가 된다. 민주사회 구성의 당위와 이상주의적 지향이 결합한 결과 모습을 드러낸 독일 인문학 전통에 해당한다. 이 '고전적' 전통은 독일에서 꾸준히 이어져오고 있으며 특히 프랑크푸르트학파의 이론가들에 의해 '계몽의 변증법' 테제로 현대화되었다. '공동체 유지'를 일종의 '당위'로서 20세기 후반의 세기적 화두로 등장시키는 데 성공한 것이다. 제1세대 이론가 호르크하이머와 아도르노는 공동집필한 『계몽의 변증법』에서 이상주의적 지향을 유지하고 시민사회의 태생적 아포리아를 돌파해야 한다는 당위를 바탕으로 전복의 운동과정에 얽힌 '자연'과 '이성'이라는 두 변증법적 계기를 도출해냈다.

'도덕적인' 개인은 자신에게 심겨 있는 욕구들도 도덕적 이성에 따라 합리적 틀로 추려내야 한다. 합리적인 욕구와 비합리적인 욕구를 구분해서 자신의 욕구충족이 비합리적 일탈로 되지 않도록 잘 관리해야 하는 것이다. 자신을 도덕적 개인으로 정립하는 과정은 자연인에서 사회인으로 환골탈태하는, 지난한 과정이다. 인류문명이 이미 개인의 타고난 소질과 사회적 정체성이 '자연스럽게' 부합하는 단계를 훌쩍 넘어섰기 때문이다. 문명인이 되고자 하는 개인은 자신의 타고난 소질들을 '점검하는' 프로그램을 실행해서 합리적인 것과 비합리적인 것을 '구별'해내야 한다. 적지 않은 부분이 '비합리성'의 범주에 포함된다. 자신의 욕구를 사회적으로 정당화하기 위해 개인은 이 '비합리적' 욕구를 충족과정에서 배제하고 그 배제를 통해 정상적인 사회인의 정체성을 획득해야 한다. '이성'이 공동체의 구성원리로서 실질적인 힘을 발휘하여 '질서'를 도입하는 과정은 이처럼 배제의 과정을 동반하는 것이다.

변증법은 바로 '배제'의 역학에서 발동하는 것으로서 이성이 현실에서 활동하면 반드시 불러일으키는 필연적 귀결이다. '비합리성'의 범주에 묶여 사회의 정상적 충족프로그램에서 배제된 '자연적' 욕구는 정상적 사회인의 활동 범위 밖에 위치하지만, 실제로는 자연적 개인의 '내부'에 그대로 남아 있을 뿐인 것이다. 이 '배제되었지만 남아 있는' 자연은 개인의 이성과 자유가 사회와 접촉하는 조건을 제한한다. 개인에게 자연은 내부의 적으로, 낯선 강제로 의식된다. 사회인의 자유를 억압하는 이 '남아 있는 자연'이 개인의 자유의지를 현실에서 비자유로 전복한다. 이성과 자연은 자연적 존재인 생각하는 사람을 통해 현실에서 변증법적 전복의 역학을 실현한다. 문명은 원래 하나였던 것을 둘로 분화시키고, 그 결과 양 극단에서 변증법적 계기들이 구성되어 나오는 것이다. 자연적 충동과 일정하게 대립하는 것으로 설정된 이성은 바야흐로 자연과의 무한투쟁에 들어가게 되었다. 계몽을 시작한 자연인의 업보이다.

공생활과 사생활의 분화[22]

계몽주의 운동을 주도한 합리화 과정은 우선 효율성 원칙에 따라 경제활동을 비롯한 생산부분을 전통적인 가족에서 분리해냈고, 그 결과 사람들의 생활이 사회적 생산과정을 중심으로 이루어진 공생활 영역과 개인의 가정생활에 해당하는 사생활 영역으로 나누어지게 되었다. 직업생활과 가정생활의 분화가 계몽된 근대인의 '정상적인' 삶의 조건으로 된 것이다. 산업사회가 요청하는 합리적 생산관계와 민주사회의 필수요건인 평등은 계몽이 거둔 진보의 결실이다. 하지만 효율성과 평등은 진보의 깃발을 내걸고 이룩한 공동체 내부에서는 서로 충돌하였다. 시민사회의 태생적 아포리아인 이 배타적 요인들을 공동체 구성의 필수요인으로 계속 가다듬어야 하는 과제가 문명인에게 주어졌기 때문에 근대인이 공생활과 사생활의 분리로 대응하였다고 할 수 있다. 공·사 분리를 통해 경제적 합리성이 발생시키는 부자유 그리고 자본주의 경제체제 아래에서 심화되는 불평등 때문에 불합리하게 된 현실로부터 시

---

22 이 부분에 대한 자세한 논의는 이순예, 「다시 물질과 노동으로」, 『여성주의 고전을 읽는다』, 한길사, 2012 참조.

민사회의 이념을 구출할 수 있다는 기대가 발생하였다. 사생활은 절대
보호구역이 되었다. 사적 유토피아에 대한 갈망으로 공생활의 억압과
비참을 견디는 이른바 '시민문화'가 정착되었다. 시민사회에서 자유와
평등은 현실이 되지 못하고 이념으로 비상하였다.

분화와 재통합의 변증법

18세기 독일은 이웃나라들에 비해 산업을 비롯해 사회 각 부분이 매
우 후진적인 상태였다. 무엇보다 자본주의적 생산관계를 발전시키는 일
이 급선무였다. 합리적인 분석능력을 현실에 적용하여 구체적인 성과를
이루어내야 한다는 계몽의 취지에 따라 독일의 계몽주의자들은 산업발
전을 위해 통치조직에 개입하는 일을 당연하게 여겼다.

계몽주의자들은 비효율성과 낭비로 여러 차례 경제적 파탄을 자초한
궁정 절대주의에 계획의 요소를 도입하도록 이끌었고, 초기 계몽주의
운동은 계몽 절대주의 국가수립에 이념적 기반을 제공하는 성과를 거
둔다. 크리스티안 볼프(Christian Wolff, 1679~1754)의 체계철학은 초기 합
리주의적 이성의 정치적 발현양태에 해당하였고, 요한 크리스토프 고
트셰트(Johann Christoph Gottsched, 1700~66)는 규칙시학으로 신분제 사
회의 폐해인 나태함과 무질서를 일소하고 사회적으로 기강을 잡아가는
운동을 광범위하게 전개하였다. 고트셰트의 연극운동은 이후 본격적인
국민연극운동이 펼쳐질 수 있는 사전정지 작업에 해당한다.

합리주의적 이성, 규칙시학, 계몽 절대주의는 이상적인 동반자 관계
를 이루어 계몽 절대주의 발전을 주도하였는데, 프로이센의 프리드리히
2세 때 정점을 이루었다가 약 30~40년 후 오스트리아 요제프 2세 시대
에 다시 한 번 현실정치를 지배하게 된다. 계획과 통제를 모든 국가조직
과 국가경영의 원칙으로 하는 국가형태였다.[23]

---

23 독일 계몽주의에 대해서는 Rolf Grimminger, *Sozialgeschichte der deutschen Literatur
    im 18. Jahrhundert*, München: Carl Hanser, 1980 참조.

그런데 이처럼 합리성을 표방한 계몽 절대주의는 역사진행과정에서 두 가지 모순을 드러내게 된다. 하나는 역사적 한계에 따른 시대적 모순이고 또 하나는 이념 자체에서 비롯되는 내적 모순이었다.

시대적 모순은 군주독재에서 바로 계몽군주의 통치로 넘어간 당대의 현실이 계몽의 이상을 실현하기에는 크게 부족한 상태였기 때문에 드러난, 현실적인 문제였다. 계몽 절대주의는 통치주체를 국가이성으로 합리화하고 군주를 그 첫째 공복이라 이론화하였음에도 불구하고 군주의 자의를 막을 방도가 실질적으로 없던 시절이었다. 탁월한 계몽군주였던 프리드리히 2세 역시 그 오랜 관습을 쉽게 버리지 못했다. 계몽군주의 권한을 어느 범위에서 조정할 것인가는 전적으로 군주 개인의 자기계몽에 달린 문제로 남았다. 그리고 두 번째, 보다 본질적인 이념적 모순은 보편 차원에서 이해되어야 할 계몽의 이념과 현실 역사진행의 구현체인 계몽 절대주의 사이에서 발생하는 충돌을 해명해준다. 이념에 비춰보았을 때 현실이 그 이념의 실현을 가로막고 있음이 너무도 확연했기 때문이다. 무엇보다 궁정절대주의에서 계몽 절대주의로 넘어가면서 유용성을 위해 도입한 '계획'요인이 시간이 지나면서 강화되고 절대화되었다는 사실이 결정적인 '걸림돌'이었다. 국가조직이 바야흐로 기계에 닮아가고 있었다. 관료제도의 발전은 모든 계층의 생활세계를 구석구석 규제하면서 일반인들의 사회적 자유를 억압하는 결과를 초래하였다.

초기 단계를 지나면서 계몽주의 운동은 국가와 대립하기 시작하였고, 상업자본을 제외한다면, 주로 국가조직에의 복무를 경제적 기반으로 해서 형성된 독일 시민층은 관료조직의 도구화 자체에 대해 그리고 관료층이 다시 재교육된 귀족층으로 충원되기 시작해 후기로 접어들면서 현격하게 상승 기회를 박탈당하자 더욱 격렬하게 국가에 저항하였다. 이렇게 하여 공생활 영역에서는 국가와 시민층 간의 대립이 구조화되었다.

나머지 절반의 삶을 구성하는 사생활 영역에서는 감정능력을 담당하는 층으로 자리 잡게 된 여성과 향유자로서의 남성이 서로 대립하는 구도가 형성되었다. 생산과 재생산 모두를 담당하던 가부장적 대가족에서 공적 영역이 분리되어 나가자 시민층에서 가족의 형태와 기능이 변화하였다.[24] 가족은 친밀한 몇몇 구성원 간의 사적 생활 장소가 되고, 핵심 구성원인 부부는 개인적인 결단에 따른 계약체결 당사자라는 자연권에 기초한 세속적인 결혼관이 유포되었다. 그리고 가족과 혼인관계 속에서 행복할 권리가 제기되었다.

18세기에 새롭게 인류의 역사에 사회적 현상으로 등장한 이 사생활 영역은 행복할 권리에 따라 공생활영역에서 계산적 합리성의 비인간성에 시달리는 남성에게 조화로운 상쇄의 기회를 제공하는 역할을 담당해야 하였다. 당시 여성층을 대상으로 한 정감주의적 소설이 풍미하고, 감정개발을 지향하는 여성교육이 크게 강조되었던 것은 이성의 유토피아를 위해 나름대로 모순을 통합하려는 계몽주의 운동이념에 따른 현상이었다. 그런데 이처럼 부자연스러운 인간본성의 분화와 남녀 성별 역할분담은 사생활 영역에서의 여성의 위치를 종속적인 것으로 만들기 시작하였으며 이후 자본주의적 경제관계가 발전하면서 여성의 종속은 심화되었다.

신분제 사회에서의 삶은 공생활과 사생활의 분리가 필요하지 않은 것이었다. 신분에 따라 하는 일이 정해졌고, 사생활 역시 신분이 정하는 범위에서 영위되었다. 하층민에게 사생활은 보장되지 않았으며, 귀족의 의무에는 소비의 규모와 장식으로 자신의 신분을 드러내는 일 역시 들어 있었다. 시민사회가 정착시킨 직업생활과 가정생활의 분리는 모든 사람에게 행복할 가능성을 보장하려는 계몽의 이상에 따른 것이었고, 그 이념을 현실에 실현하기 위해 합리성 원칙을 적용한 결과였다.

그런데 이 '시민적' 분리는 본질적으로 매우 모순적인 것이었다. 이성이 현실에서 자신을 실현할 때 서로 상충하는 원리에 따르도록 몰아가

---

24 이에 대한 자세한 논의로는 이순예, 「다시 물질과 노동으로」 참조.

기 때문인데, 이 자기모순성을 근대인은 계몽주의 운동 기간에 이미 감지하고 있었다. 분리는 일단 계산적 합리성으로 생산의 효율성을 증대시키면서 합리화된 노동조직에 잘 적응하는 일을 미덕으로 내세웠다. 유용성은 초기 계몽주의에서 거의 절대적으로 받아들여진 이성의 작용이다. 하지만 동시에 그 계산적 합리성을 상쇄하는 이성의 통합능력도 요청되었다. 계몽은 이성의 분화와 재통합이라는 매우 지난한 과정을 통해서만 처음의 약속인 행복을 지상에 실현할 수 있는 기획에 불과하였다. 이 사실을 익히 터득하고 있던 근대인은 두 번째 측면을 결코 소홀히 할 수 없는 의무로 받아들였다. 생산력 증대를 위해 직업생활에서 계산적 합리성을 강조할수록 사생활에는 공적 계산을 넘어서는 '물자체'의 위상이 부여되었다. 따뜻한 가정생활로 차가운 직업생활을 상쇄하면서 사는 것이 계몽된 근대인이 시민사회에서 사는 보편적 삶의 형식이 되었다.

신분제 사회에서 시민사회로의 이행은 영역의 분화를 토대로 진행되었다. 개인이 되고자 하는 근대인은 영역의 분화를 사회구성의 보편적인 조건으로 받아들여야 했고, 그래서 개인적으로 내적 분열을 떠안게 되었다.

계몽주의 운동 기간 동안 계속 이어진 모순의 통합 노력은 이렇게 하여 공생활 영역과 사생활 영역을 서로서로 종속시키는 결과를 가져왔다. 이러한 상호관계 속에서 우리는 후기 질풍노도 문학운동에서 나타나듯 국가와 시민층 간의 대립이 심해졌을 때, 사생활 영역 속에 자리 잡은 격정을 무한정 독립시키는 방법으로 국가질서를 공격하였던 현상을 이해할 수 있다. 또 18세기에 사회가 권위주의와 도구적 이성의 비인간성에 깊이 침윤되자 이른바 여성의 감성능력에 의지하여 정감적인 인간관계와 개인적 행복을 이루어낼 수 있다는 생각으로 이어졌던 흐름도 납득할 수 있다. 모두 사적 유토피아를 추구하려는 노력의 일환이었다.

18세기에 등장한 영역 분화 기획은 결과적으로 사생활 영역이 사회적 담론에 공식 등록되도록 하였다. 시민문화는 18세기에 싹튼 이 '사적 주관성'을 거듭 다듬었다. 신분적 전통이라든가 절대주의 국가형태의 문제점들이 퇴색된 19세기에도 계속 이어지는 이 경향은 국가조직의 문제들이 역사적으로 거듭 변화하고 사회조직 형태도 달라졌지만, 사적 본성을 향한 추구가, 주체의 소외되지 않은 정체성을 확보하려는 노력이 아직 그칠 수 없음을 말해준다고 하겠다. 18세기 이후 인간의 미적 차원이 중요한 인간적 능력으로 분화 발전되어 나가기 시작한 점도 이러한 맥락에서 이해될 수 있다.

새로운 이성개념의 정초

유토피아를 향한 통합의지와 계몽의 변증법적 모순이 이루어내는 긴장으로 독일 계몽주의 운동은 역사현실 속에서 다채롭게 전개되어 나갔다. 인간이 지닌 다양한 측면들과 현실 각 부문들의 모순적 구조가 제각기 모두 전개되어 모든 문제들과 가능성들이 다 드러나게 된 후기 계몽주의 단계로 접어들면 계몽주의적 이상에 따라 구성원들 사이에서 어떤 평화적인 합의를 이루어낸다는 일이 누구에게나 불가능해 보였다.

계몽의 이상을 계속 추구해나가려는 의지를 지니고 있는데도 현실에서의 체험은 전혀 다른 것으로 드러나는 역사적 경험을 하면서 독일 계몽주의 운동 담당계층은 무엇보다 현실의 권력관계가 유토피아를 가로막는다는 사실에 주목하였다. 시민층은 초기의 입장에서 선회하여 계몽절대주의와 그 조직원리인 계산적 합리성에 저항하기 시작하였다. 그들은 유용성을 추구하는 계산에 의해 속물적으로 타락한 일상에 대해서까지 이른바 총체적 저항을 시도하였고 현실의 권력관계가 사생활 영역으로 밀어낸 격정을 저항의 무기로 활용하였다. 후기 계몽주의 운동이 '질풍노도'로 범람하는 배경이다.

후기 계몽주의 문화운동 이념의 분방함은 이성에 내재된 고유한 측면들의 '변증법적' 발현으로 이해될 수 있다. 일차적으로는 앞에서 간략하게 지적했듯이 계몽주의 운동 내부에서 초기의 계산적 합리성에 반발하는 흐름이 형성된 결과에 해당한다. 규범적이고 제도화된 질서원리를 비판하는 태도가 중반기를 넘어서면서 수미일관함과 철저성을 더해갔고, 그래서 스스로 절제할 줄 모르는 '저항의 격화' 현상을 불러일으켰던 것이다. 하지만 관점을 달리해서 보면 이 흐름은 어디까지나 개개인의 체험을 보다 높은 차원에서 조정한다고 생각되어 온 이성의 질서능력에 대한 믿음의 귀결이기도 했다. 저항은 질서의 보편적 유효성을 상실하고 얻은 회한의 마음에 뿌리를 두고 있었다. 전 사회적인 정신적 위기, 방향 상실감을 겪으면서 독일 시민층은 1780년대로 들어서면서 이제 '협소한 이성'에서 벗어날 방도를 모색하면서 이성의 보편적 구속성을 새롭게 확보하는 과제를 풀고자 했다. 50년 가까이 계산적 합리성의 체계를 비판하는 운동을 전개해온 역사적 경험을 바탕으로 개인적 체험에 대해서도 열린 태도를 취하는 이성개념이 정초되었다. 1780년에서 1790년에 이르는 기간 동안 괴테, 실러, 카를 필리프 모리츠(Karl Philipp Moritz), 요한 고트프리트 폰 헤르더(Johann Gottfried von Herder) 등에 의해 중요한 생각들이 발전되었고, 칸트는 비판서들을 쓰면서 이성활동을 새롭게 체계적으로 정리하여 독일의 정신사는 새로운 국면으로 접어든다. 고전관념론의 시대가 열리게 되었다.

'시민'의 탈계층화

현실 권력관계에 저항하는 독일 시민층의 태도는 후기 계몽주의 운동기간 동안 철저하게 극단적인 것이었다. '질풍노도'는 현실적 파괴와 이념적 단절을 실현한 명실상부한 돌풍이었다. 그처럼 총체적 저항을 벌인 끝에 계몽 절대주의 국가체제에 대해 반성적 거리를 두는 태도로 바꿀 수 있었다고 할 수 있을 것이다. 독일 계몽주의자들은 인류의 진보에 기여하기 위해서라면 오히려 어렵게 된 현실로부터 계몽의 이념을 구출하려는 노력을 기울여야 한다고 생각하기 시작하였다. 사회적 조화가 파괴된 상태에서 진보를 계속 추진하는 일은 현실적으로 불가능하고 또 무의미하기도 했다.

18세기를 마감하면서 독일에서 계몽주의를 주도한 시민층의 태도가 바뀌게 된 데에는 이와 같은 그들의 역사적 경험, 이상과 현실의 단절을 폭력적으로 경험하였던 사정이 있었다. 독일의 시민층은 계몽 절대주의 국가의 산물이었다. 국가 주도의 근대화 과정에서 주로 관직에 진출하면서 계몽의 이념에 접하고 그 이념의 관리를 담당한 집단이었다. 경제 시민의 미성숙과 산업의 미발달을 국가 주도의 계획과 관리로 돌파하려 한 계몽 절대주의는 권위주의와 독점의 구조를 정착시켜 독일이 다른 서방의 국가들과는 다른 길을 가도록 만든 원인이었다. 이러한 역사적 한계를 존재론적 기반으로 삼아 형성된 독일 시민층은 거듭 정당성 논란에 휘말렸고, 그들이 주도한 계몽주의 운동은 처음부터 주도층의 정체성 문제로 전망모색에 어려움을 겪었다.

　　독일 시민층은 존재론적 한계에서 벗어날 수 없었다. 국가를 비판하고 정책에 저항하면 그 저항과 비판의 결과가 곧장 당사자에게로 되돌아오고, 계몽 절대주의 국가를 비판하면 주도이념을 구성하는 중요한 요인인 합리성을 무력하게 만드는 결과가 되는 순환고리를 피할 수가 없었다. 현실 권력관계에서 이러한 순환고리의 덫에 걸린 독일 시민층은 계몽의 유토피아를 향한 노력이 거듭 거부당하는 역사현실 속에서 미래에 성취할 이상을 더욱 화려하게 가꾸어 나갔다. 그리고 계몽의 이념을 구출하기 위해 현실체제를 비판하는 한편, 합리성 속에 동시에 내재한 진보적 요인과 반동적 요인을 가려내는 노력을 기울여 반성성 원리를 발전시켜 나갔다.

　　현실 권력과의 불편한 관계는 계몽주의 운동이 중기로 접어들면서 이미 담당계층에게 의식되었고, 계몽 절대주의를 비판하면서 다시 자신의 존재기반을 정당화해야 하는 어려운 이념적 모색이 시작되었다. 독일의 새로운 시민층은 계몽의 시민적 이념에 대한 자기비판에서 시작하여 새로운 과제를 풀어보려 시도하였다. 그리고 새롭게 획득한 정신능력인 이성을 강력한 방법론으로 받아들였다. 이에 따라 이성은 실질적인 의미내용을 지니기보다는 오히려 자기비판적 활동의 방법으로 주로 사용되었다.[25] 이처럼 계몽주의 이념의 시민적 성격을 비판하면서 시작된 반성원리의 발전은 인접한 프랑스에서 일어난 혁명의 경과를 간접적으로 지켜보면서 지식인들이 더욱 진지한 지적 노력을 기울이는 주제가 된다. 당시 혁명의 유기적 전개과정을 거리를 두고 관찰하는 위치에 있었던 독일 지식인들의 정치적 입장은 미분화된 상태에 머물러 있었다. 여기에 1793년 이후 나타난 혁명의 폭력은 이성의 평화적 유토피아라는 계몽주의 이상에 전적으로 배치되는 것이었다. 이러한 정치적 상황 속에서 자기모순성의 위협에 시달리게 되면서 그동안 발전되어온 이상주의적 생각의 싹들이 구체적인 틀을 잡아 나갔다.

고전주의와 낭만주의 시기 지식인들은 유토피아를 향한 단선적 진보가 인류에게 가능하지 않으리라 생각하고 사회혁명에 대한 희망을 대부분 포기한다. 초월원리에 따라 잘 조직된 세계를 향한 고전적 추구와 미적 세계로 나아가기 위한 낭만적 추구를 통해서만 계몽의 이념을 계속 살려나갈 수 있을 것이라고 생각하였다. 따라서 미학이 유토피아를 모색하는 중심 영역이 되었고 점점 철학적 방법론과 결합하였다. 실러는 인류의 미적 교육을 사회변혁의 방법론으로 생각하였고, 프리드리히 슐레겔(Friedrich Schlegel)의 낭만적 이로니(Ironie)는 저열한 현실에도 불구하고 인류가 유토피아의 이상을 계속 유지하기 위해서는 문학 텍스트를 통한 상상력의 활성화가 필요하다는 생각에서 비롯된 문학전략이었다. 계몽주의 시기 동안에는 이 반성사유의 원리에 따라 일반인들 사이에서는 경건주의의 내면성을 매개로 하는 의사소통구조가 형성되는 한편, 독서능력이 있는 지식층 사이에서는 반성적 의사소통구조가 형성되었고 연구자들은 이 점을 독일 계몽주의 운동의 유산으로 평가한다.[26] 독일 계몽주의 운동을 마무리지으면서 칸트는 이 운

---

25 독일 계몽주의 시기의 글들에서 자유와 욕구 등 근대적인 어휘들은 대부분 반성과정을 거쳐 실현 가능성이 의식, 계산된 형식으로 등장한다. vernuenftige Freiheit(충분히 고려한 자유), vernuenftige Lust(잘 정제된 쾌락) 등.

동의 원리를 "오성 사용의 용기"[27]로 요약한다. 이러한 생각은 자율적 사유와 자기비판 원칙으로 자리 잡아 독일의 지적 전통을 계속 이어가고 있다.

계몽의 이념을 구출하려는 독일 시민층의 노력은 자기비판으로 귀결되었다. 자기계몽의 환원성이 독일 계몽주의 운동의 특성으로 정착된 것이다. 계몽 절대주의 국가의 중앙집권적 경영정책 덕분에 새로운 사회계층으로 부상할 수 있었던 독일 시민층이 자신들을 탄생시킨 이념을 지키기 위해 철저한 자기반성을 통과한 결과이다. 독일적 계몽의 환원성은 독일 계몽주의 이념에서 계층적 성격을 탈색시켰다. 독일 계몽주의 이념의 핵을 형성하는 '이성능력과 교양을 갖춘 자율적 개인'이라는 근대적 자기정체성은 귀족층의 신분적 특권을 타파하는 시민적 무기였다. 따라서 물론 '전인류적'으로 실현될 수는 없었다. 이 '자율적 개인'으로부터 위로는 신분귀족층이 아래로는 수공업자들을 비롯한 서민층이 제외되어 있었다. 독일 계몽주의 시기에 근대적 힘을 역사적으로 담당하였던 시민층이 자신들의 새로운 이념을 탈계층화해 나갔던 노력과 그 결과로서의 이상주의는 이후 역사에서 거듭 다르게 평가받는다.[28]

26 Werner Schneiders, *Die Wahre Aufkärung. Zum Selbstverständnis der Deutschen Aufklärung*, Freiburg: Karl Alber, 1982 참조.
27 임마누엘 칸트, 이한구 옮김, 『칸트의 역사철학』, 서광사, 2009.
28 Hans-Georg Werner, *Schillers Literarische Strategie nach der Franzoesischen Revolution*, Berlin, 1991 참조.

(보론) 우연에 운명을 걸 수 없을 때, 질풍노도[29]

독일 계몽주의 중기와 후기 작품에 나타나는 오성과 격정의 변주들

I. 『민나 폰 바른헬름 혹은 군인의 행복』: 이성과 사랑에 빠진 소녀

당신께 절 잊도록 명령한 것이 이성과 필연성이라고요?— 저야말로 이성의 애인이랍니다. 그리고 필연성이라는 것도 존중하고 있고요.— 하지만 말해보세요, 당신이 말하는 그 이성이 얼마나 이성적이고 그 필연성이 얼마나 필연적인지를.

(제2막 제9장, 149쪽)

웃고 있는 당신의 여자친구는 당신의 상황을 당신 자신보다 더욱더 올바르게 판단한답니다.

(제4막 제6장, 193~34쪽)

가) 소개하는 글

우리 결혼할 수 없다고 약혼자가 선언하고 나온다면? 독일 계몽주의 문학운동을 주도적으로 이끌었던 문필가 레싱은 변심한 약혼자를 설득하는 귀족소녀의 활약을 주제로 희극(Komödie)을 한 편 써서 1767년에 발표했습니다. 희극은 독일문학의 오랜 역사에서 성공한 경우가 매우 드뭅니다. 소설이라는 장르가 문학의 주요한 형식으로 자리 잡기 이전에 작가들은 리듬이 들어간 문장으로 희곡(Drama)을 주로 썼는데, 웬일인지 독일 작가들은 장엄한 파국을 부르는 비극(Tragödie)으로 대부분을 마무리지었습니다. 우리에게 잘 알려진 괴테와 실러만 하더라도 이렇

---

29 이 보론은 졸고 「계몽주의 희극 『민나 폰 바른헬름 혹은 군인의 행복』에 나타난 오성과 격정의 변주」, 『독어교육』 제32권, 2005; 「우연에 운명을 걸 수 없을 때 질풍노도」, 『독어교육』 제30권, 2004를 하나의 줄거리로 재구성한 것이다.

다 할 희극작품을 내놓지 않았습니다. 그 까닭을 알아보려면 많은 정보를 가지고 좀 복잡한 이야기를 해야 하니까 여기에서는 독일문학사에서 빛나는 이 희극을 가지고 한번 마음껏 웃어보도록 하지요.

하지만 실연이라는 그 심각한 주제를 가지고 희극이라니!— 희미한 웃음이나마 비어져 나올까 걱정부터 앞서는 게 사실입니다. 그럼 일단 제목을 보도록 하지요. 『민나 폰 바른헬름 혹은 군인의 행복』. 울림이 경쾌하네요. 연결사 '혹은'이라는 접점을 중심으로 지렛대가 균형을 이룬 상태라고나 할까요. 제목을 보는 순간부터 경쾌한 기분이 드니 이 작품이 독일문학사에서 무척 귀한 '성공한 희극'이라는 연구자들의 평가가 그저 '학문적인' 고루함을 반영하지는 않았나 봅니다. 사실 이 작품은 의식의 균형에 관하여 이야기하고 있습니다. 살아가는 데 균형은 참 중요한 일입니다. 우리 역시 '그이는 균형 감각이 있어'라는 식으로 균형에 대하여 큰 가치를 부여합니다. 하지만 구체적으로 무엇을 뜻하는지, 그리고 그것이 그야말로 느낌으로 찾아와 좋은 일을 해주고 가는 그런 손님 같은 존재인지, 이런저런 의문이 드는 것도 사실입니다. 독일의 고전작가들은 균형이란 우리가 각고의 노력을 기울여 연마해야만 하는 인격발달의 상태라고 파악하였습니다. 그리고 노력해도 잘 되지 않는다는 점에, 인간의 실존적 한계에 절망하였습니다. 독일문학사는 이 지난한 노력의 과정을 그리고 인간적 한계에 절망하는 몸부림을 감수성이 예민한 주인공들을 통해 보여주는 기록들로 가득 채워져 있습니다.

절망한다는 것은 한계상황까지 가보았다는 뜻이고, 이는 새로운 가능성을 여는 출발점에 와 있음을 온몸으로 보여주는 상태에 다름 아닐 것입니다. 인간은 사유하는 존재로서 의식과 생물학적 현존이 늘 어긋나게 마련이라는 깨달음은 참 소중한 것입니다. 이 깨달음을 늘 새롭게 활성화시켜야 하는 까닭은 인간이라면 이래야 한다 또 저래야 한다는 등 도식적인 틀을 들이대면서 피와 살을 지닌 채 사유활동을 멈추지 않는 인간을 억압하는 잘못을 범하지 말아야 하기 때문입니다. 무엇보다도 생물학적 존재이기 때문에 인간의 의식활동은 물질에 구애됩니다. 문명화 과정이 시작된 이래로 우리 인간은 물질이 사회적 재화의 형태로 유통·공급되는 세계상태 속에서 살고 있습니다. 따라서 사회경제적 관계가 의식활동의 조건으로 들어서게 되지요.

그런데 말입니다. 머릿속의 의식은 좀 더 새롭고 충만한 삶을 희구하는 데 이를 가능하게 해야 할 조건인 주변세계가 여전히 구태의연하다면 우리의 의식이 스스로 자유롭지 못하다고 느끼게 되지 않겠습니까? 문학은 진부한 삶을 거부합니다. 그래서 절망이라든가 파국을 통해 현재의 조건이 삶을 지루하게 만들고 있음을 폭로합니다. 그 과정에서 인간의 다양한 면모가 드러나게 되지요. 그리고 연애야말로 이 모든 인간적 역동성을 구체적으로 드러내는 소재가 아닐 수 없을 것입니다. 각자 가진 것을 잘 저울질하고 맞바꾸어 일생을 안락하게 살겠다는 그런 진부한 결혼을 두고 하는 이야기가 아닙니다. 제각기 나름의 개성을 지닌 두 인격체가 정서적 교류를 통해 합일의 경지에 이르는 삶의 예술 말입니다. 이런 연애가 성공하려면 가장 중요한 것이 무엇이겠습니다. 바로 균형일 것입니다. 이렇게 말해 놓으니 그럴듯하게 들리기는 합니다. 그래도 여전히 이 균형이라는 게 무엇을 말하는지 요령부득이기는 마찬가지입니다. 분명한 것은 이 개념을 한마디로 단정지을 수 없다는 사실입니다. 그래서 작품을 통해 이런저런 경우에 빗대어 어떻게 하면 연애에 성공할 수 있을까를 생각해보는 편이 낫겠다고 생각하게 되었습니다.

그런데 이처럼 특별히 '균형'의 관점에서 보자면 『민나』와 괴테의 소설 『젊은 베르테르의 슬픔』은 참으로 절묘한 비교대상이 아닐 수 없습니다. 그리고 이 두 작품은 함께 보았을 때 그 진가가 훨씬 두드러집니다. 레싱의 희극은 서로 성격이 같을 수 없는 연인들의 균형 맞추기인데요, 게임이 아주 재미있습니다. 반면에 『베르테르』는 현실에서는 불가능한 사랑을 자기파괴를 통해 거머쥐려는 청년의 몸부림이 독자의 심금을 울리도록 되어 있습니다. 물론 이 청년의 외골수 정서를 따라잡기에는 우리가 그때와는 아주 많이 다른 세계 속에서 살고 있기는 하지요. 하지만 여기에서 생각해볼 점은 갈팡질팡하다가 그래도 균형에 이르러

128

끝에 가서는 '잘 살았더래요'를 나름으로 구현하는 계몽주의 희극『민나』가 파국을 표어로 내세우는 질풍노도 운동 시기의 편지 소설『베르테르』보다 시간적으로 앞선다는 사실입니다. 독일 사람들은 지상에서 행복한 삶이 가능하다고 생각했다가 얼마 안 가서 어쩌면 불가능할지도 모른다는 생각을 했었습니다. 이 문제는 두 작품을 모두 살펴본 다음에야 말할 수 있겠지요. 그리고 계몽주의 역사철학이 고전 독일관념론으로 넘어가는 과정을 다루어야 하는 좀 부피가 큰 이야기로 엮입니다. 그러므로 여기에서는 현세에서 행복하기 위해 노력할 가치가 있다는 계몽주의 역사철학이 아직 유효하였던 시절의 이야기에 초점을 맞추도록 하겠습니다.

결국 문제는 연애입니다. 지금 열심히 노력하고 착하게 사는 까닭이 죽은 후 천당에 가기 위해서가 아니라고 생각하기 시작하면서 이승의 삶을 같이할 동반자를 찾는 일이 중요해졌기 때문입니다. 그러면 이제 사랑하는 소녀 앞에서 명예심을 내세우다가 일을 그르칠 뻔한 프로이센 장교가 행복을 되찾는 희극부터 읽어볼까요. 사랑하는 자신의 감정을 지나치게 사랑한 나머지 자신을 둘러싼 세계로부터 자꾸 멀어진 끝에 현실에 발붙일 곳을 찾지 못하는 가련한 베르테르의 이야기는 그 다음에 이어집니다.

그런데 한 가지가 참 궁금합니다. 프로이센의 장교 텔하임은 행복하게 되고 낭만적인 청년 베르테르에게는 죽음밖에 달리 방도가 없었던 까닭은 무엇일까요. 오성의 여인인 민나가 균형을 잡아주지 않았기 때문일까요. 이렇게 말하면 여자란 역시 남성을 천상으로 끌어올리는 구원자라는 오래된 가락을 되풀이하는 격이 되는군요. 하지만 두 작품을 자세히 보면 사정은 매우 다릅니다. 일반적으로 예술작품들은 여성을 구원자로 설정하여왔습니다. 특히 독일문학은 이러한 점에서 빼어난 여성들을 많이 배출했습니다. 괴테가 만들어낸 파우스트의 상대역 그레트헨(Gretchen)은 영원한 여성이 되었지요. 이성적인 존재인 남성이 사유하느라 지쳤을 때 여성은 여전히 간직하고 있는 순진무구함으로 그를

품에 안아 정화해주어야 하는 것입니다. 순진무구함은 현실에서 경쟁력이 없는 성품입니다. 그래서 여성은 파멸합니다. 서구의 시민문학은 여성이란 자고로 사랑하다가 죽어야 한다는 메시지를 강하게 전파하고 있습니다. 무슨 다른 까닭에서가 아니라 이성적인 남성이 의미 있는 삶을 꾸려가도록 하기 위해서였기 때문에 그 크나큰 대의를 따르고 있으므로 여인의 죽음은 아름답게 여겨집니다. 그 삶의 의미라는 것에는 물론 여인이 순진무구함을 훼손하지 않도록 지켜냈다는 사실 역시 포함됩니다. 여인은 죽고 남자는 살아서 인생의 의미를 구현한다는 줄거리입니다.

그런데 『민나』와 『베르테르』는 모두 이러한 가락에서 한참 벗어나 있습니다. 우선 여자가 이성을 대변하고 남성 주인공들은 하나같이 감정에 이끌리는 인물들로 나옵니다. 그리고 민나의 지적 탁월성은 세계문학사에서 유례가 없을 정도입니다. 민나가 그처럼 똑똑한 인물로 그려질 수 있었던 것은 무엇보다도 시민적 질서가 사회적으로 고정되기 이전에 쓰인 작품이기 때문일 것입니다. 여성=감성, 남성=이성이라는 컬레지움이 시민사회에 들어와서 고정된 가치라는 사실을 일깨워주는 강력한 증거가 아닐 수 없습니다. 그리고 물론 베르테르는 사랑 때문에 목숨을 버리지만 죽음은 사랑하는 남자인 그 자신을 완성할 따름입니다. 타자인 남성의 인격을 완성하기 위해 죽는, 이후 시민소설에 등장하는 여성인물의 죽음과도 그 성격이 매우 다릅니다. 여기에서 우리는 시민사회 형성기 초기에 강력하였던 계몽주의 문화운동을 새삼 머리에 떠올릴 필요가 있습니다. 이 운동은 인간이 지닌 지적 능력을 계발하면 경제적 생산력을 높일 수 있을 뿐 아니라 사회질서까지도 별 탈 없이 바로잡을 수 있다는 믿음을 바탕으로 하고 있었습니다. 그리고 오랜 중세를 거쳐 오면서 인간이 온전히 정신적인 존재일 수 없다는 깨달음이 널리 퍼져 있던 상태에서 일어난 운동이었습니다. 정신과 나란히 감정 역시 인간에게 매우 중요한 능력으로 인정되었습니다. 이 정신과 감정이 어떤 상관관계에 놓여 있는가 하는 문제를 두고 많은 식자들이 연구와 갑론을박을 거듭하였습니다.

레싱이 『민나 폰 바른헬름』을 집필하던 때는 정신과 감정이 나름의 독자적인 논리에 따라 움직이는 독립변수들이라는 사실이 이미 사회적 합의로 자리 잡은 터였습니다. 아울러 이 두 가지가 모두 한 개인에게서 활동한다는 사실에 비추어 정신과 감정이 궁극적으로는 서로 조화롭게 공존하리라는 사실을 크게 의심하지 않았습니다. 하지만 우리는 오늘날 꼭 그렇지만은 않을 수 있다는 사실을 잘 알고 있습니다. 인류의 역사에서 이 사실은 이따금 강력한 파고를 타고 사람들의 의식을 질타해왔고, 독일의 질풍노도 운동은 그 처음에 해당된다고 할 수 있습니다. 이러한 배경을 두고 텔하임(Telheim) 소령의 행복과 베르테르의 불행을 이해하면 삶과 세상에 대한 안목이 훨씬 넓어지리라 여겨집니다. 이루어질 수 없는 사랑에도 근거가 있다는 사실까지를 파헤쳐 볼 필요가 있기 때문입니다. 세상에서 발생하는 모든 문제들의 원인을 밖으로만 돌려서는 곤란합니다. 나의 마음과 머리에 문제를 발생시키는 요인이 자리 잡고 있음도 터득해야지요. 인간실존의 문제와 사회구조적인 문제는 상호적으로 파악될 필요가 있습니다. 민나와 텔하임이 행복하게 되었다고 해서 뭐 그들이 특별히 탁월한 능력을 지녔다고 할 수는 없다는 사실을 이 글을 통해 지적하고자 합니다. 이는 베르테르가 불행하게 된 까닭이 사랑하는 로테에게 이미 정해진 남자가 있었기 때문이라고 치부할 수 없는 것과 같은 이치입니다.

나) 줄거리

때는 1763년. 최초의 세계대전이라고 일컬어지는 7년전쟁이 끝나 평화조약이 체결되던 해 프로이센의 수도 베를린에 작센 출신 귀족소녀가 하녀만 한 명 달랑 데리고 나타나 거처할 곳을 찾습니다. 어수선한 시국 탓인지 아니면 프로이센 군국주의를 고발하려는 의도인지 작가는 여관주인이 경찰에 보고하기 위하여 손님들의 신상과 용무를 자세히 파헤치는 장면을 작품의 초입부에 집어넣었습니다. 하녀 프란치스카의 말마따나 이 소녀들은 '제국의 왕으로부터 용사 한 명을 낚아채려고' 고향인 튀링겐 지방에서 올라왔습니다. 그 시절에 스무 살 안팎의 처자가 남자를 찾으러 여행을 하다니! 어쩌면 그녀들이 오늘의 소녀들보다 더 자유로웠을지도 모르는 일이라는 생각마저 듭니다. 그리고 속 내용을 따져본다면 그런 측면이 없지도 않습니다. 아무튼 사건은 애기씨 민나(Fräulein Minna von Barnhelm)가 약혼자 텔하임 소령을 찾아 나선 길에서 벌어지게 됩니다. 이 두 사람은 전쟁 중에 만나서 약혼을 했고, 남자가 프로이센 군대의 소령이었기 때문에 전쟁이 끝나기를 기다려야 했습니다. 그런데 이게 무슨 운명의 장난이란 말입니까. 평화가 오자 남자가 사라져 버린 것입니다. 작센과 프로이센은 전쟁을 통해서만 맺어질 수 있는 사이란 말입니까? 전쟁으로 시작된 사랑은 평화가 오면 무효입니까? 사실 일은 그렇게 되어가고 있었습니다. 작센 귀족의 영양 민나는 점령군 장교를 사랑했습니다. 소령이 민나의 영지가 소속된 구역에 주둔했는데, 공출문제와 관련하여 일을 처리하는 과정을 전해 들으면서 민나가 그만 소령에게 사로잡히고 만 것입니다. 신사다웠고, 무엇보다 인간에 대한 믿음을 실천에 옮겼기 때문이지요. 그는 절대왕정 프로이센이 추진하던 계몽의 이상을 충실하게 구현하는 장교였습니다. 민나가 먼저 시작을 했고, 텔하임 역시 "당신을 사랑한 후에 다른 여자를 사랑하는 사람은 당신을 사랑하지 않은 것입니다"라고 후에 말할 만한 깊이로 응답하였습니다.

"이제 평화요"라고 쓴 편지 다음에 바로 얼굴을 볼 줄 알았는데, 그는 평화조약이 체결되었다는 그 편지를 마지막으로 소식을 끊고 베를린에서 여관을 전전하며 지내고 있었습니다. 첫 장면에서 볼 수 있듯이 그는 여관비조차 제대로 치르지 못하는 처지로 전락했습니다. 부상도 당했고요. 주둔지의 지방의회가 현금조달에 어려움을 겪고 있다는 사실을 전해 듣고는 선뜻 사재를 털어 선불을 해주던 그 호기는 어디로 갔는지. 아니 아직 호기는 남아 있습니다. 하지만 돈은 정말 없습니다. 공교롭게도 이 알거지가 된 약혼자가 잠시 밖에 나간 사이 묵을 곳을 찾던 민나가 주인 없는 방을 치우고 들었습니다. 닳고 닳은 여관주인이 새 손님에게서 돈 냄새를 맡고는 투숙객을 멋대로 갈아 치운 것입니다. 이제 극은 이 방(텔하임 소유이기도 하고 민나 소유이기도 한)과 그 옆 여관의 홀을 번갈아 가며 진행됩니다.

두 사람은 바로 만납니다. 우연히 지나가다가 복도에서 만나는 것도(이는 현대극 특히 영화 같은 데서 주로 사용하는 방법이지요) 방을 비우게 해서 죄송하니 한번 직접 인사나 나누자는 낯선 여인의 친절함에 텔하임 소령이 넘어가서도 아닙니다. 고전극답게 두 사람의 만남은 필연이어야 합니다. 바로 약혼반지가 등장합니다. 모르는 여자가 자꾸 보자 해서 부담스러워진 텔하임이 약혼반지를 저당 잡혔던 것입니다. 다른 여관으로 가려면 밀린 여관비 계산을 마무리지어야 할 터인데, 수중에 가진 것이라곤 약혼반지뿐이니 하는 수가 없었습니다. 미래를 언약하면서 주고받은 반지이므로 민나의 손가락에도 당연히 하나가 끼워져 있지요. 겉보기에는 똑같지만 사회적 역할로 말하자면 하늘과 땅의 차이가 있는 반지 두 개가 극중에서 결정적이고도 필연적인 역할을 하게 됩니다. 그래서 이 극은 계몽은 제대로 보는 일(지각의 정확성)에서부터 시작한다는 귀중한 깨달음을 일궈내지요. 여관주인이 귀부인 민나에게 한번 봐 주십사고 반지를 들고 왔습니다. 이제 민나에게 약혼자는 돌아온 거나 마찬가지입니다. 마음이 변한 게 아니라 돈이 떨어졌기 때문에, 그만한 무슨 직업상의 사정이 있었기 때문이라는 점이 확실해졌습니다. 사랑하는 데 직장에서 퇴출당했다고 파혼을 합니까? 물론 이렇게 이야기할 수 있는 데는 두 사람 모두 귀족 출신인지라 먹고사는 문제에서 자유롭기 때문이라는 전제가 있지요. 이제 민나에게 기회가 주어졌습니다. 돈은 돈이고 사랑은 사랑이라는 이성의 구별짓기를 마음 놓고 실천할 공간이 마련된 것입니다. 평소 사랑해온 이성의 부름에 따를 수 있게 되자 민나는 자신감을 회복합니다. 전쟁은 사랑을 잉태하고 평화는 모든 것을 짓밟는다는 역설을 받아들일 수 없어서 약혼자가 있을 만한 곳을 찾아 나섰던 민나에게 운명은 질서를——사랑을 완성하는 평화를 선물

하는 듯 보입니다. "기뻐서 내가 어디에 있는지조차 모르겠는" 애기씨는 하녀 프란치스카에게 너도 함께 기뻐해야 한다고 '명령'합니다. (제2막 제3장)

하지만 명민하기가 애기씨 못지않은 하녀는 이 명령을 거부합니다. 거절함으로써 사랑에 빠진 여자의 맹목에 균형을 잡아줍니다. 프란치스카는 이지적인 애기씨가 극단으로 나갈 때마다 제동을 겁니다. 이 두 똑똑한 소녀들이 주고받는 말들은 기지에 넘치며 정작 주인공 남녀가 벌이는 의식의 시소게임 못지않게 발랄합니다. 그런데 재미있는 점은 이 게임들에서 텔하임보다 민나가 그리고 민나보다도 프란치스카가 지적 우위를 보인다는 사실입니다. 나중에 프란치스카는 텔하임의 별형인 베르너 상사와 맺어집니다. 결국 이 희극은 균형의 하모니 한 편을 온전하게 연주해내는 것이지요. 민나/텔하임의 이중주가 주도음을 내면 프란치스카/베르너의 이중주가 뒷받침하면서 경쾌한 멜로디가 계속 행진합니다. 행진도중 위기가 없을 리 없지요. 무엇보다도 경쾌함의 최대 적은 가벼움입니다. 그 유명한 리꼬 장면(제4막 제2장)은 우리에게 이 점을 확실하게 가르쳐 줍니다. 민나는 사회생활에서 받은 상처를 부둥켜안고 자기역증에서 헤어나지 못하는 텔하임을 오성의 경쾌함으로 다시 바로 세울 수 있다고 자신만만해 하였습니다. 그런데 그 민나가 모든 규칙들을 혀끝에서 요리하는 사기꾼과 함께 장단을 맞춘다는 사실! 그 장단에 넘어가 그토록 당당하게 여겨왔던 오성의 질서능력이 나약한 인간의 허영심 앞에서 맥을 못 추는 장면을 연출하고 만 것입니다. 이 장면에서도 프란치스카는 민나 옆에서 이야기가 어둠으로 질주하지 못하도록 막아줍니다. 둘은 금방 오류의 성격을 분석할 수 있게 됩니다. 이런 시련을 통과한 후에 바로 같은 무대의 제6장에서 민나는 텔하임과 일대 격전을 벌이게 됩니다. 오성(Verstand)과 격정(Pathos)의 전투라고 할 만한 이 장면은 이 극의 핵심에 해당한다고 할 수 있을 것입니다.

이제 이야기를 다시 조금 앞으로 돌려야 하겠습니다. 제2막 제8장에서 연인은 만납니다. "아! 민나——"라고 첫 마디를 쏟았던 약혼자는 그러나 주위를 물리친 후 민나가 팔을 벌리고 다가가자 뒤로 물러납니다. 이유를 속 시원하게 대지도 않으면서 자신은 민나에게 어울리지 않는 사람이라고 계속 뻣뻣하게만 나옵니다. 그럼 이젠 날 더 이상 사랑하지 않는다는 말이냐고 직격탄을 날리면 회피라는 방패를 쓸 뿐입니다. 민나가 '사랑하는 거지씨'라는 수사까지 동원해 이 방패를 옆으로 밀어내려 하자 텔하임은 민나를 뿌리치고 도망칩니다. 이제 극은 비극으로 기울어지려 하지요. 민나는 여관주인을 프란치스카로 오인할 정도로 혼란에 빠집니다. 그런데 텔하임이 보낸 편지는 그녀로 하여금 그의 사랑을 더욱 확신하도록 만듭니다. 사랑 앞에서 뛰쳐나간 후 텔하임은 자신의 사정을 자세하게 적어서 보냅니다. 퇴역당했고, 전후의 혼란으로 임금을 지불받지 못한 사정이 문제였던 것이 아니라 뇌물수수의 혐의를 받고 있어서 프로이센 군이 그토록 중요하게 생각하였던 '명예'가 땅에 떨어진 것이었습니다. 불명예의 혐의를 받고 있는 남자는 고귀한 영양에게 다가갈 수 없다는 논리였습니다. 텔하임의 인격은 이러한 논리 위에 형성되어 있습니다. 그냥 운이 나빴을 뿐이라고 이야기하는 데서 그치지 않고 인격형성의 논리로 분석하게 되는 까닭은 이렇습니다. 앞에서 민나가 텔하임 소령에게 반하게 된 상황을 설명한 적이 있었지요. 점령지 의회의 의원들은 적군 소령이 대신 내준 금액에 대하여 영수증을 발급해주었습니다. 이 서류가 수뢰의 증거로 악용되고 있었던 것입니다. 선의가 그대로 받아들여지지 않을 뿐 아니라 가치 전도되는 현실에 대해 텔하임은 정서적으로, 즉 머리가 아니라 마음으로 반응합니다. 그리고 그는 반듯한 내면을 지닌 인물입니다. 곧게 서 있지 않은 세상을 계속 바른 마음으로 대하느라 역증이 치밀어 오를 대로 오른 상태가 됩니다. 허울만 남은 명예심에 매달려 사랑하는 감정을 가학의 수단으로 만들고 격정을 폭발시키는 불씨로 삼습니다. 이런 텔하임의 비합리를 '직업은 직업, 사랑은 사랑'이라는 민나의 발랄함이 교정할 수 있을까요? 오성의 분석능력은 무너진 현실을 다시 일으켜 세울 만한 힘을 지니고 있는 것일까요? 계몽주의 희극『민나』는 이 문제를 탐구합니다. 이처럼 독일문학은 독자를 반성의 장으로 이끕니다.

우리 결혼할 수 없다는 이유를 나열하는 글에서 새록새록 사랑을 확인하게 된다면? 민나는 사랑에 제자리를 찾아주기로 결정합니다. 그런데 사랑은 의심할 여지가 없으므로 사랑과 직업을 구분하는 계몽의 기치를 마음 놓고 높이 올릴 수가 있었습니다. 울분을 삭이지 못해 헤매고 있는 남자에게 가르침을 주어야 할 입장에 처한 민나는 서구의 지적 전통을 충실히 따릅니다. 고대 이래 철학적 사유의 첫 조목으로 꼽혀온 '너 자신을 알라'—소크라테스의 이 명언은 자기반성을 사유의 방법으로 내세운 것입니다. 민나는 텔하임으로 하여금 분석하도록 몰아갑니다. 사태를 인식하게 되면 격정의 회로에서 벗어나 자신처럼 상황을 분석할 수 있게 되리라 믿고 그에게 거울을 들이댑니다. 자신이 불행해졌기 때문에 존엄하신 텔하임 소령에 어울리지 않는 여자가 되었다는 거짓말을 만들어내는 계략을 씁니다. 적군 장교와 연애건 여자를 영지의 신민들은 손가락질했으며 숙부는 상속권을 박탈해버렸다고 꾸며댔습니다. 그런데 이 지어낸 말들이 제대로 된 거울 역할을 할 수 있을까요? 작가 레싱은 아니라고 말합니다. 작품에서 텔하임은 사랑의 문제에 대하여 여전히 마음으로만 반응합니다. 인식능력을 동원할 생각을 하지 않습니다. 자신이 불행해졌기 때문에 연인의 사랑을 받아들일 수 없다고 그토록 완강하게 버티던 그가 이제는 오갈 데 없이 된 민나를 보호해야 한다고 날뜁니다. 그 사이 왕의 친서가 도착하여 텔하임 소령에게 제기되었던 모든 혐의가 사실이 아닌 것으로 판명되었음을 알렸습니다. 명예도 회복되고 왕의 총애까지 확인한 마당에 텔하임은 정신을 좀 차려도 되지 않을까요?

하지만 그는 거울 속의 자기를 알아보지 못합니다. 그냥 똑같은 불행만 끄집어내고는 그 앞에서 또다시 격정을 불태웁니다. 민나의 말은 제대로 듣지도 않고 약혼반지도 알아보지 못합니다. 이제 모든 것이 끝났다고 슬픈 표정을 지으며 민나는 자기 반지 대신 끼고 있던 텔하임의 반지를 빼 주었는데, 격정에 사로잡혀 보는 능력을 상실한 텔하임은 민나의 조금 지나친 경쾌함, 즉 가벼움 앞에서 완전히 판단능력을 상실합니다. 여관주인 손에서 민나를 거쳐 자기 수중에 들어온 약혼반지를 손에 든 채 이루 말할 수 없는 자괴감으로 빠져듭니다. 이 여자가 정말로 나를 버리려 여기까지 왔구나! 이쯤 되면 프란치스카도 역부족입니다. 숙부가 등장해야 합니다. 그런데 텔하임은 역시 '신사'입니다. 혼자서 쓰라림을 곱씹고 있다가 숙부가 도착했다는 말을 듣고는 그 나쁜 사람으로부터 당신을 보호하겠다고, 걱정 말라고 큰 소리 칩니다. 다시 프로이센 장교가 되는 것이지요. 모든 것을 잊고 나를 안아달라는 민나의 항복선언을 들은 후에야 텔하임은 반지를 제대로 식별합니다. 하지만 곧바로 또다시 그 자신으로 돌아갑니다. "오 짓궂은 천사 같으니라고! 나를 그토록 괴롭히다니!" 숙부 앞에서 두 사람은 행복한 한 쌍으로 맺어집니다. 마지막 장면은 참으로 우리를 즐겁게 합니다. 어쩔 줄 모르다가 항복을 선언하고 마는 민나도 귀엽고, 무엇보다 숙부가 도착해서 아슬아슬하던 게임이 갑자기 끝나 심리적 부담을 순식간에 걷어내 버리기 때문입니다. 하늘은 스스로 돕는 자를 돕는다. 나름으로 열심히 노력하면 운명은 내 편이라는 확신이 들게 합니다. 그래서 이 극이 초연되었을 때 극장에서 집에 돌아온 한 청년은 당장 무언가 의로운 일을 하고 싶은 충동에 휩싸인다고 일기장에 써 놓았습니다. 프란치스카하고 베르너까지 맺어지니 개성들이 부딪히며 일어났던 불협화음은 더 큰 조화를 이루기 위해 하늘이 준비해둔 징검다리였단 말인가. 아무튼 마지막 장면은 정말 즐겁습니다. 베르너에게 다가가는 프란치스카의 모습이라니.

그런데 텔하임은 사람이 좀 변한 것일까요? 이제부터는 네 자신을 알라는 이성의 조목을 받아들이면서 사태를 분석하는 능력을 키워나갈까요? 그리고 또 민나가 관계를 잘 풀어가서 두 사람이 행복하게 된 것일까요? 이 모든 물음들은 하나의 큰 줄거리로 모아집니다. 인간은 계몽이 가능한 존재일까요?

다) 작품의 구조분석

이 작품에서 가장 두드러지게 나타나는 점은 우연이 필연적이고도 결정적인 요인으로 작용하고 있다는 사실입니다. 이제 줄거리의 흐름을 어느 정도 파악하였다고 가정하고 극의 구성을 분석해봅시다. 마지막 장면에서 두 개의 우연이 겹으로 주인공들의 행복을 보장하지요. 이 우연을 전문용어로 기계신(deus ex machina)이라 합니다. 서양 연극에서 중세 때부터 전해 내려오는 전통인데 현대극에서는 적용되는 예가 드뭅니다. 무대의 천장에서 해결사가 그네 같은 것을 타고 내려와 사건을 정리정돈하는 것이지요. 이는 종교적인 배경 하에서 발전된 예술적 장치로서 이야기의 매듭을 갈등 자체로부터 풀어내지 않고 외부의 강력한 힘에 의지하여 마무리하게 됩니다. 레싱은 이 중세적인 장치를 계몽주의 작품에 매끄럽게 접목하는 솜씨를 발휘하였습니다. 그의 솜씨 덕분에 우연과 필연이 빈틈없이 엮여 유쾌한 희극 한 편이 세상에 나왔습니다.

이 희극이 값진 까닭은 비극에 가깝게 흐르는 내용을 독특한 형식에 담아 균형이라는 마음상태를 구현해내고 있기 때문입니다. 인간적 약점들이 얼마나 일을 그르칠 수 있는가—작가는 이 문제를 그냥 비껴가지 않습니다. 그럼에도 불구하고 작가는 인간에 대한 신뢰를 저버리지 않았습니다. 전쟁이 끝났다고 사람들 사이에 평화로운 관계가 그냥 주어지지는 않을 것입니다. 인간관계는 인간들 스스로 꾸려가야 할 터인데, 사람들은 모두 부족한 점이 많습니다. 그리고 생각한 만큼 그리 쉽게 자기 잘못을 깨닫는 것도 아닙니다. 자존심을 내세우다가 텔하임처럼 점점 더 자기 속으로만 빠져드는 경우도 있고, 민나처럼 모든 것을 분석의 대상으로 삼아 텔하임의 자존심이 설 곳을 남겨두지 않는 큰 잘못을 범하기도 합니다.

자존심으로 말하자면 그 자체는 나쁘지 않은 인간적 자질입니다. 자존심이 없다면 인간의 품위는 사라지고 그저 동물적인 존재로 머물 것입니다. 단지 자존심을 내세우는 경우 분석능력을 잃기가 쉽기 때문에

'자존심이 강하다'는 언설이 부정적으로 통용될 따름이지요. 그런데 더 큰 문제는 자존심과 같은 인간의 감정은 오성의 분석대상일 수 없다는 사실입니다. 감정은 오성과 동등한 인간적 능력이자 자질이지 효율성을 고려하여 눌러야 할 개인적 욕구가 아니지요. 오성의 방식대로 감정을 요리하였을 때 거기에는 규칙과 규제들만이 있을 뿐 사람들 사이의 따뜻함은 찾아볼 수 없게 됩니다. 우리는 이런 상태를 도그마에 빠졌다고 말하지요. 오성과 감정이 서로 다른 영역을 지니고 독자적으로 움직인다는 사실을 독일의 철학자 칸트는 이론적으로 밝혔습니다. 그리고 이 두 독립변수가 서로 긴장 속에서 균형을 잡아 조화의 경지에 이르게 되는 경우는 미의 세계에서만 가능하다고 논증하였습니다. 이 내용은 그의 마지막 저서『판단력비판』의 첫 부분을 이룹니다.

다시 작품의 구조로 돌아가 봅시다. 레싱의『민나』는 비극이 아니라 희극이라는 장르에 속하는 작품입니다. 그런데 이른바 행복한 결말 (happy-end)이 우연히 무대 위에 나타납니다. 우연 위에 세워진 행복이란 사상누각에 불과할 터인데 그렇다면 마냥 즐거워하고 있을 수만은 없는 노릇 아닙니까? 인생의 부조리함을 희극성의 밑천으로 삼는 작품은 독자를 즐겁게 만들 수 없습니다. 부조리극이라는 현대의 새로운 장르는 오히려 오락문화에 물들어 있는 관객을 일깨우는 기능을 전면에 내세우고 등장하였습니다. 인생의 심연을 좀 들여다볼 필요도 있다는 주장을 하는 셈이지요. 반면에『민나』는 합리적 이성을 발판으로 삼아 심연을 건너뛰고 행복한 질서를 다시 세우는 이야기입니다. 따라서 이 희극의 웃음은 쓴웃음도 아니고 실소일 수도 없습니다. 그리고 정말로 작품을 직접 읽어보면 (공연을 보는 일은 현실적으로 좀 어려우니까) 균형과 경쾌함에서 나오는 웃음을 웃게 됩니다. 왕의 친서와 민나의 숙부라는 두 개의 우연이 결정적인 역할을 하였다는 사실을 모르는 게 아닙니다. 그래도 즐겁습니다. 그렇다면 이 경쾌한 웃음은 근거가 없는 것일까요? 사실 현실적인 근거는 없습니다. 원하던 일이 잘 되어서, 실질적인 이득이 생겨서 웃는 웃음이 아닌 것입니다. 그렇다면 이 웃음의 근거는 어디에 있는 것일까요?

이제 미학의 영역으로 넘어갈 때가 되었습니다. 결론적으로 말하자면 『민나』의 웃음은 우리 두뇌에서 벌어지는 의식활동의 결과로 터져 나온 다고 할 수 있습니다. 교회에 가서 기도를 열심히 해서 돈을 잘 벌게 되었다는 종교관이 엉터리이듯 파혼할 뻔한 두 남녀가 결혼으로 골인했기 때문에 희극이라고 정리하면 이 작품의 예술적 가치를 충분히 파악했다고 보기 어렵습니다. 민나와 텔하임의 연애는 그 자체만으로도 비극 한편을 충분히 만들 수 있는 이야기가 아닐 수 없습니다. 이 극에 참여하고 있는 인간적 자질들을 다른 방식으로 조합해본다면 아주 반듯한 인물인 텔하임이 불행해지는 줄거리가 훌륭하게 엮일 것이기 때문입니다. 결국 행·불행이 문제가 아니라 어떤 인간적 자질들이 극을 이끌어 가느냐에 따라 갈라지는 것이지요. 극의 줄거리가 텔하임의 반듯한 내면을 계속 부각하는 방향으로 전개되어 정의롭지 못한 세상을 견뎌내지 못할 지경으로 몰고 갈 때 우리는 그의 숭고한 성격 앞에서 숙연해집니다. 하지만 희극『민나』에서는 민나가 '너 자신을 알라'는 거울을 들고 나타났기 때문에 우리의 의식활동은 다른 방향으로 나아가게 되고 그 결과 숙연함과는 다른 정서상태에 도달하게 된 것입니다. 여주인공의 오성은 반듯한 내면이 숭고해지지 못하도록 방해합니다. 웃음은 이 실패한 숭고함에서 비롯됩니다. 그런데 이 실패가 냉소를 불러오지 않는 까닭은 또 다른 실패가 있기 때문이지요. 민나의 실패입니다. 이 작품은 두 개의 실패를 이끌어내면서 오성과 격정을 서로 상대화시켜 줍니다. 그럼 우연은 무슨 역할을 하느냐고요? 상대화가 니힐리즘으로 추락하는 것을 막아주지요. 결국 균형이 문제입니다. 미학은 이런 문제들을 다룹니다. 물질적인 재료들과 직접 접촉을 하기보다는 의식활동을 분석하는 것이지요. 그렇다고 물질이 지배하고 있는 현실을 도외시하는 것이 아닙니다. 접근하는 통로를 달리할 뿐이지요.

인간의 삶은 물질에 종속되어 있지만 노동을 통해서만 욕구를 충족할 수 있게 되고, 노동은 물질과 정신의 상호작용으로 이루어지고 있습니다. 그리고 노동은 사회 속에서 타인들과의 관계 또한 발생시킵니다. 이러한 일련의 과정에 참여하는 사회적 존재로서 인간은 물질을 자기 것으로 전유하는 동안 특정한 의식을 획득하게 됩니다. 그리고 한번 획득된 의식은 웬만해서는 변하지 않아 그의 개성을 형성하게 됩니다. 그 후로는 그의 개성대로 세상을 보고 노동하면서 옆사람과 갈등을 일으키지요. 서구의 미학은 생각하는 존재인 인간이 자신을 형성하는 과정에서 가장 뚜렷한 역할을 하는 영혼의 두 능력에 주목하였습니다. 바로 분석하는 능력과 동일시하는 능력입니다.

그런데 오성은 분석하는 사람 앞에 놓여 있는 물건만을 대상으로 삼지 않게 됩니다. 자기감정까지도 분석하지요. 격정은 한 가지 옳다고 판단되는 지점이 있으면 그곳으로 모든 것을 몰아갑니다. 텔하임의 명예심 같은 경우가 그렇지요. 민나는 이따금 잘못을 범하면서도, 그리고 그것을 알면서도 텔하임의 격정까지 분석대상으로 끌어들입니다. 단지 너무 지나쳤기 때문에 화를 부른 것이라고요? 서구의 예술이 오성과 격정에 그토록 오랫동안 몰두해온 까닭은 이 둘이 모두 그만큼 강력한 자기 논리를 가지고 인간을 지배하려 들기 때문입니다. 일단 한쪽 논리에 접어들게 되면 그 폐쇄회로에서 좀처럼 벗어나게 되지 않습니다. 적절한 중간지점은 그냥 주어지지 않습니다. 서구의 진지한 예술이 그 온갖 까다로움에도 불구하고 오랫동안 사회적으로 중요하게 받아들여져 온 까닭이 여기에 있습니다. 인간의 의식활동이 어떻게 이루어지는지를 알아야겠고 또 자신도 훈련해야 하겠기 때문입니다. 이 문제를 이론적으로 천착하는 학문으로 미학이 발전해왔고, 특히 독일의 철학적 미학은 중요한 디딤돌들을 마련하였습니다. 한마디로 서구 시민사회는 예술을 통해 구성원들의 의식을 문명사회에 적절하도록 다듬어낼 필요가 있었습니다. 그래서 예술을 과학, 도덕과 더불어 나란히 세속화된 이성의 한 형태로 인정하였습니다. 하버마스는 「근대성—그 미완의 기획」이라는 논문에서 막스 베버의 테제를 발전시키면서 서구의 '진지한' 예술이 18세기 이래로 담당해온 사회적 역할을 새삼 강조하고 박물관, 미술관

등을 통해 구조화해야 한다고 주장합니다. 자유로운 개인이 자발적인 의사에 따라 사회구성에 참여한다는 이념을 버리지 않는 한, 시민사회에서 예술은 대중의 연예, 오락으로 기능할 수 없습니다. 진지한 예술을 통해 개인은 주체적인 구성원으로 자신을 형성해야만 합니다.

웃음의 근거를 이야기하다가 미학 이야기가 길어졌습니다. 미학적으로 분석하자면 이 작품의 희극성은 민나와 텔하임이 결혼했기 때문이 아니라 결혼할 수 있도록 줄거리를 뒤튼 미학적 장치인 '우연'에 놓여 있다는 이야기가 됩니다. 이 작품에서 우연이 이처럼 결정적인 까닭은 인물들 사이의 갈등이 내재적 논리에 따라 해소될 수 없기 때문입니다. 민나의 오성도 텔하임의 반듯한 마음도 행복을 이끌어내기에는 역부족입니다. 막이 바뀔 때마다 두 사람은 늘 제자리로 다시 돌아갑니다. 갈 데까지 가서 출구가 보이지 않을 때, 민나가 어쩔 줄 몰라 해서 보는 사람마저 마음 졸이게 될 즈음 해결사가 나타나 행복을 선물합니다. 내용과 형식이 제각각인 경우라고 하겠습니다.

그런데 작품을 자세히 뜯어 읽어보면 한 가지 특이한 사실을 발견할 수 있습니다. 행복을 가능하게 한 우연이 사실은 또 민나와 텔하임의 갈등을 유발한 원인 제공자들이기도 하다는 점입니다. 따라서 두 사람의 패배 역시 아무것도 아닌 것이 되지요. 허구였습니다. 허구로서의 작품 속에 작품의 핵심이 또 하나의 허구로 들어앉아 있는 것이지요. 이야기인즉슨 이렇습니다. 왕의 친서나 민나의 숙부인 부르흐살 백작 모두 극이 시작할 때부터 존재했습니다. 연락관은 텔하임의 소재를 찾아다니느라 하루 지체하였고, 백작은 타고오던 마차가 고장이 나서 민나보다 하루 늦게 도착한 것입니다. 이 지체의 하루 동안 민나와 텔하임이 자신의 원칙들을 들고 나와 한판 세계관의 전투를 벌이는 것인데, 누구도 이기지 못한 것이지요. 그러니까 현실적으로 보면 그들은 싸울 필요가 없는 싸움을 벌인 것입니다. 결혼한다는 사실 자체만 놓고 보면 그렇다는 이야기입니다. 우연들은 지체의 하루를 창조하여 두 사람이 싸울 공간을 마련합니다. 예술은 창조입니다. 물질계의 실체를 창조하는 것이 아니라 우리의 의식활동이 대상과 맺어지는 방식을 드러내 보여주는 가공물을 만들어내는데, 이를 미학에서는 허구라고 지칭합니다. 실재의 꽃과 화폭에 그려진 꽃은 다르지요. 현실에서 이루어지는 결혼과 작품이 다루고 있는 주제로서의 결혼은 분명 다릅니다. 희극『민나』에서는 성사될 수밖에 없는 결혼을 우연이라는 장치를 통해 한번 시험대에 올려놓고 있습니다. 그랬더니 우연이 아니었더라면 영영 드러나지 않았을 새로운 사실이 명백하게 나왔습니다. 당사자들이 시험대를 통과하지 못한다는 사실입니다. 그렇다면 내용은 비극이요 형식은 희극인 이 극은 대체 무슨 말을 하려는 것일까요?

허구는 단답형의 대답을 요구하지 않습니다. 대답이 있다 하여도 무슨 소용이 있겠어요. 어차피 지어낸 이야기의 일인걸요. 하지만 지어낸 이야기이기 때문에 결과에 관계없이, 즉 사심없이 문제에 몰입할 수 있다는 강점이 있지요. 무대 위의 일이지만 마치 내 일처럼 공감했다가 또 때로는 반감을 갖기도 하겠지요. 성공한 예술작품은 수용자의 영혼에 와 닿는 흐름을 엮습니다.『민나』의 경우는 작품과 수용자의 교감이 웃음이라는 형태로 표출되었습니다. 수용자는 물론 자기 나름으로 웃지요. 작가의 의도와는 좀 멀더라도 그냥 겹혼사가 보기 좋아서 웃을 수도 있습니다. 그런 사람은 다른 이의 행복에 진정으로 즐거워할 수 있는 선량한 마음씨를 가진 사람이겠지요. 그런 영혼과 교감하는 작품은 인간의 선량함을 고양시킵니다. 이 점은 특히 계몽주의 시기 문학작품들이 중요하게 생각하였던 문학의 기능입니다.

하지만 이 작품은 우리에게 선량함 이상을 요구합니다. 작품 내내 보여준 그 모든 울분, 미망 등 아슬아슬한 순간들을 결혼이라는 하나의 사실로 그냥 다 떨쳐낼 수는 없는 노릇입니다. 그래서 행복한 결말을 즉자적으로 받아들일 수 없게 됩니다. 앞에 전개된 내용을 상대화하는 것이지요. 그런데 그 상대화가 작품을 다 감상한 후 나중에 무슨 철학적 분석을 하듯 곱씹어서 수행되는 것이 아니라 허구라는 눈앞의 실체를 보는 과정에서 매 순간 진행되지요. 극의 흐름에 몰입함으로써 민나와 텔하임의 엎치락뒤치락하는 게임에 동참합니다. 민나와 함께 오성의 분석력을 한껏 휘둘러보다가 텔하임의 처지를 동정하여 그의 울분을 마음속 깊숙이 받아들이기도 하지요. 그러는 사이 우리는 현실에서는 일상을 꾸려가느라 늘 토막 내 버려온 인간의식의 다양함을 순수한 형태로 반추할 수 있게 됩니다. 오성과 격정이 결혼이라는 대의를 실현하는 데 얼마만한 능력을 발휘할 수 있는가를 생각해보게 됩니다. 생각해볼 수 있는 여지가 생기는 까닭은 물론 결혼이 성공하기 때문입니다. 불행한 주인공을 보면서 이것저것 따져볼 엄두가 나는 사람이 누가 있겠어요. 이것저것 따져보는 일 특히 인간의 의식활동을 따져보는 행위를 독일의 철학적 미학에서는 반성이라든가 비판이라는 개념으로 다듬어냈습니다. 레싱의 계몽주의 희극 『민나 폰 바른헬름 혹은 군인의 행복』은 반성극입니다. 이 작품으로 작품창작의 유형 중 반성 모델이 독일 문학사에 정식으로 등록됩니다. 우리의 두뇌가 최고의 의식활동을 수행한 후 그 즐거움을 웃음으로 표출하도록 의도되어 있습니다. 우리의 의식활동이 최고조에 달하면 마음에서 즐거움을 느낀다는 사실을 논리적으로 증명한 사람은 칸트이지만 레싱은 직접 그런 작품을 썼고, 성공하였습니다.

라) 분석하는 여자와 느끼는 남자

분석하고 느끼는 일은 우리의 삶이 '인간다운' 삶이 되도록 하는 버팀목입니다. 이른바 문명사회는 인간이 자연상태에서 벗어나 주변의 자연물들을 필요에 따라 가공하고 생산물을 서로 나누어 쓰는 과정을 조직화해냈습니다. 이러한 사회 속에 사는 구성원은 일할 때 사회의 관성에 따라 움직여야 합니다. 그래야만 사회가 유지될 수 있으니까요. 그러면서 또 한편으로는 인간은 자유로운 존재라는 이념이 널리 퍼져나갑니다. 이 이념은 무엇보다 고단한 노동을 정당화해줍니다. 결국 사회구성원인 개인은 자유롭기 위해 일한다는 신의를 지니고 살아가야만 하게 되었습니다. 자유는 강제의 목적이다(Freiheit ist Zweg des Zwanges)라는 글귀가 모두의 삶에 적용되기 시작한 것이지요.

'생각하는 사람'이 떠안게 된 이 모든 역설들이 사회적인 문제로 떠오르게 된 것은 산업화의 결과였습니다. 근대는 이처럼 사회구성의 내적 모순을 명백히 하면서 오히려 발전의 동력으로 삼았습니다. 자연을 직접 지배하기 위해 필요한 법칙들을 규명해내고, 구성원의 욕구들을 서로 조합시키는 사회구성의 원칙들을 발전시켜나갔으며 아울러 이 자연강제의 역학에서 벗어나는 '인간적인' 영역이 따로 있다는 논리 또한 발전시켰습니다. 물질적 생산에 직접 기여하지 않는 인문학이 이처럼 독립적인 영역으로 자리 잡을 수 있었던 것은 근대의 내적 모순이 사회적으로 인정되었기 때문입니다. 특별한 개인만이 분열을 경험하는 것이 아니라 사회적 노동에 참여하는 모두가 실존적인 문제에 시달린다는 대중적 합의가 있었던 것이지요. 근대의 인문학이 이러한 문제에 대하여 처음으로 내놓은 처방은 자연과학이 물질을 지배하면서 개발해온 규칙에 맞설 수 있는 논리를 계발하는 것이었습니다. 그중 가장 강력한 변수로 감정이 사회적 능력으로 인정받게 되었고 인문학 중에서도 문학과 예술이 감정의 문제를 천착하는 사회적 기관으로 자리 잡았습니다. 처음에는 개인이 지니고 있는 능력들이므로 자연지배의 규칙을 총괄하는 오성능력과 감정이 서로 다르기는 하지만 궁극적으로는 같이 가리라고 믿었습니다. 하지만 시간이 흐르면서 근대사회가 지닌 내적 모순 때문에 인간이 지닌 서로 다른 능력도 제각기 다른 방향으로 발전해나간다는 사실이 뚜렷해졌습니다. 감정은 오성과 아주 딴판으로 움직였던 것입니다. 이리하여 초기 계몽주의자들이 그렇게도 열심히 추진하던 계몽은 딜레마에 빠졌습니다. 물질적인 계산에서 한치의 착오도 없어야 하는 공생활만이 전부가 아니요 인간적 가치를 회복하는 정서생활도 중요하다는 전체적인 구도가 도전을 받기 시작하였습니다. 그러한 구분을 전제로 하는 시민적 삶의 방식이 인간다움을 자연스럽게 보장해줄 것처럼 보이지 않았기 때문입니다.

『민나』는 오성과 감정의 계몽이 자연스러운 조화로 열매 맺을 것이라는 믿음은 점차 힘을 잃었지만 그래도 계몽이 인간다운 삶을 위해 반드시 필요하다는 점까지는 의심하지 않았던 독일 계몽주의 문화운동의 중기에 쓰인 작품입니다. 그런 필요가 아직 건강하게 사회적 합의를 이끌어가고 있었기 때문에 우연을 필연으로 탈바꿈시킬 수 있었습니다. 그리고 민나든 텔하임이든 그만큼 노력했다면 행복해질 권리가 있다고 누구나 생각하였습니다. 그리고 그들은 모두 성품이 고귀하지 않습니까? 아마도 선하면 복을 받는다는 기독교적 세계관에 바탕을 두고 있는 일인지도 모르구요. 후진국 상태를 벗어날 길이 안 보이는 프로이센 독일을 어떻게든 일으켜 세우려는 계몽주의자들의 의지가 반영된 결과라고 할지도 모르겠습니다.

그렇지만 아무튼 민나와 텔하임이 성적 존재로서가 아니라 의식활동을 하는 존재로서 만났을 때 둘 사이에 교감은 없다는 점이 명백해졌습니다. 오성과 감정이라는 원칙은 의사소통의 장에서 합의를 도출하지 못하였습니다. 사람들은 이 두 가지 모두를 제압할 수 있는 어떤 강력한 제3의 원칙이 필요하다고 느끼게 되었습니다. 하지만 작가 레싱은 현실에서 움직이고 있는 상태를 그대로 보여주고 싶었고, 무엇보다 웃고 싶었습니다. 따라서 원칙들의 무능을 우연으로 감싸 극에 온기를 불어넣었습니다. 그러기 위해 얼마나 고도의 지적 능력을 동원하였는지 모릅니다. 독일 계몽주의가 의도하였던 대로, 즉 노력하면 좋은 결과가 나온다는 그런 역사철학이 파탄에 이를 수도 있음을 밝게 내다보면서도 아직 남은 인간적 가능성에 계속 의지하고 싶었던 작가는 희극이라는 문학형식에 호소하였습니다. 철학자들은 후에 강력한 제3의 원칙을 불러내오는 데 몰두하였고 그래서 칸트 이래로 헤겔에 이르는 동안 고전 독일관념론이라는 인류의 역사에서 찬란한 하나의 유산을 만들어냈습니다. 그러한 지적 패러다임아래서 고전주의와 낭만주의 예술이 꽃을 피웁니다.

그런데 우연으로 행복해진 민나와 텔하임이 그 후 어떻게 되었을까 한번 생각해봅시다. 그들은 모두 좌절의 경험이 있습니다. 그래서 대충 포기하고 상황에 자신을 맞추어 가면서 적당히 즐겁게 지낼까요? 그러는 경우도 있겠지요. 하지만 우리의 민나와 텔하임은 어쩐지 그렇지 못할 듯합니다. 그들은 무엇보다도 자신들에게 성실한 사람들이고 타인도 하찮게 여기지 않습니다. 민나는 계속 오성으로 사태를 분석하고 원인을 캐내려고 노력합니다. 그래서 계속 옆길로 가는 텔하임의 문제가 세상에는 감정이 아니라 계산으로 처리해야 할 일들이 있다는 사실을 받아들이지 않는 데 있음을 밝혀냅니다. 그래서 박사학위 논문을 쓸 수는 있겠지요. 하지만 텔하임을 자신의 회로에 끌어들이지는 못합니다. 이 텔하임이 어떻게 발전해나가는지는 질풍노도의 작품들이 증언해줍니다. 감정의 힘을 얕본 결과는 참으로 혹독하였습니다. 감정을 고양시켜 인간의 삶이 가계부와 상품 주문장 속에 그대로 포위당하는 일을 막아보려한 계몽주의자들의 의도는 빗나갔습니다. 제3의 원칙인 이념이 강제로 모든 것을 정돈하기 이전에 한차례 자살열풍이 불어 닥쳤습니다. 이 사정을 베르테르의 슬픈 연애 이야기가 전해줍니다.

II. 『젊은 베르테르의 슬픔』: 격정에 사로잡힌 청년

그분은 그뿐 아니라 내 마음보다는 내 지성과 재능을 더 높이 평가하고 있다. 하지만 내게는 내 마음만이 유일한 자랑거리이며, 오직 그것만이 모든 것의 원천, 즉 모든 힘과 행복과 불행의 원인이다. 아아, 내가 알고 있는 지식은 누구나 다 알 수 있다. 그러나 나의 마음은 나 혼자만의 것이다.(1772년 5월 9일)

때때로 나는 이해할 수가 없다. 내가 이다지도 외곬으로 그녀만을 진심으로 사랑하고 있는데, 어떻게 다른 사람이 그녀를 사랑할 수 있는지, 또 사랑할 자격을 갖추고 있는지, 도무지 알 수가 없다. 나는 그녀 외에는 아무것도, 아무도 모르고 또 그녀를 제외하고는 아무것도 가진 것이 없는데!(9월3일)

가) 소개하는 글

로또 복권을 사는 사람은 모두 그 엄청난 행운이 자신에게 떨어지리라 확신하고 있는 걸까요? 오히려 원금을 그대로 날릴 확률이 더 높다는 걸 번연히 알면서도 충동을 못 참는 경우는 아닌지. 아무튼 자본주의 세계체제 속에서 일상을 꾸리는 우리에게 복권은 또 다른 질서로 자리 잡았습니다. 정작 당사자인 개개인에게는 거의 천만분의 1 가까이나 되는 우연의 확률이 시스템으로 고정된 것이지요. 멀쩡한 신사숙녀들이 이런 요행을 바라는 풍조에 물들게 된 까닭을 두고 사회학자들이라면 현대사회의 불확실성과 모순 그리고 실존적 불안 등과 같이 무엇인가 비합리적인 요인들에 원인이 있다는 투의 분석을 내놓겠지요. 그런데 참 이상합니다. 우리는 학교에서 그리고 또 신문과 그 밖의 매체들을 통해 자본주의란 합리성에 기초를 둔 제도라는 가르침을 매일같이 받고 있는 형편이 아닌가요? 자본주의는 인간의 욕망까지도 합리적으로 '통제'하는 제도가 아니었던가요? 먹고 마시는 일을 넘어서 연애감정마저도 산업적으로 계산 가능하게 만들어나가는 현실이 떡하니 버티고 서 있는데— 자본주의는 모든 것을 자신과 닮은 모습으로 탈바꿈시켜 나간다는 그 유명한 테제가 적용되는 현실을 매순간 확인하고 있는 데 말입니다. 그런데 그런 자본주의 속에서 살면서 요행을 바라다니!

대답을 찾아본다면 의외로 간단하게 풀립니다. 자본주의는 '요행'마저도 계산 가능하게 만든다는 겁니다. 인생역전의 요행이 이번에 내게 안 떨어지는 이유를 계산할 수 있게 되었다는 이야기지요. 참여한 사람 수가 엄청나니까. 이른바 '학습과정'에 들어섰다고 하겠습니다. 로또 복권에 빗대어 말해보았지만 자본주의 체제 속에서 살아가는 우리에게 인생은 이런 학습과정의 연속입니다. 살아내야 하는 삶이 무엇 하나 자연스러운 관계로 맺어지는 것이 없으므로 자본의 낯선 계산법을 늘 새롭게 배워야 하는 것이지요. 한국의 자본주의가 발전한 결과 우리는 이제 이 배움의 과정을 모두 자연스러운 일로 받아들이게 되었습니다. 그리고 자본의 계산법을 더 잘 배운 사람이 더 많은 행운을 거머쥐는 일을 당연하게 여깁니다. 그런데 살면서 보면 갈수록 '요행'으로 엮이는 일들이 많아지는 게 또 요령부득이 아닐 수 없습니다. 현대의 자본주의는 한편으로는 질서를 구축 하면서 그러느라 또 다른 한편으로는 자연을 무질서하게 풀어헤치는 역학 위에 서 있다고 분석하는 학자들의 이론에 솔깃하지 않을 수가 없는 것이지요. 아무튼 현대사회는 합리적인 듯 하면서도 불합리하기가 이루 말할 수 없습니다. 돈 벌 때는 피도 눈물도 없어야 하지만 가까이 있는 사람들에게는 '법 없어도 살 사람'이라는 인상을 주어야 별 탈 없이 자기 자리를 지킬 수 있으니까요. 사회는 이 일을 구성원들에게 시키고(전문적인 용어로는 자기소외라고 하지요), 옆사람을 그리고 자기 자신마저도 계산서 속에 집어넣는 데 익숙해진 구성원들은 사회가 부여하는 임무를 충실하게 완수해냅니다. 그렇게 현대사회는 계속 돌아갑니다.

이제껏 사회를 중심으로 이야기하다 보니 마치 자본주의의 합리성이 정말 합리적인 듯한 인상이 아닐 수 없습니다. 그런데 그토록 잘 계산되어 짜여진 사회 속에 사는 인간은 왜 매일이 불안한 거지요? 개인적으로 하루의 일과를 잘 짜고 연중계획에 빈틈이 없이 살아도 이따금 터지는 대형사고를 피할 도리가 없으니 불안은 늘 따라붙습니다. 광신과 신비주의가 과학기술의 발전과 거의 나란히 가고 있는 작금의 세태를 보면 개인의 불안이 당사자의 문제일 수만은 없음이 분명합니다. 그렇다면 합리적인 사회를 사는 개인은 불안하기 마련이라는 좀 극단적인 등식도 성립한다고 보아야 하겠네요. 이처럼 일이 틀어져버린 책임은 대체 누구에게 있는 것일까요? 인문학 그중에서도 특히 문학을 비롯하여 예술을 다루는 학문은 이러한 문제를 접근할 때 무엇보다도 인간을 중심에 두고 분석합니다. 앞에서 잠깐 언급하고 지나온 언술들에 나타나 있듯이 사회과학자들의 진단은 시스템, 즉 사회라는 테두리 내에서 움직이는 개인들을 분석하는 경향으로 기울지요. 사회과학이 현대인의 자기소외라는 개념을 통계자료들을 동원하여 건조하게 증명한다면 인문학은 '구성원이 불행하다'라고 간단하지만 호소력 있게 말합니다. 사회와 그 구성원인 개인이 서로 잘 어울리지 못하는 상태를 해결 대상으로 삼기는 마찬가지이지만 구성원의 인간적 권리에 보다 더 많은 힘을 싣는 것이지요. 이처럼 당파적인 입장에서 위의 등식을 살펴보면 구성원 개인에게 사회는 예측 불가능한 무엇으로 다가온다는 결론이 나옵니다. 사람을 중심으로 놓고 보면 사회가 비합리적으로 된 것이지요. 사회는 합리적인데 사람들이 점점 비합리적으로 되어 미신에 빠진다는 일반적인 상식과 전혀 반대되는 논리가 됩니다. 해결책을 찾기 위한 접근방식이 전혀 다르기 때문에 문제의 구도 자체가 뒤바뀐 것이지요.

이쯤에서 『젊은 베르테르의 슬픔』으로 이야기를 넘어가 보겠습니다. 아니 연애소설의 고전이라고 정리되는 작품을 두고 로또 복권 이야기로 늘어지다니 그 재미있는 이야기를 망쳐버릴 작정이냐구요? 그렇습니다. 이번에는 이 유명한 소설을 조금 망가뜨려야만 하겠습니다. 사실 너무 유명해서 제대로 우러나는 감동 대신 떠도는 평가들을 자신의 판단인 양 생각해버리는 경우가 있는데 바로 『베르테르』가 그렇습니다. 이 작품은 그 유명세부터 일단 걷어낼 필요가 있답니다. 남자 둘에 여자 하나인 삼각관계를 내세우는 이 소설의 연애에 어디가 그토록 특별한 점이 있는 것일까요? 참한 여인을 만나 느낌이 왔었고 알고 보니 약혼한 처지라 뜻대로 할 수가 없었지요. 그런데 우리의 멋쟁이 주인공은 마음에 드는 여인을 얻기 위해 한 일이 있던가요?

그가 가장 많이 한 일은 사랑하는 자신의 감정을 확인하는 것이었습니다. 물론 제일 중요한 일이지요. 충분하지 않은 감정을 밖으로 내보이는 것만큼 서로에게 상처받는 일도 없을 터이니까요. 하지만 사랑할 수 없기 때문에 사랑하는 감정이 더 귀하게 여겨지고, 점점 상승한다면? 이 소설의 줄거리를 보면 문제는 감정의 불확실성이나 당사자들의 인격적 결함에 있지 않았습니다. 일부일처제로는 그들의 사랑을 담을 수가 없었기 때문이지요. 이는 무언가 근본적인 부조리가 일부일처제에 들어있다는 이야기가 아닐 수 없습니다. 남자 두 명에 여자가 한 명이라 소설의 주인공들은 이 시민적 제도가 요구하는 사랑의 배타성을 충족시킬 수가 없었습니다. 물론 사랑은 배타적일 수밖에 없고 그러므로 남자가 한 명만 남아야 합니다. 그렇다면 주인공은 그 한 명이 되기 위해 충분히 노력했다고 할 수 있을까요? 소설을 읽어보면 별로 그렇지 않다는 인상을 받습니다. 이미 약혼이라는 고정된 관계에 있는 두 사람 사이에 뒤늦게 뛰어들고는 자신의 권리만 주장합니다. 진정으로 사랑한다는 이유 하나만으로. 여자의 신실한 약혼자를 자기 멋대로 속물로 만들면서.

일단 이렇게 베르테르를 망가뜨린 후 문제를 들여다봅시다. 그렇다고 베르테르가 형편없는 애인이었다는 뜻은 절대 아닙니다. 다만 그의 명성이 너무 높기 때문에 끌어내린 것뿐입니다. 그의 사랑만이 아니라 사랑하는 그의 인격도 들여다봐야 하지 않겠어요. 물론 이 작품의 주제는 사랑입니다. 사랑을 이야기해야하는 작품을 두고 계속 옆길로 나가는 까닭은 우리가 이른바 '사랑'이라는 것을 너무 고정된 틀 속에 집어넣고 생각하지 않은가, 요즈음 많이 변했다고는 해도 그런 관성이 여전히 살아 있는 것은 아닌가 여겨졌기 때문입니다. '베르테르의 슬픈 사랑 이야기'가 아름답게 다가왔다는 식의 독후감을 이런 관성의 대표 격으로 꼽을 수 있을 것입니다.

이 소설에서는 이야기가 진정으로 사랑했는데 이루어지지 않았다면 분노해야 한다는 흐름으로 전개됩니다. 그리고 사실 이 소설은 분노를 터뜨리는 것이 사회적으로 정당하다는 메시지를 담고 있습니다. 분노를 안으로 삭이면 슬픔으로 작아지지요. 베르테르의 슬픔이 아니라 베르테르의 고통입니다. 실제로 독일어 제목을 글자 그대로 번역하면 고통이 맞습니다. 고통이라는 단어는 이 청년이 겪어야 했던 인간적 고뇌가 사회적으로 책임이 있는 것이므로 혼자 처리할 문제가 아니라는 뜻을 담고 있지요. 슬픔이라고 한다면 받아들여지지 않은 사랑을 혼자 감당하는 정서상태를 일컫는 게 아니겠어요. 그런데 사랑하다가 실패했다면서 그 책임이 사회에 있다고요? 물론 로테에게도 알베르트에게도 책임을 물을 수 없습니다. 그리고 그들 모두 고귀한 인품으로 그려져 있습니다.

그렇다면 사회의 누구에게 책임을 돌려야 하는 거지요?

문학은 사람을 집단적 정체성에서보다는 개별적인 차원에서 바라보고 개인이 행복할 권리를 무엇보다도 중요하게 다루지만 사회를 시스템으로 파악하는 능력에 부족함이 있는 것은 아닙니다. 개인이 움직이는 공간이 결국은 체제가 제공하는 구조와 맞물려 있음을 부인하지 않습니다. 연애만 하더라도 사랑하는 마음을 받아주어야 할 대상이 사랑을 하는 자신이 사랑을 품을 때처럼 자유로운 심리상태에 처해 있다고 여길 수는 없는 노릇 아닙니까? 극단적인 경우가 동성애일 것입니다. 사랑의 실현은 사회 속에서 이루어지는 것이고, 그 사랑이 정당한 경우인데도 불가능한 사랑으로 된다면 이때는 시스템을 의심해 보아야 합니다. 개인의 힘으로는 어쩔 수 없는 구조적인 문제이므로 조금씩 양보해서 화목하게 지내자는 요청을 문학은 '속물성'이라 규정합니다. 연애의 경우 심장의 권리를 훼손하는 처사이기 때문입니다. 그래서 구조를 더 확연히 인식하기도 하지요. 부당한 처사를 휘두르는 사회라는 괴물을 가장 가까이서 겪어야만 하니까요.

베르테르의 심장은 삼각관계라는 이물질을 시민사회 속에 만들어 넣었습니다. 사회는 베르테르로 하여금 직업적으로는 이런저런 가능성을 탐색하도록 하면서 그의 심장에 대해서만은 자리를 마련해줄 생각을 ~~전혀 하지 않았습니다. 제대로~~ 느끼는 일이 본업인 심장에게 다시 생각해보고 받아 줄 수 있는 대상을 찾아 다시 느끼라고 훈수나 두는 것이지요. 하지만 베르테르의 심장은 사회의 요청을 거부하고 자신의 권리를 고수합니다. 그러다 보니 시스템이 단단한 구조로 여겨지지 않았습니다. 빈틈이 드러났고, 사람들이 합세하여 계속 덮어두려하는 이 틈을 심장으로만 버텨내려 하다가 파멸하였습니다. 사랑하는 남자 베르테르의 입장에서 보면 그의 심장을 받아준 이 틈은 정당했고, 구조는 불의였습니다. 로테와 알베르트가 아니라 그들 모두를 둘러싼 구조, 즉 시민사회가 베르테르의 심장을 폭파한 것이지요. 시민사회는 일부일처제를 통해 개인의 연애를 규제합니다. 괴테가 쓴 편지소설 『젊은 베르테르의 슬픔』은 이 제도에 대하여 연애와 결혼을 하나로 묶는 처사가 과연 정당하냐고 강력하게 묻습니다.

그렇다고 이른바 연애 따로 결혼 따로를 이야기하는 것이 아닙니다. 문학이 중요하게 생각하는 개별성은 그처럼 편리한 도구가 아닙니다. 연애와 결혼을 하나로 묶은 시민적 결혼은 원래 인간의 마음과 사회제도가 그럭저럭 같이 가리라는 믿음, 아니 그래야만 한다는 당위를 전제로 하여 출발하였습니다. 이런 당위만이 봉건사회가 내세우는 '자연'을 거역할 수 있었기 때문입니다. 서양 중세의 봉건제는 타고난 혈통에 따르는 위계질서를 자연이라 상정하면서 개인과 사회제도를 모두 이 '자연'에 복속시켰습니다. 자연에 어긋나는 행위를 하면 벌을 받았을 뿐 세상은 원래 그런 것이라는 피의 요구에 이의를 제기하지 않았습니다. 중세의 귀족들은 마음과 몸이 이끌리는 대로 이성과 짝짓기를 했지만 결혼할 때는 이 '자연적인' 요구에 충실하였습니다. 계몽을 시작하면서 중세의 자연은 척결해야 할 대상으로 되었고, 누군가가 마음에 든다는 '느낌'이 자연의 자리에 올랐습니다. 시민사회는 이 계몽된 자연을 사회구성의 필수불가결한 요인으로 받아들였습니다. 산업혁명 이래로 가속화되는 사회의 합리화 과정이 인간을 도구로 전락시킬 것이 분명했기 때문입니다. 그래서 밖에 나가 생업활동을 하는 사람은 집안에 들어와서는 몸을 쉬게 하고 정서를 순화해야 계속 '인간'으로 남을 수 있다는 커다란 기획을 세웠던 것입니다. 바깥일은 남자, 집안은 여자가 다스려야 한다는 생각으로 남녀에게 서로 다른 사회적 정체성을 부여하였습니다. 그리고 자율적인 개인이 자유롭게 선택한 배우자를 사회적으로 인정해주는 절차를 고안해냈습니다. 더 나아가 자신의 인정을 질서로 고정하기 위하여 '영원한 사랑'이라는 여성적 화두를 발명하였습니다. 인간적 한계에 직면하면 사랑을 영원히 지키기 위하여 여성들을 희생시켰으니까요. 바그너의 오페라를 보면 더할 나위 없이 탁월한 여성들이 사랑 때문에 죽지요. 그런데 시민사회가 발의한 이 기획에 따르는 행위들은 사람의 심금을 울리는 측면이 있습니다. 그냥 기계적인 처리들이라고 하기에는 너무도 숭고합니다. 심장의 자연성으로 신들의 변덕마저 막아내려는 여주인공들을 우리는 폄하할 수 없습니다.

시민사회가 품고 있는 온갖 내적 모순들이 어지럽게 드러나는 요즈음의 심경으로 보면 심장의 계몽을 사회구성의 전제로 요구하였던 초기 계몽주의자들이 '인간적인' 산업사회를 구성하기 위해 얼마나 고심하였는지 짐작할 수 있습니다. 하지만 그들 역시 인간의 심장이 마음먹은 대로 움직여주지 않는다는 사실을 곧 깨닫습니다. 독일을 예로 들면 계몽주의 중기라고 정리되는 비교적 짧은 기간 동안만 심장이 나름의 계몽과정을 겪어 머리의 움직임과 조화로운 방향으로 뛰리라는 확신이 설득력을 지녔었습니다. 하지만 얼마 안 되어 머리와 심장은 움직이는 방향이 다르다는 사실이 확연히 드러났습니다. 레싱의 희극 『민나 폰 바른헬름』을 보면 여주인공은 남주인공을 또 남자는 여자를 계몽하느라 진땀을 흘리지요. 각자 오성과 격정을 무기로 상대방의 지나침에 제동을 겁니다. 하지만 두 사람은 합의점을 찾지 못합니다. 그래서 기계신이 등장하여 사건을 '행복하게' 매듭지었습니다. 이 극의 주인공들 그 중에서도 특히 심장의 자연성을 정체성 형성의 기반으로 삼고 있는 남주인공은 정말 행복합니다. 계산이 정확하지 않았어도 심장의 자연적인 느낌이 결실을 거두었으니까요. 그는 열심히 노력하기만 하면 되었습니다. 하늘은 그에게 로또 복권이 당첨되는 기회를 부여한 것입니다. 그것도 단 한번에. 시민사회의 계산법을 학습할 필요도 없었습니다.

이런 행운아는 그러나 많지 않았습니다. 문학사에서도 텔하임 정도에 그치는 형편이니까요. 심장의 자연성이 사회적으로 결실을 맺을 수 없다는 확신이 들었을 때 제대로 느끼는 일의 귀중함을 아는 사람은 사회관계 쪽으로 화살을 돌립니다. 시민적 계산법으로 조직되는 사회관계가 심장의 논리와는 얼마나 동떨어져 있는가를 새삼 확인합니다. 서로 다른 운동논리를 지닌 두 조직이 한 번쯤 맞아떨어지는 경우가 없는 것은 아닙니다. 로또 복권에 당첨되듯이 말입니다. 하지만 베르테르는 자신의 심장을 이 우연에 맡길 수 없었습니다. 입으로 감이 떨어지기를 바라고 누워 있기에 그의 심장은 너무도 심하게 활동하였습니다. 그래서 일어나 움직였고 모든 것을 다 희생하면서 심장에 본래의 권리를 되돌려주었습니다. 소설『베르테르』는 모든 것을 스스로 결정하는 이른바 '주권적' 인간에 대한 이야기입니다. 요즈음에는 아무리 돈이 많아도 그럴 가능성을 누리며 사는 사람은 없다고 해야겠지요. 괴테라는 천 년에 한 번 태어날까말까 하는 천재는 텔하임만큼이나 운이 좋았습니다. 집안도 좋았고, 무엇보다 타고난 천성에 잘 맞는 시대에 살았던 것이지요. 그래서 세계 최초의 베스트셀러를 쓴 자신을 돌아보면서 다음과 같이 말했습니다. "나는 삶을 살았고 사랑했고 많은 고통을 받았네!─그것이 전부야!"[30]

나) 줄거리

무언가 하던 일에 환멸을 느꼈거나 아니면 삶에 지친 베르테르는 살던 곳을 훌쩍 떠나 어떤 작은 마을에 도착합니다. 유산상속 관계로 처리해야 할 집안일이 약간 있었을 뿐 자연을 벗하면서 자신에게만 충실할 수 있는 이 고장에 머물면서 그는 친구 빌헬름에게 편지를 써 보냅니다. 베르테르가 죽은 후 이 친구는 그 동안 받은 편지들과 유품들에서 찾아낸 기록들을 일목요연하게 정리하여 세상에 내놓았습니다. 편지소설이긴 하지만 그 편지들을 편집한 친구를 화자로 내세우고 있는 점이 눈에 띄지요. 이런 형식을 취함으로써 주인공이 쏟아놓은 '사랑하는 남자'의 '내면'이 '객관적'으로 조직될 수 있었는데, 이 문제는 나중에 다시 살펴보기로 하겠습니다.

친구에게 보낸 첫 편지, 즉 1771년 5월 4일자로 되어 있는 편지에서 베르테르는 절친한 친구를 떠나왔으면서도 그곳을 떠나서 참 기쁘다는 심경을 서두에 밝혀놓았습니다. 그러고는 '그곳' 사교계에서 겪은 자신과 남들의 변덕을 비웃고 실무적인 일을 잠깐 언급한 뒤 '이곳'의 자연

---

30 『괴테와의 대화』, 1824년 1월 2일자.

이 얼마나 마음에 드는지 모른다고 실토합니다. 친구를 떠나왔으면서도 기쁜 베르테르의 이중적인 정서가 곧바로 해명된 것이지요. 그곳은 문명이 사람들을 역할 속에 가두고 본성을 훼손하는 반면, 이곳은 자연 속에 들어가 그 일부가 될 수 있는 장소입니다. 이 첫 번째 편지에 이미 소설의 모든 것이 들어 있다고 할 수 있겠습니다. 이른바 문명사회가 주는 피로가 주인공 베르테르를 자연으로 도피시킨 것입니다. 그에게는 마음에 없는 여자의 비위를 맞추어야 하는 사교계마저 부담이 되던 터였습니다. 정원의 자연 속에서 자유롭게 활보하던 중 로테를 만나 바로 사랑하게 됩니다. 그리고 사랑이 어느 정도 성숙할 때까지 충분한 여유를 누립니다. 로테의 약혼자가 출타 중이었거든요. 로테와 베르테르는 나름의 끈으로 엮입니다. 이른바 내면의 교류라 할 만한 것이지요. 로테는 베르테르가 살던 곳을 떠나면서까지 추구하였던 '자연'의 화신이었습니다. 두 사람이 만나는 첫 장면을 보면 이 떠들썩한 연애 이야기 치고는 좀 싱거운 구석이 있어 요즈음의 연애관과는 많이 차이난다는 느낌을 받습니다. 베르테르는 로테를 부엌에서 처음 보았던 것입니다. 그의 마음을 사로잡은 첫 인상은 섹시하다든가 강렬한 느낌과 같은 성적매력이 아니었습니다. 여섯 명의 올망졸망한 아이들에게 빵을 나누어주는 모습이 그를 매혹시켰던 것입니다. 하지만 남자의 사랑을 받아야 할 로테를 부엌데기로 남겨둘 수는 없었겠지요. 그래서 바로 그 다음 마차를 타고 가면서 나눈 대화에 대한 묘사가 나옵니다. 로테는 책을 읽고 나름으로 의견을 개진할 수 있는 지력도 갖추고 있었습니다. 물론 베르테르는 남의 눈치 살피지 않고 자신의 생각을 솔직하게 말하는 자연스러움에 더 탄복합니다만. 이미 여기에서 로테의 개성은 윤곽이 드러나며 편지가 계속되면서 완벽한 조화라는 특성으로 발전합니다. 그녀에게서는 모든 자질들이 다 적절하였습니다. 그리고 스스로 흡족하기 때문에 우러나오는 명랑성이 가장 큰 장점이었지요. 이처럼 모자라지도 넘치지도 않는 로테의 조화를 베르테르는 자연으로 경험합니다. 그는 타고난 지적 능력을 너무 계발하여 지식인이 된 여성, 즉 자연스럽지 못한 인격을

156

배척하였습니다. 신학을 연구하는 그 지방 목사부인을 희화화하는 베르테르의 편지는 '자연'의 '조화'가 어떤 상태인가를 잘 알게 해줍니다.

두 사람의 관계는 돈독해졌습니다. 특히 베르테르의 입장에서는 두말할 나위 없이 소중한 만남이었습니다. 문명의 피로를 떨쳐버리려고 이곳에 왔는데 이제 그 소망을 이루고 자신의 존재를 다시 회복할 기회가 주어진 것입니다. 영혼의 충만함을 누리는 젊은이의 심경을 담은 문장들이 7월에 쓴 그의 편지들에 나타납니다. 하지만 아주 짧은 동안만 베르테르는 진정한 삶을 살 수 있었습니다. 약혼자 알베르트가 여행에서 돌아왔고 이제부터 셋이서 함께 시간을 보내야 했기 때문입니다. 알베르트가 몸소 출현하기 전까지 로테의 약혼 사실은 베르테르에게 아무런 영향을 주지 않았습니다. 셋이 한자리에 있게 된 다음부터 삼각관계라는 세속적인 공식이 힘을 발휘하기 시작하였습니다. 이제야 비로소 베르테르는 로테의 소유권을 두고 생각하기 시작합니다. 알베르트가 두 사람의 관계를 방해하지 않는데도 말입니다. 관계가 더 발전하지 않는다면 셋이 계속 같이 갈 수도 있었습니다. 베르테르가 정말로 여자를 소유하는 데 목적을 두는 사랑을 했더라면 그렇게 계속 공을 들이다가 알베르트와 로테의 관계에 금이 가는 시점을 노릴 수도 있는 노릇이겠지요. 하지만 베르테르는 셋이 되면서부터 균형을 잃습니다. 성적으로 열망하기 시작하는 시점도 불가능하다는 사실을 깨닫고 난 후인 이때부터입니다.

이제 이야기는 공식대로 진행됩니다. 심장은 점점 더 끓어오르고 내면은 한층 불안해집니다. 그래서 어떻게든 살아보려고 사랑을 떠나는 결단을 내립니다. 시민적인 관계 속에서 자신을 회복해보려고 직업을 구합니다. 하지만 실패하고 다시 돌아옵니다. 시민적 정체성을 형성하지 못한 베르테르에게 남은 것은 죽음뿐입니다. 그에게서는 사랑과 시민적 삶이 이토록 이질적인 것이었습니다. 직업생활에 임하는 그의 태도를 보면 좀 어이가 없지요. 사랑하듯 일을 대하고 있지 않습니까. 사랑과 일을 구분하는 시민적 질서를 원천적으로 부정하고 있는 것이지요. 자신에게 호의를 베푸는 상사에 대해 그는 나의 지적 능력만 평가하지 내 마음을 보고 있지 않다고 하지 않습니까. 다른 것은 다 남들과 공유할 수 있어서 부차적이고 나에게만 전적으로 속하는 내 마음만이 절대적인 가치를 가진다는 그의 주장을 보면 시민으로 도리어 자격이 있는것인지 의심이 듭니다. 그래서 현대의 연구자들은 베르테르의 죽음의 의미를 약간 다르게 보기도 합니다. 사랑 때문에 죽었다고 하기에는 그가 너무도 자기중심적 인간이었다는 것이지요.

베르테르는 아무튼 무척이나 자신에게 철저합니다. 그래서인지 그의 편지들을 읽자면 장황해서 지루할 정도입니다. 옛날 사람들은 정말 이런 편지들을 주고받으면서 살았는지. 마치 누군가와 밤새워 술 마시며 흘러간 사랑이야기를 말하듯 적었습니다. 한 남자의 내면이 그대로 쏟아져 나옵니다. 그리고 이 남자는 시간이 지날수록 남을 의식하지 않게 됩니다. 아무리 친구한테 쓰는 편지라 해도 베르테르처럼 그토록 자기 이야기에만 빠져 있기도 어려울 듯싶습니다. 그는 편지라는 상호 의사소통의 매체를 철저하게 일방통행의 도구로 만듭니다. 오래전부터 서신교환이 사적 의사소통의 장으로 통용되어왔음은 사실입니다. 요즈음과 같이 통신수단이 발달하기 이전 편지를 주고받는 일은 사람들 사이를 맺어주는 아주 중요한 고리였고, 사업상 혹은 공무 이외에도 사사로운 사건들이나 감정들을 전달하는 일을 훌륭하게 해냈습니다. 연애편지 역시 무척 발달했고, 이는 오늘날에도 여전하리라 여겨집니다. 하지만 편지로 자신의 감정을 토로한다고 해도 말입니다, 어쨌든 이는 주고받는 두 사람 사이의 일이므로 상대방의 동의를 구하는 태도가 일정하게 담겨 있게 마련 아닌가요? 술 먹고 지나간 사랑이야기를 풀어놓는 경우도 마찬가지일 것입니다. 하지만 베르테르는 달랐습니다. 그에게는 건잡을 수 없이 휘몰아치는 내면의 소용돌이를 쏟아 부을 통로가 필요했고, 편지는 외부세계와 접촉하는 유일한 길이었습니다. 그런데 그 길은 일방통행이요, 가면서 누구와 조우하거나 더더욱 주변을 둘러보는 행보는 절대 아니었습니다. 그냥 움직여야 하기 때문에 계속 질주하는 식이었고, 갈수록 가속도가 붙었습니다. 결국 이 회오리에 그 자신이 휩쓸려들고 만 것이지요. 죽음은 이 일방통행로의 목적지였습니다. 그래서 편지의 내용만 보자면 사건의 개요가 그다지 일목요연하지 않습니다. 시간이 흐르면서 감정이 점점 고조된다는 사실만큼은 확실하게 드러나지만 그처럼 외부세계와 담을 쌓고 지내는 사람의 심리상태를 우리는 제대로 따라잡을 수 없습니다.

소설가 괴테는 이 작품을 쓰면서 무엇보다도 무척 지나친 이 감정의 과잉을 제대로 표현하는 데 역점을 두었다고 판단됩니다. 마치 태엽인형이 돌아가듯 격정의 논리는 거역할 수 없다는 논리가 선명하게 세워져야만 하였습니다. 그런데 이 격정의 논리는 동시에 '전달'도 되어야만 하였습니다. 그래서 편지를 정리하는 '편집자'를 소설적 장치로 설정하였지요. 사실 요즈음 우리에게는 이 형식이 그리 낯설지 않습니다. 영화 같은 데서도 한 번만 나오는 화자가 이야기를 이끌어 가는 경우가 종종 있습니다. 하지만 이 소설이 발표될 당시만 해도 이는 아주 참신한 발상이었습니다. 데카메론과 같은 액자소설(Novelle)에도 화자는 등장합니다만, 이 장르에서 화자는 사건에 개입하지 않습니다. 전해오는 이야기를 담는 틀 역할만 하지요. 그래서 여기에서 말해진 이야기는 그 소설에서조차 전적으로 허구로 남습니다. 하지만 괴테의 편지소설에 등장하는 허구로서의 편집자는 이 소설구성에서 결정적인 역할을 합니다. 주인공이 전적으로 주관적으로만 토로해놓은 '내면의 기록'들을 '사회화'하는 것입니다. 그리하여 마찬가지로 허구인 이 내면의 기록에 사실성을 부여합니다. 이때 사실성이란 정말 그런 일이 일어났느냐 하는 사실관계(fact)를 따져 묻는 것이 아니지요. 현실에서 그런 일이 일어날 수도 있다는 논리적 가능성 즉 개연성을 말합니다. 한 남자의 내면이 흔들리다가 격정의 노예가 되는 과정을 괴테는 허구의 편집자를 내세워 설득력 있게 조직하였습니다. 그 결과 이 소설은 누구나 격정에 사로잡힐 수 있는 가능성이 현실에 존재함을 확인해줍니다. 이는 소설의 이론에 해당하는 문제이므로 더 이상 나아가지 않고 여기에서 그치도록 하겠습니다.

이러한 내용과 형식을 통해 이 소설은 격정이 사회적 담론에 등록되는 과정에 결정적으로 기여하였습니다. 연애소설『베르테르』는 그저 아름다운 사랑을 노래하고 있는 작품이 아닙니다. 이 작품을 문학사가들이 끊임없이 고전으로 추켜세우고 앞으로도 그래야만 한다고 여겨지는 까닭은 다른 데 있습니다. 바로 인류가 계몽을 추진하는 과정에서 뜻하지 않게 확인하게 된 인간이라는 존재의 한 측면을 이 소설이 대단히 선명하게 보고하고 있기 때문이지요. 바로 인간에게는 심장의 권리도 있다는 사실입니다. 이 권리는 주변상황이 아주 불리하게 전개되는 경우, 머리의 힘을 무력화해 살도 파괴할 수 있을 만큼 절대 불가결한 것입니다. 독일에서 질풍노도는 참으로 파괴적인 문화운동이었습니다. 인간이 지니고 있는 어떤 능력에 대한 확실한 깨달음이라는 점에서 계몽주의 문화운동으로 정리되고는 있습니다만, 보다 앞섰던 시기의 계몽과는 판이하게 다르지요. 결과적으로 이성이 때로는 감정 앞에서 무능력해질 수도 있다는 깨달음을 인류는 자산으로 확보하게 되었습니다. 무척 귀한 자산이 아닐 수 없습니다. 그래서 인류의 역사에서 반복하여 얼굴을 내미는 그 비슷한 성격의 어떤 흐름을 질풍노도의 별형으로 이해할 수 있게 된 것이지요. 현대로 오면서 대부분은 파괴력이 덜어내어진 상태로 등장합니다. 이번 밀레니엄에는 세기말적 징후조차 보이지 않았지요. 한동안 떠들썩하였던 이른바 포스트모더니즘 역시 질풍노도의 20세기적 양태로 자리매김할 수 있겠습니다.

3. 질풍노도를 통과하고 망망대해로

독일의 '각성한' 식자층은 세계사적 당위인 부르주아 혁명을 성사시키지 못했다는 자괴감에 오랫동안 빠져 있었다. 그 때문에 '독일적 깊이'를 화두로 삼기 시작했는지도 모른다. 자괴감을 극복하는 일환으로. 독일 낭만주의가 '협소한 분석'의 차원에 머문 사회적 계몽의 한계를 극복하고 인간적 가능성을 무한하게 펼치는 동력으로 비합리성을 내세우는 독일의 문화전통을 일궈내자 '질풍노도' 역시 인간의 내면 저 깊은 곳에 깃든 진솔한 목소리의 발현으로 자리매김되었다. 여기에서 차츰 이른바 '프랑스적 문명'에 대비되는 '독일의 문화'라는 이원론이 모습을 갖추어 나갔고, 시민사회 구성에서 독일적 정체성의 근간을 이루게 되었다.

이러한 이원론이 시민사회 구성방식의 다원성으로 재해석되기 시작한 것은 20세기를 뒤흔든 세계사적 사건들을 통해 목적론적 역사철학이 역사진행을 설명하는 구속력을 크게 훼손당하면서이다. 부르주아 혁명이 목적론 실현의 필연적 한 단계를 이룬다는 역사철학을 증명하지 못하는 역사현실과 더불어 프랑스에서 혁명 전통의 보수화로 사회적 지체현상이 발생하자 혁명 전통 자체를 다른 관점에서 바라보기 시작한 것이다. 자국의 역사진행을 비판적으로 고찰하던 푸코는 급기야 독일이 '서구 계몽의 전형적인 사례'라는 진단을 내놓는다.[31] 이러한 연구경향과 더불어 '질풍노도'의 '일탈'을 계몽의 일환으로 파악하는 흐름이 한층 힘을 받게 되었다. 이와 더불어 칸트가 수행한 '비판의 기획'이 사회사적으로 보았을 때 질풍노도의 역사적 귀결이라는 통찰도 가능하게 되었다.

이상주의 문화지형의 형성

물론 질풍노도 시기에 칸트 이전과 이후를 직접적으로 연결할 만한 계몽사상가가 있었던 것은 아니다. 이 시기는 칸트의 비판철학을 떠받들고 있는 합리적 정서가 발붙일 틈이 없는 격정의 시기였다. '질풍노도'는 철두철미 문학운동으로 진행되었으며, 패러다임을 결정한 이들은 청년기 괴테와 실러를 비롯한 젊은 문인들이었다.

괴테는 『젊은 베르테르의 슬픔』(1774)에서 일부일처제의 장벽에 걸려 사랑하는 마음이 사회적으로 차단당하자 권총자살로 몸을 파괴하는 주

---

31 Michel Foucault, *Was ist kritik?*, Berlin: Merve, 1992.

인공을 통해 계몽이 제시한 사적 유토피아의 좌절을 고발하였고, 실러는 『군도』(1781)를 통해 계몽이 설파한 자유사상이 구질서를 재편하기에 역부족임을 드러내 사회적 유토피아의 실현 불가능성을 예견하였다. 개인적으로나 사회적으로 출구가 없는 상황이었다. 이행기에 개인과 사회를 엄습한 '출구 없음'의 정서는 분명 사회혁명의 부재에서 비롯되는 것이었다. 사회 모든 분야에서 구조적인 재편이 요청되는 시기에 옛 질서가 완강하게 버티고 있던 까닭에 계몽을 선도한 식자층을 중심으로 변화에의 욕구가 좌절의 정서로 탈바꿈되는 상황이 전개되었던바, 이런 상황에서 자유의지를 '지금, 여기에서, 직접' 확인하고 싶었던 젊은 층이 존재했다는 사실 자체에는 자연스러운 일면이 있다. 어느 사회에서나 볼 수 있는 청년기 문화에 해당된다고 할 수 있기 때문이다. 그리고 그런 문화를 선도하고 한동안 영향력을 행사하는 예술가들의 등장 역시 그다지 특이한 일은 아니다.

이 운동의 특이성은 다름 아닌 수용자층의 반응에서 관찰된다. '질풍노도'에 휩싸인 독일의 이 시기가 인류의 문화사에서 독특한 위상을 차지하게 된 요인은 괴테와 실러를 비롯한 고전작가들의 청년기 작품들이 행사한 전무후무한 대중적 영향력에 있었다.

베르테르의 권총자살은 감정이 몸을 파괴할 만큼 강력한 변수임을 드러내는 허구이다. 감정이 그렇게 큰 힘을 가지고 있음을 인류는 그때까지 공식적으로 확인한 적이 없었다. 신분제 질서가 완강해서 돈이나 권력의 분배과정에서 큰 변동을 기대할 수 없었던 시기, 사람들 사이에서 중요하게 여겨졌던 정서적 요인은 명예심이었다. 그런데 사랑하는 감정이 새로운 변수로 등장한 것이다. 이 사실을 역설하는 작품으로 괴테의 소설은 미학적으로나 문학사적으로 충분한 가치를 인정받을 수 있다.

하지만 주인공의 권총자살을 모방하는 노란 조끼 청년들의 등장은 미학적인 차원을 넘어서는 문제가 아닐 수 없다. 사회사적 고찰대상인 것이다. 18세기 말 20여 년의 독일 역사가 지니는 세계사적 의미는 바로 이 사회사적 요인에 있다. '격정의 파괴성'을 인류역사상 최초로 사회적 차원에서 확인하게 해준 '사건'으로 기록되기 때문이다. 그런데 여기에서 주목해야 할 사항은 질풍노도의 파괴가 자기파괴였다는 사실이다. 파괴가 자기 자신에게로 방향이 잡혀 있음으로써 여타의 파괴, 즉 혁명적 파괴나 전쟁으로 인한 파괴와는 다른 '인문학적 파괴'의 전형을 이루게 되는바, 예술문화운동의 사회사적 의미를 사회운동의 역사적·사회적 의미와 다른 각도에서 파악할 필요가 여기에서 발생한다.

베르테르는 연적을 파괴의 대상으로 삼지 않는다. 자신이 사랑하는 여자와 약혼한 상태에 있는 남자 알베르트의 인격적 현존이 아니라 그런 삼자 관계를 만들어내는 현실을 부정했다. 베르테르는 남녀의 사랑이라는 '감정'과 일부일처제라는 '제도'가 사람들 사이에 만들어내는 불합리와 부조리를 받아들일 수 없었을 뿐이다. 그리고 실제로 작품에서 '제도'에 대한 고려가 아직 심각하지 않은 단계에서는 삼자가 일종의 '감정의 유토피아' 수준의 조화로운 만남을 이어간다. 셋의 개성은 사교를 통해 서로를 보완하고 자신을 더 높은 수준으로 형성하게 한다. 베르테르의 고뇌는 로테와 알베르트의 결혼이 현실로 인지되면서부터 시작되며 고뇌와 더불어 감정도 더 증폭되고 끝내 폭력적인 양태로 치닫는 것이다. 베르테르의 고뇌는 사랑스런 여인을 사랑을 하는 그 자신의 감정에 뿌리를 둔 것으로 알베르트보다 늦게 등장한 그를 위한 현실적인 해결책은 처음부터 차단된 채 작품이 전개된다고 보아야 한다. 왜냐하면 감정이란 원래 그 자체로서 온전하게 현실에서 실현되어야만 하는 것으로 나눌 수 있는 물건이 아니며 교환의 대상은 더욱 아니기 때문이다. 이 '감정'이라는 이름에 값하려면 여자를 사랑하는 마음 역시 절대적으로 통째인 채 움직여야 한다. 따라서 감정은 마음속의 일로서 일종의 이념의 위상을 지니는 것이지 이런저런 현실적 처리의 대상일 수 없다. 그런데 그 사랑의 이념을 베르테르는 현실에서 실현하고자 하였다. 현실에서 실현 가능성을 찾지 못할수록 이념은 마음속에서 더욱 순수한 형태를 확인하게 된다. 이념형으로 옮아 앉은 이른바 '불륜의 감정'은 내면에서 더욱 증폭되다가 스스로 감당할 수 없게 되는 지경에 이른다.

사회구조적인 모순(일부일처제)을 내면의 감정으로 이동시킨 베르테르는 해결책을 자기파괴에서 찾는다. '모순의 내재화'라는 독일 인문학의 모델이 등장한 것이다. 실러의 극작품 역시 독일적 모델을 발전시켰다는 점에서 마찬가지이다. 『군도』의 주인공 카알(Karl)은 현실과의 불화를 자신이 속한 계층으로부터의 일탈(귀족의 신분을 버리고 반도叛徒의 두목이 됨)로 갚음하려고 한다. 현실의 저열함 때문에 자유의지를 관철시킬 수도 없고 귀족으로서의 품위마저 지킬 수 없게 되자 사유와 행동에서 자기파괴적으로 되는 것이다. 하지만 약탈을 일삼으면서도 자유의지를 지닌 귀족 출신이라는 정체성[32]을 완전히 포기하지는 않는다. 멋있는 도둑이 되고 싶은 주인공은 자신의 애인에게 총을 겨눌 수 있는 사람은 자기밖에 없다고 생각한다. 자살로 쉽고 편하게 생을 끝내는 방법을 택하지 않고 체포되어 자신의 악행을 보상하고자 하며, 더구나 자기 목에 걸린 현상금을 가난한 이가 수령할 기회도 제공하겠다고 나선다. 자신의 행위와 자신의 정체성을 일치시킬 수 없었던 주인공은 결말 부분에 가서 객관세계의 착종을 모두 자신의 도덕적 판단으로 이전한다.

질풍노도를 불러일으킨 인문학적 파괴는 이처럼 '모순의 내재화'와 '정치의 도덕화'라는 역사적 조건을 지닌 것이었다. 따라서 이행기에 구조적 재편을 이루지 못한 혁명부재의 전통이 인문학적 파괴의 원형을 탄생시켰다고 할 수 있다. 혁명부재로 인한 구조적 모순을 내부갈등의 요인으로 걸머지고 갈 수밖에 없던 까닭에 독일은 자기 자신을 향하는 파괴충동에서 자유로울 수 없는 나라가 되었다. 질풍노도의 역사철학적 의미는 이 파괴충동이 식자층의 전유물이 아니라 사회 전반적으

---

32 **카알**: "법률이 위대한 인간을 만들어낸 적도 없지만, 자유는 위대하고 비범한 인간을 낳았지."(프리드리히 쉴러, 류용상 옮김, 『군도』, 김광요 편역, 『독일희곡선』, 한국문화사, 1995, 390쪽)

로 공유되었다는 사실에 있다. 독일은 자기파괴를 역사적 경험으로 보존하고 관리하는 나라이다.

독일 질풍노도에서 확인된 '격정의 파괴성'은 인간에게서 객관현실과 내면세계가 서로 긴밀하게 연관되어 있음을 증명하는 것이었다. 아울러 인간은 절망적인 상황에서 그 상황에 굴복하지 않고 그로부터 벗어나려는 의지를 지닌 존재라는 확인도 있었다. 자신이 좌절할 수밖에 없는 원인을 분석하는 인간은 내면에서 자유의지를 지속시킬 수 있다. 비록 현실의 구조적 한계 앞에서는 좌절할 수밖에 없는 미약한 개인에 불과하지만, 그래서 분석의 결과를 자신에게 적용하고 자기파괴의 길로 나갈 수밖에 없지만, 극복의지와 분석능력 만큼은 포기하지 않는 것이다.

감정으로 몸을 파괴한 독일식 자유의지는 이념의 세계를 발견하는 성과를 거두었다. 이 신천지는 현실의 벽에 부딪혀 좌절한 경험을 바탕으로 더 이상 현실적 구성에서 실패하지 않기 위해 구성의 가능성과 한계를 세세하게 따지고 치밀하게 구분하면서 논구한 칸트에 의해 마침내 현실과 접속하게 되었다.

칸트 이후 체계적 완성을 추구하면서 발전해나간 독일관념론은 이념을 현실세계에 도입하는 방안을 모색하여 플라톤이 그어놓은 가상과 이데아의 경계선을 무너뜨렸다. 관념론자들은 이념과 현실이 완벽하게 일치할 수 있음을 증명하고자 하였다. 이 통합에의 의지로 인간이 구비하고 있는 능력 일체를 각 부분들의 가능성에 따라 해명하면서 그 부분들이 서로 관계를 맺어 전체로 모이는 과정을 추적해나간 끝에 관념론 체계를 구축하였다. 여기에서 부분과 전체의 변증법적 통일이라는 독일관념론 특유의 논리가 현실과 이념을 잇는 방법론으로 정착되었다. 관념론 체계가 양식화한 부분과 전체의 변증법은 따라서 개별능력이 현실적 구성에 참여하는 지분들을 엄격하게 계산한 후 더 많은 구성이 가능하도록 짜 맞춘 총체적 구성의 설계도에 해당한다. 관념론자들은 결코 사상누각을 짓지 않았다. 독일관념론 체계는 객관과 주관의 조응가능성을 확인하는 데서 출발하였고, 질풍노도의 격랑 속에서, 바로 객관적 파괴의 순간에 그 파괴가 주관적 능력의 현실적 적용임을 확인하고 그 확인을 체계구상의 동력으로 삼은 사유의 산물이다.

이러한 '확인'을 토대로 칸트가 비판 패러다임을 발전시켰다는 견지에서 이시기의 격정을 계몽의 한 과정으로 받아들이는 것이다. 칸트의 비판철학은 인간이 지닌 '비합리적 성향'과 '합리적 규정능력'의 변증법적 통일을 하나의 패러다임으로 확립한 체계이다. 칸트가 인간에게 심겨 있는 세계파악능력을 '합리'와 '비합리'의 구도에서 제각기 그 한계와 가능성을 규명해내기까지는 앞에서도 언급하였듯이 사회문화 운동으로서의 '질풍노도'가 결정적인 계기로 작용하였다.

질풍노도는 합리주의 전통이 강한 독일사회를 일시적으로 뒤흔든 '일탈'이 아니라 독일 문화지형이 현재와 같은 독특한 모습으로 자리잡게 한 필수요인이었던 것이다. 이렇게 하여 '질풍노도'는 합리주의적인 계몽사상이 '혁명'을 통해 자기실현의 기회를 얻지 못하고 구조적 한계에 직면하였을 때, 전혀 다른 방식으로 계몽의 이념을 실현하려는 의지의 산물로 자리매김되었다. 이런 '해석'과 '자리매김'이 중요한 까닭은 현실적으로 한계상황에 직면하였을 때 '합리주의적' 틀에서 벗어난 인간의 능력이 현실의 구도 자체를 '재배치'하는 역량을 발휘할 수 있다는 사실을 거듭 확인하게 해주기 때문이다. 인문학과 현실사회가 이처럼 변증법적 관계에서 만날 수도 있는 것이다.

독일의 '이상주의적' 문화지형은 객관현실이 제기하는 모순의 복합체를 현실적 가능성이 아닌 인간적 필연성에 따라 재구조화하는 사례를 남겼다. 칸트가 정초한 고전관념론은 합리주의 전통을 확대발전시키면서 인간의 '서로 다른' 두 능력의 통일을 지향하는 길로 나아갔다. 고전 독일철학이 인류의 지적 유산으로 내놓은 변증법적 방법론은 객관적 현실과 인간의 파악능력 사이에 가로놓인 간극 그리고 거기에서 발생하는 긴장을 인간의 의식활동에 포섭해 들였다. 긴장을 해소하지 않고 의식활동의 동력으로 삼은 변증법은 사유를 확장하는 결과를 불러왔다. 변증법은 역동적인 사유에 대한 명칭으로 자리잡았다.

사유의 역동성이 변증법으로 정식화되는 과정은 이처럼 계몽의 자기 실현과정에 등장한 이원구조에 근거를 둔다고 할 수 있다. '질풍노도' 는 계몽의 약속을 이행할 수 없는 사회현실을 목도한 문인들이 그 약속 의 근원적 이율배반을 지적하면서 시작되었으므로 이 역시 계몽된 식자 층이 촉발한 운동임이 분명하다. 하지만 괴테 스스로 자신의 소설에 일 명 '베르테르 효과'를 경고하는 문구를 추가할 수밖에 없었던 사정에서 볼 수 있듯이 계몽의 담당자가 격정의 파괴성을 의도한 것은 아니었다.

괴테도 실러도 그처럼 파국적인 결과를 불러오리라고 예견하지 못하 였다. 이성 자체에 파괴성이 내재해 있음을 18세기에 간파할 수 있었던 사람은 없었다. 하지만 이성은 이미 중세의 초자연적 형이상학을 무너 뜨리는 과정에서 엄청난 파괴력을 행사한 전력이 있었고, 18세기로 접 어들면서 일반인들을 향해 자신의 분석력을 무기로 세상을 해명하라는 요청을 강력하게 내린 상태였다.[33] 처음에 머뭇거리던 일반인들은 차츰 계몽의 지시를 받아들였고, 현세의 행복을 추구하는 계몽주의 문화운 동이 한 세기 가까이 진행된 끝에 차츰 분석적 파괴가 세계에 대한 합 리적 해명으로 귀결되리라는 '믿음'을 갖게 되었다. 그런데 일반인들이 이성의 주장, 즉 엄청난 용기를 필요로 하는 자기계몽[34]에 승복한 것은 이성이 '더 나은 삶'을 약속했기 때문이다. 따라서 계몽주의 시기에 이

---

33 이른바 '철학의 세기'로 명명되기도 하는 18세기가 대중적인 문화운동의 시기가
    될 수 있었던 데에는 에른스트 카시러(Ernst Cassirer)의 고찰대로 이 시기가 데
    카르트, 라이프니츠, 스피노자의 17세기와 달리 철학적 체계완성이나 엄격성을
    추구하지 않고 보다 '구체적이고 생동적으로' 구성되어야 하는 철학개념을 요청
    하면서 뉴턴의 분석을 사유의 모델로 삼았다는 사정도 크게 작용한다고 해야 할
    것이다. "여기에서 자연과학은 근대 분석적 정신의 승리를 차근차근 일궈낸다."
    (Ernst Cassirer, *Die Philosophie der Aufklärung*. Hambrug: Felix Meiner, 1998, S.
    10) 실제로 당시 사회적 계몽의 관건이었던 '미신타파'는 인간의 감각적 지각이
    철두철미 자연과학적 분석에 근거해야 함을 요청하는 문화운동이었다.
34 "계몽은 미성년 상태로부터 벗어나는 것이다. …… 자기 자신의 오성을 사용할
    용기를 가져라! 이것이 계몽의 표어이다."(Immanuel Kant, *Was ist Aufklärung?*,
    Göttingen: Vandenhoeck und Ruprecht, 1994, S. 55)

성의 자기주장은 사회구조적으로 직접적인 결과를 초래할 수밖에 없었다. 그 결과 18세기는 격동의 세기가 되었던 것이다.

'오성 사용의 용기'는 미신타파와 생산력 증대를 통해 개인이 현실에서 행복한 삶을 꾸리는 동력이 되어야 했다. 하지만 오성의 분석력은 용기를 발휘하는 사람이 '행복'을 어떻게 표상하느냐에 따라 개인적 절망의 사회적 관철인 공동체 파괴로 나타날 수 있었다. 계몽의 낙관주의가 주관적 비관주의로 전도되는 순간은 모든 이들에게 '평등한 기회'를 약속한 시민사회가 인류의 역사에 모습을 드러내는 순간 예정된 미래로서 이미 현실의 일부분을 이루게 된다. 시민사회는 모든 것이 그 반대의 것으로 전복될 가능성을 구성가능성의 발판으로 삼는 기획이다. 전복이 프로그램인 구성기획인 것이다. 실러의『군도』는 이런 사정을 포착하고 문화적 화두로 제시한 희곡작품이다.

자유주의 패러다임을 폭파하는 격정: 실러의『군도』[35]

이 작품은 당시 독일에서 흔하던 작은 영방국가(Territorialstaat)의 두 왕자가 갈등하다가 파멸하는 줄거리이지만, 주제는 궁정 내부를 벗어나 형이상학적 차원으로 비상한다. 왕위 계승권을 가진 첫아들이 기존 사회질서에 회의하는 인물로 나오는 데서 작품의 복합성을 이미 예견할 수 있다. 첫아들 카알은 권력을 승계해야 하는 구질서와 대학에서 접한 자유사상 사이에서 표류한다. 이 틈을 비집고 둘째아들 프란츠(Franz)가 반역을 시도하지만, 자연의 질서 즉 인륜에 거역하는 행위는 즉시 단죄된다. 이 작품은 사회질서를 자연의 질서와 동일시할 수밖에 없었던 질풍노도 시절의 전망부재를 극명하게 드러내준다. 자연으로 굳어진 완강한 사회구조 앞에서 형제는 모두 절망한다. 살던 곳은 화염에 휩싸인다. 자연질서와 사회질서를 등치시키는 구도에서 진행되는 대화와 독백을

---

35 이 단락은 졸저『예술과 비판, 근원의 빛』, 한길사, 2013, 138~39쪽의 내용을 확대·발전시킨 것이다.

통해 독자는 니힐리즘과 사회적 파괴의 원인에 대한 실마리를 찾아낼 수 있다. 형식적 탁월함에 힘입어 이 실마리는 어렵지 않게 수용자의 손에 들어온다. 그리고 결말은 이상주의적 결단을 통한 질서회복에의 호소이다.

형보다 시간적으로 조금 늦게 세상에 나왔다는 이유만으로 왕위를 형에게 양보해야 하는 동생 프란츠는 자연의 질서와 사회의 질서가 결탁해서 자신을 주변부로 밀어내는 현실을 받아들일 수 없다. 장자가 아니기 때문에 당연히 왕도 못되는 현실을 부당하다고 여겨 사태를 분석하기 시작하는 프란츠는 분석능력으로 자신의 상황을 개선하려는 의지를 굽히지 않는다는 점에서 철두철미 계몽정신으로 무장한 계몽의 아들이다. 계몽인은 상황을 재구성하면 된다는 생각에 일말의 의심도 품지 않는다. 이처럼 분석해서 재구성하려는 의지의 인간 프란츠가 그 분석의 관성을 도덕의 부름 앞에서 중단할 이유는 없다. 태어나는 순서로 모든 것이 정해지는 세칭 '운명'이라고 하는 '자연의 질서'를 도덕 차원의 일로 넘겨 분석대상에서 제외한다면, 칸트가 벗어나라고 호소한 '미성숙' 상태에 그냥 머무는 '어린애 짓'이 될 것이다. 오성 사용의 용기를 발휘한 결과 인류가 사회현실과 동일한 분석대상으로 된다. 이 분석대상에 논리적 인과관계를 적용한 계몽인은 분석의 결과들을 인과성에 따라 배열한다. 이 새로운 배열은 인류을 논리로 분해한 것이다. 그 결과 논리적 일관성이 도덕적 실천의 지침으로 된다. 분석하는 주체는 인식론상의 논리와 도덕적 실천을 하나로 연결하면서 그 폐쇄회로에 얽혀든다. 분석적 계몽이 현실에서 불러일으키는 파괴는 이 폐쇄회로를 인간이 끝까지 감당할 수 없다는 사실을 알려주는 신호이다.

첫 장면에 등장하여 앞으로 저지를 자신의 악행과 위반을 정당화하는 프란츠의 분석적 사유가 이 작품의 갈등구조를 결정한다. 계몽하는 오성의 처분권이 사회구성을 주도하는 세력이 아닌 주변부의 수중에 들어갔을 때 구성이 아닌 파괴를 불러일으키는 논리가 됨을 이 작품은 프란츠라는 '문제적 인물'을 통해 화두로 제시하는 것이다.

프란츠: 나는 이 자연에 대해서 마음껏 화를 낼 만한 큰 권리도 있지. 내 명예를 거는 한이 있어도 이 권리를 행사하고 말테다. 어째서 내가 어머님의 뱃속에서 장남으로 태어나지 않았지? 어째서 내가 외아들로 태어나지 않았지? …… 제기랄! 자연은 어떤 놈에게는 주고 내게는 주지 않는다는 권리를 도대체 누구에게 받았단 말인가? …… 자연은 나에게 어떠한 것도 부여해주지 않았다. 내가 무엇을 할 것인가는 나만의 일이다. 가장 위대한 놈이 되느냐 아니면 가장 보잘것없는 놈으로 끝을 맺느냐 하는 권리는 누구나가 공평하게 갖고 있는 것이다. 요구는 요구와 부딪히고, 힘은 힘과 부딪쳐서 부서지는 것이다. 그렇기 때문에 권리는 강자의 것이 된다. 우리 힘의 한계는 곧 우리 법률이 되는 것이다. …… 요즘 흔히 눈에 띄는 유행이지만 바지에 장식물을 달고 조였다 풀었다 할 수 있게 하는 놈이 있듯이 나도 그 양심이란 물건을 이런 최신 유행의 장식품처럼 만들 작정이다. …… 그렇다면 나도 물어보고 싶다. 왜 당신은 나 같은 것을 만들어냈냐고 말이다. …… 나라는 한 인간을 만들어낸 아버지를 혼내주고 싶다! …… 어린애도 아니고 그런 것에 끌려 내가 바보같이 말려들 줄 아느냐? 그러니 기운을 내야지! 그리고 용감하게 일을 시작해야지! 내가 주인행세를 하는데 방해가 되는 내 주위의 모든 것을 남김없이 없애 버려야 한다. 귀여운 점이 없어서 갖지 못했던 것을 억지로 빼앗으려면, 무슨 일이 있어도 내가 주인 행세를 해야 된단 말이야.[36]

현실의 한계를 극복하려는 의지로 프란츠는 인륜의 세계를 넘본다. 현실은 너무도 강고하다. 도대체가 새로 시작할 한 치의 틈도 허락하지 않는 것이다. 그런 현실이라면 아예 건너뛰는 것이 유일한 타개책이다. 윤리적 규율들에는 극복의지가 적용될 틈들이 남아 있다. 도덕규범을 존중하면 한계상황에 그대로 갇힌다는 결론을 도출할 만한 분석능력을 지닌 인식주체는 자기 삶의 주인이 되기 위해 도덕규범을 인식에 종속

---

36 프리드리히 쉴러, 류용상 옮김, 『군도』, 384~85쪽.

시키기로 한다. 편지를 위조하여 형을 모함하고 실의에 빠진 아버지를 탑에 가둔다. 인식하는 주체에게는 자기중심으로 세계를 재편하기 위한 파괴가 합리적 인과성이 관철된 논리적 귀결일 뿐이라는 확인이 필요하다. 이 확인과정을 성공적으로 수행한다는 전제하에서만 주체는 인식을 실천으로 전환할 수 있다. 그 첫 단계로 양심을 인위적 조작의 대상으로 삼는 일부터 착수한다. 모든 것을 부분으로 나누어 놓을 수 있는 오성의 분석능력은 양심 역시 "조였다 풀었다 할 수" 있는 경험계의 사물로 이전한다. 양심이 분석되어 해체된 인식주체는 오성을 사용할 용기를 조금도 누그러뜨리지 않고 물자체의 영역으로 건너갈 수 있다. 자연의 섭리를 '분석'하기 시작하는 것이다. 분석대상이 될 수 없는 인륜을 분석한 오성 사용의 오류는 경험세계에 적용된 후 엄청난 파괴력을 내장한 채 구성주체에게 되돌아온다. 프란츠는 육체와 정신 모든 면에서 철저하게 파멸한다. 경험적 인과관계의 법칙성으로 도덕규범을 무너뜨린 결과 그 경험법칙으로 구성되는 현실에서 폭력이 발생한 것이다. 월권은 파괴를 낳는다. 인식주체는 월권의 대가를 인식차원이 아닌 경험적 현실에서 되돌려 받는다. 월권하면서 니힐리즘으로 빠져들기 시작한 영혼이 먼저 파괴되고, 영혼이 빠져나간 몸마저 지탱할 수 없는 순간이 온다. 화염에 휩싸인 궁정에서 자기 손으로 목숨을 끊는다.

18세기 계몽주의 문화운동을 추동한 힘이었던 오성의 분석능력이 독일에서 질서구성의 능력으로 현실적 힘을 발휘할 수 없었던 사정은 바로 그 능력을 새로운 구성의 동력으로 활용하고 관철할 사회세력이 존재하지 않았다는 데서 비롯되었다. 프란츠와 같은 구체제의 '주변인'을 계속 주변부에 묶어두면서 새로운 세력을 결집해나갈 사회경제적 토대가 없었던 까닭에 주변인이 권력관계의 변화를 주도하려 시도했다가 좌절하는 것이며, 구체제 내부의 자중지란을 구체제 극복의 계기로 삼지도 못했던 것이다. 극복대상인 구체제의 주변인(프란츠) 수중에서 새 질서 도입의 원리(자유주의적 구성)는 극복이 아닌 파괴만 불러온다. 극복의 전망은 완전히 상실된다.

분석주체에게는 분석대상인 타자가 필요하다. 구체제를 분석대상인 타자의 위치에 놓을 수 있었던 프랑스 부르주아는 신분질서의 불합리함을 밝혀내서 신분제를 해체하고 새로운 구성원리(능력중심사회)를 도입할 수 있었다. 반면 귀족의 일원인 프란츠에게 신분제는 그 자신의 존재기반이다. 다만 차남이라고 해서 신분제가 그에게 왕의 자격을 거부하자 자기 존재기반인 신분제를 분석하는 결단을 내린 것이다. 하지만 이런 구도에서 수행되는 분석행위를 통해서는 분석대상이 극복되지 않는다. 분석하는 주체가 분석대상으로부터 분리되어 있지 않기 때문이다. 프란츠는 상황을 타개하기 위해 억압의 메커니즘을 분석했지만, 이는 바로 자신의 존재기반을 분석하는 일이기도 했다. 자기자신을 타자화한 분석주체는 그 분석의 결과가 자기에게 적용되는 회로에 갇힌다. 분석적 파괴는 자신이 아닌 타자를 극복대상으로 삼아 적용되었을 때에만 그 대상을 무너뜨릴 수 있다. 프랑스에서 합리주의적 계몽이 혁명적 파괴를 불러올 수 있었던 까닭은 분석적 계몽이 부르주아의 주도로 구체제와 신분질서에 적용되었기 때문이다.

자신에게 적용된 분석은 자기파괴를 불러올 뿐이다. 자기 자신을 인식대상으로 타자화한 결과이다. 합리주의적 계몽은 프랑스와 달리 독일에서는 자기파괴의 동력으로밖에 되지 못하였다. 18세기 말 독일은 자유부르주아가 등장하지 않은 역사적 한계를 합리주의적 계몽의 파괴로 고스란히 겪고 말았다.

구체제의 중심부 인물인 카알 역시 합리주의적 계몽을 구성의 원리로 활용하지 못한다. 권력승계의 주체인 카알에게 분석적 계몽은 애당초 새로운 구성능력일 수 없었다. 현실은 이미 그를 중심으로 구성된 상태이다. 분석하면 분석과 더불어 그 자신이 분석의 주체로 남을 수 없게 된다. 그래서 불합리한 현실에 가끔 냉소나 보낼 뿐 분석하지 않았다. 그런데 동생 프란츠가 합리적인 분석을 감행하여 장자상속의 자연질서를 무너뜨려 그로부터 존재기반을 박탈하였다. 카알은 냉소대상인 구체제에서 자신의 지위가 유지될 수 없게 되었다는 사실을 접하고 절망한다. 처음부터 분석적 계몽을 사용할 수 없었던 카알은 계몽의 또 다른 계기인 자유의지를 키워왔었다. 이 자유의지로 그는 그동안 불합리한 현실을 분석하는 대신 냉소하면서 버틸 수 있었던 것이다. 하지만 절망은 카알의 자유의지를 파괴의 동력으로 전복한다.

> **카알**: 이것이 아버지로서의 사랑인가? 이것이 사랑에 대한 보답인가? …… 모든 것을 믿고 누구도 다치지 않겠다는 확고한 기대를 가졌었는데, 아무런 동정도 받지 못하는구나. …… 믿을 수 없어. 이건 꿈이고 착각이야. ─그만큼 눈물을 흘리고, 애걸하고, 비참할 지경으로 사지가 찢어질 듯이 뉘우친다는 말을 상세하게 써 보냈는데. …… 아아, 나는 모든 자연계를 통해서 이제야말로 폭동을 일으키라는 신호의 나팔을 불어서 하늘과 땅과 바다를 지휘하여 그 늑대 같은 족속과 싸우고 싶구나! …… 눈을 잔뜩 가리고 있던 구름이 걷힌 듯한 기분이구나! 옛날의 새장 속으로 되돌아가려고 했다니 나도 어리석기 짝이 없었구나! 나의 마음은 행동에 허기졌고, 내 호흡은 자유에 허기졌다. 살인, 강도─그 말과 함께 법률 따위는 내 발 밑에서 굴러다니게 되었다. 나는 인간성이란 것에 호소했는데, 인간성은 내게서 숨어버렸다. 동정심 그리고 인간적인 보호는 이제 나와는 상관이 없게 되어버렸다! ─나는 애비도 없고, 사랑도 없다. 이제까지 내게는 거룩하게 보였던 것들일지라도 피와 죽음은 내게 그런 것들을 잊게 가르쳐줄 것이다. 자, 가자 가! 오, 나는 무서운 파괴를 할 작정이다.[37]

구체제 내에서의 지위가 확고하게 보장되어 있을 때, 왕위계승자는 자유의지를 발휘할 수 있었다. 신분에 어울리지 않는 일탈과 방종에 몸을 실어 보았다. 타고난 신분제적 속박 즉 자연의 질서에서 벗어나는 '자유'를 한번 누려본 것이다. 하지만 일탈과 방종 그 이상으로 나아가지는 못했다. 왕위계승예정자의 자유의지는 새로운 질서를 창출하지 못

---

37 프리드리히 쉴러, 류용상 옮김, 『군도』, 405~07쪽.

한다. '불덩이 같은 천재' 카알이 6년간의 대학생활 끝에 확인한 것은 타고난 천재를 발휘할 공간이 없다는 사실이다. 모든 것을 새로 창출해 내야만 하는데, 자신은 그저 귀족의 일원일 뿐인 것이다. 극복되어야 하는 신분으로서 자기 자신을 출발지점으로 삼을 수 없는 귀족은 어느 다른 곳에서 시작되는 새로운 흐름이 필요할 터이다. 그 새로 시작되는 지점을 독일 어디에서 찾을 수 있다는 말인가. 그래서 '호소'한다. "나와 같은 사나이들이 모인 집단이 앞장을 서게만 해다오. 그럼 나는 이 독일을 공화국으로 당장이라도 만들어 놓을 수 있을 테니."[38] 그의 호소를 수용할 사회세력이 현실에 존재하지 않는다는 사실을 카알은 잘 안다. 그래서 곧 "시시한 장난"은 이제 그만 둘 때도 되었다고 자인한다. 타고난 천재적 성품들이 악마적 파괴성으로 전도될 한계 지점에 이르렀을 때, 카알은 자연으로 돌아갈 방법밖에 없음을 깨달았던 것이다. 옛날의 질서로 돌아갈 마음의 준비를 마치고 아버지의 사랑과 용서를 구했다. 그런데 동생 프란츠는 이미 자연질서를 파괴할 결심을 하고 실행에 옮긴 상태다. 카알에게는 돌아갈 기존의 질서가 더 이상 없다.

합리적인 판단에 따르면 자유의지는 포기되어야 하는 상황이다. 자유가 실현될 수 없으니 생겨난 대로 사는 것이 순리인 것이다. 그런데 이와 같은 '합리적인' 판단이 현실에서 받아들여지지 않는다. 현실이 합리적인 판단을 거부하는 것인데, 이 현실은 프란츠의 분석결과 만들어진 인위적인 것이다. 자연은 아니다. 인위적으로 조작된 현실에 의해 자연을 박탈당한 카알은 좌절한다. 자연이 그에게 확실한 존재기반을 제공했을 때 자유의지를 한없이 고양시켰던 그 높이만큼 추락한다. 자유의지를 내세우며 우쭐했다가 절망에 빠져버렸지만 카알 역시 단연코 합리적인 판단능력이 있는 인물이다. 합리적 구성을 실현할 현실공간이 없을 따름이다. 계몽이 표어로 내건 오성 사용의 용기는 독일처럼 합당한 적용공간을 제공하지 못하는 곳에서는 허무주의를 불러들인다. 카알

---

38 프리드리히 쉴러, 류용상 옮김, 『군도』, 390쪽.

의 자유의지는 깊은 허무감으로 전복된다. 이 절망의 상태에서 그의 호소는 반향을 얻는다. 독일은 자유의지를 합리주의적 계몽과 결합할 사회세력을 키우지는 못했지만 절망에 빠진 사람들은 많이 만들어낸 터이다.

현실에서 수용되지 못한 그의 호소는 '보헤미아의 숲'에서 메아리가 되었다. "망해버린 잡화상에다 상대를 해주지 않는 학자나 슈바벤 출신의 글 꽤나 쓰는 친구들"[39]을 규합할 수 있었다. 숲에서의 '새로운 시작'은 그러나 '공화국'에 이르는 길일 수 없다는 사실 또한 명백했다. '숲'은 구체제의 질서가 작동하는 '마을'에 대해 원래 구조적인 적대관계가 아니다. 상보관계이다. 마을의 산소공급원으로서 휴식의 공간이자 다른 마을과의 분리를 확정짓는 일종의 '무의식' 공간인 것이다. 여기로 자신의 자리에서 이탈해 사회적 비존재가 된 사람들이 모여들었다. 이들은 무의식의 공간을 비존재의 공간으로 탈바꿈시킨다. 공간을 확보한 사회적 비존재는 사회성을 획득한다. 그런데 이처럼 사회적 비존재의 공간으로 사회성을 획득하였지만 그래도 '숲'은 '마을'과 사회적인 대립관계에 있지 않다. 숲과 마을의 대립은 오히려 심리적인 데 있다. 비존재들을 숲으로 모아들인 원인이 마을에서 겪은 '절망'인 까닭이다. 구조적인 모순이 사회의 관계들 속에서 구조적으로 구성되지 못하고 사람들의 마음속에 절망이라는 감정으로 탈바꿈되어 들어앉은 것이다. 절망은 개별적인 감정이다. 이런 개별성은 '파괴'라는 형식에서는 공동보조를 취할지 모르나 파괴의 내용에서는 두목의 통제를 벗어난다. 절망감 속에서도 구조적 모순의 흔적을 찾아 파괴함으로써 자유의지 발현의 순간을 확인하고 싶은 두목이지만, 파괴의 순간이 닥치면 인간성 훼손과 불의에 대한 응징이 별로 구분되지 않는다. 니힐리즘도 깊어진다.

이 좌절과 니힐리즘은 앞에서도 서술했듯이 합리주의적 계몽을 수행한 결과가 불러들인 비합리적 귀결이다. 18세기 독일 계몽주의는 비

39 프리드리히 쉴러, 류용상 옮김, 『군도』, 437쪽.

합리적인 격정을 역사철학적 귀결로 내놓았다. 독일에서 비합리적 격정은 일종의 역사철학적 자산이다. 이후의 역사에서도 계속 영향력을 행사한다.

18세기 독일에서 합리주의적 분석을 통한 계몽은 구성불가능성에 절망한 사람들의 자기파괴를 불러왔다. 근본적으로는 자유주의 부르주아가 사회세력으로 성장하지 않은 탓이지만, 당시 가장 유효하게 여겨졌던 구성의 원리인 합리적 분석이 미래를 위한 전망으로 될 수 없다는 사실 앞에서 모두가 절망하였다. 범유럽적 문화운동으로서의 합리주의적 계몽이 독일에서 자유주의적 구성 가능성으로 귀결되지 못한 것은 근본적으로 합리적 분석이 구성이 아닌 파괴로 귀결되도록 한 사회적 조건 때문이었다. 이러한 조건 속에서 합리적 분석은 비합리적 격정의 유발요인이 되었고, 합리적 분석에의 요구가 강했던 만큼 격정 또한 대단했다. 강력한 대중적 파급력으로 자유주의 모델을 폭파했다. 독일이 자유주의 모델과 철저하게 결별할 수 있었던 까닭은 바로 이 질풍노도의 파괴를 경험하였기 때문이었다. 프랑스와 영국 등 선진적인 국가들이 매진하고 있어 시민사회로의 이행기에 '자연스러운' 길로 여겨졌던 자유주의 모델을 버리고 약간은 어색한 공화제적 모델로 방향을 틀었다. 독일의 질풍노도는 특정한 사회적 조건 하에서는 감정이 사회구성의 전망을 견인할 수 있음에 대한 모델을 제시한다.

분석적 계몽에서 내재 비판으로

이런 좌절과 상실의 근본원인은 앞에서도 지적했듯이 오성의 분석능력을 기존질서를 분석해서 해체하는 변혁에 동원할 혁명세력의 부재에 있었다. 혁명세력이 구체제를 분석해서 모순을 밝혀내고 극복해야만 새로운 질서 도입의 길이 열릴 터인데, 비록 주변인이라 해도 타도대상에 해당하는 인물이 자신의 존재기반을 분석하고 해체하는 사태가 발생한 것이다. 이런 해체는 극복으로 귀결되지 않는다. 그냥 파괴될 뿐이다. 더구나 자기파괴를 감행한 귀족은 현실에서 사라지지 않는다. 극복당하지 않았기 때문이다. 작은아들 프란츠의 손에서 궁정은 파괴되었지만, 그 궁정이 대변해온 이념은 큰아들 카알의 자기파괴를 통해 남는다.

> **카알**: 내가 이 세상을 포악한 것으로 아름답게 만들고, 국법을 무법으로 뜯어 고치려고 망상을 했다니, 내가 얼마나 바보였던가? …… 나 같은 놈이 둘만 있어도 이 도덕의 세계의 모든 법은 완전히 파멸하게 된다는 것을 깨닫게 되었다. 자비—신을 앞지르려고 했던 이 어린애한테 자비를 베푸소서! —복수는 신만이 할 수 있는 일이다. 신은 인간의 손을 필요로 하지 않습니다. —내가 쓰러뜨린 것은 영원히 두 번 다시 일어나지 못할 것이다. — 하지만 내게 남은 것은 더렵혀진 국법을 보상하고 학대받은 질서를 다시 회복하는 것이다. 그러기 위해서는 희생이 필요할 것이다. — 그것은 질서가 가진 범할 수 없는 존엄성을 전 인류 앞에 펼쳐 보이는 일이다.—그 희생물은 바로 내 자신인 것이다. 나는 그것을 위해서 죽어야 한다.”[40]

이념 차원으로 옮겨진 구체제는 시민사회가 등장한 후에도 시민적 구성과정에 계속 간섭한다. 정신적 귀족주의는 부르주아의 자유주의적 구성을 계속 방해하고 시민적 평등주의는 귀족의 사회세력화를 방해한다. 귀족과 시민은 상호견제 속에서 자신을 상대화할 수밖에 없다. 귀족은 사회적 실체를 상실한 채 도덕적 이상으로만 남고, 자신의 구성 원리를 사회적으로 관철하지 못한 부르주아의 역사적 무능력은 사회구성의 주도권 상실로 그 값을 치른다. 하지만 새로운 사회 구성을 담당할 시민층이 형성되지 못했다는 역사적 결함은 어떤 식으로든 극복되어야 했다. 독일에서 새로운 시민층은 이제 ‘형성’되어야 하는 ‘당위’가 되었다. 이 당위를 사라진 귀족층의 도덕적 이상이 사회화하는 방향으로 흐름이 잡혔다. 독일은 정치가 도덕의 힘을 받아 작동하는 사회가 되었다. 이러한 사회를 구성한 ‘형성’시민(Bildungsbürger)의 교양은 일반적으로

---

40 프리드리히 쉴러, 류용상 옮김, 『군도』, 548쪽.

사회구성체의 성격을 논할 때 적용되는 진보 대 보수의 틀로 분석되지 않는다. 독일은 나름의 독특한 문화지형을 이루면서 19세기 이후 '독일의 역사'를 이끌어왔다. 관념론의 전통이 뚜렷한 시인과 사상가의 나라임과 동시에 홀로코스트를 자행한 히틀러의 나라가 독특성의 내용이다. 독일적 독특성은 형성시민의 교양이 지닌 동전의 양면이지, 진보적인 독일과 보수적인 독일이 제각기 구성한 두 모습이 아니다.

시민사회 구성의 '독일적 길'이 닦이는 과정에서 볼 수 있는 가장 특징적인 사항은 자유주의 모델이 실패하면서 나타나는 사회적 후유증이다. 파괴적인 격정의 대중적 폭발력을 감안하지 않는다면 자유주의 모델이 거부되면서도 개인주의는 강하게 유지되어 매우 '독특한' 성격을 띠는 독일의 문화지형을 이해하기 힘들다. 개인보다는 집단적 정체성이 항상 전면에 나서는 한국사회와 비교하였을 때 매우 흥미 있는 현상이 아닐 수 없으며 따라서 깊이 연구할 필요가 있다고 여겨진다. 모두에게 행복을 약속한 사회적 전망이 좌절되었을 때, 그 좌절에 대한 반동으로 사회구성원이 집단적으로 좌절감에 시달리는 경우는 인류의 역사에서 여러 번 있었으며 한국도 그런 경험이 없지 않다. 하지만 독일의 질풍노도는 그 강도의 격렬함으로 사회구성의 패러다임을 결정적으로 뒤바꾸어 놓았다는 데서 유일무이한 경우가 될 것이다. 여기에는 여러 가지 요인이 복합적으로 작용했던바, 한동안 민족적 특수성을 중심으로 설명하는 시도들이 있었다. 이 연구에서는 18세기 계몽의 구성원리의 특수성 그리고 질풍노도가 계몽주의 문화운동의 마지막 단계였다는 사실에 초점을 맞추어 독일적 길의 특성을 설명하였다.

프란츠가 오성의 분석능력으로 파괴한 구체제는 상속자 카알의 자기파괴에 의해 극복되지 않고 이념으로 비상한다. 분석이란 대상을 그 구성부분들로 분해하는 작업이다. 구체제를 부분들로 분해하는 오성은 자유주의 모델에서는 구성능력을 지녔다는 평가를 받을 수 있었다. 시민사회의 전망에 따라 재배치 되도록 구체제의 한계와 잘잘못을 밝혀놓았기 때문이다. 독일에서 이러한 분석행위는 구체제의 한계가 극복의 전망에 따라 재배치되지 못함에 따라 한계 자체가 절대화되는 결과를 가져왔다. 극한점에 이른 구체제는 카알과 프란츠 형제의 드라마가 보여주듯이 패륜과 니힐리즘을 공론장으로 불러들였다. 독일은 선명한 형태로 모습을 드러낸 이 한계 자체를 극복해야 하는 과제에 직면하였다. 사회경제적 한계가 인식론상의 한계로 이전된 까닭에 철학자들의 몫이 되었다. 가능성과 한계를 구분하는 칸트의 비판철학은 질풍노도의 직접적 후예이다. 그 후로 이상주의 철학이 발전하였고, 인류는 이를 문화적 자산으로 갖게 되었다. 감성이 격정과 같은 극한적인 양태로 분출되는 역사단계는 그 시점으로 보면 파괴의 순간이다. 이 파괴가 그 다음 단계에서 어떤 방식의 새로움을 구성하는가는 역사적 조건에 의해 결정된다. 18세기 후반 독일은 합리적 분석의 결과로 분출된 감성이 현실에서 구성가능성과 결합하지 못해 격정으로 독립된 시기를 맞았다. 이 시기의 문화지형을 지칭하는 용어인 질풍노도는 감성이 질서구성의 한 축을 담당하지 않고 현실적인 질서 구성 가능성 자체를 폭파함으로써 이상주의라는 반(反)경험론적인 사회구성의 패러다임을 인류의 자산으로 남긴 특정한 경험을 환기시킨다.

제3장 딛고 일어서기

1. 오성의 규정을 거스르는 감성

1) 계몽

유럽의 계몽주의는 기독교 형이상학과 봉건적 현실정치 제도 틀 속에서 권위주의적인 문화를 구축하였던 중세 신 중심의 세계관을 인간 중심으로 돌려놓는 문화운동이었다. 그리스와 로마의 안티케 문화가 천여 년의 시간차를 극복하고 '노력해서 따라잡아야 할' 규범(고전Klassik)으로 상정되면서 무엇보다 그 시기에 생산된 조각품들을 통해 구현되었다고 여겨진 이른바 '이성과 감성의 완벽한 조화가 인간성의 전형으로 설정되었다. 여기에서 요청된 '완전성'(Vollkommenheit) 이념은 이후 철학적 미학이 발전시킨 '미'(Schönheit) 개념의 핵심을 이루게 된다.

유럽인들은 신께서 지정하신 '신분'에 따라 사회적 지위가 결정되는 신분제 사회를 넘어서기 위해 '쉽지 않은' 인간학적 프로그램을 개발하였다. 이 프로그램은 역사적 요청이기도 하였다. 30년 종교전쟁이 남긴 폐허, 그리고 베스트팔렌 조약 체결 이후의 사회적 혼란과 정치질서의 공백상태를 딛고 근대사회를 건설해야할 과제가 주어졌던 것이다. 유럽인들은 무엇보다 우선 이성의 질서능력에 호소하였다. 지금까지 세계와 인간을 감싸고 있던 신화적 형식들을 오성의 분석능력으로 무너뜨리면서도 동시에 이 '파괴'가 '새로운' 질서 구축으로 나아간다고 믿어 의심하지 않았다. 이성은 새로운 종교와 같은 위치를 차지하고, 이성에도 변함없이 계시(Offenbarung)의 능력이 있으리라 확신하였다. 그런데 이성의 기독교 도그마 파괴는 인간에게서 전혀 다른 능력을 활성화하는 결과를 불러일으켰다. 르네상스로 대변되는 인간성 회복 움직임이 이처럼 '합리화된' 사회적 분위기 속에서 대중화 요구와 결합되어 감성복권 움직임을 불러일으켰던 것이다. 여기에 30년전쟁은 역사적 조건으로 작용하였다. 폐허 속에서 현세에 행복하고 싶다는 열망이 급속도로 사회화되어 나갔다. 결국 '지상에서의 행복한 삶'이라는 계몽의 프로젝트는 두 가지 조건을 전제한 것이었다. 감성능력을 활성화해야 하고 아울러 이성의 질서능력도 믿어야하였다. 일단 계몽주의 시기 동안에는 즉 개별 주체의 이성활동이 사회적으로 자기를 실현하려는 과정에서 아직 구조적·집단적 폭력을 경험하기 이전에는 내 이성의 힘으로 올바른 진리를 인식하여 보다 나은 삶을 위해 유용하게 사용하겠다는 선한 의지가 또한 내 '심장'의 일에도 배치되지 않을 거라는 믿음이 유효하였다. 그런데 20세기를 경험한 현대인은 이제 더 이상 이 계몽의 기획과 구체적인 프로그램을 그대로 받아들일 수 없게 되었다.[1]

인간이 지닌 이성능력과 감성능력에 의지하여 새로운 사회를 구성하겠다는 서구 계몽의 야심만만한 기획은 그 두 능력이 개인에게서 완벽한 조화에 이르렀을 때에만 실현 가능한 것이었다. 이 '쉽지 않은' 혹은 일부에서 주장하듯 '실효성이 다해 폐기되어야 할' 인간학 프로그램의 어려운 점은 서구 역사과정에서 이 기획이 파탄을 거듭하였다는 데

---

1 예술과 미에 대한 전통적인 견해가 도전받는 현상도 이러한 맥락에서 조명되어야만 의미가 있을 것이다. 이른바 조화미 범주(das Schöne)는 이 프로젝트를 완성하는 핵심고리였기 때문이다. 칸트는 제3비판서 『판단력비판』의 「조화미 분석론」에서 머리와 심장의 활동이 이른바 '감식판단'(Geschmacksurteil)을 내리는 주체의 의식활동 속에서 조화로운 균형상태를 이루고, 이 긴장 속의 균형을 통해 세계상태를 마주한 개인의 주체구성이 완성되면서 개별 주체와 세계상태의 우주적 통일이 완성된다는 철학적 구도를 유지하면서 그 논리구조를 밝혀냈다. 우리는 다음 장에서 이 문제를 본격적으로 살펴볼 것이다.

서도 확인된다. 특히 독일의 역사진행은 인간의 의식활동을 사회구성의 원칙으로 삼아왔다는 점에서, 앞에서 푸코가 지적하였듯이 '주체, 진리 권력 삼자가 관계 맺는 방식을 역사진행의 표피층에서 직접 관찰할 수 있는' '진정한' 의미에서의 계몽주의 문화운동을 역사적 자산으로 가지고 있다는 점에서 기획자체의 결함을 원형으로 보여주는 경우일 수 있다. 그러한 자산의 20세기적 귀결이 파시즘이었다는 프랑크푸르트학파의 진단은 독일 계몽주의 운동이 계몽 일반의 문제점을 집약적으로 함축하고 있다는 사실에 대한 반증일 뿐이다. 나는 푸코가 포스트모더니즘의 '재계몽' 프로그램을 독일 계몽주의 문화운동 패러다임에서 이끌어내는 논의를 폈던 것 역시 독일 계몽주의 운동이 서구 시민사회를 구성하는 데 어떤 '고전적인' 원칙들을 제시하여 왔다는 증거일 수 있다고 받아들인다.

이 고전적인 원칙들 중에서 서구 각국의 역사적 사회적 특수성을 비교적 상대화하면서 보편성을 획득하여 온 것으로 우리는 예술의 매개론을 들 수 있다. 꾸준하게 이 문제를 논증하려고 시도해온 철학적 미학의 전통과 나란히 현실적으로도 서구에서는 예술활동이 '반성능력 제고'라는 모토 아래 이루어져왔는데, 이는 시민사회가 '인간'을 구성원인 '시민'으로 조건지으면서 부과하는 '분열'[2]을 극복하고 계몽의 원래

---

2 시민사회 구성원리와 존재의 분열에 관한 논의는 경제 사회적 분석을 통해 뒷받침되어야 할 것이다. 소외론 등을 통해서 이 문제에 접근하는 마르크스주의는 사회구조의 변혁이 구성원들로 하여금 자기를 회복할 수 있도록 하는 중요한 계기가 된다고 보았다. 여기에서 예술은 이념의 담지자가 되는데, 결국 이념이 감성을 억압함으로써 소외의 문제를 궁극적으로 해결하지 못했다는 역사적인 평가를 우리는 가지고 있다. 문명화 과정에 직면하여 사람들이 겪게 되는 문제를 계몽주의 작가 레싱은 '인간'(Mensch)과 '시민'(Bürger)의 분열로 설명하였다.(Gotthold Ephraim Lessing, *Ernst und Falk. Gespräche für Freimaurer*, 1778) 시민사회를 구성하기 위한 규제들을 개인을 구속하는 경계로 체험하고 문제를 제기하는 것은 구성원들이 '인간 본연의 그 무엇'을 아직 내면에 간직하고 있을 때 가능하다. 이처럼 계몽의 구도 속에서는 '분열'을 설정하는 것이 '극복'을 위한 전제로 된다. 삶을 사회적 사실자료들로 온전히 환원하지 않을 수 있도록 하는 이 분열구도는 의

의도였던 '행복'이라는 이념을 실현하기 위한 노력에서 비롯된 것이었다. 예술은 문명화 과정의 경계들을 '넘어서는' 활동으로 자신의 존재를 정당화하였으며, 이를 '가상'이라는 존재조건을 통해 실현하려 하였다. 이렇게 노력한 결과 시민예술은 가상과 실재 사이에 '아름다움의 제국'을 열어젖힘으로써 서구의 문화지형에서 독특한 위상을 차지하게 되었다. 예술이 사회적으로 자기를 주장하고 실현하는 원형태를 우리는 독일문학이 철학과 결합하면서 계몽주의 운동의 위기를 넘어서는 과정에서 찾아볼 수 있는데 도덕적 기품(Würde)으로 유토피아를 가까이 해보겠다는 고전주의 그리고 예술만이 온통 모순으로 파편화된 것들을 이어붙일 수 있다는(Synthese der Kunst) 생각에 따른 낭만주의 예술관의 발전이 그것이다. 계몽의 전통이 현실의 구조로 자리잡기보다는 관념적으로 이상화되어나간 이 '독일적 길'은 현실의 사회관계들을 추상화된 이념을 매개로 한 반성활동을 통해 비판적으로 재구성해 감으로써 유토피아에 이를 수 있다고 생각하였던 당시 계몽주의자들의 노력을 결과적으로 반영하는 것으로서 독일 시민계층의 역사적 한계와 이념적 가능성을 모두 담고 있다고 평가된다. 새롭게 역사에 등장한 개별성을 주축으로 성립되는 개인주의 문화에서 예술은 개별감성과 보편의식을 매개해야 할 과제를 부여받았다. 이러한 사회적 부담을 시민예술은 19세기에서 20세기에 이르는 기간 동안 나름대로 감당해왔고. 이제 새로운 조건에 직면하여 본래 제시하였던 이념적 가능성이 그다지 자명하게 받아들여지지 않게 된 상황에 처하였다.

서구 시민문화에서 예술은 기본적으로 감정의 계몽을 담당해왔다. 그러면 여기에서 독일 계몽주의 문학의 발전을 잠깐 살펴봄으로써 이 시기 '감정의 계몽'이 어떤 경로로 '이성의 질서능력' 자체를 회의에 빠뜨

식의 힘에 의지하는 인문학의 위상을 위해 방법론적으로 긍정적일 수 있다. 예술이 생산되고 수용되는 '조건'에 대한 검토, 즉 세계상태에 대한 사회경제적 분석은 추후 독립적인 논문에서 다루기로 한다.

리면서 한 단계 더 높은 정신능력인 '미적 판단력'을 요청하게 되었는지를 살펴보도록 하자.

　독일의 계몽주의 문학운동은 세 단계로 정리되는 데, 이성이 현실의 삶을 인간적인 질서에 따라 유토피아로 이끌 것이라는 믿음이 서로 상반되게 보이는 세 단계의 문학이념들을 '계몽주의'라는 큰 틀에서 묶는다. 전기의 문학운동을 주도한 고트셰트는 볼프의 체계철학에 따라 감정을 규격화하는 규칙시학을 발전시켰고 이에 따라서 합리주의적 원칙에 의거하여 인간의 사유와 존재를 함께 통합적으로 설명할 수 있게 되었다. 그렇지만 일단 감정이 인간 의식활동의 대상으로 되고 나자 곧바로 감정의 자발성이 인지되었고 아울러 초기 합리주의 원칙의 협소함도 명백하게 의식되었다. 이처럼 모순을 의식하게 된 것 역시 주체가 사유와 존재를 통합하려는 계몽주의 이성의 질서원리에 입각하여 판단한 결과였음은 물론이다. 이 운동을 통해 인간존재에게서 감정이 어느 정도는 자율적으로 움직인다는 사실이 인정되었고 이론적인 인식은 감각적인 지각에 따른 느낌과 관련이 있고 합리적 행동은 내면의 감정과 밀접하게 결부되어 있다는 중기 계몽주의 운동으로 나아갔다. 그리고 감정 역시 진보를 추진하는 힘이 될 수 있다는 역사의식도 형성되었다. 심장의 도덕성에 기대어 격정과 의지의 직접적인 보완을 도모하였던 레싱의 미학[3]은 새롭게 싹터나가는 근대적 힘을 밀고 나갈 계층으로 문인들이 상정하였던 시민계층의 즉자적 생활감정이 '인간적'인 질서를 구축해나가는 기반이 될 것이라는 믿음에 따른 것이었다. 그런데 후기 계몽주의 단계인 1780년대로 접어들면 이러한 전망은 더 이상 유지될 수 없게 되었다. 시민계층의 즉자적 생활감정에 따라 새로운 질서가 형성

3　레싱의 동감미학(Mitleidästhetik)은 좋은 격정은 인간의 도덕성을 증대시키고 이를 현실에서 실현하려는 선한 의지를 불러일으키므로 문학은 좋은 격정을 활성화함과 아울러 좋은 격정과 나쁜 격정을 구분하는 훈련을 하도록 해야 한다는 이념을 담고 있다.

될 가능성이 사라지고, 이와 결부되어 개별적인 체험을 곧바로 보편으로 이끌 것이라 여겨졌던 이성의 작용에 대해서도 의심을 할 수밖에 없게 되었기 때문이다. 이런 자각에 따라 독일 후기 계몽주의 운동은 '자기파괴'라는 극단적인 노선을 겪는다.[4] 계몽주의 운동을 통해 힘의 자율성을 인정받은 격정이 절대화되는 과정을 '질풍노도'는 우리에게 고스란히 보여준다. 감정은 이성의 통제와 전망을 훨씬 뛰어넘을 수 있는 것임을 스스로 증명하였다. 그리고 이런 운동이 역사적으로 실천되었다는 사실은 유토피아로 가는 과정에서 개별 주체의 체험이 철저하게 단절되었다는 사실을 주체가 선명하게 의식하고 다른 방식으로 자신과 유토피아와의 관계를 설정하기 시작하였음에 대한 증거이다.

이에 따라 칸트에게서 보이듯 질서를 구축하는 이성에 대한 새로운 생각이 발전하게 되었다. 그의 글들은 개별성의 이념과 당시 상황과의 모순, 그리고 발전전망 부재에 따른 위기감 등을 보다 확장된 이성개념을 통해 넘어서서 주체의 통일된 정체성을 계속 유지하려는 노력으로 읽힌다. 「계몽이란 무엇인가라는 물음에 대한 답변」[5]에서 제창한 '용기를 가져라'는 주문은 개별적·비판적 사고를 북돋는 초기 계몽주의 이래의 전통을 구현하고 있음이 분명하지만 여기에 그치지 않고 칸트는 개인의 비판적 사유 속에 이성의 보편적 구속성이 이제는 더 이상 즉자적으로 보장되어 있지 않다는 사실을 간파하였고 이점을 자신의 철학적 사유의 중심문제로 삼게 된다. 그는 개별적 사유의 상대성과 진리의 절대성 요구 사이의 모순을 이성작용이 적용되는 영역들을 엄격하게 구분함으로써 절충한다. 이렇듯 한 단계 더 고양된 활동을 하도록 요구

---

4 실러의 『군도』에서 주인공은 격정에 휩싸여 모든 것을 불태우며, 괴테의 『젊은 베르테르의 슬픔』에서 주인공은 주관적인 자아의 불가침성을 고수하려는 의지에 따라서만 행동하고 고삐 풀린 격정이 자기파괴로 나아가도 마다하지 않는다.

5 Immanuel Kant, "Beantwortung der Frage: Was ist Aufklärung?", in: *Was ist Aufklärung?*, Göttingen: Vandenhoeck und Ruprecht, 1994. 이하 「답변」으로 표기, 쪽수는 원서의 쪽수를 명기함. 「답변」, S. 55.

받은 인간의 정신능력을 칸트는 『판단력비판』으로 정초하였으며, 서로 전혀 다른 영역에서 활동하는 순수이성과 실천이성을 통합하여 다시 주체에게 정체성을 되돌려주는 기능을 미적 판단력에 부여하였다. 칸트 철학체계에 따르면 현대사회가 분화되어감에 따라 일반 분과학문 영역에서는 통합된 인식이 불가능하고 따라서 주체를 계속 분열시킨다. 예술작품을 통한 판단력의 활성화된 의식활동에 의지해서만 비로소 주체는 다시 온전한 인간으로 설 수 있다.

2) 비판

칸트의 비판서들이 엮어내는 문화적 맥락은 독일 계몽주의 문화운동을 마무리하면서 이후 고전 관념론이라는 인류의 지적유산이 독일에서 발전해나가도록 기반을 정비하고 초석을 놓은 것으로 요약된다. 그리고 역사적으로는 그의 철학적 작업들이야말로 계몽 절대주의의 위기에 대한 '독일적' 대응방식이었다고 평가된다. 서구에서 14세기 이후 진행되어오던 르네상스의 인간성 복권운동 그리고 인문주의의 지적운동은 18세기 계몽주의 시기로 접어들면서 대중화 요구와 결합하여 사회 전반적인 변혁운동을 불러일으켰다. 일반적으로 연구자들이 유럽 역사에서 17세기 후반에서 18세기 말(1648, 베스트팔렌 조약~1789, 프랑스혁명)까지로 설정하는 계몽(Aufklärung)의 세기에 영국, 프랑스 그리고 독일은 제각기 상이한 발전경로를 거쳐 민족국가를 형성하게 되는데, 이 과정에서 세 나라가 나름으로 거두어낸 계몽의 성과들에 의지하여 이후 유럽에서 정착된 근대 시민사회의 성격을 설명하는 경우가 대부분이었다. 영국은 정치제도로서의 의회민주주의를 발전시켰고, 프랑스는 전사회적인 구조재편운동을 일으켜 대혁명에 이르렀다. 독일 계몽주의에 대해서는 철학 그리고 철학과 문학이 결합하면서 발전시켜나간 반성사유 원리(Reflexivität)를 꼽는다.[6] 이 반성사유 원리에 따라 일반인들 사이에

---

6 독일 계몽주의 성과를 철학을 비롯한 학문의 발전을 꼽는 경우가 일반적이었지만,

서는 경건주의의 내면성을 매개로 하는 의사소통구조가 형성되는 한편 독서능력이 있는 지식층 사이에서는 반성적 의사소통구조(räsonierende Öffentlichkeit)가 형성되었다고 정리된다.[7]

우리는 칸트의 논문 「답변」에서 계몽주의 문화운동을 이끌어온 다양한 생각들이 하나의 원칙으로 정식화되고 표어로 제창되기까지 함을 확인할 수 있다.[8] 모름지기 사람이라면 자기 자신의 오성을 사용할 용기를 지녀야 한다고 요청되었다. 그런데 '계몽에 대한 용기'가 계몽의 기획(지상에 행복한 사회건설) 자체를 뒤흔드는 상황이 사실상 계몽을 시작한지 얼마 안 되어 이미 사회적으로 두드러지게 나타났고 따라서 독일 계몽주의자들은 질서유지[9]와 사회적 계몽 사이에서 힘겨운 곡예

사실은 칸트와 라이프니츠를 제외한다면 독일 계몽주의 시기 철학은 신학적 도그마와의 화해를 끊임없이 추구하는 강단철학이거나 계몽의 이념을 쉽게 풀어쓴 대중철학이 대부분으로 두드러진 성과를 거론하기 어렵다. 이에 대해서는 이순예, 「독일 계몽주의 감성복권 움직임과 반성성 미학원리의 발전」, 『독일문예사상』, 1996 참조.

7 Werner Schneiders, *Hoffnung auf Vernunft, Aufklärungphilosophie in Deutschland*, S. 31. 아울러 하버마스의 계몽주의 연구 역시 독일적 성과를 중심으로 유럽 계몽주의를 고찰한다. 위르겐 하버마스, 『공론장의 구조변동』 참조.

8 "계몽이라 함은 인간이 자신의 탓으로 빠져들었던 미성년 상태로부터 벗어남을 뜻한다. 이때 미성년 상태라고 말하는 것은 누구 다른 사람의 도움을 받지 않고는 자신의 오성을 사용하지 못하는 무능력을 지적하기 위함이다. 이 미성년 상태의 원인이 오성을 결여하고 있기 때문이 아니라 다른 이의 도움을 받지 않고 그것을 사용할 결단성 부족, 용기 부족에 있다면 이는 바로 자기책임이다. 용기를 가지도록 하시오! 자기 자신의 오성을 스스로 사용할 용기를 갖는 것! 이것이 바로 계몽의 표어이다."(「답변」, S. 55)

9 독일 계몽 절대주의는 당시 사회경제적으로도 심각한 위기에 처해 있었다. 이 글에서는 계몽의 기획에 따라 독일사회가 신분제 사회에서 점차로 시민사회로 넘어가는 시기에 사회구성원들을 '신민'에서 '시민'으로 형성해내는 계몽의 어려움을 염두에 두었다. 사회경제적 신분제의 틀은 그대로 유지하면서 보편인간으로, 즉 정신능력과 감정능력을 지니고 직업노동과 가정생활을 통해 사회구성에 참여한다는 기획은 실제로 이성 앞에서의 평등이라는 측면에서 사회위계질서에 대한 저항도 되지만 절대국가나 상위의 권위에 거리를 두면서 사적으로 자신을 정립하여

를 해야 하였다. 당시로서 가장 심각한 문제는 종교와의 관계설정이었다. 미신타파에서 끝나야 할 계몽이 논쟁하는 가운데 신의 존재에 대한 합리적 증명을 요청하게 되는 논리로 곧잘 비화되곤 하였기 때문이다. 시간이 흐를수록 계몽이라는 개념 자체가 문제로 되었고 후기 계몽주의 시기에 이르면 더 이상 절충할 수 없게 되었다. 이러한 딜레마의 문화적 귀결이 이른바 질풍노도 운동이었고 독일사회는 이 파괴적인 격정을 짧은 에피소드로서 경험한 후 고전주의 시기를 맞이한다. 이 영원한 딜레마를 칸트는 위 저서에서 '독일적'으로 정리한다. 그는 공론장에서는 자신의 의견을 자유롭게 개진하여도 되지만 직업윤리는 지침대로 지켜야 함을 논증한다. 사제로서는 자신이 이성의 힘으로 깨우친 바를 '직업상' 사용해서는 안 되지만 그 사제가 학자의 신분으로 저술활동을 한다면 이는 그가 자신의 이성을 '공적으로' 사용하는 것이므로 허용된다 하였다. 칸트는 마침내 이 글을 "마음껏 성찰하라, 그리고 오로지 복종하기만 하라!"[10]는 요청으로 마무리짓는다.

푸코는 18세기 독일 계몽주의 운동을 20세기 후반의 세계사적 경험에 의지하여 다시 바라본다. 칸트의 「답변」에 대한 현대적 '응답'이라 할 만한 『비판이란 무엇인가』[11]에서 그는 우선 지금까지 프랑스와 독일의 계몽주의를 평가해온 대위법을 문제삼는다. 프랑스에서는 계몽과 혁명이 밀접하게 결합되었던 반면, 독일에서는 주로 16세기에서 18세기에 이르는 동안 확연하게 모습을 드러낸 서구이성의 발자취로 계몽을 파악하면서 그와 결부된 정치적 결과에 대해서는 미심쩍은 눈초리를 보내왔던 게 사실이라고 지적하였다. 푸코는 19세기와 20세기 전반부 내내 독일과 프랑스에서 일반적이었던 이러한 이해를 일단 의문

독일의 문화적 특성인 내면성의 자양분이 된다.

10   "räsoniert, so viel ihr wollt und worüber ihr wollt; nur gehorcht!"(Immanuel Kant, 「답변」, S. 61)

11   M. Foucault, *Was ist Kritik?*, Berlin, 1992. 이하 『비판』, 원문의 쪽수를 명기함.

에 붙인다.[12] 무엇보다 그렇게 이해하도록 틀을 제공하였던 프랑스에서의 상황이 변하였기 때문에 불가피하다고 하였다. 그 동안 대혁명과 계몽의 켤레지움이 요지부동하였던 까닭에 권력과 합리화 과정의 관계를 두고 어떤 근본적인 문제가 제기되는 데 한계가 있었다. 19세기 이래로 합리적 계몽이 정치적으로 우파로 기울어지는 경향이었음에도 계몽의 문제점이 독일에서처럼 사람들의 의식에 뚜렷하게 떠오르지 않았던 것이다. 최근에 들어서야[13] 비로소 프랑크푸르트학파의 연구주제인 어떻게 합리화가 권력의 광기로 전락하는가 하는 문제에 프랑스인들이 관심을 갖기 시작하였다고 진단하면서 푸코는 15세기 혹은 16세기 이래로 발전해온 서구의 또 다른 전통에 새롭게 주목한다. 그리하여 여타의 것과의 관계 속에서 자신의 언행을 설정하는 특정한 사유방식, 즉 '비판적 태도'가 이성 자체에 내포되어 있는 그 무엇인가가 권력남용에 대해 책임이 있을 수 있다고 의심하는 특정한 정치적 태도를 유발하였다는 설명을 이끌어낸다. 서구에서 강력한 권력집단이었던 기독교는 구원이라는 절대명제를 앞세워 지배와 복종의 문화를 유포하였다. 인간지배 기술의 발달과 더불어 마찬가지로 강력해진 '지배당하지 않으려는' 저항에 직면하여 개인과 사회를 '지배 가능하도록' 만드는 움직임이 일어났고 여기에서 '비판적 태도'가 지배기술의 대립항이자 동반자로 등록된 것이다. 지배에 저항하고 거부하면서 동시에 권력을 제한하고 본래의 규모대로 되돌리겠다는 정치적, 도덕적 태도로서 '비판'은 "지배당하지 않겠다, 더더욱 그런 식으로 그리고 그런 대가를 치르면서 지배당하지 않겠다는" 기술이라고 할 수 있다.[14] 이러한 분석에 대한 역사적 증거로서 푸코는 종교개혁을 든다. 종교개혁은 교회라는 세속기관의 권위를 부정하고 진리를 성서와의 관계 속에서 주체가 직접 해명하겠다

---

12 『비판』, S. 21~22.
13 이 글은 푸코가 1978년 5월의 강연을 정리한 것이다.
14 『비판』, S. 12.

는 태도를 승인한 역사적 사건이었던 것이다.[15] 이러한 전통 속에 서있는 현대 서구인의 삶은 주체, 권력, 진리의 관계 속에서 짜인다고 하면서 푸코는 자신의 포스트모던 관점을 재차 강조한다. 이 관점에 따르면 '주체, 진리, 권력의 삼자관계가 변화의 표피층에 직접 드러나는' 계몽주의 시기가 '현대의 우리들'에게 매우 중요해진다. 결국 푸코는 '계몽이란 무엇인가' 하는 문제를 근본적으로 탐구한다면 현재 우리를 구성하고 있는 근대성의 역사적 도식을 거머쥐게 될 것이라고까지 선언한다.[16] 이렇게 하여 '서구이성의 찬란한 자기선언'이라고 이해되어온 계몽의 개념에 색다른 강조점이 주어지게 되었다. 주체의 의미부여 행위(Sinnstiftung)라는 현대적인 화두가 계몽 개념의 무게 중심을 장악하게 된 것이다.

> 5세기의 그리스인들이 어느 정도는 18세기의 철학자들과 같았다든가 아니면 12세기가 이미 일종의 르네상스였다고 이야기하는 것이 중요한 게 아니라 어떤 변형과 일반화의 대가를 치르고 이 계몽의 문제 다시 말해 권력, 진리, 주체의 문제를 역사의 특정한 계기에 관련지을 수 있는가 하는 물음이 중요하다.[17]

푸코가 『비판』에서 전개한 논의는 18세기 독일에서 특정한 형태로 실행되었던 계몽에 대한 이해를 일반화하는 결과를 가져왔다. 칸트의 「답변」을 자신의 문제의식에 따라 현재화하는 데 성공하는 푸코는 '계몽의 요청'을 '비판의 의지'에 근거하여 새롭게 정립한다. 그는 인식이 역사적으로 초래하였던 지배강제의 관행을 역으로 돌릴 수 있는 가능

15 "역사적으로 보면 비판은 성서적이다."(Die Kritik ist historisch gesehen biblisch) 『비판』, S. 13.
16 『비판』, S. 28.
17 『비판』, S. 29.

성을 타진한다.

푸코는 칸트의 독특한 문제제기를 통해서 계몽이란 무엇인가 하는 물음이 본질적으로 인식의 문제로 편입될 수 있었다고 평가한다. "용기를 가져라"는 계몽의 요청과 "복종하라!"는 '기이한?' 비판의 기획이 칸트의 논문 「답변」에서는 서로가 서로를 밀어내는 채로 남아 있지만 역사적 경험을 달리하는 푸코는 이 긴장으로부터 또 다른 자율성의 원칙을 다듬어 낸다. 다른 사람으로부터 '복종하라'는 말을 듣지 않기 위하여 스스로 인식의 한계를 깨우치는 일이 우리의 자유를 위하여 더 중요하지 않겠냐고 반문한다. 그러면 '복종하라'는 '자기 나름의 인식에서 어떤 올바른 이념을 만들어 내는 자율성'[18]을 기반으로 내려지는 내부명령이 된다. 푸코의 텍스트는 이러하다. "네가 하고 싶은 대로 반성하라 — 하지만 너는 위험에 빠지지 않으려면 어디까지 반성해야 하는지를 알고 있느냐?"[19] 지식과 권력의 관계망 형성을 기반으로 하는 그의 학문적 방법론인 고고학, 계보학 등은 이 인식의 한계들을 투명하게 만드는[20] 미덕이 있다. 인식과 권력의 연결고리는 이미 계몽주의 시기에도 그리고 그 후 딜타이 그리고 하버마스 등과 같은 학자들에 의해서 꾸준하게 분석되어 왔다. 독일학자들이 접근하는 방식은 대부분 특정한 인식이 권력으로 되는 과정의 적법성을 검증하는 것이었다. 이에 반해 푸코는 자신의 계보학적 분석방식이 인식과 권력 사이의 관계들이 이루는 그물망을 보여줌으로써 주도관행이 사물의 본성에 근거하는 것이 아니라 상호작용의 게임이 불러일으킨 효과일 뿐이어서 누구나 새롭게 이 게임에 참여할 수 있다는, 즉 변형의 가능성을 제시한다고 역설한다. 인식을 어떻게 적절하게 규정할 것인가 하는 문제로 돌아가거나 혹은 인식의 초월적 본질의 문제로 비상하는 대신 '지배받지 않겠다는 결단'

---

18 『비판』, S. 17, 41 참조.
19 『비판』, S. 17.
20 『비판』, S. 37 참조.

을 기반으로 인식이 그사이 짜놓은 구체적이고도 전략적인 장(場) 내에서 권력의 강제를 역전시키거나 풀어헤칠 수 있지 않겠는가?[21] 비판적 태도가 비판의 문제로 넘어가고, 계몽의 설계가 비판의 문제로 넘어간다. 이처럼 이웃한 옆의 범주로 '넘어서는 움직임'을 이끄는 동력은 인식이 스스로 올바른 이념을 만들겠다는 의지이다.

인식의 문제를 지배의 관점에서 제기한다는 것은 물론 지배당하지 않겠다는 단호한 의지에 근거해서이다 — 미성년의 상태에서 벗어나겠다는 개인적이고 동시에 집단적인 태도 말이다. 칸트가 말했듯이 이는 태도의 문제이다.[22]

칸트 스스로는 비판의 설계를 권력과 진리 사이의 게임으로 보기보다는 인식에 대한 인식의 문제로 본 것이 사실이다. 그리고 논문 「답변」이 프로이센이라는 현실적인 정권의 실체를 고정한다고 해석하는 이들도 있었다. 그러나 푸코는 18세기를 넘어 19세기 유럽 역사를 들여다보면 일반적으로 칸트가 계몽의 뒤편으로 밀어 넣었다고 여겨왔던 비판의 시도가 훨씬 더 강하게 생명력을 유지하고 있었으며 20세기까지도 진정한 용기란 인식의 경계를 인식하는 것에 중점이 주어져 이해되었다고 평가한다. 실제의 역사진행 자체가 '계몽의 용기'보다는 넓은 의미에서의 칸트적인 '비판의 기획'에 더 많이 의지하여 왔다는 것이다. 학문과 정치의 분리에 대한 철학적 기초로서 아니면 프리드리히 치하 프로이센이라는 현실정권에 대한 방법론적 거리두기로서 이해되어왔던 칸트의 「답변」은 푸코의 '포스트모던'한 책읽기에 따라 주체의 의미구성이라는 현대적 화두를 이끄는 원전이 된다. 푸코적 의미의 '포스트'는 계몽의 전통이 뿌리 깊은 사회의 '재계몽' 프로그램에 해당한다.

---

21 『비판』, S. 40~41 참조.
22 『비판』, S. 41.

3) 감식판단(Geschmacksurteil)

감정으로 철학한다(mit Gefühl philosophieren)

지금까지의 논의에서 우리는 계몽주의 운동을 통과하면서 '감정'이 우리 정신활동의 대상으로 떠오르게 되었다는 사실을 확인할 수 있다. 이는 무엇보다 인간이 삶을 꾸려 가는데 개별감정이 중요한 기관으로 자리잡게 되었다는 사실과 아울러 감정 역시 의식적 '처리'의 대상으로 되기 시작하였다는 두 측면을 동시에 담고 있다. 역사적으로 이 관계가 파행적으로 진행되었음을 우리는 위에서 독일 계몽주의 문학의 이념변화를 살펴보는 가운데 간략하게 조명하였다.[23] 개인의 주체 구성과 관련하여서는 기독교의 교조적인 형이상학이 붕괴된 이래로 인간의 느낌(Empfindung)이 문제로 되기 시작하였다는 사실을 지적할 수 있다. 한 주체에게서 느낌과 정체성(Identität)의 관계가 더 이상 자명하게 주어지지 않게 된 것이다. 한편으로는 특수자와 비합리적인 것을 받아들이고 인정하였지만 다른 한편으로는 바로 이 인정 때문에 다시금 그것의 보편자와의 관련을 도출해내야 하였기 때문이다. 이런 점에서 18세기는 비합리적인 것이 철학적 문제로 받아들여진 시기였고 이 사실로 인해 다른 시기와 구별된다는 연구가 설득력을 얻는다.[24] 그런데 독일 계몽주의 운동은 결과적으로 느낌이 인식(Kognition)과 다시 통합되는, 그러나 교조적인 도식에 따르지는 않는 '반성된'(reflektierte) 통합을 이루는 길로 나아갔다. 그리고 칸트의 『판단력비판』은 이 발전을 주도하였다.[25]

---

23 계몽주의 시기 동안 감각과 논리가 이루어내는 긴장을 받아들이면서 보편타당성을 모색하기 위해 많은 사람들이 논의에 참가하였다. 초기에는 감각이 논리적 인식을 생생하게 인식의 지평을 넓히고 깊이를 더해준다는 이해가 있었다. 계몽주의 중기로 접어들면서 감각은 전혀 다른 운동논리로 독자적인 인식활동을 펴나 그 결과는 논리적 인식과 동일하다는 식으로 이해하였다. 후기 질풍노도 운동은 논리적 인식에 따른 현실관계가 비인간적 모습을 드러내기 시작하였을 때 이 논리적 인식을 따르지 않는, 감각에 의지한 인간의 의식활동에 인류의 유토피아 희망을 다시 한번 걸어보는 시도였다.

24 이 책 62쪽 주 7 참조.

칸트의 철학적 처리방식은 『판단력비판』의 제1책 「조화미 분석론」에서 그 고유한 미덕을 유감없이 발휘한다. 일단 질, 양, 양태, 관계의 네 관계 속에서 '이 대상 x가 아름답다'라는 우리의 판단이 어떤 초월적 근거를 지니는가를 여타의 판단들 즉 감관판단과 도덕판단과 비교하여 취미판단이 지니고 있는 속성들을 뜯어보는(zerlegen) 가운데 도출해낸다. 그 결과 우리의 두 인식능력인 구상력(Einbildungskraft)과 오성(Verstand) 사이의 색다른 조합(긴장 속에서의 조화)에 감식판단의 근거가 있음을 '발견'해낸다. 이러한 칸트의 처리방식을 고려하면서 다음 장에서는 이 취미판단의 논리구조를 재구성해보도록 하겠다. 무엇보다도 칸트가 느낌(Empfindung)과 지각(Wahrnehmung) 사이의 관계를 자신의 '비판의 기획'의 틀 안에서 어떻게 설정하는가 하는 점에 관심을 집중할 것이다. 결론적으로 비 관습적인 관계가 제시될 것임은 이미 지적한 대로이다. 관습적으로 사람들은 정서(Emotion)와 인지(Kognition)를 서로 배타적인 것으로 이해해왔으나, 그 둘이 긴장관계라는 또 다른 '미적' 구조 속에서 일치할 수 있고, 이 미적 활동에서 감정이 철학적으로 인정되고 바로 이 철학적으로 인정된 감정의 활동성이 일상적이지 않은 인식을 가져온다는 독특한 역학이 밝혀질 것이다. 칸트가 이 반성구조형성을 비록 비일상적이기는 하지만 어디까지나 인간 사유활동의 한 유형으로 서술하기 때문에 이 반성구조는 합리성 영역에 계속 남아있게 된다.

감식판단의 논리구조

칸트는 「조화미 분석론」에서 감식판단을 다른 판단들과 비교하여 변별적 자질들을 찾아냈고 그때마다 특정한 공식으로 확정하였다. 이처럼 분석적으로 처리한 결과 미에 대한 판단은 한편으로 '모든 이들에게 타당할 것에 대한 요구'[26]를 제기하지만 그러나 다른 한편으로는 옆 사람

---

25 이 책 60쪽 각주 6 참조.
26 Immanuel Kant, *Kritik der Urteilskraft*(이하 'KU'로 표기), S. 49; 이석윤 옮김,

에게 자신의 판단을 강요(postulieren)하지는 못한다는 사실을 밝혀냈다. 이런 의미에서 주관적 보편성만을 지니고 있다고 정리하였다. 우리는 취미판단을 내리면서 다른 사람들도 역시 그럴 것이라고 간주할 뿐이다. 따라서 이 판단은 객체에 관한 개념들에 근거하지 않는 보편성, 즉 미적 보편성만 지닌다.

사람들은 마치 자신의 호감(Wohlgefallen)이 느낌(Empfindung)에 의존하고 있기라도 하듯이 객체를 자기자신의 눈앞에 직접 갖다 대려고 한다. 그러면서도 그 대상이 아름답다고 하는 경우에는 자신이 보편적인 찬동을 구하였다고 믿으면서 다른 사람들도 모두 자신의 판단에 따라주기를 요구한다. 하지만 사적인 느낌이라고 했을 때는 그것이 그 대상을 마주하고 있는 사람에 대해서만 호감을 결정하는 것이라고 보아야 하지 않겠는가.(§8)[27]

여기에서 칸트는 일단 주관적인 호감에 어떤 보편성이 있을 수 있다는 사실이 감식판단의 독특성을 말해준다고 지적하였다. 그리고 뒷장에서 이 내용이 구체적인 공식들로 진술될 수 있도록 분화시키는 작업을 한다. 오성개념으로는 담을 수 없는 이중성을 지닌 까닭에 서로 어긋나면서도 다시 이어지는 두 개의 공식이 제출되었다. 여기에서 객관적인 판단들의 형식과 변별되는 지점을 축으로 하여 감식판단이 지닌 '마치'(als ob)의 성격이 구성된다.

감식판단은 판단의 대상을 호감(미)과의 관련 속에서 마치 객관적인 판단을 내리기라도 하듯 다른 사람들도 모두 동의할 것이라는 요청으로 규정한다.(§32)[28]

『판단력비판』, 박영사, 2009, 68쪽. 이석윤의 번역을 기초로 하여 문장을 만들었다. 이러한 번역문을 인용하는 경우 원문의 쪽수를 먼저 밝히고 번역서의 쪽수를 명기한다.

27 Immanuel Kant, KU, S. 54; 이석윤, 73쪽.

감식판단은 마치 그것이 온전하게 주관적인 판단이라도 되는 듯 결코 규정근거들을 통해 규정될 수 없다.(§33)[29]

그런데 칸트는 『판단력비판』에서 이러한 판단에 대해 초월철학적 탐구를 한 결과, 그 '기이한' 성격에 해당하는 우리 인식능력상의 구조를 '발견'하였음을 논증하였다. 새로운 발견이란 다름 아닌 인식능력들이 반성구조형성(Reflexionsbildung)하는 경우가 있다는 것인데, 반성 즉 특수자가 주어졌을 때 보편자를 찾아내는 반성활동이란 우리 인식능력들이 인식과정에서 서로 상대방을 관습적으로 구획된 틀 안으로 밀어 넣으려는 경향으로부터 구조적으로 벗어나 제각기 자유롭게 자신을 펼치는 단계에 올라섰음을 뜻한다. 그리고 우리의 인식능력이 이런 구조를 구축하는 일에 성공하였음을 우리는 심정능력의 어떤 특정한 반응형태, 즉 쾌감을 통해 의식한다. 따라서 '미적' 쾌감은 전적으로 우리의 의식활동에 책임이 있는 감정이다.

(……) 그리고 이는 인식에는 아무 것도 기여하는 바가 없고 단지 주어진 표상을 주체 안에서 표상능력 전체에 맞세울 뿐으로, 바로 이 표상능력 전체를 심정은 자신의 상태에 대한 감정 속에서 의식하게 되는 것이다.(§1)[30]

쾌와 불쾌를 느끼는 감정은 '구분하고 판단하는 아주 특별한 능력'을 근거로 하지만 대상을 인식하는 데는 아무런 쓸모가 없고 사사로운 감정과 도덕감정으로부터도 구분된다. 이 구분되는 점을 학문적으로 정립하기 위해 칸트는 감식판단을 다른 판단들에 각각 대비한다. 사사로운 감정으로 내리는 감관판단과 비교한 결과 감식판단을 특징짓는 변별

---

28 Immanuel Kant, KU, S. 131; 이석윤, 154쪽.

29 Immanuel Kant, KU, S. 133; 이석윤, 157쪽.

30 Immanuel Kant, KU, S. 40; 이석윤, 58쪽.

적 자질로 조화미에 대한 호감의 보편성이 제시된다. 하지만 칸트는 이 과정에서도 이 보편성이 논리적 판단이 담보하는 보편성과 형식적으로 유사하지만 내용적으로는 다르다는 사실을 또다시 짚어낸다. 이런 식으로 논의를 전개해나간 끝에 이 보편성은 '주관적 보편성'이라는 공식을 얻는다. 개별적인 감식판단의 선험적 보편타당성은 판단하는 주체의 자율성에만 근거를 두고 있으면서 절대로 어떤 개념으로부터 도출되어지지 않는 것이다. 주관적 보편성이란 전적으로 주체가 현재 처해 있는 감정의 상태에 근거하고 있음을 뜻한다. 주체의 감정적 반응이 보편성을 담보하게 되는 까닭을 칸트는 인식능력들이 비율적으로 서로 조화로운 관계를 맺고 있음을 의식한 결과 나타난 정서적 반응이기 때문이라고 하였다. 인식능력의 특정한 구조가 어떤 특별한 감정에 상응한다는 이러한 사실이야말로 칸트가 인간의 미적 활동을 관찰하여 밝혀낸 중요한 요점이다. 바로 이 상응상태가 '주관적 보편성'이라는 용어에 들어 있는 핵심 내용을 이룬다. '미적인 것'에서는 한 대상을 인지하는 것, 그리고 그 대상에 '아름답다'라는 미적 술어를 붙이는 과정이 대상에 대한 객관적인 판단(경험판단이나 도덕판단)에 이르는 여타의 관습적인 표상의 경우와 정 반대의 경로를 밟는다. 주체가 대상으로부터 취한 표상을 평소와는 반대되는 방식으로 처리하는 가운데 감식판단이 지닌 이중성이 '반성'이라는 성격적 특성으로 옮아갈 수 있게 된다.

이제 우리는 다음과 같이 추정해야만 하다는 말인가? 즉 미란 꽃 자체의 어떤 특성으로 간주될 수밖에 없으며 그 속성에 관해 판단하고자 한다면 각양각색의 두뇌와 감관에 따르는 것이 아니라 오히려 이 속성에 천차만별한 감관이 순응해야만 하는가? 그런데 사실은 그렇지가 않다. 감식판단은 한 사물을 그 사물을 우리가 받아들이는 우리의 방식에 맞추어 그 사물이 자신을 배열해나가는 그런 속성에 따라 아름답다고 명명하는 데 본질이 있다.(§32)[31]

우리 방식대로 대상의 속성을 받아들이는 일이, 다른 경우라면 좀처럼 서로 일치되는 상태로 되지 않는 우리의 두 인식능력들을 비율적 조화의 상태에 처하도록 도모하고 이상적이게도 그런 상태가 성공적으로 실현되면, 여기에서는 두 인식능력들이 모든 한계에서 벗어나 '자유롭게' 유희하면서 존재하게 된다. 다시 말해 자유로움을 구가하는 직관능력이 법칙성 속에 머물러 있는 개념능력과 동등한 자격으로 합일을 보는 것인데, 칸트는 이를 조화로운 공동유희(Zusammenspiel)라고 하였다. 이 유희(Spiel)가 조화로운 까닭은 구상력이 인식판단에서와는 달리 오성의 규정에서 벗어나 능동적으로 활동하게 됨에 따라 오성과 구상력이 반성구조를 이루어 '긴장 속의 균형' 상태에 처하기 때문이다. 한 대상에 대하여 '아름답다'라고, 마치 "미가 대상의 속성이고 판단이 논리적인 양"(§6, S. 49) 의사 객관적인 술어를 부과하는 행위는 우리 인식능력들이 벌인 이러한 실험이 행복하게도 성공하였음을 표현하는 것이고 이로써 개인의 의식활동을 사회적으로 전달하여 인정받고자 함에 다름 아니다.

> 다만 자유로운 상태에 있는 구상력이 오성을 일깨우고, 또 오성이 개념을 동원하지 않고 구상력을 합법칙적인 유희 속으로 몰아넣을 때, 그러면 그때 표상은 관념으로서가 아니라 심정의 합법칙적인 상태에 관한 내부감정으로 전달된다.(§40)[32]

그런데 구체적이고 개별적인 쾌감 속에 인식능력들의 상호적인 활성화에 대한 의식이 존재한다는 사실은 감식판단이 지닌 '마치'의 성격에서 두 번째 측면을 설명한다. 감식판단은 어떤 객관적인 규정근거를 통해 정의되지 않는다. 감식판단을 하는 나는 나의 판단이 선험적

31 Immanuel Kant, KU, S. 131; 이석윤, 155쪽.
32 Immanuel Kant, KU, S. 147; 이석윤, 172쪽.

인 증명근거를 통해 정당성이 입증되어야 한다고 가정하지만 내 판단의 규정근거는 증명근거의 힘에 의지하지 않고 내 자신의 상태(즉 쾌·불쾌)에 대한 주체의 반성에만 있다. 이러한 특성 때문에 선에 대한 판단인 도덕판단과 비교하였을 때 감식판단은 감관판단에 접근한다. 하지만 감식판단이 감관판단에 대해 보이는 유사성 자체는 감식판단을 특징짓는 속성인 주관적 '보편성'이라는 요인에 따라 다시금 그 감관판단으로부터 멀어지는 결과를 초래한다. 물론 여기에서 보편타당성은 어떤 개념에 근거하는 것도 아니고 이 미적 보편타당성으로부터 논리적 타당성이 도출되는 것도 아니다. 감식판단에는 '어떤 특별한 또 다른 종류'의 보편성이, 우리가 '미적' 이라는 접두사를 붙이는 보편성이 내재해 있다.

미라는 술어는 객체를 그의 모든 논리적 영역에서 관찰되는 개념에 연결시키는 것이 아니라 바로 그 술어를 판단자의 전체 영역으로 확장시키는 것이다.[33]

감식판단이 의지하고 있는 보편성이 특별한 종류라고 하는 까닭은 이 판단을 개개인은 자신의 감정 속에서 내리면서 자신이 옳은 판단을 내렸는지에 대한 확인을 대상에 대한 개념으로부터 받으려고 기대하지 않고 다른 사람들로부터 동의를 받으려 하기 때문이다. 감식판단은 개별적인 판단으로서 판단자의 반성활동에 근거하여 그 보편성을 보장받고 있다. 이런 의미에서 칸트는 다른 이의 동의를 요구하는 행위를 특정한 동사 'ansinnen'(감히 요구하다)으로 자리매김하였다. 다른 경우라면 개념을 매개로 하여 보편적인 동의를 요청할 것이었다. 감식판단의 경우는 한 대상을 두고 그것과의 미적 관계 속에서 즉 대상으로부터 취한 표상이 쾌, 불쾌의 감정과 맺는 관계를 고려해서만[34] 접근하면서 동시

---

33 Immanuel Kant, KU, S. 53; 이석윤, 72쪽.

에 옆 사람 역시 자신의 판단에 동의할 것이라고 간주하고 넘어간다. 이런 측면에 따라 주관적 보편성에 근거하여 조화미에 대해 판단을 내리는 개별적인 능력은 '반성된 감정'이라고 일컬어진다. [34]

칸트가 「조화미 분석론」에서 이 '마치'의 성격을 분석한 결과 인식능력들이 보통 때와는 다르게 특별한 구조를 이루게 되면 그 상태에 조응하여 우리 속에서 특별한 감정이 일어난다는 역학을 발견하게 되었다는 사실은 이미 한차례 지적한 바 있다. 그런데 이 역학이 중요한 까닭은 이러한 두뇌와 마음의 조응상태에서 감정이 인식의 하위로 들어가지 않기 때문이다. 감정이 인간의 인식활동에 관여하면서 스스로 어떤 다른 전망을 열게 되는 것이다. 여기에서 '다른' 전망이란 논리적 판단의 전망을 넘어선다는 의미이다. 감정은 관습적이지 않은 방식으로 우리 인식능력들이 미적 구조를 성립하도록 이끌어간다. 「분석론」에서 여타의 판단들과 비교하는 가운데 수미일관하게 확정되는 하나의 사실은 바로 쾌감이 이 다른 전망에 따라 인식과정을 주도한다는, 감정의 능동성이다. 물론 여기에는 칸트의 철학체계에 걸맞게 자연이 이 또 다른 전망에 따라 자신을 배열해내고, 그 표상들이 우리 파악능력의 '미적' 구조에 맞추어지도록 한다는 사실이 전제되어 있다.

감식판단에서 볼 수 있는 미적 판단의 보편성이 이러한 특수한 규정을 가지고 있다는 것은 주목할 만한 일이다. 논리학자한테는 아닐지도 모르지만 초월철학자에게는 그러하다. 그 보편성의 근원을 발견하기 위해 적지 않은 노력을 기울여야 하지만 그러나 이렇게 뜯어보지 않으면 우리에게 알려지지 않은 채 남아 있을 우리 인식능력의 한 특성을 발견한다.[35]

「분석론」에서 감식판단의 특성을 뜯어본 결과 한 대상을 지각하면

---

34 Immanuel Kant, KU, S. 52; 이석윤, 71쪽.
35 Immanuel Kant, KU, S. 51; 이석윤, 70쪽.

서 이때 표상들을 그 성질에 따라서가 아니라 우리 방식대로 받아들이는 어떤 특별한 활동을 취미가 해낼 수 있다는 사실을 발견하게 된 것이다. 이 능력은 판단할 때 개념을 고려하지도 느낌을 고려하지도 않고 한 대상의 표상에서 취하는 지각들을 단지 그 대상과 관계하는 인식능력들 사이의 조화를 이루기 위한 조건으로서만 받아들인다. 이 조화 속에서 구상력과 오성이 이루는 상호 활성화 역학이 감정 속에서 의식되어진다. 이 즐거움이 현존한다는 사실은 두 인식능력이 이 경우에는 단지 조화를 위한 '주관적' 조건들 하에서만 고려된다는 사실에 대한 신호이다. 쾌의 감정은 우리에게 세계에는 논리적 질서와는 다른 또 하나의 질서가 존재한다는 전망을 갖도록 한다. 사물들은 전적으로 우리의 인식능력을 위해서만, 인식능력들의 조화로운 비율을 고려하는 가운데에서만 나열되는 또 하나의 질서를 형성한다. 사물의 이러한 질서를 판단력이 인식한다. 이성의 이론적 사용과 실천적 사용과 나란히 판단력은 이 주관적인 조건을 토대로 자신의 선험적 원칙들을 사용한다. 이 사용을 위해서 판단력은 전적으로 표상이 우리 인식능력과 맺는 관계만을 고려하며 이런 의미에서 형용사 '순수하다'를 얻는다. 이성이 이런 방식으로 사용되는 경우를 판단력의 '반성적' 사용이라 하였는데, 주어진 표상을 표상능력 전체에 대하여 맞세우는 활동을 한다는 의미에서이다. 판단력이 수행하는 이러한 활동의 특수한 성과인 반성은 규정적인 경우와 달리 우리의 인식능력 전체가 '비관습적으로' 위계질서에서 벗어나 긴장상태에 처해 있을 때 나온다.

그런데 반성한다고 함은 곧 주어진 표상을 그 표상에 의하여 가능한 개념에 관하여 다른 인식능력들과 비교하고 대조하거나 또는 자기의 인식능력과 비교하거나 대조하거나, 둘 중의 하나를 말하는 것이다.[36]

<hr />

36 Immanuel Kant, *Erste Einleitung in die Kritik der Urteilskraft*, S. 17: 이석윤, 423쪽.

이 긴장 속에서 활성화되어 활동하고 잇는 인식능력들 사이의 상호 촉진은 궁극적으로 사물의 다른 질서를 '인식'하도록 한다. 이 또 다른 주관적 전망에 따른 이런 종류의 인식은 칸트의 철학체계에서 '인식일반'(Erkenntnis überhaupt)에 속한다.

이렇게 하여 조화미에 대한 판단의 독특성을 분석하는 가운데 판단력의 주관적 조건들이 우리가 아름다운 대상에서 취한 표상과 일치한다는 사실이 도출되었다. 이렇게 일치되었을 때 판단력의 주관적 조건들은 서로 조화로운 관계에 처해 있다고 말할 수 있게 된다. 한 대상은 그것이 그 대상에 대한 온갖 이해관계에서 벗어나 이 의식활동을 하도록 할 수 있도록 되었을 때 '아름답다'. 그것이 성공하면 대상은 '아름답다'라는 술어를 획득하고 우리 관찰자들은 쾌감을 얻는다. 감정이 반성과정을 통해 산출되는 것이다. 반성된 감정은 하나의 구체적이고 개별적인 경우에 이 과정이 성공했음에 대한 신호로서 개별적으로 전달된다. 이런 방식으로 칸트 미학에서 '미적인 것'이라는 단어가 일종의 학문적 규정이 가능한 객관적인 공식으로 확립된다. 요약하자면 감정이 인식능력에 상응할 수 있게 되었음을 뜻한다.

정리

감식판단의 논리구조를 서구의 고전적인 예술론과 관련하여 고찰할 때 특별히 주목할 만한 요점은 감식판단이 '주관적이면서도 보편적이고 보편적이면서도 주관적'이라는 칸트의 진술이다. 그리고 이 진술을 통해서 칸트가 인간이 인식활동을 하는 중 느낌과 지각이 평소와는 다른 경로를 거쳐 '미적'으로 결합하는 과정을 설득력 있게 제시하였다고 받아들여져 왔다. 칸트는 느낌과 지각 두 계기를 일단은 나름의 고유한 역학 속에서 각각 별도로 설명한 후 이를 다시 결합하는데, 이 결합은 형이상학적 작용력을 지니지 않은 오로지 초월적이기만 한 것이다. 이 초월적 결합이 미적 긴장으로 설명된다. 그 독특한 고유성, 즉 단지 두뇌의 의식활동으로만 남은 채 주체에게 의식되는 미적 긴장의 특성이 학문적 언어로 '서술'될 수 있도록 칸트가 이 책에서 택한 방법은 느낌과 지각의 미적 결합을 여타의 결합들, 즉 느낌과 지각의 경험적 결합 그리고 논리적 결합과 각각 비교하는 것이었다. 경험적 결합과의 비교에서는 그 보편연관이 그리고 다시 논리적 결합과 비교하는 가운데서는 미적 결합의 개별성이 구체적으로 모습을 드러낸다.

그런데 사실상 미학, 즉 감각에 관한 학문은 본래 감각적인 것과 논리적인 것 사이의 긴장을 다루는 학문으로 자리매김해왔다. 칸트보다 먼저 바움가르텐이 계몽주의의 감성복권이라는 틀 속에서 첫 발걸음을 내딛었지만 그러나 그는 볼프의 체계에 머물러 감각소가 논리소에 종속되는 논의를 개진하고 볼프의 체계에 한 분과를 보탠 상태로 끝맺었다. 바움가르텐이 정립한 감각적 인식에 대한 철학으로서의 미학은 미적 긴장을 논리소의 전권 하에 해소한 것이 되었다. 칸트의 다른 점은 미적 긴장이 해소되지 않고 오히려 한층 더 고조된 상태에서 일정한 틀(조화로운 유희)을 갖춤으로써 그 긴장상태가 인간에게 의식된다는 사실을 밝혀낸 것이다. 이 사실을 확정한 후 칸트는 '틀 속에 담긴 긴장'의 역학을 분석하는 작업을 한다. '이 대상 x는 아름답다'라는 판단의 근거가 바로 이 긴장에 있고, 이 긴장이 조화미라는 미적 범주를 구성하게 되는 경로는 인간의 두 인식능력, 즉 오성과 구상력이 조화롭게 상호작용을 하는 상태로 들어가는 것이라는 사실을 밝혀낸다. 그런데 이 조화로운 상호작용은 두 능력들이 각자 나름의 역학 속에서 자율적일 때 일어난다. 그리고 인간의 인식능력들은 특정한 대상을 목도하였을 때에만 이 범상하지 않은 관계를 형성하는 데 성공한다. 특정한 미적 대상에 대한 관찰을 '아름답다'라는 술어로 규정하는 것은 이 대상을 관찰하는 주체에게서 인식능력들이 자율적인 상태로 나아가는 일이 성공적으로 이루어졌다는 표시이다. 결국 '이 대상 x는 아름답다'는 진술은 주체가 인식능력들 사이의 미적 긴장으로부터 내리는 판단이 된다. 이렇게 하여 칸트는 바움가르텐에서 헤겔로 이어지는, 미에 대한 합리주의적 전통에 따르는 견해로부터 벗어나게 된다. 칸트에게서 미는 미적 아우라를 지녀 그 힘으로 우리에게 인식되는 대상의 속성이 아니다.

예술의 자율성이라는 표어로 칸트의 미학을 사회화해온 독일 시민계층의 노력은 역사적으로 서로 상반된 평가를 받고 있다. 무엇보다 내적으로 독자적인 운동논리를 지닌다는 뜻의 단어 '자율성'이 미학적 개념으로 사용되면서 문맥에 따라 다른 강조점을 지녀왔기 때문일 것이다. 현재의 일반적인 이해를 설명할 때 첫 번째로 머리에 떠올릴 수 있는 역사적 문맥은 헤겔 미학과의 차이점이다. 이념의 감각적 가상으로 미의 개념을 정의하면서 헤겔은 신적인 것이 감각적 요소를 엎고 온전하게 우리의 의식에 들어와 앉았을 때 '아름답다'는 주체의 정서적 반응이 일어난다고 설명하였다. 이러한 헤겔의 미학체계는 그동안 예술활동 일반을 '절대자를 인식하는 정신활동의 결과를 그대로 미의 영역에 옮겨놓는 활동'이라고 이해하도록 이끌었다. 이러한 전통에서 이해하는 인간의 미적 활동을 칸트는 그러나 개별과 보편을 매개하는 운동과정에 위치한 특수자를 절대자의 체계 속에 귀속시켜 위치를 지정하는 활동에 다름 아니라고 보았다. 그리고 절대자가 구축해놓은 체계 속에서 아직 미처 체계적 규정을 받지 않았을 뿐인 특수자에게 절대자와의 관련을 찾아주는 이 정신활동에 사용되는 인간의 정신능력을 규정적 판단력이라고 정의하였다.[37] 칸트 철학체계에서 이 활동은 일반오성의 활동에 포함된다. 오성의 규정을 벗어나는 새로운 전망은 반성적 판단력의 활동을 통해서만 열린다. 판단력이 규정적 활동을 하는 경우는 오성이 감성을 규정하므로 일반 논리적 인식과 마찬가지인 정신활동이 된다. 감성이 오성의 규정성을 벗어나는 경우, 그러면서도 동시에 오성과의 조화로운 관계 속에 있어 보편적 구속성을 보장하는 경우, 우리 인간의 정신활동은 아직 우리의 인식체계에 들어와 있지 않은 절대자와의 관련을 해방된 감성을 매개로 특수자를 통해 찾아 나설 수 있게 된다.[38]

---

37 Immanuel Kant, *Erste Einleitung in die Kritik der Urteilskraft*, S. 17; 이석윤, 423쪽.

칸트가 인간에게서 그 독특한 미적 활동을 가능하게 한다고 주장한 오성의 규정에서 '해방된' 자유로운 감성은 우리에게 또 다른 역사적 문맥을 생각하도록 한다. 예술을 위한 예술운동이 보여주었던 극단적 유미주의와 보들레르의 시를 분석하면서 그동안 우리가 그 철두철미한 데카당스 속에 담긴 전복력을 제대로 수용하지 못해왔다는 일부의 주장을 들어보면 예술 적대적인 사회 속에서 오늘날 예술이 얼마나 복잡한 위치에 서게 되었는가를 생각해보게 된다. 인간적인 가능성을 획득해나가기 위해 노력하는 예술은 그러면 예술이 수용자와 교감할 때 인간의 어떤 능력을 매개로 감동과 성취가 이루어진다고 가정해야 하는가? 두 번째 역사적 문맥을 이끌어온 예술관으로 이 물음에 답해본다면 이렇게 정리될 것이다. 인간 적대적이고 예술 적대적인 사회관계 속에서 살아가는 수용자들의 감수성은 이미 현금계산과 자연파괴의 감수성에 '깊이' 물들어 있다. 자본주의적 현금계산과 이윤 추구의 지배적인 사고방식에서 벗어나는 일은 새로운 지각방식을 획득하면서부터 시작되고, 감성의 해방을 체험하도록 하는 예술이야말로 수용주체로 하여금 새로운 사물의 질서에 눈뜨도록 이끌 것이다. 그런데 칸트의 생각을 빌려 이러한 예술이해를 다시 비판해보면 예술작품이 제공하는 미적 체험은 지각방식의 변화를 넘어서는 새로운 정체성 획득을 동반해야 하고, 이 새로운 정체성이 개별 주체 차원에서 획득될 수 있도록 예술은 여타 사회 관련부분을 아울러 동시에 드러내 보여주어야 하는데 예술을 위한 예술운동은 일면적인 대안만을 제시하였을 뿐이다. 여기에서

---

38 반성적 판단력의 기능은 특수에 의지하여 보편을 획득하는 것(zum Besonderen das Allgemeine zu finden)이고 규정적 판단력은 보편을 준거로 특수를 추론하는 것(Das Besondere unter das Allgemeine zu subsumieren)이다. 지구의 움직임을 케플러의 행성운동법칙에 따른 태양계 운동으로 보는 경우가 규정적 판단력이 활동하는 좋은 본보기다. 케플러가 그려낸 타원은 인간의 구상력이 짜맞추어낸 결과물(Konstruktion)이다. 타원이 하나의 개념으로 되어 그 법칙을 관철해나감으로써 우리 눈에 드러나는 현상에 상응하는 형상을 얻어냈고, 이 타원운동이라는 개념 속에서 특수자인 지구의 움직임을 법칙적으로 설명해낼 수 있게 된다.

나는 '해방된 감성이 오성과 벌이는 조화로운 유희'라는 칸트의 반성적 판단력 정의를 이미 굳어진 고정관념에 기여하는 오성의 사용에서 벗어나야 한다는 전언으로 읽는다. 기존의 관행과는 다른 방식으로 오성의 자연인과성이 새롭게 우리의 지각을 '인식'으로 구성해낼 수 있음을 확신하면서 이를 위해 노력을 기울여야 한다는 요청으로 받아들여야 하지 않을까?

이른바 변혁기, 사회변화의 가능성이 누구에게나 손에 잡힐 듯 생각되던 시기와 사회에서 칸트의 미학은 대체로 현실도피적인 경향을 지니는 것으로 받아들여졌다. 사회발전 전망이 마련되어 모두에게서 이미 공감대를 형성해냈다는 생각을 밑거름으로 하여 달아오른 변혁의 열기가 개별 주체의 정신활동에 자율적인 공간을 제공하는 여유를 덮어 나갔다고 한편으로 이야기할 수 있을 것이다. 그러나 다른 한편으로 변혁기에 인류에게 새롭게 해결과제로 등장한 문제, 자본주의적 노동관계에서의 강제성은 칸트가『판단력비판』을 쓰던 당시의 역사적 전망을 넘어서는 문제였음이 사실이다. 변혁기는 바로 대다수 주민들에게 생존의 문제로 등장한 이 노동강제를 사회관계의 변혁을 통해 해결해보려고 인류가 노력하던 시기가 아니던가? 따라서 예술작품을 통해 얻은 반성된 쾌감으로 노동관계의 강압적 체험을 정화함으로써 계속 인간성 이상을 살려가려고 애쓴 독일 시민계층의 노력은 이 문제에 대한 귀족주의적 답변이었다고 평가할 수 있다.[39]

칸트가 미학이론적으로 기초하고 실러가 문학특수적으로 발전시킨 자율성 미학은 고전주의 이래 독일 시민계층의 예술이해에서 중심을 이루고 있다. 이 미학은 분열이 이미 구조화된 세계에서 사회적인 매개 가능성을 모색하는 문제를 미적 문제설정 과정에 끌어들여 예술과 개

---

39 Rolf Grimminger, "Die Utopie der Vernünftigen Kunst", Christa Bürger (Hrsg.),
    Aufklärung und literarische Öffentlichkeit, Frankfurt am Main: Suhrkamp, 1980
    참조.

별 주체의 매개 가능성을 중점적으로 고민해왔다. 분열된 사회 속에 살면서 매순간 분열을 경험하는 주체의 새로운 통합은 우선 주체가 분열된 세계상태를 총체적으로 파악할 수 있을 때 가능하고, 분열에 저항하기 위해서는 무엇보다도 내면의 자유가 필수불가결한 전제조건이다. 자율성 이념에 따르는 예술은 이 내면의 자유를 개별 주체가 확보할 수 있도록 도모할 것이다.[40] 자유로운 의식을 획득함으로써 주체는 새롭게 전망을 열어나갈 수 있게 되고, 이렇듯 개별 주체의 의식으로 매개되어 자리 잡은 새로운 전망만이 개인과 사회의 진정한 변혁을 가능하게 한다. 이러한 이해에 따르는 예술의 의식변혁적 이념에 대해 최근 새롭게 유럽에서 주의가 기울여지고 있는 것은 유럽사회의 전반적인 구조변화와 관련이 있다. '정신적인 준비'와 '현실 사회관계의 변화'는 앞으로 더욱 구체적인 문제의식 속에서 거듭 지적노력이 기울여지는 관계를 이루게 될 것이다.

유럽 근대의식의 중심을 이루는 개별 주체의 자기인식은 인간이 지닌 이성능력과 감성능력의 긴장을 주체가 의식하면서 형성되기 시작한다. 인간의 삶에 물질적 조건의 비중들이 점점 커가는 문명사회에서 그동안 이 두 능력 사이의 긴장이야말로 물질적 조건들의 인간화를 위한 노력 그리고 문명화 과정이 인간에게 부과하는 부담과 문명 자체의 인간 적대성을 딛고 인간적 가치를 사회적으로 실현하려는 노력을 이끌어온 가장 큰 힘이었다. 계몽주의 운동을 돌이켜보면서 연구자들에게 과제로 다가오는 점은 인간능력들의 긴장이 이루어 냈던 가능성과 한계를 역사적으로 조건지어진 구체적 현실관계 속에서 찾아보는 일이다. 이러한 연구는 당대인들이 기울였던 노력을 다시 오늘의 관점에서 분석하게 될 것이다. 개체의 도덕적 자율성에 의지해 사회적 조화와 사생활의 행복을 아울러 실현하려 하였던 독일 계몽주의 이념이 한차례 감성의 전폭적 해방운동으로 펼쳐졌다가 다시 감성을 이성능력을 한 차

---

40 Ernst Cassirer, *Grundprobleme der Ästhetik*, Berlin: Alexander Verlag, 1989 참조.

원 더 높이는 매개로 자리매김하는 노력으로 바뀌는 과정은 독일이 처했던 역사적 현실이 조건지었다. 당시의 현실적 조건들에 대응하면서 계몽주의자들은 반성성(Reflexivität)을 통해 전망을 여는 판단력을 개별 주체가 획득하도록 도모함으로써 제약된 조건을 딛고 살만한 사회를 이루도록 노력하는 의지를 계속 사람들의 마음속에 불러일으켜야 한다고 생각하였다. 그리고 무엇보다 예술영역에서 이처럼 새롭게 사회적으로 요구되어진 인간의 능력을 발전시켜 나갔다. 이렇게 하여 예술작품은 주체가 반성능력을 훈련하는 고유한 기능을 부여받았다. 개별 주체가 현실을 넘어서는 전망에 대해 열려진 태도를 준비하고 있지 않다면, 물질적 조건들이 변화되어 사회변혁의 계기가 주어진다 해도 여기에 주체적으로 대응하지 못할 것이며 그 결과 변혁의 진보성이 보장되기 어렵다는 생각에 따라 문화와 예술이 사회적으로 진지하게 받아들여지게 되었다. 또 우리의 문화적 자기이해와 비교해보았을 때 독특한 점은 공동체 의식이라 하더라도 개인주의로 매개되지 않았을 경우는 집단주의 폭력을 불러온다는 생각이다. 나치즘의 제3제국과 현실 사회주의 제도가 불러일으켰던 부정적 측면들을 비판하면서 이러한 문화에 대한 독일적 자기이해는 점점 더 강화되어 가고 있다. 계몽주의 시기부터 이미 조짐이 드러났던 인간적대적이고 예술적대적인 자본주의적 소유관계에 대하여도 주체의 대응능력을 강화하는 방식으로 문화운동이 전개되었다. 자본주의적 생산과 소유관계가 엄청난 물리적 힘으로 인간들에게 강요하는 보고 듣고 느끼는 방식에 저항하는, 전혀 다른 보고 듣고 느끼는 지각방식을 우선 확보함으로써 인간은 새로운 가치체계를 모색해 나갈 수 있고 이를 사회적으로 관철할 수 있다고 생각하였다. 서구 현대예술의 실험적 요소를 이해하는 한 가지 방법이 될 것이다.

칸트 미학과 실러의 드라마 이론 및 극작품이 지향하는 예술의 의식 변혁적 이념에 대해 최근 새롭게 주의가 기울여지고 있는 것은 유럽의 전반적인 구조변화와 관련이 있다. 1980년대까지도 문예학에서 칸트와 실러의 예술론은 독일 시민사회의 모순에 대한 독일식 답변으로 이해되었다. 사회혁명으로부터 등을 돌리고 그 대체물로 역사철학을 제시하면서 인간성 형성의 이상을 미의 세계를 통해 이루어보겠다는 '현실도피적' 경향이 지적되었고, 19세기로 접어들면서 독일 시민계급의 역사적 반동성 때문에 어쩔 수 없이 시민문화와 인간성 이상이 형식화되고 공허해졌다고 루카치는 여러 차례 비판하였다. 도덕적 질서를 상징적으로 드러내는 일이 아직 공감대를 이룰 수 있었던 시기에 형성된 미학을 토대로 하여 현실의 노동관계가 강제하는 강압적 체험을 예술작품에 대한 반성된 쾌감으로 정화하여 계속 인간성 이상을 살려가도록 도모한 고전주의 예술이념은 발생과 동시에 '귀족주의적'이라는 판정을 받은 후 19세기와 20세기 내내 그 낙인에서 자유롭지 못했다. 하지만 독일철학적 미학 전통에서 발전된 자율성 미학은 분열이 이미 구조화된 세계에서 사회적 매개를 모색하려는 노력을 미적 문제설정과정에 끌어들여 예술과 주체의 매개 가능성을 중점적으로 고민해온 것이기도 하다. 예술의 자율성은 분열된 세계상태를 총체적으로 파악하기 위해 필수불가결한 '내면의 자유'를 주체가 확보할 수 있도록 도모한다는 견해는 독일 계몽주의 운동의 탈계층적 성격을 긍정적인 요인으로 파악한 경우이다. 18세기 계몽주의 운동과정에서 발전되었던 독일 시민계층의 자기비판적 반성원리와 의식의 자유는 옛 동독의 저명한 문예학자 한스 게오르크 베르너에게서 오늘날의 어려운 상황에 대처하여 희망을 잃지 않도록 하는 미학원리로 새롭게 주목받고 있다.

20세기에 유럽의 주민들이 겪은 정치적 변화는 손에 쥘 수 있는 것을 위한 실제적인 노고가 우리가 다가갈 수 없는 것, 그러나 소망스러운 것에 대한 정신적인 준비과정과 더불어 진행되지 않는다면, 그것은 우리에게 그냥 아직 때가 되지 않아 손에 잡히지 않는 것일 뿐인지도 모르는데, 제대로 결실을 맺기 어렵다는 사실을 깨우쳐 주었다. 그렇다면 문학이 서 있는 정신적인 영역에서도 이 어려움을 함께 나누어야만 할 것이고, 문학을 사랑하는 이들이라면 더욱 여기에 동참하지 않으면 안 된다.[41]

2. 쾌감의 필연성[42]

1) 경험대상일 수 없는 자유

칸트의 저술들 중『순수이성비판』,『실천이성비판』그리고『판단력비판』이 그의 철학체계를 구성하는 건축술에 사용된 초석들이며 이 세 비판서로 짜인 골격에 따라 칸트의 사상을 설명하는 일이 가능하다는 사실은 모두가 수긍하는 대로이다. 철학체계를 건축에 비유하는 까닭은 그만큼 부분들이 명료하게 완결되어 있다는 점에 기인한다고 볼 수도 있다.

오성이 선험적 원칙들에 따라 자연계(Naturwelt)에 자신의 개념들을 적용하여 '인간이 경험할 수 있는 대상들'(Gegenstände der möglichen Erfahrung)을 확정하는 활동을 다루고 있는『순수이성비판』은 오성의 활동을 그 완결된 역학 속에서 구명하는 철학서이다. 그런데 이 책은 오성 능력에 따른 개념적 인식 가능성을 그 한계 속에서 밝혀냄으로써 오성의 한계 너머에 다른 세계가 있다는 사실을 스스로 인정하는 결과를 불러일으킨다. 제 1비판서는 이렇게 하여 건물의 다른 축을 필수불가결하게 요청하는 한 축으로 자리잡는다. 현상계(감성계Das Sinnliche)와 물자체(초감성계Das Übersinnliche)를 '어마어마한 골'(unübersehbare Kluft)이 그 사이를 가로지르는 전혀 다른 두 세계[43]라고 설정하는 칸트 철학의 밑그림은 이렇듯 경험적 인식의 한계를 확정하는 데서 출발한다. 이러한 문제의식을 이어받아『실천이성비판』에서 칸트는 자연법칙에서 벗어난 인간의 인식활동 영역을 구명한다. 이렇게 하여 인간이 수행하는 의

41 Hans-Georg Werner, *Schillers Literarische Strategien nach der Franzoesischen Revolution*(Sitzungsberichte der Akademie der Wissenschaften in Berlin), Berlin: Akademie Verlag, 1991, S. 31.

42 이 글은 졸고「자연과 자유가 하나로 되게 하는 칸트의 미적 판단력」,『독어교육』제24집, 2002를 재구성한 것이다.

43 Immanuel Kant, KU, S. 11; 이석윤, 27쪽. 번역은 수정함.

식활동의 총체가 철학적 파악의 대상으로 떠오르게 되었다. 이 제2비판 서는 인간의 자유의지가 도덕적 판단으로 사회화될 때 적용되는 선험 적 원칙들을 밝히는데, 여기에서 이 자유의 선험원칙이 적용되는 관할 구역(Gebiet)[44]과 자연개념들이 선험적 원칙에 따라 관철되어나가는 관 할구역이 절대적으로 구분된다는 사실이 논증되고 있다. "자유는 경험 대상일 수 없기 때문이다"[45]라는 문장이야말로 이와 같은 칸트 철학체

---

44 이 단어를 우리말로 옮기면서 고려해야 했던 사항을 잠깐 언급하고 넘어가기로 한다. 우선 이런 내포를 지닌 우리 낱말은 '관할구역' 이외에도 몇 가지가 있다. 그중에서 '관할구역'이 가장 적절하다고 생각하여 선택하였다. 칸트는 『판단력 비판』에서 펠트(Feld), 보덴(Boden), 게비트(Gebiet) 세 단어를 사용하여 우리 인 식활동의 결과가 현실에서 드러나는 다양한 층위를 엄격하게 구분한다. 개념이 란 무엇보다 일단 대상과의 관련 속에서 고찰해야 하는 것이라는 견지에서 칸트 는 개념이 대상과 관계 맺을 때 그 대상이 인식가능한가 아닌가의 여부를 떠나서 우리의 인식능력 일반과 일정하게 관계를 맺고 있다면, 이에 따라 규정되는 범 위를 '펠트'라고 칭하고, 그중 일부분을 이루는, 우리에게 경험이 가능한 부분을 '보덴'이라 하였다. 개념들과 그 인식을 위해 요구되는 인식능력을 위한 보덴으 로 되는 것이다. 다시 그 중에서 개념이 '법칙부여적'(gesetzgebend)으로 활동하 게 되는 부분을 개념과 개념에 종사하는 인식능력의 게비트라 칭하였다. 여기에 서 보덴과 게비트의 차이를 설명하는 칸트의 서술은 관념론적 체계구성의 원칙 을 상징적으로 보여주는 대표적인 일례가 된다. "경험개념들(Erfahrungsbegriffe) 은 그러므로 감각의 전체 대상을 모두 아우른 것으로서의 자연에 자신의 보덴을 가지고 있다고 할 수 있겠지만, 게비트는 가지고 있지 않다. 그 이유는 이 개념들 이 법칙에 따라 파생된 것이기는 하나 법칙부여적이지 않은 까닭에 이 개념에 근 거한 규칙들은 경험적(empirisch)이며 따라서 우연적이기 때문이다."(KU, S. 9) 여기에서 이미 우리는 칸트의 '자연' 개념이 잡다한 경험의 집합체와는 다른, 어 떤 엄격한 법칙을 따르는 것임을 짐작할 수 있게 된다. 그래서 물자체를 자연강 제(Naturzwang)에서 벗어난 자유(Freiheit)의 영역이라고 이해하게 되는 것이다. "우리의 인식능력들은 두 영역을 가지고 있는데, 자연개념들의 영역과 자유개념 의 영역이다."(KU, S. 10) 이처럼 개념과 그 대상의 조응방식에 따라 영역들을 나누는 일은 그런데 칸트가 판단력의 독특성 중 형이상학적 규정성에서 벗어난 오성활동이라는 측면을 설명하는 과정에서 매우 큰 미덕을 발휘하게 된다. 펠트, 보덴, 게비트를 우리말로 모두 가려내기가 어려워 우선 가장 많이 거론되는 게비 트를 '관할구역'이라 칭하기로 한다.

45 "da die Freiheit schlechterdings kein Gegenstand der Erfahrung sein kann", Immanuel

계의 밑그림을 가장 잘 특징짓는다고 할 수 있을 것이다.

　인식론상의 코페르니쿠스적 전환에 따라 '우리의 인식능력에 사물을 맞추어 세운' 칸트의 철학적 방법은 이렇듯 이성의 자기인식이 전개되는 '비판'의 영역을 열었다. 이 비판 프로그램에 따라 이성의 진리구성 방식들에 대한 철학적 고찰이 추진되었고, 이 작업의 결과로 자연에 대한 과학적 인식과 자유를 관철하는 도덕적 판단이 하나의 철학적 체계 속에 자리 잡을 수 있게 되었다. 순수이성과 실천이성은 전혀 다른 선험원리에 따라 각각 자신의 대상세계에 법칙을 부여하는데, 바로 여기에 칸트 철학의 근대적 면모가 들어있다. 이러한 이분화에서 인식론적으로 전혀 새로운 문제가 인류의 지성사에 등장하였는데, 근대의식이 분화와 분열을 토대로 구성될 운명임을 칸트가 명시하고 있기 때문이다. 칸트가 오성 범주에 따라 우리 인식의 지평에 떠오르는, 가능한 경험(mögliche Erfahrung)의 대상들을 보편적 법칙의 형식에 따라 구성하여 '객체들'(Objekte)로 규정한 결과 우리가 실제로 자연에서 마주하게 되는 실질적인 경험(wirkliche Erfahrung)이 여기에 다 포함되지 않게 되었다. 따라서 자연에는 합법칙성의 원리에 따라 이성적인 인식의 대상으로 되는 사물들과 우연과 무질서의 지배를 받는 사물들이 나란히 있게 되었다. 후자의 이 '자유로운'(frei)[46] 자연은 독자적인 제3의 원칙과 나

Kant, *Erste Einleitung in die Kritik der Urteilskraft*, S. 3; 이석윤, 409쪽.

46　여기에서 '자유롭다'는 말은 합법칙성의 지배를 받는 오성인식의 대상으로서의 자연이 지닌 완고한 면모와 대비되어 쓰이고 있다. 자연법칙의 지배에서 벗어나 있다는 의미에서 자유롭다는 말을 사용하면서 카울바흐(Kaulbach)는 이 '우연적'인 자연대상들이 초월철학으로 하여금 지금까지 추진해온 비판의 '고정된' 두 영역에서 눈을 돌려, 이성이 실천이성의 영역으로 '넘어가는 과정'(Übergang)을 인지하도록 한다고 정리한다. 이제 이성은 우연적이고 규정 불가능한 대상들을 체계적으로 통일할 수 있는 전망을 발전시켜야 하게 되었다. 이는 판단력이 법칙을 부여하는 영역에서 이루어지게 되며, 이 영역의 사유 가능성을 특징 짓고 경계 설정하는 일이 독특한 비판 프로그램인 판단력 비판의 과제로 된다. Friedrich Kaulbach, *Ästhetische Welterkenntnis bei Kant*, Würzburg: Königshausen & Neumann, 1984, S. 15 참조.

름의 통합원리를 필요로 하며, 그리하여 순수이성이나 실천이성과는 다른 능력에 의하여 '인식'될 수 있어야만 하였다. 이러한 요청은 칸트 철학이 체계로서의 완결성을 추구하는 한 반드시 채워져야 하는 것이 아닐 수 없다.[47] '아름다움의 제국'을 자신의 비판 프로그램에 끌어들임으로써 칸트는 이러한 요청에 부응할 수 있게 된다. '자유로운' 자연에도 어떤 통일성을 부여하여 우리의 인식에 상응할 수 있도록 하는 이성능력의 법칙부여 과정이 탐구되었다. 『판단력비판』은 이 능력이 현상계와 물자체 사이의 '메울 수 없는 골'에 놓인 중간자(Mittelglied)이며 별개인 두 영역을 연결하는 일(Überbrückung)을 하게 된다는 점을 밝힌다.

이렇게 하여 칸트가 구상하고 초석을 세워나간 건물은 지붕을 얹게 되었다. 그런데 우리는 여기에서 두 기둥을 하나의 통일체로 모아내는 매개체(Vermittlungsmittel) 역시 나름의 완결성을 지니고 이행작업(Übergang)을 수행한다고 보지 않을 수 없다. 칸트 역시 이 구도를 밀고 나갔으며, 마침내 아주 중요한 새로운 사실 하나를 발견한다.[48] 우리의

---

47 칸트는 『판단력비판』에 대한 서문들(칸트는 서문을 두 번 썼다. 이에 관한 자세한 내용은 뒷장에서 기술할 것이다)을 쓰면서 모두 '체계로서의 철학'을 화두로 삼고 있다. 개념을 통한 이성인식의 체계와 철학이 다르다는 점을 논증하면서 시작하는 『제1서문』이나 철학의 영역구분을 다룬 『판단력비판』의 「서문」 모두 제3의 이성능력인 판단력(Urteilskraft)이 어떻게 감성계와 초감성계를 매개(Vermittlung)하는가를 밝히는 데 주안점을 둔다.

48 이 새로운 '발견'은 칸트 철학의 체계가 온전하게 완성되도록 하는 데 결정적으로 기여한다. 『순수이성비판』은 1781년에 『실천이성비판』은 1788년에 세상에 나왔으며, 『판단력비판』의 출간은 1790년이다. 『실천이성비판』을 집필하던 중인 1787년에 이미 『감식안비판의 기초』(*Grundlage der Kritik des Geschmacks*)에 착수할 것이라는 의도를 밝힌 (칸트가 쉬츠Schütz에게 보낸 1787년 6월 25일자 편지) 뒤 이 작업을 『판단력비판』으로 완성하였다. 이 시기에 칸트가 미적 현상에 대한 견해를 수정하였다고 연구자들은 보고한다. 『제1서문』을 쓰고서는 정작 본 책을 출판할 때 다시 서문을 새로 쓴 까닭이 단지 첫 서문이 '너무 장황하기 때문'(ihrer Weitläufigkeit wegen)만이 아니라 구상의 이런저런 변화와 관련 있다는 진술이 널리 받아들여지고 있다. 헬가 메르텐스(Helga Mertens)는 『제1서문』의 발생사와 판본 등을 둘러싼 상세한 서지 정보들을 분석하여 서문을 바꾼 까닭이 전

감정(Gefühl)이 인식능력들과 밀접한 관련이 있다는 사실이다. 판단력이 자연대상들에 대해 독자적인 전망을 구축해갈 때, 여기에 적용되는 제3의 선험적 원칙이 좋고 싫음을 가리는 우리의 감정능력(Gefühl der Lust und Unlust)에 근거를 두고 판단력의 활동을 뒷받침한다는 점을 밝힌 것이다.

진술의 논리적 정합성이나 삶의 궁극원리가 아닌, 개개인의 좋고 싫은 감정에 근거하여 내리는 판단을 칸트는 감식판단(Geschmacksurteil)이라 하였다. 이는 인식판단(Erkenntnisurteil)이나 도덕적 판단(moralisches Urteils)과는 전혀 다른 선험원칙에 따라 구성되는 것으로서 형이상학적 규정성에서 벗어나 있는 것이다.

우리가 '이 대상 x는 아름답다'라는 판단을 내렸을 때 우리의 인식능력과 인식대상이 맺는 관계를 살펴보면 이 경우, 대상으로부터 우리의 인식능력이 취해올린 표상이 판단주체인 우리의 의식에만 머물 뿐 존재로 확장되어 경험적(empirisch)이거나 도덕적(moralisch)인 귀결을 불러일으키지 않는다. 인식행위의 이러한 '탈 형이상학적' 귀결을 칸트는 감식판단이 다른 판단들과 구별되는 결정적인 요인으로 확정하였다. 두뇌의 의식활동이 자연대상을 규정한다든가 혹은 선과 악을 식별하기 위한 형이상학을 구축하는 데로 나아가지 않고 의식활동 자체를 '검열'하는 수준에 머물기 때문이다. 아름다운 대상을 마주하였을 때 한해서 성공적으로 수행되는 인식능력의 자기검열을 위해 우리의 두뇌는 미적 판단력을 활동시키며, 감식판단은 이 능력이 독자적인 선험원리에 따라

체 구상의 변화와 관련 있음을 증명하고 있다. 가장 두드러진 부분으로 「숭고 분석론」이 「조화미 분석론」과 균형이 맞지 않게 서술된 점, 미적 판단력과 목적론적 판단력 사이의 불투명한 관계 등을 들 수 있다고 하였다. 메르텐스는 칸트가 처음의 궤도를 수정하여 자신의 체계구상에 따라 이런저런 부분을 추가하고, 개념도 다시 가다듬었다는 사실을 설득하고 있다. Helga Mertens, *Kommentar zur Ersten Einleitung in Kants Kritik der Urteilskraft*, München, 1975. 특히 서문과 제1장 그리고 부록(Anhang) 참조.

내리는 판단에 해당한다. 이성의 자기성찰이라는 측면에서 일컬어지는 칸트 비판철학의 기획은 자기활동의 독자적인 관할구역(Gebiet)을 확보하고 있지 않은 판단력에서 정점을 이루게 된다.

그런데 미적 대상들이 지닌 이러한 독특성에 주목하면서 칸트가 내세운 철학적 의도는 이 '주관적인' 판단이 여전히 보편타당성을 확보하고 있다는 사실을 논증하는 것이었다. 『판단력비판』을 통해 비판기획을 완성하면서 그는 개별 주체의 의식이 우주적 질서에 조응하는 구조를 밝혀냈다. 칸트의 철학적 미학이 독일 문학과 예술의 발전과정에서 하나의 새로운 이정표를 세웠다고[49] 이야기되는 까닭이 여기에 있다. 바로크의 예술 그리고 계몽주의 미학과도 결정적으로 구분되는 요인들이 이론구성 과정을 이끌고 있기 때문이다. 칸트의 개인적인 발전에서 보면, 초기 버크와 흄 등의 영향으로 경험적이고 심리적인 관점에서 미적 현상을 파악하다가[50] 자신의 철학체계를 완성하는 중요한 고리로 끌어들인 변화를 볼 수 있다.[51] 『판단력비판』은 미적 판단력(ästhetische

---

49 실러는 칸트의 저작들을 집중적으로 탐구한 긴 연구기간을 가졌으며, 괴테 또한 칸트의 영향을 받았다. 낭만주의 예술론 역시 칸트의 미학적 기초에서 출발한다고 볼 수 있다.

50 비판 시기 이전인 1764년에 집필한 『조화미와 숭고의 감정에 관한 고찰들』(*Betrachtungen über das Gefühl des Schönen und Erhabenen*)은 에드먼드 버크의 심리학적 · 경험적 미학에 경도되어 있다. 그리고 『순수이성비판』에서 이성원칙들 아래 미적 현상에 대한 비판적 판정을 내리려 하였던 바움가르텐의 시도가 잘못된 것이었음을 지적하면서 그 이유는 여기에 적용된 규칙 혹은 기준들이 경험적일 뿐, 결코 선험법칙들로 될 수 없기 때문이라고 하였다.(『순수이성비판』, S. 64~65, 각주 참조) 연구자들은 칸트의 이러한 견해가 이미 『순수이성비판』 제2판에서부터 수정되기 시작한다고 밝힌다. 1781년의 제1판과 1787년에 출간된 제2판은 여러 대목을 명백하게 차이가 나도록 쓰고 있다. 따라서 1926년에 라이문트 슈미트(Raymund Schmidt)가 이 두 판본을 각 페이지별로 나란히 마주보도록 편집한 이후 서로 비교 · 검토가 가능한 이 판본이 오늘날 통용되는 『순수이성비판』으로 되었다.

51 라인홀트에게 보낸 1787년 12월 28일자 편지는 이러한 변화를 알려주는 중요한 기록이다. 칸트는 자신이 요즘 『감식안비판』(*Critik des Geschmacks*)에 몰두하고 있는데, 이제까지와는 다른 종류의 선험원칙이 발견될 것이라고 적고 있다. 쾌와

216

Urteilskraft)과 목적론적 판단력(teleologische Urteilskraft) 두 능력을 아우르고 있지만, 우선 미적 판단력에 관심을 집중하도록 하자. 무엇보다 판단력이 연결고리로 자리잡는 사정을 이해할 필요가 있기 때문이다. 이 '연결고리'의 역할을 현실에서 위임받아 분화된 세상에서 분열을 앓고 살 수 밖에 없는 근대인에게 통일된 정체성을 형성할 기회를 제공하는 것이 바로 예술이다. 누구나 예술작품을 이러한 배경에서 수용할 수 있다. 둘로 나뉘어 사이에 '어마어마한 골'을 두고 있는 두 관할구역을 매개하는 능력이 누구에게나 심겨있기 때문이다.

2) 감식판단의 탈형이상학적 경험 구성

칸트의 제3비판서에 대한 철학적인 연구들은 많은 경우 칸트의 체계구상이 해결하기 어려운(aporetische) 계기들을 다수 포함하고 있다고 서술하고 이를 연구의 출발점으로 삼는다고 밝힌다. 칸트의 비판서들이 지닌 상호연관성을 밝히는 가운데 제3비판서가 이성비판의 체계를 완성하는 데 어떤 기능을 담당하는가를 추적해나간 헬가 메르텐스는 칸트가 무리하게 통일된 원칙을 가다듬느니 차라리 사안이 조금씩 다른 모습을 띠고 드러나게 둔 점을 높이 평가한다. 칸트의 체계관념(Systemgedanke)이 정리되어 이미 이야기가 끝난 옛것으로 대접받지 않을 수 있는 까닭이 바로 여기에 있다는 것인데, 이처럼 어긋나 보이는 문제들을 해결하려는 칸트의 노력이 내심 은근하게 앞뒤가 맞는 설명들을 이끌어내기 때문이라는 이야기이다.[52] 이러한 관점[53]에서 특별

<hr>

불쾌의 감정(Gefühl der Lust und Unlust)이 독자적인 인식능력으로 여타의 능력들과 나란히 언급되고 있다. 헬가 메르텐스, 앞의 책, S. 11~12에서 재인용.

52 헬가 메르텐스, 「서언」(Vorwort), 앞의 책 참조.
53 이러한 연구방법을 택하면서 메르텐스는 그러나 동시에 칸트의 체계개념에 대한 논리적 회의를 동반하지 않은 자신의 연구가 지닌 문제점을 지적한다. 다양한 의미망 가운데 들어 앉아있는 칸트의 체계개념을 이 논리적 일관성이라는 단 하나의 관점으로 고찰하는 자신의 방법론이 사안의 여러 다른 측면들을 옆으로 제쳐놓게 될 것이라고 인정하였다. 이러한 균형감각을 '철학적'인 연구에서 발견하기

히『제1서문』을 세밀하게 추적해나간 끝에 메르텐스는 이성의 체계(das System der Vernunft)라는 말이 칸트에게서는 어떤 단일한 원칙에 따라 구성되는 것으로서의 '고정된 체계'라는 식으로 이해될 수 없다고 확정한다.

칸트가『제1서문』에서 서술하고 있는 바에 따르면 제3비판서가 문제삼고 있는 점은 다름이 아니라 이론철학과 실천철학을 집필하면서 칸트의 사유를 지배하였던 자연과 이성의 갈라섬(Differenz) 자체이다. 이론이성능력과 실천이성능력이 하나의 근원으로 귀속될 수 없듯이 자연과 자유의 영역도 하나의 동일한 구조법칙에 따르지 않는다는 사실은 이미 확정되었다. 이 움직일 수 없는 한계지점이 바로 판단력이 수행하는 반성(Reflexion)의 출발점이다. 메르텐스는 결론적으로 실증적(faktisch)으로 주어진 규정들을 부정하는 가운데에서만 그와 다른 실체(substanziell)의 존재방식이 사유가능하다는 점을 들어 이성체계가 하나의 열린 장(場, Feld)이라고 정의한다. 규정할 수 없는 이 장은 이성이 주어진 소여들과 투쟁하는 가운데 역동적으로 전개되면서 때로 목적을 눈앞에서 놓치기도 한다. 예술과 자연의 조화미(das Schöne)가 이처럼 자기 성찰하는 이성의 여정에 길 안내를 맡는다.[54]

이성비판을 마무리하는 칸트의 미학을 이성의 초월적 자기지시로 이해하는 이러한 견해는 아도르노에 의해 본격적인 미학이론으로 발전된 바 있다. 아도르노는 예술과 문학의 자율성을 옹호하면서 이를 자본주의 세계체제 속에서 이성이 진리를 추구하는 과정에서 감당해야만 하

는 쉽지 않은 일이다. 논리적 정합성에서 출발하여 철학적 문제들을 해명해나가는 옌스 쿨렌캄프(Jens Kulenkampff)의 연구(*Kants Logik des ästhetischen Urteils*, Frankfurt am Main: Vittorio Klostermann, 1994)와 크게 차이를 보이는 데, 이처럼 이른바 논리적 일관성에 대해 열려진 태도가 메르텐스로 하여금 칸트의 문제의식을 중심으로 연구를 진행할 수 있도록 하였다. 칸트가 고심하였던 점은 다름이 아니라 철학의 체계, 즉 인간이성의 체계적 구조를 추적하는 일과 자연체험의 체계적 통일성 사이에 놓여 있는 내적·논리적 연관성이었던 것이다.

54 헬가 메르텐스, 앞의 책, S. 230~34 참조.

는 긴장, 즉 이성이 결국 '야만'으로 전복되는 그 '도구화된' 경로에 제동을 걸 수 있도록 스스로를 감시하고 자기를 통제해야 한다는 당위적 요청에 따라 정당화하였다.[55]

엔스 쿨렌캄프(Jens Kulenkampff)는 정반대의 순서로 연구를 진행한다. 이른바 "생각을 많이 하게 하는"[56] 판단력을 다루고 있는 이 책 (『판단력비판』)을 미적 판단력의 논리를 중심으로 분석하겠다고 밝히면서 그런데 이 주제가 정작 책에서는 온전하게 드러나지 않는다는 불만을 토로한다. 다른 사유 및 고려사항들과 중첩되어 정작 중심 줄거리는 묻혀버리기 일쑤라고 서술상의 부적절함을 지적하였다.[57] 그러고는 자신의 언어로 문제를 다시 설정한다.

쿨렌캄프의 주장을 요약하면 이렇다. 판단(Urteil)이란 인간에게 심어진 합리성(Rationalität)의 징표로서 미적 판단도 여기에서 예외일 수 없다. 미적 판단의 논리문제는 따라서 미의식(ästhetisches Bewußtsein)이 지닌 이성적 성격을 묻는 문제이며, 이 문제에 대해 답하는 일은 세계에 대한 미적 연관이 다른 형태의 합리성과 어떤 관계를 맺느냐에 관한 문제를 해명하지 않는다면 불가능해진다.[58] 이런 문제의식에 따라 쿨렌캄프는 미적 판단력을 인식과 도덕성 즉 자연과 윤리의 세계라는 두 측면에 거듭 번갈아 가며 대결시켜 그 본질을 규정하려는 칸트의 서술을 따라가 보겠다고 연구의 목표를 명시하였다. 그리고 여러 대목에서 칸

---

55 아도르노는 현대세계에서는 철학이 진리에 대해 무능해졌다고 밝히고, 예술만이 철학의 도움을 받아서 진리에 접근할 수 있다고 하였다. 논리적 정합성을 근본적으로 불신하는 아도르노는 『부정변증법』에서 전통적인 철학방법론인 변증법이 거짓명제를 도출하도록 이끈다고 주장한다. 『미학이론』은 실증명제에서는 실종된 진리를 어떻게 하여 우리가 예술이 지시하는 방향으로 눈을 돌림으로써 다시 가능한 것으로 눈앞에 떠올릴 수 있는가를 말해준다. 「자연조화미」 부분은 전적으로 칸트의 이론에 의지하고 있다.

56 Immanuel Kant, "soviel zu denken veranlasst", KU, S. 169.

57 엔스 쿨렌캄프, 앞의 책, S. 11.

58 같은 책, S. 13.

트의 서술이 논리적 난관에 봉착함을 '폭로한다.' 쿨렌캄프는 칸트의 서술대로 따지자면 자연에서 자유로의 이행을 수행하는 것은 판단력 (Urteilskraft)이 아니라 사변적 이성(spekulative Vernunft)이 된다고 본다.[59] 따라서 칸트의 체계관념이 미적 판단력을 이해하는데 방해가 될 뿐이라고 하였다.

『제1서문』과『제2서문』이 서로 다른 강조점을 두고 작성되었음에 주목하면서 메르텐스가『제1서문』이 판단력이 대상을 처리과정에 집중하여 모든 것을 그 기능으로부터 도출해내려는 경향을 보이면서 판단력이 판단을 내리는 객체에 대하여는 소홀해졌다[60]는 입장을 취하고 연구에 임한다면 쿨렌캄프는 칸트가 이 두 서문들을 조금씩 다르게 서술하면서 드러내려고 의도한, 미적 판단력에 들어앉은 초감성적 기체(das übersinnliche Substrat)의 흔적을 완전히 관심 밖으로 밀어낸다. 그래서 체계적인 해석을 내리려는 사유관성에서 벗어나 제3비판서를 읽어야만 미적 판단력의 합리성을 '논리적'으로 밝혀낼 수 있을 것이라고 주장할 수 있었다. 쿨렌캄프가 보기에 무엇보다「조화미 분석론」에 적용된 방법론이나 애초의 문제의식 모두 불가해한 것으로 드러나는 이상,[61] 제 3비판서는 그냥 하나의 새로운 인식능력 발견이라는 범위에 한정하여 수용되어야만 한다.[62]

---

59 (…), denn es ist nicht mehr die Urteilskraft, sondern die über das Schöne in der Natur spekulierende Vernunft, die einen Übergang der Natur zur Freiheit macht, indem sie dem "Wink" der Natur erkennt, "sie enthalte in sich irgend einen Grund, eine gesetzmäßige Übereinstimmung ihrer Produkte zu unserem von allem Interesse unabhängigen Wohlgefallen … anzunehmen", und die deshalb "an jeder Äußerung der Natur von einer dieser ähnlichen Überstimmung ein Interesse nehmen" muß, das der 'Verwandschaft nach moralisch' ist. diesen Wink und Spuren nachzugehen, ist das gute Recht der Vernunft.(옌스 쿨렌캄프, 앞의 책, S. 21)

60 헬가 메르텐스, 앞의 책, S. 144.

61 옌스 쿨렌캄프, 앞의 책, S. 22.

62 쿨렌캄프는 인용된 저서의「서문」(Einleitung)에서 이러한 자신의 '새로운' 관점을 '논증한다'.

이른바 철학적 '엄밀성'이 쿨렌캄프의 경우처럼 연구대상을 논리적 일관성에 다라 재단하여 어긋나는 부분을 떼어내는 기제로만 활용된다면 칸트가 그토록 내세운 이성의 자기성찰이란 한갓 허구에 불과한 것이 된다. 이미 써둔 「서문」(『제1서문』)을 본 책에 실린 이른바 두 번째 「서문」으로 다시 고쳐 쓰면서까지 본 책의 구상이 체계사유에서 출발하고 있다는 점을 명시하는 칸트의 의도는 충분히 존중될 필요가 있다.[63]

칸트는 『제1서문』 도입부에서 철학은 이성인식의 체계라는 제1명제에 따라 철학자체가 순수이성비판과 동일시되지 말아야한다고 명시한다.[64] 그리고 철학체계가 형식과 질료에 따라 두 부분으로 나뉘고, 질료에 따르는 부분이 다시 객체와 이를 다루는 학문의 원칙의 차이에 따라 이론철학과 실천철학으로 나뉜다고 명시한다. 그리고 이러한 분류는 두 번째 서문에서 그대로 반복된다.[65] '판단력'이라는 또 하나의 새로운, 이론이성이나 실천이성과는 전혀 다른 이성능력을 구명하려는 시도를 인간 이성인식의 체계적 완결성을 강조하면서 시작하는 까닭은 바로 이 새로운 능력의 독특성에 있다. 인간이 이 능력을 보유하고 있어야

---

63 제3의 이성능력인 판단력이 철학적 작업의 대상으로 될 수밖에 없는 까닭을 자신의 체계구상에 따라 근거 짓는다는 점에서 두 서문들은 공통점을 갖는다. 첫 번째 서문은 미적 판단력을 중심으로 중간자 판단력의 매개하는 활동을 설명하는 데 주력하고, 두 번째 판단력은 자신의 체계구상을 논증하는 목표에 좀더 충실하다. 이 차이점에 관하여는 다음 장에서 논의한다.

64 Immanuel Kant, *Erste Einleitung in die Kritik der Urteilskraft*, S. 3.

65 이 두 번째 서문의 첫 단락은 「철학의 분류에 관하여」이고 두 번째 단락은 「철학일반의 영역에 관하여」이다. 『제1서문』에서 논구한 인식능력들의 차이들을 대상영역들(Gebiete)의 분화에 대응해 논구한 끝에 결국 '상급 심정능력들의 표'(Tafel der oberen Seelenvermögen)(S. 36)를 작성한다. 여기에서 셋으로 나뉘어진 인간의 마음능력들(Erkenntnisvermögen, Gefühl der Lust und Unlust, Begehrungsvermögen)이 인식능력들(Verstand, Urteilskraft, Vernunft)과 선험원칙들(Gesetzmäßigkeit, Zweckmäßigkeit, Endzweck)에 서로서로 조응관계를 이루어 제각기 나름의 분야들(Natur, Kunst, Freiheit)에 적용된다. 3중주로 이루어진 전체라는 의미에서 트리아스(Trias) 혹은 트리아데(Triade)라고 지칭된다.

만 하는 이유와 이 능력이 대상을 처리하는 방식은 앞장에서 서술한 인간이 인식하는 세계의 건축학적 구조로부터 설명된다.

이 능력은 자신에게 고유한 형이상학적 기반을 가지지 않고 단지 형이상학적 규정성을 지니는 두 이성의 활동을 이어줄 뿐이다. 이런 의미에서 독일어 동사 매개하다(vemitteln)가 사용되고 있으며, 현상계에서는 인식하기 불가능한 물자체의 세계에 인간의 의식이 경험적 인식과는 '다른 방식'으로 관련되어 있음을 드러내준다. 일반적으로 현실적 경험과는 구분되는 미적 체험에 대해 언술할 때 우리가 지시하는 '현실을 넘어서는 그 무엇'은 칸트의 미학에 따르면 현상계에 드리워진 '물자체의 흔적'에 해당된다. 자연대상물은 이론이성이 형이상학적 규정성을 지니고 현상계의 사물을 객체화해낸 결과물이므로 실천이성의 형이상학적 규정에 따르는 도덕적 행위들과 주체의 의식 속에서 서로 어긋나기만 할 뿐이다. 인간의 '이성적' 사유는 이처럼 주체의 분열을 형이상학적 강령에 따라 실행한다. 판단력의 매개활동을 통해서만 주체는 내부의 분열을 극복하고 정체성을 구성할 수 있다. 이러한 주체구성이 가능해지는 것은 이성이 형이상학적 규정성에서 벗어나 자기성찰의 비판활동을 수행할 때뿐이다.[66]

66 이때 이성은 형이상학적 원칙에 따르지 않고 초월적 원칙에 따라 사물을 들어올려(hervorbringen) 질서를 수립한다. '초월적 원칙'과 '형이상학적 원칙'을 칸트는 다음과 같이 구분한다. "Ein transzendentales Prinzip ist dasjenige, durch welches die allgemeine Bedingung a priori vorgestellt wird, unter der allein Dinge Objekte unserer Ekenntnis überhaupt werden können. Dagegen heißt ein Prinzip metaphysisch, wenn es die Bedingung a priori vorstellt, unter der allein Objekte, deren Begriff **empirisch gegeben sein muß, a priori weiter bestimmt werden können.**"(Immanuel Kant, KU, S. 17~18) 강조는 필자. 미적 대상을 마주하였을 때 주체 안에서 일어나는 감정의 움직임이야말로 경험적으로 주어진 개념에 따르지 않고 대상의 실체를 파악하게되는 전형적인 경우가 된다. 이 감정의 움직임을 근거로 대상을 파악하는 활동을 하는 능력으로 칸트가 분류한 반성적 판단력(reflektierende Urteilskraft)에 대한 설명은 프리드리히 카울바흐, 앞의 책, S. 47 참조.

이처럼 주체의 정체성 형성과 세계인식의 통일성이라는 관점에서 프리드리히 카울바흐(Friedrich. Kaulbach)는 미적 세계인식(Ästhetische Welterkenntnis)이라는 화두로 제3비판서를 해설한다.[67] 여기에서 그는 칸트 사상의 역동성을 "초월하는 움직임"(transzendentale Bewegung)의 관점에서 고찰함으로써 쿨렌캄프가 빠져버렸던 논리 중심성에서 벗어날 수 있었다. 판단력이 행하는 이성의 자기성찰 활동을 중심에 놓고 칸트가 구상하는 세계인식 구조를 체계적으로 서술해나감으로써 '미적'(ästhetisch)이라는 단어의 의미가 제구실을 한다.

바움가르텐 이래로 발전해온 독일의 철학적 미학이 좁게 이해된 철학으로서의 인식론의 틀[68]에서 벗어나는 결정적인 계기를 바로 칸트의 미학은 제공한다. 칸트는 이성의 자기초월능력이 인간의 인식능력에 또 다른 하나의 퍼스펙티브를 열어준다는 결론에 도달할 수밖에 없었다.[69]

---

67 "Absicht dieses Buches ist der Nachweis, daß in der Lehre Kants von der ästhetischen Urteilskraft der Gedanke einer spezifisch ästhetischen Form des Welterkenntnis enthalten ist."(프리드리히 카울바흐, 앞의 책, S. 7)

68 감각적 인식의 완성(Vollkommenheit (Vervollkommnung) der sinnlichen Erkenntnis)이 미학의 목표라고 설정하는 바움가르텐은 완전하게 인식으로 성공하게 된 경우를 미(Schönheit)라고 하는 가운데 추(Häßlichkeit)라는 대립개념을 설정한다. 그리고 이 미, 추라는 '논리적으로 잘 구분이 되지 않는' 표상들의 집합체를 구별해내는 일을 위해 사유의 일관성, 질서, 표현수단들의 통일 등을 내세운다. 이렇게 하여 그는 독일 계몽주의 운동의 일환이었던 '감성복권' 움직임에 따라 감각소(das Sinnliche)의 독립성을 인정하기는 하였지만, 볼프(C. Wolff)의 체계에 미학이라는 하나의 분과를 보태는 데 그쳤다는 평가를 받는다. 감각소가 '논리소'(das Logische)에 종속되는 한에서 인식론적 위상을 부여받아 철학적으로 인정되고 있기 때문이다. 이 주제에 대해서는 A. G. Baumgarten, *Theoretische Ästhetik*, Hamburg, 1988, S. 11 이하; Shun-ye Rhi, *Aporie des Schönen*, Bielefeld, 2002, S. 25f. 참조.

69 이 점이 바로 제3비판서를 그의 체계구상에 따라 이해해야 하는 이유이다. 칸트는 절대로 귀납적인 사유를 하지 않았다. 그는 '경험법칙들의 집합체(Aggregat)에 하나의 체계로서의 연관성을 부여하기 위하여' 자연이 주체와 관련을 맺는 방식에 근거하여 활동하는 판단력이 있어야 한다는 당위론을 편다. Immanuel Kant, *Erste Einleitung in die Kritik der Urteiskraft*, S. 12 참조.

그리고 그는 이 전망에 따라 질서가 구성되도록 우리의 인식능력이 형이상학적 원칙에 따라 규정할(bestimmen) 때와는 다르게 움직이는 경우가 있다는 사실을 발견하였다. 무엇보다도 중요한 사실은 여기에서도 특정한 원칙이 적용된다는 점이다. 우리가 대상을 '경험적'(empirisch)으로 '인식'(Erkenntnis)할 때 이루어지는 인식능력의 활동을 칸트는 '규정'(Bestimmung)이라고 하였는데, 지각으로 들어올려진 표상(Vorstellung)이 보편개념의 규정성에 종속된다는 의미이다. 이 개념에 따른 논리적 인식은 궁극적으로는 오성의 일이다. 그런데 판단력이 일구어내는 퍼스펙티브에 따라 사물을 마주할 때 우리의 인식능력은 전혀 다르게 활동한다. 이른바 반성(Reflektieren)이라는 활동인데 칸트는 주어진 표상을 개념에 맞추어 재단하지 않고, 다른 표상들과 혹은 다른 인식능력들과 수평적인 관계를 유지하면서 서로 비교하는 경우라고 정의하였다.[70] 이런 활동을 하는 우리의 인식능력은 긴장관계에 처할 수밖에 없는바, 개념의 규정능력과 감성의 수용능력이라는 서로 이질적인 두 능력이 균형상태를 이루고 있어야 하기 때문이다. 미감판단을 내리는 미적 반성 판단력(ästhetische reflektierende Urteilskraft)의 경우에는 선험직관 능력으로서의 구상력(Einbildungskraft)과 개념능력으로서의 오성이[71] 그 어떤 것의 우위도 인정하지 않으면서 균형상태에 도달하기까지 서로가 서로를 활성화한다고 설명된다.[72] 이른바 독일의 철학적 미학에서 중심

---

70 Immanuel Kant, *Erste Einleitung in die Kritik der Urteilskraft*, S. 17~18 참조.
71 "Wenn nun in dieser Vorstellung die Einbildungskraft (als Vermögen der Anschauung a priori) zum Verstande (als Vermögen der Begriffe) durch eine gegebene Vorstellung unabsichtlich in Einstimmung versetzt und dadurch ein Gefühl der Lust erweckt wird, so muß der Gegenstand alsdann als zweckmäßig für die reflektierende Urteilskraft angesehen werden."(Immanuel Kant, KU, S. 27)
72 프리드리히 카울바흐, 앞의 책, S. 55 참조. "… in der sich Einbildungskraft und Verstand als gleichrangige Erkenntniskräfte gegenseitig 'beleben'. Dem Reflexionsstand des ästhetischen Urteilenden ist freie produktive Tätigkeit der Einbildungskraft in Harmonie mit dem Verstande angemessen."

을 이루는 반성구조형성(Reflexionsbildung)이라는 개념이 인식능력들 사이의 역학관계로 분석되고 있는 것이다. 이처럼 인식활동에서 인식능력들 사이에 특정한 관계를 이루어내는 일 자체가 원칙으로 되는 경우를 칸트는 합목적성(Zweckmäßigkeit)에 따르는 이성활동이라 하였다. 이 원칙 역시 선험적으로 우리의 인식능력에 주어져 있다. 따라서 이 원칙에 따라 발생하는 사물들 역시 특정한 질서를 이룬다. 오성범주에 따라 경험세계인 현상계에 형이상학적 작용력을 행사하는 개념에 판단근거를 두지 않는 판단력은 미적 대상을 마주하였을 때 주체의 심정상태를 근거로 판단을 내린다. 아름다운 사물은 이를 마주한 인간에게서 인식능력들 즉 구상력과 오성이 개념의 규정성에서 벗어나 서로 균형을 이룰 때까지 스스로를 고양하도록 자극한다. 마침내 균형을 이루면 주체는 쾌감으로 반응한다. 그리고 주체는 자신의 정서적 반응을 '아름답다' (schön)라는 술어로 사회화한다. 제3비판서 중 첫 부분인 「조화미 분석론」(Analytik des Schönen)은 이 독특한 감식판단의 역학을 안락함에 대한 흡족(Wohlgefallen am Angenehmen)을 확인하는 감관판단(Sinnurteil)과 선함에 대한 흡족(Wohlgefallen am Guten)을 근거로 하는 도덕적 판단과 비교, 분리하는 내용으로 채워져 있다. 이 서술이 목표로 하는 바는 감각에 매몰되지도 않고, 개념의 규정으로부터도 벗어나서 비로소 다다르게 되는 구상력과 오성의 긴장된 균형상태가 무엇보다도 오성의 활동반경에 물자체의 흔적이 들어섰다는 증거가 아닐 수 없다는 사실을 드러내는 일이다. 여기에서 별개인 두 개의 세계가 통일을 이룬다고 말할 수 있게 되는 것이다. 그런데 판단근거가 쾌감(Gefühl der Lust)이므로 인식활동의 결과는 주체의 내부에만 존재하게 된다. 자연계에 어떤 영향을 행사하여 가능한 경험(mögliche Erfahrung) 영역에 작용을 미치는(wirken) 일은 일어나지 않는다. 결국 물자체의 세계와 현상계는 단지 주체의 내면에서만 이어지고—특정한 미적 대상을 마주한 주체의 두뇌에서 인식능력들이 반성구조를 형성하는 데 성공하는 경우— 말 뿐인 것이다. 바깥 세계는 주체가 정신적으로 고양되어 아름다움에 흡족(Wohlgefallen am

Schönen)을 느끼는 순간에도 여전히 분열된 채로 남아있다. 따라서 미적 대상자체가 통일을 이룬다고 말할 수 없음은 분명하다.

칸트의 자연조화미 논의에 따르면 자연이 아름다운 대상을 잉태하는 것은, 그리고 인간에게 감탄하는 능력을 부여한 까닭은 즐기는 가운데 세계상태의 분열을 넘어서는 의식활동을 하라는 신호이다. 자연법칙들이 현상계를 구성하면서 속속들이 갈라놓은 사물의 속성들, 그 한계와 구분에서 잠시 시야를 돌려 아름다움에 몰두하는 사이 우리는 정신능력을 자연대상물들을 인식할 때 보다 한 차원 더 고양시키게 되고, 그 가운데 물자체의 세계와 접촉하여 '내적 통일'이라는 독특한 체험을 맛본다. '낭비를 모르는' 자연이 경제적 효용성으로 따지자면 무가치한 미적 대상을 철저하게 자연법칙에 종속되는 사물들과 함께 창조하여 섞어놓은 까닭이 여기에 있다. 세계의 통일성이 인간의 의식지평에서 사라지지 않도록 자연이 배려한 것이다.[73]

칸트는 이러한 경험을 하는 주체가 대상에 대하여 갖는 관심이 도덕적 관심과 유사성을 띤다는 점을 지적하는데,[74] 이렇게 하여 그는 미적 체험의 '특별한' 속성을 '논리적'으로 서술할 수 있었다. 여기에서 자연사물을 인식하는 인식능력들 즉 오성과 구상력을 사용하지만, 대상을 바라보는 관심자체는 윤리적 선(Interesse am Sittlich-Guten)을 지향하는

---

73 Immanuel Kant, KU, S. 152; Immanuel Kant, *Erste Einleitung in die Kritik der Urteilskraft*, S. 12 참조. 특히 아래 서술은 자연미 대상들(Gegenstände der Naturschönheit)에 대한 칸트의 체계사유적 성찰을 대변한다고 보여진다. "Alle jene in Schwang gebrachte Formeln: die Natur nimmt den kürzesten Weg—sie tut nichts umsonst—sie begeht keinen Sprung in der Mannigfaltigkeit der Formen (continum formarum)—sie ist reich in Arten, aber dabei doch sparsam in Gattungen, u. d. g. sind nichts anders als eben dieselbe transzendentale Äußerung der Urteilskraft, sich für die Erfahrung als System und daher zu ihrem eigenen Bedarf ein Prinzip festzusetzen. Weder Verstand noch Vernunft können a priori ein solches Naturgesetz begründen." Immanuel Kant, *Erste Einleitung in die Kritik der Urteilskraft*, S. 17; 이석윤, 423쪽.

74 Immanuel Kant, KU, S. 152~53 참조.

것과 비슷하다고 설명함으로써 감식판단이 자연계에서 초감성계로의 이행(Übergang)을 동반한다는 사실을 다시 한 번 증명할 수 있었다.

자연이 눈짓하는(Wink) 대로 아름다운 자연대상을 따라 물자체의 흔적(Spur)[75]에 빠져 들어가는 주체의 의식활동이 미적 판단력의 독자적인 선험원칙인 합목적성에 따르는 것으로서 대상의 실존(Existenz des Gegenstandes)에 대한 어떤 이해로부터도 벗어나 있다(ohne alle Interesse)는 점은 「조화미 분석론」의 제1명제이다. 미감판단을 하는 주체가 대상에 다가갈 때 간섭해 들어오는 이해관계는 대상에 대한 지적관심(intellektuelle Interesse)뿐이다. 아름다운 꽃의 '경험적 쓸모' 때문이 아니라 꽃을 바라보았을 때 마음속에 일어나는 쾌감 때문에 우리가 꽃에 다가간다는 결론을 이끌어내는 칸트의 분석은 이 쾌감의 독자성과 '또 다른' 질서구성 방식을 이야기해준다. 이 질서구성은 앞에서도 언급하였듯이 현상계와 물자체를 주체의 내부에서 연결한다. 따라서 그 결과는 주관적으로만 체험될 뿐이다. 인간의 지적 관심과 주관적 느낌이 조화로운 균형상태를 이루었을 때 구성되는 이 질서는 대상세계인 자연사물들을 경험적으로 정리하지 않는다. 자연물에 의해 촉발되었으나 궁극적인 관심은 의식활동의 자기검열, 즉 구상력과 오성이 균형상태에 도달하는 일에 성공하는가 아닌가를 판단할 뿐이다. '조화미' 범주는 따라서 경험세계의 자연대상물에 적용할 수 있는 개념이 아니다. 그러므로 자연에서 자유로의 이행과정을 주체의 내부체험에서 찾지 않고, 자연이 우리에게 부여해준 눈짓인 자연물에서 찾으려 한다면 이는 '형이상학적' 틀을 벗어나지 못한 사유라고 비판받아 마땅하다.[76] 철학자들

---

75 Immanuel Kant, KU, S. 152.

76 쿨렌캄프가 자연조화미의 경우, 자연에서 자유로 이행하는 과정을 수행하는 것이 판단력이 아니라 사변적 이성(spekulative Vernunft)이라고 단언하였을 때 그는 철학적 사유를 형식논리적 사유로 제한하는 오류의 전형을 보여준다. 그는 칸트가 이 경우 '자연의 눈짓'인 아름다운 사물을 '인식'함으로써 이행이 일어난다고 하였기 때문이라는 점을 들면서 여기에서 새로운 영역에 대한 사변

이 '형식논리적'으로 미적 현상을 재단하였을 때 우리는 이런 오류를
드물지 않게 보게 된다.

3) '체계'에 상응하는 특수

이성(Vernunft)이 건축학적-체계적(architektonisch-systematisch) 구도에
서 자신을 실현한다고 생각하는 칸트는 학문으로서의 철학은 체계적
통일성(Einheit)이라는 면에서 우연적인 인식들의 집합체(Aggregat)와 구
분된다는 입장을 견지하였다. 근세철학의 전통에 충실한 그의 이와 같
은 철학적 전제는 체계의 통일성 속에서만 인식들은 이성의 본질적인
목적이 충족되도록 도모하면서 이성의 이해가 관철되도록 할 수 있다
는 생각에서 비롯되었다.

순수하게 선험적으로 인식하는 능력 모두의 총괄개념(Inbegriff)으로
이해된 이성 자체가 하나의 체계적 구조를 이룬다는 사실에서 그 근거
를 찾는 이러한 철학관은 인식들이 모여 이루는 체계적 전체가 이성 자
체의 구조, 즉 체계로서 자신을 관철하는 이성의 구조를 반영하는 것이
라는 명제를 내세운다. 이런 측면에서 고찰하였을 때 칸트의 비판철학
은 이성이 '건축학'(Architektonik)이라는 체계구상의 묘(Kunst)를 써서 인
식들을 가지고 하나의 건물을 쌓아올렸다는 점을 밝혀낸 것으로 된다.
그런데 이성이 건물을 설계한 까닭은 인식들에 '학문'(Wissenschaft)이라
는 지위를 부여하기 위함이다.[77]

(Spekulation)이 일어나기 때문이라고 논증하였다. 그의 주장은 이러하다. "…
denn es ist nicht mehr die Urteilskraft, sondern die über das Schöne in der Natur
spekulierende Vernunft, die einen Übergang von der Natur zur Freiheit macht,
indem sie den 'Wink' der Natur erkennt."(옌스 쿨렌캄프, 앞의 책, S. 21) 이 철학
자는 감정의 독자성을 전혀 고려하지 않아 자연에서 자유로의 이행이 머리속에
서가 아니라 마음속에서 확인된다는 사실을 간과하고 있다. 이에 따라 그는 칸트
의 『판단력비판』을 이른바 그의 체계사유라는 틀에 따라 읽는 것은 무리이며, 단
지 색다른 인식능력인 미적 능력을 하나 더 발굴하였다는 수준에서 이해해야 한
다고 주장한다.

이성의 구조에서 철학의 체계가 도출되는 것이며, 인식객체들이 속한 세계의 구조는 구성될 때 이성의 구조에서 출발한다는 이와 같은 칸트 철학의 출발점은 그 철학적 실행방식 역시 규정한다. 이른바 초월철학(Transzendentalphilosophie)[78]으로 칸트는 '철학의 체계'와 '체계로서의 경험'(Erfahrung als System)을 매개하는 이성의 활동을 추적하는 것이다. 따라서 그의 저술들에서 '체계'라는 용어는 '인간이성의 체계적 구조'를 찾아보려는 시도와 '자연경험의 체계적 통일성' 사이에 분명 어떤 논리적 연관성이 존재한다는 철학적 전제를 거듭 새롭게 문맥에 끌어들이는 기능을 하게 된다. 이 초월철학은 제1비판서인 『순수이성비판』에서 일단 자연법칙에 따라 가능한 경험들을 오성의 구조에 상응하는 구조 속에서 체계화한다. 이러한 이성구조에서는 보편법칙들(allgemeine Gesetzen)에 따라 오성개념들(Verstandesbegriffe)이 전일적으로 관철되어진다. 『판단력비판』에서 '규정하는'(bestimmend)이라고 명시되고 있는 이성의 이러한 판단행위는 앞에서 이미 서술한 바 있듯이 가능한 경험의 체계(System der möglichen Erfahrung)를 구성한다. 그런데 우연과 일탈을 포함한 실질적 경험(wirkliche Erfahrung)의 존재는 초월철학의 체계구상에서 보았을 때 자연과 이성의 관계를 근본적으로 의문에 붙이는 것이 아닐 수 없다. 오성개념의 규정성에서 비켜나 있으나 우리 체험의 대

---

77 헬가 메르텐스, 앞의 책, S. 24 참조.

78 "초월(Transzendental)은 선험적인 것(das Aprioritische)을 체험(Erfahrung)에 적용할 가능성에 관한 그리고 이 체험과 체험대상의 타당성에 관한 인식을 뜻한다. 더 나아가 가능한 체험의 전제, 체험에 (논리적으로) 선행하는 조건에 관계된 모든 것을 포함하기도 한다."(Rudolf Eisler, *Kant Lexikon*, Hildesheim: Olms, 1994, S. 538) "초월철학이란 초월개념들의 체계를 일컫는 것으로서 분석적인 인식뿐 아니라 종합적이고 선험적인 인식 모두를 포함한다. 이 학문에는 단지 순수선험개념과 기본원리(Grundsatz)들만이 포함되고 도덕성의 기초개념들과 기본원칙들은 포함되지 않는다. 욕구나 기호, 감정 등은 경험적 근거를 지니고 있기 때문이다. 따라서 초월철학은 순수하게 전적으로 사변적인 이성의 예지(Weltweisheit)이다."(루돌프 아이슬러, 같은 책, S. 540)

상으로서 현상계에 존재하는 자연대상들의 인식가능성과 조건들을 다루는『판단력비판』은 이러한 의문을 받아들여 이성의 구조 자체를 변화시킨다. 자연경험의 구조와 이성구조가 서로 상응됨을 '규정'이 아닌 다른 방식으로 이루어지는 이성활동을 찾아냄으로써 밝히고 있기 때문이다. 이 새로운 이성활동 역시 독자적인 선험원칙에 따라 인식들을 하나의 체계로 구조화하며, 이 '규정하지 않는' 선험적 인식, 이른바 반성하는 이성활동의 원칙이 제시하는 전망에 따르는 자연경험 역시 체계를 이룬다고 논증된다. 결국 판단력으로 기능하는 이성의 체계와 보편자(das Allgemeine)의 입장에서 보면 우연이고 예외인 특수자(das Besondere)의 체계가 서로 상응하는 것으로 된다. 이런 측면에서 칸트의 제3비판서는 "제1비판서에서 수행한 초월을 한 단계 더 높은 차원에서 계속 추진해나갔다"[79]고 이야기되기도 한다. 여기에서는 직관적 직접성(anschauliche Unmittelbarkeit)에 철학적 개념(philosophischer Begriff)이 언제나 조금 늦게 결합되는 특수자의 문제가 우리 이성활동의 원칙을 탐구하는 근거로 되었다.

여기 제3비판서에서 제기된 '특수법칙에 따른 체계로서의 경험'이라는 새로운 철학적 화두는『순수이성비판』과『실천이성비판』에서 칸트의 사유를 이끌어갔던 자연과 이성의 갈라섬(Differenz)이라는 비판의 기획을 다시금 전혀 다른 차원에서 고찰하도록 한다. 이 새로 제기된 화두와 기획의 새로운 틀짜기를 강령적으로 기록하고 있는 저술이 바로『판단력비판에 대한 제1서문』이다.[80]

이 책은 독특한 (기구한?) 운명을 겪었다. 연구자들 사이에서 집필 시기를 두고 논란이 분분한 이 저술은 분명 칸트가 자신의 비판기획을 마무리하는 제3비판서의 서문으로 작성한 것이었다. 그런데 정작 출판자인 라가르데(Lagarde)에게 출판을 위한 정서본을 보낼 때 칸트가 다시 작

79 헬가 메르텐스, 앞의 책, S. 229 참조.
80 헬가 메르텐스,「서언」(Vorwort) 그리고「요약」(Zusammenfassung), 앞의 책 참조.

성한 것으로 보이는 현재의 서문을 보내 이 책은 본 책에 실리지 않게 되었다. 그렇다고 칸트가 이 책을 정식으로 따로 출판하지도 않아 이른 바 첫 번째 서문은 수고상태로 오랫동안 로슈토크(Rostock) 도서관에 묻혀 있었다(Rostocker Handschrift). 여기에서 칸트의 심경변화를 알 수 있게 하는 기록은 두 가지가 있다. 1793년 8월 8일 지난날 자신의 제자였던 야코프 지그문트 벡(Jakob Sigmund Beck)이 비판서들을 출간하겠다는 의사를 밝혀오자 이 책의 원고를 보내주면서 이를 보류하였던 까닭이 그 내용을 수정할 필요가 있었기 때문이 아니라 단지 너무 '장황하기 때문'(ihrer Weitläufigkeit wegen)이라고 하였다. 그러나 1790년 3월 25일 키제베터(Kiesewetter)에게 보낸 편지에는 서문의 내용을 좀더 명확하게 할 필요가 있었다고 적었다. 벡은 칸트가 보내준 원고를 가필하지 않은 상태에서 분량만 약간 줄여 『판단력 비판의 서문에 대한 주해』(*Anmerkung zur Einleitung in die Critik der Urteilskraft*)로 출간하였다. 원본은 출판되지 않은 채 벡의 판본인 『주해』가 제목과 체제를 달리하여 칸트 전집에 포함되곤 하였다. 1889년 딜타이가 로슈토크 칸트 유고(여기에는 첫 번째 서문 원본과 칸트가 벡에게 보낸 편지들이 포함되어 있다)에 주목하였던 적이 있었으나, 이 로슈토크 필사본에 근거한 『첫 번째 서문』의 출간은 1914년 카시러 칸트 전집에 와서야 비로소 실현된다. 현재 칸트의 저술들은 *Original-Ausgabe*와 *Akademie-Ausgabe*(프로이센 학술원Preußischen Akademie der Wissenschaften 편) 두 판본으로 나와 있다. 이 논문을 쓰면서 나는 함부르크의 펠릭스 마이너(Felix Meiner) 출판사가 펴낸 판본을 사용하였다. 이 책은 게르하르트 레만(Gerhard Lehmann)이 편집한 아카데미 판(Akademie Ausgabe)이다.[81]

우리는 칸트가 직접 이야기한 "너무 장황해서"와 '명확성에 대한 요

81 메르텐스는 이 책의 운명과 그후 판본들에 대한 자세한 서지정보를 자신의 연구서 말미에 부록으로 정리하였다. 풍부한 사료들을 동원하여 판본들을 둘러싼 논쟁을 체계적으로 분석하였다. 그리고 논리 정연한 서술도 돋보인다.

구'를 한 책에 대한 두개의 서문들의 차이를 짚어볼 수 있는 화두로 삼을 수 있다. 실제로 '간추리겠다'는 칸트 자신의 언급은 출판자에게 보낸 편지에도 들어 있다. 1790년 1월에 라가르데에게 절반 정도 분량의 원고를 보내면서 나머지는 지금 정서하고 있는 중이라고 밝힌 후 1790년 2월 나머지를 보냈는데 이즈음 보낸 편지들[82]에서 재차 「서문」은 줄여서 곧 보내겠다고 하였던 것이다. 1790년 3월 22일에 「서문」(Einleitung)과 「서언」(Vorwort)을 마저 보냈다. 이러한 연대기는 일단 『제1서문』의 집필시기를 가늠하도록 하는(1790년 3월 8일에서 22일 사이) 자료들로 여겨지지만 내용적 연관성을 따져들면 꼭 명쾌하지만은 않다. 그래서 이 '분량을 줄이겠다'는 발언이 '기술적으로 줄이다'만이 아니라 '간략하게 새로 쓰다'를 뜻할 수도 있다고 보아야 한다는 주장이 강력하게 제기되었다. 이 주장을 받아들인다면 본 책에 실린 두 번째 「서문」 집필 시기가 훨씬 앞당겨질 수도 있게 된다. 이런 연대기적 사료 상의 부족함 때문에 집필시기마저도 두 서문들이 보여주는 강조점의 차이에서 이끌어내는 연구자들이 적지 않다. 메르텐스의 서술에 따르면[83] 칸트는 1787년 말에서 1788년 초까지 원래 구상하였던 『감식안비판』(Critik des Geschmacks)을 집필하였다. 1788년 후반 아마도 「연역론」(Deduktion)을 쓰던 중 계획을 바꾸기로 마음먹었다고 판단된다. 물론 이러한 변화는 『제1서문』에서도 읽을 수 있기는 하다. '서문이 좀더 명확성을 띄도록 도모했다'는 칸트의 발언은 따라서 본 책의 「서문」이 자신의 구상을 일목요연하게 담도록 하겠다는 의지로 풀이될 수 있겠다. 실제로 두 서문은 강조점이 조금씩 다르고, 그에 따라 나름의 형식을 갖춘 완결된 논문들이다. 첫 번째 서문을 줄여서 두 번째 서문을 만들었다고는 전혀 말할 수 없다.

'구상의 변화'란 바로 『감식안비판』에서 『판단력비판』으로 칸트의

---

82 Brief Kants an Lagarde vom 9. 2 und 9. 3, 1790 참조.
83 헬가 메르텐스, 앞의 책, S. 235~47 참조.

마지막 비판서가 탈바꿈한 것을 말한다. 『감식안비판』은 『판단력비판』의 「조화미 분석론」에 해당한다고 할 수 있는데, 여기에서는 미적 판단력의 반성능력이 다른 비논리적 판단들에서와 달리 선험원리에 따르는 합리적인 이성능력이라는 사실이 중점적으로 설명되고 있다. 그런데 『제1서문』이 이러한 내용에 대한 정리를 담고 있기 때문에 '구상의 변화에 따라 서문을 바꾸어 썼다'는 주장이 일리가 있게 들리는 것이다. 여기에서는 무엇보다 이 '별다른' 인식능력이 필요한 이유가 논증되고, '온갖 잡다한 것들'(Mannigfaltigkeiten)을 체계의 경험으로 들어올리는 '합목적성 원리'(Prinzip der Zweckmäßigkeit)가 이성인식의 체계라는 관점에서 도출된다. 그리고 『제1서문』이 내세우는 미적 판단력의 '발견'으로 마침내 '우리의 안팎에 있는 초감성적 기체에 지성능력을 통한 규정 가능성을'[84] 주게 되었다는 것으로 나아가 결국은 칸트의 체계구상이 마무리되도록 구도가 잡혀 있다. 또 『제1서문』 역시 이성인식의 체계로서의 철학에 대한 논증으로 글을 시작한다. 체계구상이 미적 판단력 발견과 밀접한 연관을 지님을 보여주는 대목이 아닐 수 없다. 두 서문의 차이를 비교하자면, 『제1서문』에서는 칸트가 미적 판단력의 독특한 점을 밝히는 데 주안점을 두어 우리가 어떤 판단을 내릴 때 인식능력들이 반성구조를 형성하는 과정이 상세하게 기술되어 있다. 규정적 판단력과 반성적 판단력의 차이논구와 같은 부분이 대표적이다. 「제1서문」은 체계구상을 전체적으로 드러내려는 뚜렷한 목적 하에 각 항목들이 입체적으로 구조화되어 있다. 그 중에서도 특히 자연과 자유를 하나의 통일된 전체로 묶는 이성의 선험원칙인 합목적성을 다루는 항목은 칸트의 철학을 이해하는 열쇠가 된다. 이렇게 보면 이 두 서문들은 결국 『판단력비판』의 역동적인 내용을 이해하는 데 함께 기여한다고 할 수 있다.

---

84 Gerhard Lehmann, "Zur Einführung", in: Immanuel Kant, *Erste Einleitung in die Kritik der Urteilskraft*, S. xi. "die Urteilskraft dem übersinnlichen Substrat *in und außer uns* Bestimmbarkeit durch das intellektuelle Vermögen gibt."

3. 합주하면(Zusammenspiel) 넘어간다(Übergang)

칸트가 설명하는 인간의 미적 체험은 물질의 힘을 받아 움직이는 대상세계(칸트식 개념으로는 자연계Naturwelt)가 구성되는 자연인과성 (Kausalität nach dem Naturgesetz)과는 전혀 다른 운동논리에 따라 움직이는 인간의 의지영역에서의 일, 즉 경험법칙으로부터 자유롭고(frei) 따라서 인간이 경험세계에서 시간적으로 체험할 수 있는 대상이 아닌 자유영역의 사안을 마치(als ob) 경험세계에서 그에 상응하는 대상을 발견한 듯 보여주는 대상(자연물 및 예술작품)을 접하는 경우에 일어난다. 이 체험에서 수용자는 주체의 독특한 능력인 판단력을 이용하여 그 마주하고 있는 대상에게서 이 '마치'의 미적 활동이 성공적으로(überzeugend) 이루어졌는지 따져보고 성공한 경우 쾌감(Gefühl der Lust)으로 반응한다. 미적 경험과정에서 활동하는 판단력의 독특한 점은 서로 다른 두 영역들을 연결하는 능력일 뿐 어떤 독자적인 인식 영역을 구축하지 않는다는 점이다. 이 연결과정에는 판단력에 고유한 선험원리가 적용된다. 따라서 감식판단은 주관적이지만 보편적 구속성을 갖는다.

그런데 판단력은 자연사물을 인간의 인식능력 밖에 있는 초감성계에 관련지을 때 스스로 어떤 특정한 한 원리를 취해서 적용하므로 수용자인 주체는 이 연결과정에서 인식과 의지사이의 긴밀한 상호작용관계 속에 있지 않을 수 없다. 그렇다면 이때 '상호작용'이란 판단력의 선험원리에 의해 실현되는 무엇일 수밖에 없는바, 판단력에 의한 상호작용을 칸트는 우리의 두뇌가 자연인과성에 따르는 사유방식으로부터 그와는 전혀 다른 사유방식, 즉 자유법칙에 근거한 인과성에 따르는 사유방식으로 넘어가는 과정으로 해명하였다. 이런 방식으로 판단력의 선험원리가 적용됨으로써 사유방식의 이행과정 자체가 인간 인식능력이 활동하는 또 하나의 독립된 영역으로 규정되는 결과가 나타났다. 판단력이 독자적 원리에 따르는 또 다른 세상, 즉 가상의 세계를 열어젖히는 것으로 판명된 것이다. 그런데 이러한 활동을 판단력은 인간이 지닌 마음능력들(Gemütsvermögen) 중에서 쾌와 불쾌를 느끼는 감정능력에 힘입어 수행한다. 하나의 원리에 따르는 사유방식에서 다른 원리에 따른 사유방식으로 넘어가는 이행과정이 두뇌에서 성공적으로 수행되면, 마음속에 쾌감이 인다. 인간은 이 쾌감을 느끼는 능력을 타고났다. 따라서 쾌감을 근거로 이행과정의 성공여부를 검사할 수 있다. 감정능력은 자연법칙에 따르는 인식능력도 아니고 자유법칙에 입각한 도덕능력도 아니다. 인간이 쾌감을 느꼈다 함은 판단력이 독자적인 선험원리에 따라 판정의 근거를 확보하였다는 뜻이다.

쾌는 인식결과에 따르지 않고 도덕의 구속성에서도 벗어난 상태로 인간의 인식능력이 활동할 수 있음을 보증한다. 그 '무관함'과 '벗어남'을 현실에 실현하는 구체적인 계기는 감성이다. 인식은 감성이 오성에 완전히 지배당한 결과로 산출되는 개념의 영역이다. 반면 도덕은 감성이 개념의 구속성을 완전히 무너뜨린 경우로 감성에 아무런 제약도 가해지지 않는 무조건적인 것의 영역에 속한다. 이행과정의 성공과 독립은 감성이 오성에 지배당하지도 않았고 아울러 오성범주를 무력화시키지도 않았을 때만 가능하다. 인간에게 쾌감을 느끼는 능력이 심겨 있음이 분명한 이상, 감성과 오성의 이 '독특한' 관계맺음의 가능성 역시 인간에게는 필연적이다. 마음에 쾌의 감정이 일어난다면, 우리가 앞에 마주한 대상으로부터 이처럼 '예외적인' 방식의 관계맺음으로 인식능력들을 작동하는 자료들을 취한다는 이야기이다. 그럴 수 있는 자료들을 제공하는 대상은 그렇게 흔하지 않다. '미적' 대상은 오히려 예외에 속한다. 미적 대상이 제공하는 감각자료들로부터 활동의 선험적 근거를 확보한 감성은 오성의 지배에서는 벗어났지만 그 구속성으로부터는 완전히 벗어나지 않은 상태에서 오성을 동반자로 삼는다. 하지만 오성은 워낙 지배가 관성이므로 동반자 관계는 투쟁을 통해서만 확보된다. 지배당하지 않으려는 감성의 자발성만이 균형을 성사시킨다. 평화로운 동거는 조화가 아닌 지루함이다. 지루해졌다 함은 이미 조화가 깨졌다는 이야기이다. 지루하고 평범함은 오성의 지배가 관철된 결과이다. 조화미는 감성의 자발성이 오성의 규정성과 투쟁을 벌이는 전투의 현장이다. 투쟁하는 동안만 이행과정에 있게 된다. 전투가 끝나면 예술사에 양식을 하나 보탤 뿐, 더 이상 이행의 순간을 구현하지 못한다. 끝난 전투에서 전리품으로 거두어들인 지침을 가지고는 감식판단을 내리는 합주의 순간에 오를 수 없기 때문이다.

지침이 알려진 예술형식은 이미 인식이다. 반복은 감성이 오성과 투쟁하겠다는 의지를 포기했음을 선언한다. 예술은 반복을 경멸해야 한다. 오성의 규정성에 태생적으로 반발하는 자발성을 지닌 감성만이 그 '무구함'으로 오성의 현실능력을 무시하는 '오만'의 어리석음을 범하지 않을 수 있다. 무구하면서도 오만하지 않은 감성은 주체가 대상과 그런 관계를 맺는지 항상 의식하는 '긴장'을 동반한다. 우리 두뇌 속에서 예기치 않게 발생하는 감성과 오성의 긴장상태는 대상과 주체의 긴장관계 자체이다. 감식판단을 통해서 실현되는 감성의 자발성이야말로 대상을 도구적으로 대하도록 프로그램된 근대 문명사회의 관성을 떨쳐낼 유일한 가능성이다. 대상세계를 떠나지 않으면서도 문명의 관성을 떨쳐내기 때문에 한층 더 경탄스럽다.

이처럼 칸트는 『판단력비판』을 쓰면서 인간의 감성능력과 오성능력이 이루는 긴장이 미적 활동의 창조성을 보장한다는 사실을 밝혀냈다. 그런데 그의 논리구성은 예기치 않은 전망을 우리에게 제시한다. 미적 정신활동에 의지하여 아직은 인간에게 주어지지 않은 새로운 전망을 열어나갈 가능성을 확보할 수 있다는 결론을 도출해낼 수 있기 때문이다. 미적 인식은 모든 경험적인 것을 넘어서는, 그러면서도 보편적인 구속력을 지녀 아직 인간이 확보하지 못한 보편자와의 관련을 열어준다. 감성이 오성의 규정에서 벗어나 자유롭게 움직여 새롭게 오성과 결합하는 미적 활동을 통해서만 이러한 인식은 가능하다. 이러한 논리적 귀결을 서구 시민사회는 이미 오래전에 사회화했다. 오성의 규정에 저항하는 미적 활동에 의지하여 인간이 근대의 필연적 귀결인 분열을 딛고 통합된 주체성을 확보할 수 있다는 이념을 구축한 것이다. 이러한 이해에 따라 예술은 시민사회 구성을 위한 독자적인 역할을 위탁받았으며, 자율성을 확보하고 독립된 사회적 기관으로 자리 잡았다. 시민사회에서 예술은 비정형화된 사회적 기구로 인정되었다.

그런데 감정의 독자성을 인정하고 상급 인식능력에서 오성 및 이성과 나란히 감정에도 선험적 원칙을 부여한 칸트의 『판단력비판』은 다른 한편으로 감각에 관한 학문, 즉 미학이 철학화되는 과정을 관념론적으로 고정하는 결과를 초래하였다. 그리고 바움가르텐 이후 발전되어온 철학적 미학이 이처럼 관념론적으로 진행되어나간 결과 독일의 미학 그리고 예술에서는 탈감성화 경향이 두드러지게 나타났다. 그 다음 세대의 발전을 주도한 헤겔은 자신의 미학과 칸트 『판단력비판』과의 관계를 다음과 같이 정리한다.

> 칸트의 비판이 예술미를 참되게 파악하도록 하는 출발점으로 되지만 그러나 바로 칸트의 결점을 극복했을 때에야 비로소 예술미를 파악한다는 것이 자유와 필연성, 특수와 보편, 감성적인 것과 이성적인 것의 참된 통일에 대한 한 차원 더 높은 파악으로서 유효하게 될 수 있다.[85]

헤겔에 따르면 특수와 보편의 참된 통일을 인간은 예술조화미를 통해서 파악할 수 있다. 칸트의 자연조화미를 객관화한 예술조화미 개념을 통해 헤겔은 예술은 신적인 것(das Göttliche)을 인간의 의식 속으로 끌어들이는 역할을 담당한다는 미학을 발전시켰다. 이처럼 헤겔의 철학체계 역시 절대정신의 자기선언으로서의 예술작품이 존재함으로써 완성된다. 예술이 이러한 역할을 할 수 있는 까닭은 그것이 매개자(Vermittler)로 기능하기 때문이다. 칸트는 중간자(Mittelglied)라는 개념을 사용하였다. 그런데 이러한 미학논의에서 인간의 감정은 주체 속

---

85 G. W. F. Hegel, *Vorlesungen über die Ästhetik*, Frankfurt am Main: Suhrkamp, 1997, S. 89.

에서 보편을 매개할 때, 즉 '반성된' 양태로 다듬어졌을 때만 그 역할이 인정되는 것이었다. 고전 예술이 추상화되는 경향 그리고 독일문학의 관념성은 독일철학적 미학의 이 '관념론적' 발전과정과 맥락을 같이하는 것이었다. 이념에서 출발하여 감성계를 매개한다고 설정되었지만 어떤 예술에서도 이념이 온전하게 감성 속으로 들어와 자리 잡고 감성이 충분하게 보편으로 고양되는 '진정한' 통합의 과정은 이루어지지 않았다. 감성은 언제나 제한적으로만 실현되었다. 칸트는 『판단력비판』에서 정서와 인지의 긴장관계를 조화미 범주에서의 반성구조형성(Reflexionsbildung)으로 이론화하였는데 역사적으로 '반성구조'가 이론과 실천 모두에서 추상화의 길로 나아갔던 것이다. 헤겔은 이를 세계상태가 분열을 겪고 있기 때문에 어쩔 수 없이 일어나는 발전과정이라고 받아들였다. 예술은 철학적으로 시대의 부담을 감당하여야 하였다. 독일철학적 미학은 개별 장르들을 이 부담을 감당하는 능력에 따라 서열을 매겼고, 문학은 언제나 그 첫 번째 자리를 차지하였다. 무엇보다 언어라는 표현수단이 물질로부터 상대적으로 많이 자유롭다는 점에 의지해서였다.

'감정으로 철학한다'는 화두를 싸고도는 독일철학적 미학의 발전은 이처럼 미적 주체라는 새시대적 문제제기와 맥락을 같이하는 것이었다. 유럽 정신사에서 17세기 말에서 18세기 말에 이르는 시기에 '미학'은 철학의 한 분과로 발전하면서 '철학적 미학'이라는 독자적인 영역을 구축하였지만, 처음부터 예술과 구체적으로 관련된 상태에서 시작한 것이 아니었다. 오히려 개별 주체의 '정체성 형성'(Identitätbildung)이라는 근대의 기획과 관련된 논의였다. 이러한 구도에서 칸트 미학은 세기적 전환점을 이룬다. 그의 반성미학이 인간의 감정과 인식능력에 독특한 양태를 하나 더 보탰기 때문이다. 분화된 세계 상태를 주체의 내부에서 매개하면서 독특한 인식활동을 수행하는 개인은 이 '미적' 합리성의 한 차원 더 높은 인식활동을 토대로 자신을 자율적인 주체로 구성할 수 있게 된다. 근대적인 세계 상태에서 시민사회 구성원은 '미적 주체'로서만 존재의 자율성을 확보할 수 있다는 주장이기도 하다. 칸트는『판단력비판』에서 조화미(das Schöne)와 숭고(Erhabene) 두 미적 범주를 정립해냈는데 이는 바로 형이상학이 종말을 고한 후 초감성계의 매개를 떠맡은[86] 미적 판단력이 활동하는 두 범주에 다름 아닌 것이다.

4. 길은 두 갈래

1) 조화미(Das Schöne)

조화미 범주는 오성과 감성의 '비관습적인' 관계맺음이 성사되는 경우가 이 세상에는 있으며, 이처럼 평소와는 다른 관계맺음이 성사되었음을 주체는 쾌감(Gefühl der Lust)을 통해 의식한다는 논리로 구성된다. 평소와는 다르게 감성이 오성에 반발하면서 오성과 균형을 이루게 된 까닭에 주체는 이 상태의 관계맺음을 인식으로 구성하여 세상에 내놓지 못한다. 하지만 이 뜻밖의 관계맺음이 성사되는 순간, 인식능력이 아닌 다른 능력이 그 성공을 '인준'한다. 바로 감정능력인바, 이 능력 역시 인간이라면 누구에게나 처음부터 심겨 있는 것이다. 이러한 조화미 범주의 구성논리는 개인의 감정을 철학적 논의의 핵심 영역으로 끌어들이는 결과를 가져왔다. 인간의 인식능력이 '미적 활동'이라는 한층 더 적극적인 활동성에 돌입했을 때, 그런 인식활동으로 촉발된 개인의 감정은 보편성을 담보할 수 있다는 논리로서 이를 통해 감정이 보편성 요구에 부응할 수 있다고 받아들이게 되었기 때문이다. 미적 대상을 앞에 둔 주체가 평소보다 훨씬 적극적으로 활동한 결과 통상적이지 않은 인식을 도출한 데 대한 철학적 인정이라고도 할 수 있을 것이다.

전통적으로 인지(Kognition)와 정서(Emotion)는 서로 배타적인 것으로 이해되어 왔다. 하지만 이 둘이 긴장관계에 들어가면 그로부터 일종의

86　Joachim Ritter (Hrsg.), *Historisches Wörterbuch der Philosophie*, Basel: Schwabe, S. 565 참조.

결사체 같은 것이 생겨난다는 것이 칸트가 『판단력비판』을 통해 논증한 바이다. 조화미란 결국 오성과 감성이 긴장 속의 균형을 이루고 있는 상태인바, 이 상태에서 오성은 자신의 본 역할을 수행할 수가 없다. 감성을 지배해서 인식을 산출하는 일을 하지 못하도록 족쇄가 채워진 까닭인데, 그렇다고 활동을 그만둘 수도 없는 상태이다. 감성과 겨루는 일을 계속하도록 대상이 자료들을 제공하고 있기 때문이다. 지배할 수 없게 된 오성은 타자의 존재를 인정함으로써 자신을 상대화한다. 오성은 균형을 이루는 비율로 제한당하는 가운데 자신이 본래 '지배하는 기능'으로 설정되어 있음을 깨닫는다. 평소보다 훨씬 강력해진 감성은 오성에 반발하면서 지배당하는 대신 오성을 제한하는 자신의 힘을 자각한다. 오성과 감성이 모두 인식을 구성하도록 짜인 평소의 프로그램에서 벗어나 자신을 자각하는 방향으로 궤도를 돌린 것이다. 조화미 범주에서 수립되는 인식능력들의 반성구조는 오성의 제한성과 감성의 자발성이 엮어낸 결사체이다.

칸트가 이 반성구조형성을 일종의 사유활동으로, 비록 비관습적이긴 하지만 어디까지나 정신의 사유 활동으로 서술하였기 때문에 조화미 그리고 이 범주의 이념을 구현하는 예술은 궁극적으로 합리성의 영역에 속하게 된다. 합리성이라는 큰 틀에서 보면 조화미는 인간의 인식능력들이 개념적 인식과는 다른 전망 속에서 인식활동을 펼친다는 이야기가 된다. 새로운 조합을 결성했지만, 오성과 감성이 인식활동을 하는 본래의 속성을 그대로 유지하고 있음도 분명하다.

판단력 일반은 특수를 보편 아래에 포함된 것으로서 사유하는 능력이다. 보편(규칙, 원리, 법칙)이 주어져 있는 경우에는 특수를 이 보편 아래에 포섭하는 판단력은 (판단력이 선험적 판단력으로서 이 보편에의 포섭을 가능케 하는 조건들만을 선험적으로 제시할 경우에도) 규정적이다. 그러나 오직 특수만이 주어져 있고 판단력이 특수에 대하여 보편을 찾아내야 할 경우에는 판단력은 단지 반성적이다.[87]

240

이러한 판단력이 자연인과성에 따르는 영역에서 자유법칙이 관철되는 영역으로의 이행을 실행하는 것이다. 구성하는 선험원리가 달라 서로 무관한 채로 있는 두 영역 즉 자연과 자유의 영역을 넘나드는 이행은 앞에서 살펴보았듯이 인식능력들이 반성구조를 이루었을 때에 한해 가능하다. 따라서 조화미는 칸트의 철학체계 구상에서 현상계와 물자체로 설정된 이원론 구조 때문에 내적으로 분열될 수밖에 없는 인간이 그 구조를 유지하는 가운데 통일을 경험할 수 있게 해주는, 갈라진 것을 하나로 연결하는 통일의 범주이다. 두뇌에서 인식능력들이 반성구조형성에 성공하였음을 쾌의 감정을 통해 내적으로 확인하는 순간, 그런 대상을 마주한 개인은 주체로서 우뚝 설 수 있게 된다. 인식능력을 타고난 이상 분열은 필연이지만, 그런 필연적인 조건을 딛고 통일된 정체성을 확보할 가능성이 인간에게는 마련되어 있다는 것이 칸트 철학의 최종 결론이다. 무엇보다도 철학자 칸트가 '아름다움의 제국'을 학문적 숙고의 대상으로 삼은 까닭 자체가 바로 이 주체의 정체성 확립 가능성 때문이었다.

『판단력비판』은 둘로 나뉜 세계를 잇는 '중간자'(Mittelglied)의 존재를 규명해냄으로써 개별 주체와 우주의 통일성을 사유의 힘으로 보증할 수 있게 되었다. 그런데 중간자 존재를 규명하는 칸트의 논리전개를 살펴보면, 전혀 새로운 제3의 요인인 듯 여겨지는 이 '중간자'가 사실은 앞의 두 저서 『순수이성비판』과 『실천이성비판』에서 현상계와 물자체를 가르는 이분화로부터 일종의 논리적 귀결로서 도출되는 것임을 확인하게 된다.

칸트의 체계에서 감성과 오성은 제각기 그 나름의 역학에서 성격과 기능이 논구되는데, 일단은 서로 대립적인 것으로 설정된다. 그리고 그러한 성질들의 '서로 다름'이 세계의 분화를 설명하는 기틀을 이룬다. 그런데 이들 분화는 우주적 통일이라는 큰 틀 안에서 유기체적 연결을

87   Immanuel Kant, KU, S. 15; 이석윤, 31쪽.

지향하고 있기도 하다. 칸트의 체계구상에 뿌리박혀 있는 분화와 재통합의 표상이다. 전형적으로 근대적인 표상이다. 제각기 독자적인 선험원리에 따라 구성되는 두 영역은 다시 통합되기 위해 분화되었던 것이다. 따라서 '중간자'의 활동은 서로 성질이 판이하게 다른 두 영역의 고유성을 그대로 인정한 채 '이쪽에서 저쪽을 연결하는' 방식으로 수행될 수밖에 없게 된다. 통일은 단지 초월적으로만 이루어진다. 경험세계의 감각자료들이 중간자가 엮어내는 연결고리의 재료로 되지 않으며, 초감성계의 기체(基體)가 이 연결고리에 올라와 붙을 수도 없다. 경험세계와 초감성계는 본질적으로 절대 서로 화합할 수 없는 성질의 것이기 때문이다. 아무리 가까이 있어도 둘은 무언가로 '구성되지' 않는다. 자기초월의 계기가 주어졌을 때 평소와는 전혀 다른 쪽으로 활동방향을 돌릴 수 있을 뿐이다. 그러면 분화된 세계는 초월자에서 서로 엮이는 기회를 얻는다. 성질이 다른 감성과 오성이 서로 엮이기 위해 자신을 초월하는 것, 이것이 바로 '미적' 긴장의 실체이다. 여타의 결합 즉 경험적이거나 논리적인 결합과 다른 미적 결합의 특수성은 통일을 성사시키기 위해 감성과 오성이 모두 자신의 관성에서 벗어난다는 데 있다. 상대를 의식하고 서로를 자극하는 가운데 통일 상태로의 초월은 이루어진다. 중간자에 의한 매개는 바로 서로를 활성화하는 긴장관계 속에 있는 우리 표상능력들을 통해 수행된다.

미적 감관판단에서는 쾌·불쾌의 감정은 대상의 경험적 직관에 의해 직접 산출되는 감각이지만, 그러나 미적 반성판단에 있어서는 그것은 판단력의 두 능력, 즉 구상력과 오성과의 조화로운 유희를 주체 안에서 일으키는 감각이다. 이때 주어진 표상에 있어서 구상력의 포착능력과 오성의 현시능력은 상호 촉진하는 것이요 그와 같은 경우에 이 (두 능력의 상호촉진의) 관계는 이러한 한갓된 형식에 의하여 감각을 일으키게 되는데, 이 감각이 곧 판단의 규정근거가 되는 것이다. 그 때문에 이 판단은 미적이라고 일컬어지는 것이요 또 주관적 합목적성으로서 (개념을 떠나서) 쾌의 감정과 결부되어 있는 것이다.[88]

위 인용문은 판단력의 주관적 조건들이 바로 판단력이 감식판단을 내리는 순간을 성사시키기 위해 특정한 비율로 자신을 설정하는 근거를 대상적으로 확정 가능한 짜임관계에서 설명하고 있다. 칸트는 「조화미 분석론」 곳곳에 이와 유사한 문장들을 배치해놓았다. 조화미를 판정하는 순간 인식능력들이 구현하는 비관습성을 다양한 각도에서 분석하는 문장들이다. 그런데 이러한 칸트의 분석에서 도출되는 결론은 감식판단을 내리는 순간, 판단력의 주관적 조건들이 형성하는 특정한 관계가 아름다운 대상의 표상에 상응하여 긴장에 찬 일치를 이룬다는 사실이다. 대상에서 취한 표상과 상응하는 가운데 판단력의 주관적 조건들은 서로 조화로운 관계에 들어가게 된다는 이야기이다. 감식판단이 주체와 객체의 동등한 조응상태를 지시하고 있음을 확인해주는 분석결과가 아닐 수 없다. 인간의 파악능력들이 이루는 비관습적인 구조가 '쾌와 불쾌의 감정'을 매개로 대상화되면서 이 '대상 x는 아름답다'는 감식판단의 진술로 옮아가는 관계망이 형성됨을 논증하는 분석이기 때문이다. 바로 이 '대상화를 진술로 이전하는 것'이 감식판단을 내리는 판단력의 특수한 역량이다. 이 판단에 참여하는 파악능력들은 독자적인 전달수단을 가지고 있지 않다. 상호작용 속에서 서로를 활성화하는 상태에 있을 뿐이며, 이러한 '미적 활동성'이 판단의 실제내용을 이룬다. 그렇게 활동하고 있다는 그 사태 자체가 아름답다는 형용사로 전달되는 것이다. 이 '사태'가 전달되어야 하는 내용이다. 그리고 전달될 수 있다. 감정이 우리 정신능력의 그러한 활동성을 의식하는(bewußt) 능력을 확보하고 있기 때문이다. 감정 속에 그러한 사태에 대한 직접적인 의식이 들어서게 되면, 주체는 정신의 반성구조형성을 의식한 감정을 그러한 의식을 촉발한 대상에 대한 흡족(Wohlgefallen)으로 타인에게 전달하는 것이다. 파악능력들의 순수한 의식 활동, 다시 말해 대상에 대한 인식을 산출하지 않고 균형과 조화라는 둘 사이의 비율만 고려하는 형식

88　Immanuel Kant, KU, S. 31; 이석윤, 436~37쪽.

적인 활동인 반성이 그 자체로서 구체적인 '아름다운' 대상과의 상응관계(Entsprechung) 속에서 인지되는 것이다. 조화미를 이렇게 파악함에 따라 어떤 대상을 마주하였을 때, 우리가 반성과정에 돌입하면 쾌감을 얻게 된다는 논리가 구성되었다. 대상은 그것이 우리로 하여금 모든 이해관계에서 벗어나 오직 반성구조형성을 위해서만 인식능력들을 사용하도록 하고, 마침내 그 구조가 성공적으로 형성되었음을 우리가 쾌감을 통해 대상화하는 그런 구도 속에서 우리와 마주하고 있을 때, 우리로부터 아름답다는 술어를 부여받으면서 우리를 주체로 형성한다. 이런 일을 성사시켰을 때 그 대상은 '아름답다'는 술어에 값하는 것이며 관찰자는 쾌감을 느끼는 것이다. 이 모든 난해한 논리구성의 귀결점은 '반성'을 통해 발생하는 감정에 대한 확인과 인정이다. 반성된 쾌감은 개별적이고 구체적이다. 개별적인 성공에 대한 구체적인 확인이 반성된 쾌감을 통해 주체에게 전달되는 것이다. 칸트 미학은 '미적인 것'이라는 전래의 용어를 규정 가능한 구도 속으로 끌어들였다. 바로 감정과 인식능력들 사이의 상응함(Entsprechung)이라는 구도이다.

이러한 상응관계의 성립 근거가 인식능력들 사이의 '미적 긴장'에 있음에 대하여는 이미 앞에서 서술한 바 있다. 그렇게 긴장에 찬 관계에 들어가는 까닭은 바로 인식능력들이 인식산출이라는 본연의 프로그램을 무력화하고 새로운 경지로 나가겠다는 의지를 발동시켰기 때문이다. 이 색다른 의지의 지향점이 바로 '상응함'이다. 우리는 칸트가 이러한 상응함을 합목적성의 미적 표상으로 규정하고 있음을 발견하게된다.

그러므로 그러한 경우에 대상이 합목적적이라고 불리는 것은 단지 그 대상의 표상이 직접 쾌의 감정과 결합되어 있기 때문이다. 그리고 이러한 표상이야말로 합목적성의 미적 표상이다.[89]

89 Immanuel Knat, KU, S. 26~27; 이석윤, 44쪽.

이러한 진술은 칸트의 독창적인 표현인 '목적없는 합목적성'이라는 규정을 보완하면서 '목적없음'의 실체를 폭로한다. 인식을 산출하지 않으므로 목적이 없다고 말은 하지만, 실제로는 표상에 상응하는 쾌감을 향한 매우 목적의식적인 활동이라는 것이다.

(조화)미는 합목적성이 목적의 표상을 떠나서 어떤 대상에 있어서 지각되는 한에 있어서의 그 대상의 합목적성의 형식이다.[90]

이러한 합목적성은 '주관적'이라고 지칭되는데, 우리의 표상능력들인 오성과 감성이 쾌감 속에서 그 성공이 의식되는 특정한 구조형성을 추구한다는 의미에서이다. 여기에서 감정은 우리의 표상능력들이 벌인 사업이 반성구조형성에 성공하였는가에 대한 판정의 규정근거가 된다. 이런 방식으로 감정과 판정이 '미적' 대상인식에서 결합되므로 여기에서 발생하는 감정은 '보편적인 것'으로 전달가능하다. 감정인 까닭에 개념이 없는 상태이지만, 객관적이지 않아도 보편타당할 수 있는 경우가 있음을 반성된 감정은 증명한다.

그러므로 일체의 목적을 (객관적 목적도 주관적 목적도) 떠나 대상을 표상할 때의 주관적 합목적성만이, 따라서 우리에게 대상을 주어지게 하는 표상에 있어서의 우리가 그것을 의식하는 한에 있어서의, 합목적성의 한갓된 형식만이 개념을 떠나서 보편적으로 전달될 수 있다고 판정되는 만족을 성립시킬 수 있으며, 따라서 김식판단을 규정하는 근거가 될 수 있는 것이다.[91]

이렇게 해서 일단 두 영역을 잇는 중간자가 사사로운 감정이 아니라 보편타당성을 담보한 쾌감이라는 사실이 논증되었다. 인식능력들의 반

---

90 Immanuel Kant, KU, S. 77; 이석윤, 98쪽.
91 Immanuel Kant, KU, S. 60; 이석윤, 80쪽.

성구조 성립에 상응하는 주체의 마음상태라는 점에서 보편타당성을 부여할 수 있다는 논거이다. 초자연적 형이상학의 완결된 질서 속에서 '신의 피조물'로 살다가 서로 다른 영역으로 분화되면서 세속화의 길을 밟은 세계 속으로 내던져진 인간에게 주어진 운명은 내적 분열이다. 분열된 만큼 인간은 다시 원래대로의 완결된 통일성을 지향하고자 하는 의지를 더 불태울 것이며, 그 과정에서 인식능력들이 활성화되고 그에 상응하는 정서상태가 인간의 마음에 들어설 것이라는 생각이 칸트 이론구성의 배경을 이루고 있다는 생각을 해볼 수도 있을 것이다.

그런데 무엇에 대한 '보편타당한' 판정을 내리는 근거가 '감정'에 있음을 칸트가 논증하고, 또 그러한 논리구성이 칸트의 철학체계 자체 내에서는 '분석'과 '정당화'를 통해 선험원리에 따른 필연성마저 요구할 수 있음을 납득하고 나면, 우리는 그렇게 사유할 수 있는 근거가 무엇인지를 따져 묻지 않을 수 없게 된다. 무엇보다 감정이 '반성된' 양태로 고양되어야만 칸트의 비판기획에서 철학적으로 승인받을 수 있기 때문이다. 칸트의 철학체계는 즉자적인 감정을 철저하게 배제한다. 감정은 반성되어야만 하고, 반성될 수 있다. 그렇다면 이 '반성된' 감정의 매개가 정말 분화된 두 세계에 새로운 제3의 요인으로 도입되는 것인지, 아니면 '반성'이라는 수식어로 '감정'이 독립변수로서의 성질을 잃어버리는 것인지, 한번 철저하게 검증해볼 필요가 있을 것이다. 왜냐하면 감정에 '반성'을 요구하게 되는 과정이 분화를 재통합함으로써 완결된 체계를 구축할 필요에 의한 '발견적인 논구'의 성격이 강했으며, 그래서 반성된 감정으로 체계구상이 성공적으로 실현되었기 때문이다. 그렇다면 매개는 이미 이분화에 처음부터 예정되어 있던 것은 아니었던가? 재통합을 프로그램으로 내장한 이분화였기 때문에 그처럼 무모순적으로 분화와 재통합이 성사될 수 있었던 것은 아니었는가?

실제로 칸트의 경우, 바로 재통합이 이미 이분화 프로그램의 바탕을 이루고 있음이 사실이다. 재통합을 논리적 귀결로 도출하도록 분화의 구도가 잡혀 있는 것이다. 칸트 스스로 원인과 결과의 관계로 설명하는 이원구조는 아도르노의 논리에 따르면 주어진 체계의 통일성을 위해 그에 맞지 않는 비동일자를 고려에서 배제한 결과로 성립된 것이다. 앞에서 살펴보았듯이 조화미에 의해 자연계와 초감성계는 하나로 통일될 수 있었다. 칸트는 완결된 철학체계를 내놓았다. 하지만 조화미란 애당초 그런 방식으로 귀결되도록 프로그램된 것들만 초월하는 의식활동을 통해 서로 연결할 수 있을 뿐이다. 칸트는 이 사실을 명확하게 감지했다. 그런 방식으로 완성된 체계에서 이탈하는 것들이 무규정인 채로 남아 있음을 인정했다. 조화미에 이어 숭고범주에 대한 분석을 시도한 까닭이다. 숭고는 다음 장에서 살펴보기로 하고 여기에서는 칸트 철학에 특징적인 순환구도를 조화미 범주에서 다시 한 번 확인해보기로 한다.

지각(Wahrnehmung)과 느낌(Empfindung)이란 서로 다른 성질을 지닌 것으로 이해되는 개념 켤레다. 물론 학문적인 논의에서 개념규정을 시도하면, 그 '다름'의 실제내용을 충분히 제시하기에 어려움이 뒤따른다. 변별지점을 명확하게 선 긋기가 쉽지 않은 까닭이다. 여타의 개념 켤레들과 마찬가지로. 그래서 개념 켤레들은 타자를 통한 반사를 내포로 삼곤 한다. 이런 맥락에서 우리는 '정서'가 '지각'으로부터 확연히 갈라서는 지점을 지시해주는 내포들을 '직접성' 개념 아래 모아들일 수 있을 것이다. 인간이 무엇을 느낀다 함은 두뇌의 분석과정을 통과하지 않고 직접 대상과의 접촉 결과를 표출한다는 뜻이다. 그 직접적인 접촉을 분석과정에 보내지 않았다는 의미에서 '직접성' 개념이 동원되는 것이다. 물론 지각도 대상에 대한 직접적인 수용의 결과이지만, 논리적 처리의 과정에 들어섰음을 느낌과 다른 점으로 파악하는 견지에서이다. 그런데 칸트가 세계의 통일과 주체형성의 기획에 핵심 사안으로 끌어들인 '반성된' 감정은 이 '직접성'을 정면으로 부정한다. 그러면서도 '느낌'의 범위에 포함되기를 요구한다. 오성 역시 반성구조형성 과정에 참여하기를 요구하였음에도 결과가 인식산출이 아니라는 점을 들어 '감정'이라고 명명하면서 독자적인 제3의 요인이라는 주장을 펼친다. 하지만 합주를 벌여야 하기 때문에 오성과의 관련을 잃지 않기 위해 애써야만 하는 점은 거듭 강조한다. 그런데 이 합주는 인간의 느낌이 즉자성을 극복해야만 가능한 상태이다. 그렇다면 조화미는 느낄 때 자신의 마음속에서 무슨 일이 일어나는지, 그냥 즉자적인 반응인지 아니면 오성의 규정성으로 사사로움이 제거된 반응인지 잘 살펴볼 것을 주체에게 요구하는 것이다. 결국 주체가 반성된 쾌감을 느꼈다고 하는 경우, 주체가 쾌감의 순간에 자신의 실재적인 존재와 내면이 서로 분절된 관계를 맺었음을 의식했다는 뜻이 된다. 반성된 감정이란 감정의 즉자성을 간접화된 상태로 재조정한 결과이고, 재조정 과정은 인식능력들 사이의 긴장이 주도하고 이끌 것이다.

이처럼 감정이 즉자성을 포기해야 하는 까닭은 바로 주체의 내면이 서로 조금의 접점도 없는 두 세계를 잇는 가교 역할을 해야 하기 때문이다. 앞에서도 살펴보았듯이 칸트의 철학체계는 이원구조를 근간으로 하고 있다. 이원구조는 이성의 서로 다른 '법칙부여' 활동을 통해 만들진 것이다. 같은 법칙을 서로 다르게 적용한 결과가 아닌 것이다. 그러므로 두 세계 사이는 '골'(Kluft)이 가로놓여 있을 수밖에 없었다. 여기에서 제3자에 의한 매개의 필요성이 제기된 것이고, 감정이 매개능력이 있음이 입증된 것이다. 그런데 감정은 심연을 메울 능력이 있음을 증명하는 과정에서 즉자성을 버려야 한다는 요구를 받았고, 버릴 수 있다고 선언했다. 그렇다면 여기에서 우리는 이런 물음을 제기할 수 있다. 정서의 핵심사안인 즉자성을 버린다면 감정은 어떻게 인식과의 차별성을 확보하고 독립적일 수 있는가. 칸트는 「조화미 분석론」에서 감식판단의 판정근거인 쾌감이 단순한 감각적 자극에 의한 반응인 감관판단의 안락함(das Angenehme)과 다른 면모를 누누이 강조하고 있다. 바로 오성과의 공동작업을 쾌감의 핵심사안으로 확정하기 위해서이다. 그리고 쾌감이 인식능력 자체가 아니라, 인식능력의 독특한 활동에 상응하는 감정이라는 점을 강조하는데, 그렇다면 그런 '상응함'만으로 감정이 독자적인 제3자로 되기에 충분하다고 할 수 있는가?

느낌에서 즉자성을 걷어내면서 서로 부합하는 지점이 없는 두 세계를 잇는 연결고리가 형성되는 것인데, 그렇다면 반성된 감정이 정말로 독립적인 제3자인가, 그래서 전혀 새로운 무엇을 통해 체계를 완성하는 가하는 물음이 제기되는 것이다. 이렇게 세워진 연결고리에 어떤 형이상학적 구속력도 없음은 일단 논의의 출발로 받아들여야 할 것이다. 이는 칸트 체계구상의 기본 전제이고, 그런 비판기획의 틀 안에서 감식판단에 대한 논구가 비로소 시작될 수 있었음은 주지의 사실이다. 그런 의미에서의 새로움을 찾자는 이야기가 아니다. 이 모든 전제를 받아들인 후에 이 중간자가 정말 체계의 통일을 주도했는가 그 여부를 묻는 것이다. 반성된 감정의 독자성에 대한 물음은 한 영역에서 다른 영역으로의 '이행'이 이미 체계 구상에 처음부터 프로그램으로 들어있는 것은 아닌가, 그래서 감정이 처음 이원론적인 체계구상의 논리적 귀결에 그저 하나의 이름붙이기의 일환으로 명칭에 불과한 것은 아닌가 하는 의혹에 직결되어 있다. '반성된'이라는 형용사를 통해 철학체계와 인간의 정서가 연결되는 것인데, 이러한 프로그램은 칸트의 비판기획이 처음부터 인간의 직접적인 정서의 배제를 통해서 체계완성이라는 결실을 맺도록 하고 있다는 의문을 품게 하는 것이기 때문이다. 무언가를 배제하면서 완성되는 체계라면 온전한 체계라 할 수 없을 것이다. 그리고 그 배제가 칸트 철학이 기대고 있는 분화와 재통합 프로그램의 자기환원 구조에서 비롯된다면, 칸트 철학은 배제를 프로그램으로 삼음으로써만 체계의 통일을 구가하는 모순에 빠질 수밖에 없다.

칸트의 체계가 중간자를 처음부터 이미 구성의 원칙으로 가정하고 들어간다고 할 수밖에 없는 사정은 실체적 이성의 이분화 과정을 보면 명확하게 드러난다. 이 철학체계는 경험적으로 경험 가능한 사물에 대해서 전적으로 현상계에 국한될 뿐인, 제한적인 성격만 허락한다. 이러한 제한의 결과, 그 사물 자체는 현상계에서 벗어나는 열린 전망 속에 그대로 노출되어버린다. 그래서 철학적인 규정은 그 사물의 이 '규정되지 않은' 부분을 감당해야 하는 운명에 처한다. 철학은 전체를 파악해야 하며, 더구나 체계로서의 완결성을 지향하는 기획의 일환으로 사물의 경험적 체험 가능성에 대한 규명작업이 시작되었기 때문이다. 이로부터 우리는 일차적으로 사물의 현상계에서의 경험 가능성은 '무규정인 채'로 남은 부분에 대한 배제를 전제로 한다는 사실을 확인하게 된다.

오성은 그것이 자연에 대하여 선험적으로 법칙을 부여할 수 있다는 가능성에 의해서 자연이 우리들에게 단지 현상으로만 인식될 수 있음을 증명하고, 따라서 동시에 자연이 하나의 초감성적 기체를 가진다고 함을 지시하지만 그러나 이 기체가 무엇인가 하는 것은 전혀 규정하지 않은 채 남겨둔다.[92]

'법칙부여하는 이성'의 이원론적 분화가 칸트 철학체계의 뼈대이자 그 실제내용이라는 사실은 너무도 자명하다. 그런데 그 이원론이 궁극적으로 "감성적인 것이 주관 안의 초감성적인 것을 규정할 수 없다"는 사실에 불과함을 직시할 필요 앞에서는 약간의 허망함마저 느껴지는 것도 사실이다. 하지만 이 사실에 대한 확인이야말로 세계의 분화를 근거짓는 칸트의 논의전개를 이해하는 지름길이다. 그런데 칸트가 논의를 전개하는 과정을 들여다보면, 분화를 근거짓는 과정 자체로부터 그대로 매개의 가능성이 풀려나오는 것을 확인하게 된다. 결국 체계는 처음부터 완성되어 있었던 것이다. 이 체계관념에서는 무엇보다도 자유개념들에 따르는 인과성의 규정근거들이 자연에는 아무런 영향도 미치지 못한다는 사실이 중요하다. 그래서 자연과 자유가 아무런 접점이 없게 된다는 이원론이 도출되는 것이다. 그런데 여기에서 바로 이 '무관하다'는 사실 자체가 또 다른 시작의 출발점으로 되는 것이 칸트 철학체계의 특징이다. 자연에 주어져 있지 않은 '자유개념에 따르는 인과성'은 다른 영역을 구성해야 한다. 규정이 되지 않았을 뿐, 실재하고 있음이 분명한바, 왜냐하면 자연계에서 체험 가능하다고 규정된 사물이 처음부터 현상계의 특질이라는 제한된 성격만 지닌 것으로 설정되었기 때문이다.

---

92 Immanuel Kant, KU, S. 34; 이석윤, 52쪽.

그리고 이 둘은 체계로 통일되어야 한다. 하나가 제한됨을 특징으로 하는 성격을 부여받으면서 그 제한성에서 벗어난 부분이 또 다른 하나로 이월된 구도이므로 원래 그 모두는 하나였다는 사실이 재통일의 가능성을 확신시켜주고 있다. 여기에서 이제 관건은 이런 확립된 전제들 사이의 연결고리를 찾는 일이다.

그러나 비록 자유개념에 따르는 (그리고 자유개념이 내포하고 있는 실천적 규칙에 따르는) 인과성의 규정근거가 자연 안에 있지 않으며 또 감성적인 것이 주관 내의 초감성적인 것을 규정할 수는 없지만. 그러나 그 역은 가능하며 (물론 자연의 〔논리적〕 인식에 관해서가 아니라 자유개념에서 자연에 미치는 영향들에 관해서지만), 그것은 자유에 의한 인과성의 개념 속에 이미 포함되어 있는 것이고 따라서 이러한 인과성의 결과는 이러한 자유의 형식적 법칙에 따라 이 세계에 일어나지 않으면 안 된다.[93]

연결고리는 이미 주어졌다. 바로 자연사물의 현상계적 성격에 들어있는 제한성에 있다. 다시 요약하자면 자연계에서 우리에게 체험가능하도록 구성되는 사물은 물자체의 '현상'들로 불러올려진 것에 한한다. 물차제의 초감성적 기체에는 단지 이성만이 그 실천적 선험법칙에 의해 하나의 규정을 제시할 수 있다. 따라서 자연사물을 규정하는 개념이 초감성적인 것을 규정할 수는 없다. 하지만 초감성적인 것은 주체 안에 이미 들어와 자리를 잡고 있는 채이다. 현상계의 제한적 성격 때문에 무규정적인 것으로 인식에서 제외되었을 뿐이다. 단지 경험적인 것으로 체험불가능한 상태에 놓여 있는 것인바, 칸트 철학체계에서는 경험적인 체험 불가능이 없음을 의미하지 않는다. 오히려 자연개념의 규정성에서 벗어나는 초감성적인 것의 실재를 인정함으로서 이 무규정적인 것이 자유에 의한 인과성의 개념으로 주체 안에서 실현되도록 프로그램이 짜여 있다. 자유에 의한 인과성은 결과를 발생시킨다. 이 결과는 주체 안에서, 세계 안에서 일어난다. 물론 자연개념에 따르지 않고 자유의 형식적 법칙에 따라서 그렇게 되므로 인식은 아니다.

원래 현상계의 제한성과 무규정적인 것이라는 이원구조는 실체적 이성의 갈라짐에서 비롯된 철학체계 구상에 따른 것이었다. 그런데 그 이원구조가 다름 아닌 '원인-결과'의 관계라는 사실은 이 체계구상이 근본적으로 환원의 역학에 근거한 동어반복의 구조임을 드러내준다. 분화하는 과정이 이미 재통합으로 나가가는 출발인 것이다.

물론 원인이라는 말이 초감성적인 것에 관하여 사용될 때에는 그것은 자연사물들의 인과성을 규정하여 이 자연사물에 특유한 자연법칙에 따라 하나의 결과를 일으키되, 또 동시에 이 인과성이 이성법칙의 형식적 원리와도 일치하도록 하는 근거를 의미할 뿐이다. 그리고 이것이 어떻게 해서 가능한가 통찰할 수는 있지만 그러나 거기에 모순이 있다고 주장하는 비난은 충분히 논박할 수가 있는 것이다.[94]

원인은 결과를 낳게 마련이다. 원인으로서의 초감성적인 것이 단지 현상계에서는 이성법칙들의 형식적 원리와 자연사물들에 고유한 자연법칙들이 일치하는 규정근거로 될 뿐이고, 이런 일치가 흔하게 일어나는 일은 아니지만 원인이 존재하는 한 결과는 발생한다. 결국 칸트가 말하는 자연에서 자유로의 '이행'은 이 '원인-결과'의 역학에 불과하고, 감식판단의 필연성 역시 원인-결과의 관계에서 도출되는 것이다. 감식판단을 성사시키는 인식능력들 상의 '긴장'이란 이성법칙들은 '형식적' 원리에서, 하지만 자연법칙들은 자연사물에 들어 있는 대로 만나 일치를 보여야 한다는 요청에서 발생한다고 풀어쓸 수 있을 것이다.

---

94 Immanuel Kant, KU, S. 33; 이석윤, 51쪽.

자유개념에 따른 결과란 궁극목적이요 이 궁극목적(또는 감성계에 있어서의 이 궁극목적의 현상)은 현존해야만 한다. 그리고 또 그러기 위해서는 이 궁극목적을 가능케 하는 조건이 (감성적 존재자로서의, 즉 인간으로서의 주체의) 자연본성 안에 전제되는 것이다.[95]

매개는 여기에서 매개개념에 의해 "자연에 있어서만, 그리고 자연의 법칙들과 조화함으로써만 실현될 수 있는 궁극목적의 가능"[96]의 주관적 전유로 판명된다. 이러한 인정은 "실천적인 것을 고려함이 없이"[97] 하지만 선험원칙에 따라 수행한다. 그런 선험원칙을 가진 인간의 능력을 칸트는 판단력이라고 한 것이다.

판단력은 그의 가능적 특수적 법칙들에 따라 자연을 판정하는 자기의 선험적 원리에 의해서, 자연의 초감성적 기체(우리들의 내부와 외부에 있는)에 대한 지성 능력(intellektuelles Verögen)을 통한 규정가능성 (Bestimmbarkeit)을 제공한다. 그러나 이성은 그의 선험적 실천적 법칙에 의하여 바로 이 초감성적 기체에 규정을 부여한다. 그리하여 판단력은 자연개념의 관할구역에서 자유개념의 관할구역으로의 이행을 가능하게 하는 것이다.[98]

물론 판단력이 사용하는 선험원칙은 자연대상에 관해서는 규제적 (regulativ)일 뿐이다. 하지만 특정 대상들에 대한 감식판단을 내리려면 역시 구성능력이 있는 고유한 원칙을 가지고 있어야 한다. 이 까다로움을 칸트는 자연의 합목적성에 관한 개념을 여전히 자연개념들에 속하는 한에서 가지고 있다는 식으로 해결하였다.

---

95 Immanuel Kant, KU, S. 33~34; 이석윤, 51쪽.
96 Immanuel Kant, KU, S. 34; 이석윤, 52쪽.
97 Immanuel Kant, KU, S. 34; 이석윤, 51쪽.
98 Immanuel Kant, KU, S. 34; 이석윤, 52쪽.

자연의 합목적성이라는 판단력의 개념은 아직 자연개념에 속하기는 하지만 그러나 단지 인식능력의 규제적 원리로서만 그것에 속한다. 그러나 이 개념을 성립시키는 기연(機緣)이 되는 것은 (자연이나 예술의) 어떤 대상들에 관한 미적 판단이거니와 이 미적 판단은 쾌 또는 불쾌의 감정에 관해서는 구성적 원리인 것이다.[99]

여기에서 우리는 감식판단의 대상이 '아름다움'이라는 속성을 갖지 않으며, 예술이 자연계의 물리적 속성을 부여받지 못하고 '허구'로서만 존재하는 사정에 대한 철학적 근거를 찾을 수 있다. 궁극적으로 자연계의 현상계적 성격의 제한성을 벗어나는 확장성을 지닌다는 칸트의 감식판단에 대한 설명은 전혀 다른 측면에서 조화미의 인간학적 의미를 일깨운다.

인식능력들의 조화가 이러한 쾌의 근거를 내포하고 있으며, 이 인식능력들의 유희에 있어서의 자발성은 동시에 도덕적 감정에 대한 마음의 감수성을 촉진함으로써 위에 언급한 (자연의 합목적성의) 개념으로 하여금 자연개념의 관할구역과 자유개념의 관할구역을 그 결과에 있어서 연결하여 매개할 수 있도록 해주는 것이다.[100]

자연으로부터 부여받은 표상능력들의 반성구조가 두뇌에서 성사되었을 때 그에 상응하여 마음속에서 일어나는 쾌감을 근거로 판정을 내린다는 감식판단의 논리구조는 결국 감성계의 자연법칙에 따라 초감성적 기체를 규정할 '가능성'으로 확장되는 것이다. 물론 '가능성'으로만 남는다. 판단력이 사용하는 원칙이 자연법칙에 대해 '규제적'일 뿐 구성적이지는 않기 때문이다. 쾌의 감정은 판단력이 선험원칙에 따라 이

---

99   Immanuel Kant, KU, S. 35; 이석윤, 52쪽.
100   Immanuel Kant, KU, S. 35; 이석윤, 52~53쪽.

규정 가능성을 전시할 때 발생한다. 칸트가 말하는 '이행'은 바로 '규정 가능성의 전시'에 다름 아니다. 여기에서 감정은 바로 감성계에 초감성적인 것의 매개가 실현되었음에 대한 규정근거이지만, 판단력은 이 규정 가능성을 '지성능력'(intellektuelles Vermögen)으로 수행한다.[101] 여기에서 최종적으로 칸트 체계구상의 자기환원성이 드러난다. 분화를 토대로 한 재통합이라는 체계구상은 감식판단에 의해 그 필연성을 확보하지만, 그 판단의 근거가 '반성된 감정'으로 설정될 수밖에 없는 까닭에 반성 과정에서 발생하는 배제 또한 필연이기 때문이다.

> 쾌와 불쾌의 감정에 대해서는 그것은 (선험적인 구성적 원리들을 내포하고 있는 정신능력) 판단력이다. 그러나 판단력은 욕구능력의 규정에 관계하는, 따라서 직접 실천적일 수 있는 개념들과 감각들에 의존하는 것이 아니다.[102]

이런 견지에서 감정을 '반성된'이라고 하는 것이다. 정서의 즉자성 때문에 경험세계에서의 구성 가능성을 담보하여 매개와 이행의 과정에 편입되었지만, 정작 그 목적을 위해서는 감각들로부터 독립되고 이 사실을 증명해야 하는 것이다. 감식판단의 매개를 통해 분열을 극복하고 통일된 정체성을 획득한 주체는 하지만 자신의 내면세계에서는 즉자적 느낌과는 분절된 감정을 '관리'해야 하는 처지가 된다. 칸트가 제시한 논증의 핵심은 인간의 쾌감능력이 사적(私的)인 차원에서 그 작용을 멈추지 않는다는 사실이다. 아름다운 사물을 보면 누구나 그런 반응을 보인다는 의미에서 인간의 쾌감은 보편타당한 것이다. 이런 논증에 따라 마침내 인간은 쾌감을 통해 이웃들과 서로 '질서'라는 객관적인 관계를 형성할 수 있다는 논리가 성립되었다. 물론 사회제도나 자연과학적 사실과는 달리 그 객관성을 현실적으로 입증할 수 있는 질서는 아니다. 하

---

101 Immanuel Kant, KU, S. 34; 이석윤, 52쪽.
102 Immanuel Kant, KU, S. 35; 이석윤, 52쪽.

지만 세상에는 서로 마음으로 이어지는 질서도 있을 수 있다는 사실만큼은 분명했다. 더구나 누구나 자신의 내면에서 이러한 쾌감이 일어남을 스스로 감지한다는 칸트의 논증은 주관적 질서구성 과정에 사회구성원들의 자발적 참여를 이끌어낼 수 있는 토대가 되었다.

「조화미 분석론」은 칸트 체계구상의 완성이자 아울러 한계지점을 드러내는 텍스트이다. 체계를 완결할 수 있었지만, 그 완결을 위해 필연적으로 자기환원의 역학에 갇힌 까닭에 배제를 프로그램으로 삼을 수밖에 없었던 사정이 드러나고 있는 것이다. 칸트 역시 이 문제를 의식하였다. 이원론을 기반으로 하는 체계구상에서 재통합 프로그램에 포섭되지 않는 무규정자의 존재를 다시 철학범주로 정리할 필요를 알아챘던 것이다. 칸트는 「숭고 분석론」을 계속 이어간다.

2) 숭고(Das Erhabene)[103]

『판단력비판』에서 「숭고 분석론」이 차지하는 위상은 독특하다. 제2권이라는 표제를 붙이기는 했지만, 제1권 「조화미 분석론」에 비해 분량도 미미할 뿐 아니라 정당화를 시도하고 범주의 귀결을 논한 「연역론」은 물론 「변증론」에서도 숭고는 다루어지지 않는다. 따라서 숭고 범주는 별도로 정당화되지 않았으며 그 예술적 귀결에 대한 언급 역시 찾아볼 수 없다. 마치 감식판단을 살펴보고 나니, 이런 현상도 있음이 눈에 뜨이더라는 심정으로 덧붙인 책처럼 보인다.[104] 하지만 이런 '푸대접'은 칸트 철학체계 자체에서 비롯된 것으로서 결코 칸트의 실수라거나 무신경함의 소치라고 할 수 없다.[105] 예술에 문외한이었던 칸트가 『판단

---

103 이 항목은 졸고 「숭고한 질서: 후기 자본주의 세계체제에서 '부정변증법적'으로 살아남기」, 『뷔히너와 현대문학』 제32집, 2009년 5월호, 157~62쪽을 재수록하였다.

104 칸트 스스로도 「숭고분석론」이 『판단력비판』에서 일종의 '부록'(Anhang)에 해당한다는 언급을 한 적이 있으나(§78), 현대의 연구자들이 칸트의 견해를 그대로 받아들일 수는 없어 보인다. 박배형, 「'부정적 현시'로서의 숭고」, 『미학』 제57집, 57~58쪽 참조.

력비판』을 말년에 쓰게 된 것은 철저하게 자신의 철학체계를 완성하려는 의도에서였기 때문이다. 따라서 체계를 완성하는 조화미 범주에 심혈을 기울인 것이고, 체계를 교란하는 범주인 숭고는 주변에 머물 수밖에 없었다.

칸트는 자신이 쌓아온 철학체계의 밑그림을 이루는 이원론이 감식판단의 독특한 논리구조에 의해 하나로 다시 모이도록 하였다. 그 독특함이란 감식판단의 근거인 쾌감이 주관적이면서 동시에 보편적이라는 사실이고, 이런 독특성을 충족하기 위해 감식판단은 순전히 의식활동(Bewußtseinsleistung)에 국한된 결과만을 산출해야[106] 한다는 내용이다. 주관적인 쾌감이 보편타당하기도 한 까닭을 쾌감이 현상계에 구체적인 경험대상을 산출해내지 않는다는 사실에서 찾는 칸트의 논리구성은 인간의 마음(Gemüt)과 외부세계 사이에 특정한 조응상태가 형성될 수 있음을 전제한 것이었다. 이러한 전제는 결과적으로 인간의 내면세계와 외부 물질세계의 조화로운 평형상태가 도래해야만 한다는 요청을 논리적으로 불러들이기도 했다. 한마디로 조화미는 체계를 구축하면서 그 체계에 귀속되는 범주인 것이다. '아름답다'고 느낄 때 근대인은 그가 분화된 사유를 할 줄 아는 인간인 한, 자신이 확보하고 있는 의식의 힘으로 처음 사유를 촉발한 이원론적 세계관을 극복하고 마침내 통일된

---

105 칸트는 §30에서 「연역론」의 대상이 왜 조화미에 한정될 뿐인가를 논한다. 형식이 없고(formlos) 형태가 갖추어지지 않은(ungestalt) 대상을 목적론적 판단(Teleologie)이 아닌 미적 판단의 대상으로 삼아야 하는 숭고의 특성상, 분석해서 제시하는(Exposition) 과정에 이미 보편타당성 요구에 대한 정당화가 들어있다는 요지이다. '이 대상은 숭고하다'는 판단은 무형식한 대상을 접한 판단자의 사유방식(Denkungsart) 혹은 더 나아가 인간의 본성을 이루는 토대에 근거하고 있다고 보아야 한다고 단정하였다. Immanuel Kant, KU, S. 129; 이석윤, 152쪽 참조.

106 이런 의미에서 감식판단은 대상의 속성에 대한 진술이 아니다. 즉 "x ist schön"이라는 판단에서 술어 schön은 주어 x에 귀속되지 않고, 대상 x를 바라본 주체가 독특한 의식활동을 했음을, 즉 현상계와 물자체를 잇는 활동을 성공적으로 수행했음을 확인해주는 표식이 된다.

주체로 우뚝 서서 세계와 우주에 대해서도 통일된 표상을 회득할 수 있게 된다는 이야기다. 이러한 견지에서 칸트를 체계주의자로 명명할 수 있는 것이다.

이러한 칸트의 논리구성은 결국 조화미가 구축해내는 체계란 매우 불안하고, 이중적일 수밖에 없음을 확인해준다. 칸트 스스로도 '형이상학적 작용력'을 지닌, 토대(Boden)에 뿌리를 둔 영역들은 이원론적으로 나뉘어 있고(현상계와 예지계), 통일은 진정한 의미에서의 비판활동을 하는 판단력에 의해 순간적으로 '이행하면서' 이룩된다는 설계도를 내놓았을 뿐이지 않은가. 현상계의 사물을 가지고 예지계의 영역에 접촉하는 순간은, 그러면서도 현상계에 존재하는 사물의 속성에 어떠한 변화도 일어나지 않는 순간, 즉 '아름답다'는 판단을 하는 순간은 현상계와 예지계 두 영역의 한계지점을 명민하게 구분하는 '비판' 활동을 하는 판단력이 자신의 본분에 가장 충실한 순간이기도 하다. 그렇다면 여기에서 우리는 판단력이 이처럼 지극히 섬세한 상태에서 벗어나는 순간도 있지 않겠는가 하는 생각을 해볼 수 있다. 영역을 구분하는 비판의 기획으로 대상에 접근하였지만, 대상의 성질상 주체의 인식능력이 더이상 '구분하는 상태'에 머물 수 없는 경우 말이다.

칸트의 구도에 따르면 이 '더 이상 구분할 수 없는 상태'가 그대로 유지될 수는 없다. 아예 예지계로 넘어가 도덕 판단을 하거나 계속 현상계에 머물면서 '구분할 수 없는' 자신의 상태를 부정하지 않으면 안 된다. 예지계는 실천이성이 활동하는 영역이므로 칸트의 입장에서 보면 이미 논구한 터이다.[107] 남는 것은 예지계로 넘어가지 않고 인간의 인식능력이 자신의 한계를 인정하는 경우이다. 이 경우를 칸트는 '숭고'라는 범주로 정식화했다. 정식화의 경로는 아래와 같다. 주체가 한계를 인정하면서 다시 자신에게로 돌아오는 의식활동을 벌일 때, 그의 마음속에는 특별한 감정이 생긴다. 왜냐하면 이 '되돌아오는 과정'은 범상한 일이

---

107 『실천이성비판』(1788)이『판단력비판』(1790)보다 먼저 쓰였다.

아니기 때문이다. 주체가 '구분할 수 없음'을 몸소 '깨달았을 때'만 가능하다. 깨닫는 주체는 정서적으로 고양된다. 스스로 대견해지는 것이다. 그런데 이 자기고양의 순간이란 자신을 잊는 상태이기도 하기 때문에 인식주체로서는 현상계의 사물을 인식하는 일이 불가능하다. 도덕적 판단 역시 이미 중지된 상태이다. 그러므로 결국 이 상황은 칸트의 분류에 따르면 '미적' 상황일 수밖에 없다. 이처럼 '미적'일 수밖에 없지만 '미'의 본령인 '영역들의 구분'을 할 수가 없어 포기해야만 하는 상태에 주체가 빠져드는 경우가 분명히 있다. 주체가 처한 이 '부정적인' 상태가 숭고라는 개념의 내포이다.

칸트는 인식주체로 하여금 '숭고한' 상태에 돌입하도록 하는 대상을 설명하면서 두 경우를 들었다(수학적 숭고와 역학적 숭고). 그중 대상의 위력에 압도당해 주체가 대상을 인식활동의 대상으로, 즉 오성을 적용할 수 없는 대상으로 받아들이는 역학적 숭고가 예술과 관련하여 많이 논의된다. 주체가 '오성을 동원할 수 없다'함은 애당초 감각적 표상 자체가 불가능했다는 뜻이다. 감성이 오성에 경험 자료들을 날라다 주어야 할 터인데, 그래야 오성이 개념을 동원하는 활동에 들어갈 터인데, 위압감에 눌려 아무것도 받아들이지 못하게 되면 오성은 활동태세를 갖추고 있던 상태에서 격심하게 동요한다. 첫 단계의 반응은 '일단 주춤'이다. 예비되었던 구도에 따라 일을 할 수 없게 된 좌절감에서 나오는 반응이다. 이처럼 자신의 오성이 무용지물이 되었음을 확인하는 주체는 하지만 동시에 이를 통해 자신의 정신능력이 일할 준비를 하고 있었음을 깨닫는다. 좌절과 동시에 그런 자신을 확인하는 것이다. 어떠한 경로이든 일단 자기 확인을 거친 주체는 좌절을 딛고 일어 설 수밖에 없다. 하지만 여기에서 일어섬이란 무능한 자신을 부정함에 다름 아니다. 인간은 평상심으로 이 과정을 수행할 수 없다. 불만족스러운 상태에 자신을 더 이상 내버려둘 수 없다는 생명력이 강렬하게 꿈틀대는 경우에 한에서만 '자기부정'은 실행된다. 생명력으로 좌절이 부정된 후 두 번째 단계로 나아간다. 어떻게든 다시 수습해서 비상하는 것이다. 감각적으로는 위압적인 대상에 압도당했지만, 감각적 무능력이 자신과 대상을 규정하는 전부가 아님을 깨닫는 이 비상의 순간은 반드시 찾아오게 되어 있다. 우리 인간이 그렇게 타고났기 때문이다.[108] 그럴 수 있는 능력, 즉 이성을 인간이 타고났음에[109] 이견이 있을 수 없다. 이성은 주체로 하여금 감각적 확신이 얼마나 사소하고 한계가 큰 것인가를 깨우치도록 한다. 그리고는 이념이라는 더 넓은 세계로 인간을 이끈다. 주체는 위기적 상황에서 이성적 존재로서의 자신을 입증한다.

칸트의 「숭고 분석론」 역시 이성의 가능성과 한계를 규명하는 '비판기획'의 일환으로 작성된 텍스트이다. 그런데 이 텍스트의 '비판적 함의'는 오히려 기존 형이상학의 패러다임을 파괴하는 요인을 안에 담고 있다는 데 있다. 무엇보다도 조화미의 쾌감과 달리 숭고한 감정이 체계를 완성하지 않는다는 사실에 착안하여 추진한 이론적 결실이었다. 숭고에서는 부정과 비상이 '이성의 부름'으로 시행된다. 현대적인 '파괴의 미학'이 여기에서 자신의 정당성을 찾아낸다면 크게 반박할 근거를 찾기도 어려운 실정이다. 바로 칸트 자신이 파괴가 이성의 원칙에 따른 행위일 수도 있다는 해석 가능성을 「숭고 분석론」에 심어놓았기 때문이다.

실제로 「조화미 분석론」이 완성한 체계, 그 체계를 이탈하는 요인들을 '검증'해서 그 체계외적 요인들 역시 인간에게 심겨 있는 능력을 구성함을 논증한 「숭고 분석론」은 20세기 후반 숭고 논의를 다시 한 번 촉발하는 이념적 진원지가 되어 포스트모더니즘이라는 반문화적 광풍으로 지구인의 삶을 파괴하였다. 대단한 폭발력으로 칸트 숭고론의 비판적 함의를 방출하였다. 하지만 유감스럽게도 그 '방출'은 기존 형이상학의 틀을 폭파하지 않았다. 오히려 사회구성원의 물질적 존재기반을

---

108   바로 아래 각주 109 참조.

109   아프리오리(a priori). 결국 인간이 숭고한 감정을 느끼는 근거가 인간에게 선험적으로 주어진 이성에 있다는 논리이다. 조화미에서의 즐거운 감정 역시 오성과 감성의 활동결과 나타난 마음속의 반응이다. 칸트에게서는 아름다움이든 숭고든 경험적으로 증명할 수 있는 범주가 아니다.

파괴하는 자본주의 교환 질서를 신자유주의 질서로 내몰았다. 20세기 숭고론이 자본주의 모순을 지적하면서 시작하였지만, 모순을 지적하는 언설에 투항해버린 탓이다. 언설로 교환질서를 교란한다는 착각에 빠져 객관적 교환질서가 자신의 언설을 하릴없이 해체한다는 사실을 알아채지 못했다. 자신을 해체하면서 대상을 해체한다는 착각은 도덕적 무장해제를 불러왔다. 모순을 지적하는 자신을 부정하는 칸트적 의미의 숭고한 자세를 훈련할 필요가 있었지만, 쉽고 빠르게 세상을 교정하고 싶은 우쭐함에 굴복하였다. 20세기 숭고론은 자본주의 교환 원리를 은폐하면서 신자유주의 질서가 인간의 피와 살을 뚫고 들어올 수 있도록 물꼬를 텄다. 자기파괴의 미학이었다. 원래 칸트는 이성적 자아의 자기 확인 계기로서 감각적 자아의 부정을 촉발하는 숭고한 대상이 세상에는 있음을 우리에게 확인하려 했다.

감각적 자아를 부정하는 '숭고한 파괴'는 외부세계의 파괴가 '주관적 질서'의 구성 가능성으로 귀결되는 파괴이다. 칸트는 비판기획을 통해 인간에게 객관적 질서를 파괴하면서 주체 스스로 자신을 일종의 '질서관계'에서 정립하는 능력이 있음을 입증하였다. 미적 범주로서의 '숭고'는 객관적 질서를 넘어서는 주관적 질서가 사유주체에 의해 수립될 수 있음에 대한 형이상학적 근거를 제공한다. 칸트가 정립한 숭고론의 핵심은 무엇보다도 이성능력을 매개로 현재의 '불합리한 상황'을 떨쳐버리고 비상하는 주체의 능력을 명확히 드러내 보여주는 데 있다. 비상하기 위해 주체는 지금의 방식대로 구성되는 사물의 상태는 물론이거니와 그 사물을 접하고 느끼는 자신의 즉자적 감정을 일단 부정해야만 한다. 이러한 숭고범주야말로 위기상황에 대한 '인문학적 대처'의 범례로 내세울 수 있을 만한 것이 아닐까? 21세기에 칸트의 숭고론을 살펴본다면 이는 바로 이러한 논리구성과 그 귀결점으로 오늘날의 상황을 재조명하고 재검토할 가능성 때문이다.

고전 독일관념론은 현실 역사에서 실질적으로 작용력을 발휘했던 패러다임이다. 18세기 신분제 사회에서 시민사회로 나아가기 위해 시민혁명을 겪은 프랑스와 달리 독일은 칸트의 비판서들 그리고 헤겔에 이르는 계몽의 전통으로 낡은 틀을 벗고 시민사회 질서를 이룩하는 길 (독일적 특수경로)을 갔다. 이 질서구축의 과정에 조화미 범주와 '아름다운 예술'이 적극적으로 참여했고, 또 큰 성과를 거두었다. 사회학자들이 '문화적 근대'를 논하면서 미술관과 박물관의 중요성을 강조하는 까닭이다. 그러다가 20세기 후반에 들어와 시민사회의 질서구성 패러다임이 난관에 봉착하면서 이제는 '제도'나 '구조'보다는 '개인의 능력'으로 사회적 혼란을 극복하는 일이 어떻게 가능한지를 논해야만 하는 상황에 봉착하였다. 숭고론이 위기와 혼란과 상황변화에 대처하는 인간의 능력에 대한 내재적인 접근의 모델로 등장하게 된 배경일 것이다. 위기의 수습이 근대를 반복하는 방식일 수 없음이 이 모든 논의의 토대이기도 하다. 숭고는 '다른' 패러다임을 모색하면서도 혼란과 파괴를 현실에 불러들이지 않을 가능성을 확인해주는 범주이다. 좌절 끝에 질서에서 일탈하지만, 그 '부정'을, 다시 말해 객관적 질서의 부당함에 대한 확인을 주관적 질서 구축의 토대로 삼기 때문이다.

(보론) 시민적 자유는 비진리이다

시민사회는 우리 삶의 조건이다. 조건을 무시하면 삶이 불가능해진다. 신체적 자유조차 누릴 수 없게 되기 십상이다. 그런데 시민사회는 마치 내가 이른바 '사회계약'에 자발적으로 서명하기라도 했다는 듯이, 즉 내가 자유의지로 이 사회를 선택한 것인 양 여기고 있다. 그래서 나는 이 사회에서 '자유로운 인간'이 되지 않을 도리가 없다. 시민사회의 '자유'를 받아들이지 않으면, 이 사회에서 나가야 한다. 갈 곳은 없다.

선택지에는 처음부터 정답이 매겨져 있었다. 시민은 자유롭다는 이데올로기는 숙명이기 때문에 더 이상 이데올로기가 아니다. 선택의 자유를 자유 그 자체로 만드는 시민사회는 구성원에게 생존의 가능성을 제공한다. 그런데 선택은 이미 주어진 조건 위에서 이루어지는 행위이다. 내가 무엇을 선택한다는 것은, 주어진 조건에 대하여는 그것이 공정한지 어떤지 따져 묻지 않고 그냥 받아들인다는 이야기이다. 그렇다면 선택의 자유란 조건에 대한 재검토작업을 원천적으로 차단하는 개념이다. 이러한 자유는 자유롭게 선택하는 사람을 주어진 조건 속에 가두는 결과를 가져온다.

시민은 자유롭게 콜라나 사이다 중에서 고를 수 있지만, 어떤 것을 골라도 마찬가지로 돈을 지불해야 한다. 지불하는 일과 고르는 일은 전혀 별개의 일임이 틀림없는데도 둘 중 하나를 선택할 자유는 주어지지 않는다. 다만 지불능력이 좀 더 있다면 값비싼 칵테일을 고를 수 있는 여지가 있을 뿐이다. 이처럼 시민은 가격이 저렴한 음료수인가 아니면 비싼 칵테일인가에 따라 구분된 카테고리들 중에서 선택할 자유를 누리며, 음료수이든 칵테일이든 한 카테고리 내 동일한 조건에 있는 것들 중에서 고른다. 콜라를 고를 수도 있고 진토닉을 집을 수 있지만, 두 가지 마실 것의 차이는 가격에만 있다. 돈을 안 낼 자유는 없다. 선택의 자유도 자유인가?

현실세계의 조건에 종속된 채 임의적으로 무엇을 고르는 '선택의 자유'는 타고난 자유의지와는 아무 상관이 없다. 이 점에서 시민사회는 지금까지 거짓말을 해왔다. 우리가 자유의지를 관철할 여지를 남겨놓지 않으면서도 늘 자유를 누리고 사는 듯 여기도록 만들고 있기 때문이다. 우리는 자유를 실천할 가능성은 박탈당한 채 현상을 지배하는 규정들을 알아갈 뿐이다. 규칙을 위반하지 않으면, 현실을 지배할 수 있다. 하지만 규칙이 지시하는 대로이다. 현실은 이미 지배된 상태로 우리에게 왔다. 이 현실과 마찰을 일으키지 않도록, 즉 '지배당한' 현실에 대해 자유의지를 발휘하여 새로운 가능성을 엿보지 않도록 시민사회는 구성원을 계몽한다. 시민적 계몽은 규칙과 통제가 공동생활을 위해 불가피함을 주지시키는 목적에 따라 실행된다. 이처럼 자유를 선택의 자유로, 즉 조건에 대한 인식으로 타락시키는 시민사회는 철학적으로 정당하지 못하다. 따라서 시민사회에서 일어나는 일들은 진리가 아니다. 인간의 자유의지를 전면적으로 부정하는 사회에서 진리가 여전히 유효하기를 바랄 수는 없는 일이다. 결국 우리는 비진리가 시민사회의 본질임을 깨닫게 된다. 그렇다면 우리의 삶은 비진리를 존재조건으로 꾸려져야 한다는 이야기이다. 이런 삶이 가능할까?

그렇다. 비진리가 조건에 불과하기 때문이다. '자유'는 현실에서 당착에 빠졌다. 이는 칸트의 구도를 빌리자면 자유가 현상계의 개념이 아니라 물자체의 개념이기 때문이다. 따라서 당착 자체는 철학적으로 너무나 정당하다. 계속 칸트식으로 나가본다면, 현상계와 자유의 영역 즉 물자체는 완전히 다른 세상이다. 컴퓨터 화면과 내장된 칩의 관계라고나 할까. 서로 불가분의 관계를 맺고 있지만 둘 사이에는 '심연'이 가로놓여 있다. 계산법이 근본적으로 다른 것이다. 칩의 한 부분에서 화면이 풀려나오지만, 전혀 다른 성질의 것이듯 현상계는 물자체와 닮은 구석이 없다. 그 어느 쪽도 경계를 넘어서 건너편으로 넘어가지 못한다. 어느 쪽이라도 자신을 규정하는 한계선을 넘어서려는 의지를 보이면, 오히려 그 결과가 자기 자신에게로 돌아온다. 기대는 무너지고, 극복의지가 완전히 방향을 되짚어 활동하였음을 깨닫게 된다. 자신에게로 되돌아오는 결과란 극복의지를 품었던 사람이 스스로 어떤 사람인지를 선명하게 의식한다는 이야기이다. 자신이 한계 속에 머물 수밖에 없음을 인식한다. 자유의지를 품은 결과 인식한 한계이다. 한계는 끝내 극복되지 못하지만, 자신이 어디까지 나갈 수 있는지 알게 되는 성과를 거둔다. 그리고 한계를 고정하면서 고정하는 사람은 바로 자신임을 절절하게 깨닫는다. 누가 가로막고 나서서 내가 한계 안에 갇힌 것이 아니다. 내가 존재할 수 있기 위해 나는 인간존재의 보편적 존재조건을 추인했을 뿐이다.

극복의지는 자신에 대한 상대화로 귀결된다. 넘어서려는 의지를 가졌던 만큼 한계선이 절박하게 와 닿지만, 그럴수록 더욱 스스로를 돌아보고 다진다. 자신에 대한 재검토는 자의식이 고조되는 결과를 낳는다. 자연과 자유는 서로를 상대화한다. 상대방은 자신의 한계를 인식하게 하는 거울이 된다. 거울이 있는 한, 미몽에 빠지지 않는다. 인간이 천부적으로 타고난 자유의지는 바로 이 비진리의 조건을 인식하는 가운데 발휘된다. 시민사회라는 조건에 매몰되지 않는 시민은 온전한 인간이 될 수 있다.

시민사회에서 인간되기

오늘날 우리는 통상적으로 정서(Emotion)와 인지(Kognition)가 서로 상충한다고 여긴다. 그리고 이 때문에 현대인은 불행할 수밖에 없다고 여긴다. 개인의 선의가 사회적 합의과정에 받아들여지지 않는 권력의 관행마저도 현대인의 이 불안한 심리상태에 이유가 있는 식으로 설명되는 경우도 있다. 독일 관념론자들이 세계의 총체성과 개체의 주체성을 기획하면서 '미의 세계'를 주목한 까닭은 무엇보다 여기에서는 이 두 요소들이 결합되어 독특하고도 독자적인 인간적 가능성이 열린다고 보았기 때문이다.

문명화과정 자체가 이 두 요소들을 인간을 분열시키는 방향으로 몰고 가는 현 세계상태에 직면하여 이러한 과정으로부터 자유로울 수 있는 영역을 '발견'하고 '다듬은' 독일 문화계의 노력은 우리에게 매우 새로울 수 있다. 무엇보다 분열을 밑거름으로 전진하는 문명화 과정에 존재를 의지할 수밖에 없는 오늘날의 인간은 애초에 자연을 지배하는 두 능력으로 상정된 정서능력과 인지능력을 자율적으로 처리하기 어려운 상황에 처하게 되었다. 어떤 독자적인 틀을 구조화하여 두 능력을 인간적인 규모에서 서로 연결해보려 모색하는 가운데 독일 철학자들이 미의 영역에 관심을 돌리게 되었다고 할 수 있다. 칸트는 자연이 물질적으로는 '쓸모'가 없는 미적 대상들 또한 창조한다는 사실과 또 그 대상들을 대하는 인간들이 색다른 정서적 반응을 보인다는 사실에 착안하여 '조화미' 범주를 기초하였다. 이 범주에 힘입어 독일의 전통적인 철학적 미학은 서로 이질적으로 발전해나간 인간적인 두 능력들 사이의 균형을 사회적 담론 속에 끌어들이는 성과를 거두었고, 그 균형을 떠받치고 있는 인식능력들 사이의 '상호견제와 촉진'이라는 긴장을 '새로운 인간적 가능성'으로 부각하였다.

칸트의 『판단력비판』이 새로운 점은 이 조화미 범주에 상응하는 인간의 인식능력들 사이의 조화를 '반성구조'라고 밝혀낸 점이다. 인간의 인지능력과 정서능력이 서로서로를 자극하여 어떤 개념적 인식을 뛰어넘는 새로운 가능성의 세계를 합리적으로 거머쥘 수 있도록 하는 '미적 합리성'은 분석적 오성능력의 한계를 감정에 의지해 벗어나도록 하는 한편, 감정의 무질서는 오성의 힘으로 가다듬는다는 반성원리에 따라 움직인다. 이리하여 '미적'이라는 말은 이후 문화담론에서 '많은 것을 생각해 보도록 하는'(viel zu denken veranlaßt)[110] 반성능력을 내포하기 시작하였다. 18세기 이후 독일 근대문학은 미학이 철학의 한 분과로 되는 과정에서 철학과 결합하면서 이 미적 반성능력을 자신의 고유한 사회적 가치로 내세우기 시작하였다는 점에서 매우 새롭다. 칸트의 작업은 문학과 예술의 사회적 능력을 철학적으로 인정하는 것이었다.

110   칸트의 서술을 인용하면 다음과 같다. "Nun behaupte ich, dieses Prinzip sei nichts anderes als das Vermögen der Darstellung ästhetischer Ideen; unter einer ästhetischen Idee aber verstehe ich diejenige Vorstellung der Einbildungskraft, die viel zu denken veranlaßt, ohne daß ihr doch irgendein bestimmter Gedanke, d. i. Begriff, adäquat sein kann, die folglich keine Sprache völlig erreicht und verständlich machen kann." Immanuel Kant, KU, S. 167~68; 이석윤, 195쪽.

제4장 미적 주체[1]

'건조한' 철학자 칸트가 『판단력비판』을 써야만 했던 이유를 예술 전공자의 입장에서 추적하면 '왜 이 세상에는 장미꽃처럼 쓸모없는 사물이 있는가?'라는 물음에 대한 철학적 해명을 얻는다.

1. 초월철학자 칸트 문체의 초월성

칸트의 문장은 매력적이다. 그의 텍스트를 한번 읽기 시작하면 그가 짜놓은 말놀이 판에 빠져들지 않을 수 없다. 개념 하나하나를 정직하게 대우해야 풀리는 수수께끼 놀음이다. 무척 풀기 어려운 수수께끼이긴 하나, 정직함으로 승부하면 하나씩 풀린다. 하나를 풀면 판을 짠 철학자의 정확성을 신뢰할 수 있게 된다. 신뢰와 정직으로 그 다음 줄로 독서를 이어가게 된다. 글로 해명되는 세계. 열쇠는 건조한 문체이다.

칸트의 텍스트는 기표와 기의의 분리 가능성을 차단하는 건조한 문체로 현상계와 물자체의 분리를 가시화한다. 문체의 건조함은 정신적 밀도를 보장한다. 보이는 세계 너머에 그 '볼 수 있음'의 근거가 '볼 수 없음'의 상태로 실재함을 제시하는 비판은 논리적 치밀성만으로는 성공할 수 없는 기획이다. 초감성적 기체를 지시하는 매개를 도입해야 하

---

1   이 장은 『칸트연구』제34집, 2014년 12월호에 실린 논문을 확대·발전시킨 것이다.

는데, 칸트의 독특함은 이 매개 역시 개념을 통해 성공시킨다는 데 있다. 논리적 완결성을 구축한 개념은 논리를 떠나 질료에 접근하는 과감성을 보인다. 하지만 질료를 실어 나르지는 못한다. 질료가 개념에 들어붙을 리 없다. 이 사실을 존중하지 않고 탈근대의 텍스트들은 기표와 기의를 분리하면 그 사이로 질료가 풀려날 것이라는 헛된 희망을 품었다. 텍스트 안에 세상을 전부 담으려는 야망이 문제였다. 착각과 과욕으로 탈근대의 텍스트들은 세계 해명능력을 잃었다. 기표의 독립을 원천봉쇄하는 칸트의 완강함은 문체의 건조함으로 실행된다. 칸트의 정직한 개념이 논리를 짜나가면 질료는 손상되지 않은 채 우리를 향한다. 개념은 질료의 실재를 인정하라고 우리를 일깨운다. 개념의 엄격성에 승복하면 질료가 실재함도 알게 된다. 건조한 문체 덕택이다.

『판단력비판』을 처음 접했을 때 물론 무척 당황했다. 독일어는 언제나 '저편'의 언어였다. 사전을 가지고 씨름해야 하는 대상이지 심리적 동일화의 대상은 아니었다. 따라서 내용의 생소함이 당혹의 원인은 아니었다. 독문학 역시 생소한 내용이다. 말들과의 씨름이라는 고된 노동을 통해서만 엿볼 수 있는 낯선 세상. 그런데『판단력비판』이 요구하는 노동은 문학작품이 요구하는 노동과 달랐다. 문학작품은 말들 사이의 빈 공간을 나 스스로 메워가며 읽어야 한다. 자의적인 해석과 정통의 해석이 크게 갈라설 수 있는 이유이다. 텍스트에 충실한 '창의적인' 해석이 드문 까닭이기도 하다.『판단력비판』은 달랐다.

이 텍스트는 말들을 정직하게 대우하라고 명령한다. 칸트가 그 자리에 그 개념을 쓴 이유가 분명히 있다는 암시를 계속 내리는 것이다. '읽는 나'는 텍스트와의 거리를 좁히면 안 된다. 조금이라도 우쭐해지면 개념은 밀려난다. 물론 내가 밀려냈으므로 텍스트는 훼손되지 않은 채로 있다. 개념에 대한 정직성을 회복하면 문장이 달리 보인다. 정직한 개념은 하나하나가 모두 칸트의 비판기획에 대한 표상을 함유하고 있다. 거리를 좁히면 안 되는 이유는 이 표상들을 체계라는 전체로 모아야 하기 때문이다. 전체는 개별적인 차원에 머물러 있지 않다. 하지만 표상들을 전체로 묶는 주체는 '읽는 나'이다. 이 '나'라는 개별자는 칸트의 텍스트를 사이에 두고 전체와 대척점에 서게 된다. 아주 드물지만, 칸트를 읽다 보면 내가 전체를 마주하고 있다는 '착각'에 사로잡힐 때가 있다. 이 착각의 순간, 정직하고 단조로운 칸트의 문체가 세상에서 제일 아름다워 보였다.

건조한 문체가 칸트를 초월철학자로 완성한다. 그가 개념에서 기표의 이탈을 허용하지 않는 것은 개념의 매개기능에 초월철학의 완성을 의탁하고 있기 때문이다. 개념은 질료 주위를 돌면서 질료의 실재성을 우리의 의식에 날라다 주어야 한다. 질료를 자기 안으로 받아들이지 못하는 개념의 한계가 노출되면서 질료의 실재가 입증되는 구도에서 초월철학의 체계는 완성된다. 한계지점에서 개념은 자신의 개념적 속성을 버린다. 질료는 초감성적 기체로 요지부동이지만 개념에서 개념적 속성이 떨어져나가는 순간에 감성세계로 튕겨 나와 개념을 바라보고 있던 우리에게 의식된다. 개념과 질료가 '부정적'으로 만나면 서로는 상대방에게 자신을 과시할 기회를 갖는다. 개념이 한계를 드러내면서 부각하는 질료의 실재성은 인간 존재가 초감성적 기체에 뿌리를 두고 있음을 확인해준다. 한계를 드러낸 개념의 세계는 인간이 유한성을 벗고 무한으로 비상하는 발판이다. 하지만 이 무한성에 대한 의식은 그렇게 자각하는 인간이 유한한 현실에 갇혀 있음을 거듭 확인한다. 사유는 존재의 유한성을 확인하면서 무한의 전망을 연다. 이런 깨달음을 얻기 위해서는 개념의 한계를 인정하는 문체의 소박함이 필요하다. 기표의 풍부함으로 개념의 확장을 도모하면 안 된다.

2. 미적 주체라는 '근대적' 사태

1) 분열과 재통일

칸트의 초월철학 체계에 따르면 사유하는 주관인 인간이 인격적 통일성을 확보할 가능성은 미적 반성판단력의 선험원리를 통해서만 주어진다. 어떤 자연대상이 전적으로 주관의 마음상태인 '쾌의 감정' (Gefühl der Lust)과 객관대상에서 취한 표상의 결합을 추진하겠다는 의도(Absicht)[2]를 가진 사람 앞에서 그러한 의도를 실현하는 표상을 제공

---

2 사유주관은 자신에게 심겨 있는 인식능력들을 대상에 적용하여 인식을 구성한다. 이때 마주하고 있는 대상이 제공하는 조건에 따라 인식능력은 인식구성에 성공할 수도 실패할 수도 있다. 각 인식능력에 고유한 원리가 요구하는 조건을 갖추고 있을 때에만 대상은 객체로서 구성되기 때문이다. 주어진 조건을 대하는 인식능력의 사용에서 오성(Verstand)은 무의도적이다. 오성의 규정성이 자동적으로 적용되다가, 조건이 충족되지 않으면 규정능력을 발휘하지 못한다. 그러면 인식은 구성되지 못한다. 선험원리인 합법칙성(Gesetzmäßigkeit)에 따라 자연이 기계적으로 처리될 뿐이다. 반면 판단력은 반성적인 경우 의도와 결합된다. 반성구조 형성(Reflexionsbildung)의 한 축을 이루는 오성에 특수법칙들에 따르는 자연의 질서를 발견해내려는 과업이 내장되어 있는데, 반성단계에서 오성이 특수의 과업을 자각하고 규정의 관성에서 벗어나기 때문이다. "그러나 특수한 법칙들에 따르는 자연의 질서가, 우리의 이해력을 초월한, 그러나 적어도 가능한 모든 다양성과 이종성을 띠고 있음에도 불구하고, 우리들의 이해력에 실제로는 부합한다고 함은 우리들이 통찰할 수 있는 한에서는 우연적인 일이다. 그리고 그러한 자연의 질서를 발견하는 것은 오성의 한 직무이거니와 오성은 이 직무를 그의 필연적 목적 즉 원리들의 통일을 자연에 도입하려는 목적을 위하여 의도적으로 수행하는 것이다. 그리하여 이 목적을 판단력이 자연에 부여하지 않으면 안 된다. 왜냐하면 오성은 이 점에 관해서는 자연에 대하여 어떠한 법칙도 지정할 수가 없기 때문이다." (Immanuel Kant, KU, S. 23~24; 이석윤, 41쪽) 오성의 목적은 '원리들의 통일성'을 발견하는 데 국한된다. 그래서 규정하지 않고 반성할 뿐인 오성이라고 일컬어지는 것이다. 반면 실천이성은 무조건적으로 자신을 관철하려는 '실질적인' 의도를 갖는다. 이에 비하면 판단력의 의도는 '형식적'일 뿐이다. 구상력과의 교호적인 촉진과정 끝에 균형상태에 이르는 오성의 목적은 반성사유의 형식성으로 구현된다. 어떤 한 표상에서 구상력과의 조화를 위해 규정하고자 하는 오성의 관성이 무력화되는 비율로 구상력과 오성이 관계 맺을 때 이 표상은 현상계에 인식을 산출해내지 못한다. 구상력과 오성이 그래도 특정한 목적 하에 활동했음을 쾌감으로 인식주관에게 알릴 수 있을 뿐이다. 자신에게 쾌감을 준 공로를 인식주관은 표상을 제공한 대상에게 돌린다. '아름답다'는 술어를 사용하여 대상의 독특함을 인정하는 것이다. 판단력이 지녔던 의도의 결과는 주관의 내면에 머문다. 실천이성의 의도는 현실세계에 실질적인 결과를 불러일으킨다.— 따라서 위 문장은 우리 언어사용의 관습에서 보면 오해를 불러일으킬 수 있다. 의도를 가졌다고 하는 경우, 실천이성을 우선적으로 떠올릴 것이기 때문이다. 하지만 동일한 오성이 인식

하는 '미적'(ästhetisch) 사태로 자기변신을 감행하는지, 즉 그 자연물이 '아름다운'(schön) 대상인지 검사하는 한편, 이런 사태에 감응하여 '쾌감'이라는 확실한 느낌(Empfindung)이 마음에 들어서도록 인식주관의 내면도 독려하는 원리인 '자연의 합목적성'(Die Zweckmäßigkeit der Natur) 이 우리에게 선험적으로 심겨 있음을 논증한 『판단력비판』은 따라서 인류가 '근대'(Die Moderne)라는 문명단계로 진입할 자격이 있음을 논증한 저술이 된다.

이른바 인식론상의 '코페르니쿠스적 전환'을 통해 인식대상인 객관세계가 인식주관을 위해 '현상'하는 부분과 자신의 물질성을 그 자체로 보존하는 초감성계로 나뉘어 있음을 증명한 칸트의 비판기획은 근대과학주의를 철학적으로 근거 지었다는 점에서 문명사적으로 진정 대단한 사건이었다. 그런데 그의 비판(Kritik)이 거둔 정신사적 의의는 앞으로의 삶을 규정할 과학주의에 대한 철학적 해명을 인류가 확보하였다는 차원에 머물지 않는다. 칸트는 18세기 계몽주의 문화운동 결과 진입한 근대 문명사회에서 인간이 직면하게 될, 이전과는 전혀 다른 문제영역도 '발굴'해낸 철학자로 기록되어야 하는 바, 그의 비판기획을 통해 '인간의 자기분열'[3]이라는, 인간학적으로 매우 심각한 난제(Aporie)가

판단을 위해 사용되기도 하고 감식판단을 위해 사용되기도 한다는 사실을 부각하는 데는 효과적이다. 이울러 '의도의 형식성'이라는 관념을 예술 영역에 도입하는 미덕도 발휘할 수 있을 것이다.

3 칸트는 『판단력비판』을 위해 쓴 「서문」 두 곳 모두에서 선험원리에 따라 관할구역들이 구분됨을 새삼 확인하면서 이 구분의 확정을 제3비판서 서술의 출발점으로 삼는다. '이론의 적용'이 '실천'과 엄격하게 구분되는 오성의 영역임을 밝히는 작업을 「서문」들의 도입부에서 수행했는데, 완결된 철학체계를 구축하기 위해 주춧돌을 고르는 작업에 해당한다. "자유를 법칙들의 아래에서 고찰하는 것만이 (진정한) 실천적 명제"(Immanuel Kant, *Erste Einleitung in die Kritik der Urteilskraft*, S. 4; 이석윤, 410쪽) 임을 명시하고 행복추구를 위한 지침들은 '객관의 이론으로부터의 직접적인 귀결'로 일축된다. 이렇게 서술하는 과정에서 인간의 자연이 물리세계와 동일한 자연법칙의 지배를 받는다는 사실이 확정된다. 자연은 인간에게도

인류 정신사에 정식으로 등록되는 결과가 나타났기 때문이다. 현상계
와 물자체로 나뉜 객관세계는 세상이 그런 식으로 분화되어 있음을 '깨
우친' 문명인의 내면을 필연적으로 분열시킨다. 그래서 『순수이성비판』
은 개명 세상에 사는 문명인은 자기분열을 앓는 존재라는 테제를 정초
한 저술이 되었다. 그리고 인류 문명사에 성공적으로 등장한 과학주의
는 위 테제를 입증하였다. 문명의 혜택을 누리는 근대인은 '분열'이라
는 형이상학적 병을 앓을 수밖에 없는 존재이다. 근대인은 이 숙명을 걸
머지고 지구상에 등장하였다.

그런데 이 병을 철학적으로 근거지은 칸트가 치유책도 자신의 철학
체계 안에 내장해 놓았다는 사실에 대해 우리는 그동안 매우 소홀하였
다. 『판단력비판』을 통해 완성되는 칸트의 체계구상이 바로 주체의 분
열극복을 뜻한다는 사실에 제대로 주목하지 않은 것이다. 인간이 자연
법칙에 따르는 사유방식에서 자유법칙에 따르는 사유방식으로 넘어갈
수 있음에 대한 논증이야말로 자신의 현실적 분열을 인정하고 그 분열
이 사유방식의 차이에서 비롯된 결과임을 터득함으로써 다시 '사유하
는 주체'로 자신을 통일하는 인간에 대한 정당화 작업이 아니겠는가. 자
신이 서로 다른 방식의 사유활동 '들'을 하는 존재임을 깨닫는 인간은
분열에 대한 확인을 재통일의 토대로 삼는다.

칸트의 비판기획을 연구하면서 인간학적 문제들을 간과하는 이와 같

___

한치의 유연성을 허락하지 않는 강제인 것이다. 우리 몸도 자연법칙의 지배를 받
는다. 따라서 인간은 외부세계와 마찬가지로 자연법칙의 지배를 받는, 현상계에
속하는 부분과 물자체의 예지계에 속하는 부분으로 나뉘게 된다. 칸트에 따르면
주체의 분열은 인간의 인식조건에 따라 선험적으로 설정된 것이다. 이론이성과 실
천이성의 활동이 각각 독립된 영역에 대한 형이상학으로 기능하기 때문이다. 칸트
가 새롭게 발견하고 논증한 사실은 이처럼 선험적으로 분열된 두 영역을 판단력
이 남다른 의식활동을 펼침으로서 연결한다는 것이다. '연결하는' 판단력의 활동
이 없다면 주체는 통일된 정체성을 확보하지 못한다. 그동안 서구의 시민층은 예
술이라는 독자적인 영역을 관리하면서 시민적 주체의 정체성 형성기획을 사회화
해왔다.

은 '관심의 공백'이 오랫동안 칸트 연구의 지형을 결정하였다면, 여기에 대해 우리는 일차적으로『순수이성비판』을 '분열의 책'으로 읽지 않은 전통을 탓해야만 할 것이다. '분열'이라는 인간학적 문제를 중시하지 않는 분위기에서『판단력비판』의 통합원리를 읽어내는 '특수한 관심'이 발동하기를 기대하기는 어렵다.『순수이성비판』이 과학주의에 기초하였음을 '논리적'으로 규명하는 연구가 '분열'이라는 인간학적 계기에 대한 관심을 촉발하는 계기로 되어야만 했다. 이 논문은 이러한 관심을 촉발하고자 한다. 관심이 공유된다면 공백은 쉽사리 메워질 수 있다. 관심의 공유가 본 논문이 지향하는 바다.

관심을 공유하기 위해 일차적으로 확인되어야 할 사항이 있다. 칸트의 철학적 작업이 '분열'을 주제로 삼는 현대의 담론들과 근본적으로 다른 인간학적 전제에 뿌리를 두고 있다는 사실이다. 최근의 담론들은 분열을 '유행'시켰다. 열의를 갖고 갑론을박했다. 그런데 어느덧 '분열'은 해결전망이 불투명한 주제가 되었고, 그러자 해결의지의 퇴각이 새로운 흐름으로 부상했다. 현대의 담론들이 '분석한' 분열의 원인은 대체로 '구조'였다. 따라서 해결의지의 실종을 일단 그런 담론들 탓으로 돌릴 필요가 있기는 하다. 하지만 탓하는 수준을 넘어 적극적인 대안을 제시하는 편이 사태를 감당하는 연구자의 자세일 것이다. 칸트에 주목하는 이유이다.

칸트는 형이상학적 이원론의 체계를 만드는 장본인이 바로 인식능력들을 사용하는 인간이라는 견지에서 인간에게는 이 분열을 극복하고자 하는 욕구가 내장되어 있다는 대전제를 세우고 시작한다. 이 욕구가 자연에 관철되면서 이른바 '자유법칙'이라는 개념을 인간에게 제공하는 것이다. 분열을 넘어서 자신을 관철하고자 하는 인간의 초감성적 본성은 감성세계에서 '의지'로 목격된다. 이 의지 역시 법칙성에 따른다. 자유의지는 무조건성과 법칙성의 결합체이다.

그런데 비록 자연개념이 관할하는 감성적인 것과 자유개념이 관할하는 초감성적인 것 사이에는 거대한 심연이 가로놓여 있기 때문에 전자로부터 후자로 (즉 이성의 이론적 사용을 매개로 하는) 어떠한 이행도 불가능하여, 마치 두 영역은 자연개념이 자유개념에 대하여 어떤 영향도 비칠 수 없는 두 개의 상이한 세계인 것 같지만 그러나 자유개념은 자연개념에 대하여 어떤 영향을 미쳐야만 한다. 즉 자유개념은 자기의 법칙에 의하여 부과된 목적을 감성세계에서 실현해야만 하며 따라서 자연도 그의 형식의 합목적성이 적어도 자유개념의 법칙에 따라 자연에 있어서 실현되어야 할 목적들의 (실현) 가능성과 합치하는 것으로 생각될 수 있지 않으면 안 된다. 그러므로 자연의 근저에 놓여있는 초감성적인 것과 재유개념이 실천적으로 함유하고 있는 것과의 통일의 근거가 하나 있지 않으면 안 된다. 그리고 이 근거에 관한 개념은, 비록 이론적으로나 실천적으로나 그 근거의 인식에 도달하지는 못하며, 따라서 고유한 관할구역을 가지지는 못하지만 그러나 한 쪽의 원리들에 따르는 사유형식으로부터 다른 쪽의 원리들에 따르는 사유형식에로의 이행을 가능하게 하는 것이다.[4]

분열은 인식활동의 결과에 불과하며, 인간은 그 바탕에 통일의 근거를 가지고 있는 존재이다. 이 통일의 근거가 인간존재의 바탕이므로 인간은 다시 통합하려는 경향성을 보일 수밖에 없다. 결자해지의 원칙이라고나 할까. 인간존재의 본질이 그러하기 때문에 어쩔 수 없이 그 본질로부터 도출되는 원칙이다. 과학주의가 추동하는 형이상학적 분열에 매몰된 채 사회구조적 분화를 극복대상으로 삼는 현대의 담론들과는 결정적으로 차이가 나는 인간관이다. 칸트가 '재통일'을 논구하는 과정을 보면, 인간이 구비하고 있는 능력들 모두에 각기 제 몫을 정확하게 부과하는 이른바 '비판의 기획'이 선행단계였음이 확인된다. 그 '비판'의 결과로 형이상학적 분열을 발생시키는 오성과 이성의 한계지점이 확인되면서 바로 그 한계점이 제3의 능력인 판단력의 활동거점으로 포착될 수

---

4 Immanuel Kant, KU, S. 11~12; 이석윤, 27~28쪽.

있었던 것이다.

『판단력비판』에서 인간의 인식능력은 명실상부하게 형이상학적 지반(Boden)을 떠나 진정한 의미에서의 '비판'을 감행한다. 보이는 현상계의 경험적 사실성은 물론 보이지 않는 초감성계의 질료적 실재 모두 한낱 활동의 발판으로만 삼아 순수한 의식의 영역으로 비상한다. 비판을 이미 통과하고 나온 상태이므로 순수한 의식세계로의 비상은 성공하게 되어 있다. 이렇듯 인간은 자기초월을 감행할 수 있는 존재이다. 형이상학적 규정성에 묶여 현실에서는 이원화된 체계에 속할 수밖에 없지만, 판단력이 심겨진 자연존재인 이상 분열을 극복하고 온전한 인간이 될 수 있다. 분열을 극복하면서 통일된 자아를 의식하는 인간에게 분열은 초월의 조건일 뿐이다.

2) 머리와 마음을 일치시키는 초월

『판단력비판』의 과제인 '재통일' 기획을 추진하면서 칸트는 일단 『순수이성비판』과 『실천이성비판』의 결론을 토대로 '분열'을 정식화한다. 물론 철학자 칸트가 철학적 사안에 임하는 당연사항으로 여긴 체계충동에 따라 분열이 인간학적인 '문제'로 확정되는 구도이기는 하다. 따라서 분열과 재통일 과정을 정확하게 이해하기 위해서는 철학자 칸트의 일차적 관심이 '완결된 철학체계'를 구축하는 데 있었고, 『판단력비판』이 그 마무리 작업에 해당한다는 사실을 거듭 환기할 필요가 있다. 중간자(Mittelglied)인 판단력에 의해 오성과 이성의 관할구역(Gebiet)사이에 가로놓인 골(Kluft)을 잇는 '매개'가 성공적으로 이루어져 하나의 완결된 전체로서 철학체계가 모습을 드러내도록 서술해야만 했던 것이다.

그런데 판단력의 '매개'를 제시하는 칸트의 논리구성을 따라가 보면 인식능력들에 의한 형이상학적 분열을 우리 인간이 확인할 기회가 오직 찰나적인 순간으로만 주어진다는 사실이 드러난다. 따라서 재통합의 기회도 그 찰나에 고정되어 있을 뿐이다. 칸트가 '확인이 재통합의 조건'이라는 논리를 구성하고 있기 때문이다. 따라서 찰나적 사건으로

만 발생하는 '분열에 대한 확인'이 극복의 필수적인 전제가 된다. 그래서 이 '사건'이 그야말로 '일순간'에 그치는 일이지만, 그래서 그 실체를 구체적인 경험내용으로 확인할 수는 없지만 그냥 착각에 불과한 것은 아니고 실재하기는 하는 일임을 설득해야 하는 부담을 칸트가 지게 되었다.

　칸트는 두 서문을 통해 이 과제에 성실하게 임하였다. 무엇보다도 서로 다른 두 관할구역의 '연결'과 '이행'을 집중적으로 논구하면서 그 찰나의 순간이 정말로 인간에게 주어질 수 있음을 증명한다. 물론 이번에도 칸트는 지극히 '칸트적'인 방식으로 해나간다. 여기에서 '칸트적'이란 칸트가 '일어나야만 하기(sollen) 때문에 일어날 수(können)있다'는 '전제'[5]를 내세워 증명의 부담을 일축하는 태도를 지칭한다. 앞으로 우리는 이와 같은 '칸트적 도전'에 거듭 직면할 것이다. 이러한 칸트적 방식에 따라 이번에도 증명은 아주 단순한 논리에 의지한다. 다시 정리하면 '한 구역에서 다른 구역으로 이행하는 순간은 분명 인간에게 주어질 수 있다. 왜냐하면 그 이행이 반드시 일어나야만 하기 때문이다'라는 인과론이다.

　두 서문 공히 이러한 인과론이 앞으로 전개될 본서의 내용을 규제할 것임을 전면에 부각하고 있다. 따라서 이른바 '칸트적 방식'의 논리적 근거인 '초월철학적 전제'를 체계구상 자체와의 관련 속에서 파악할 필요가 있다. 그러기 위해서 독자는 칸트가 처음에 도입할 수밖에 없었던 '초월철학적 전제'와 그 '전제'에 의해 유의미한 전체가 되는 체계를 서로 긴밀한 관계 속으로 끌어들이는 훈련을 하고, 철학체계와 '전제' 사이의 필연성을 사유하는 자세를 갖출 필요가 있다. 서문은 마치 그런 자세를 갖추고 나서야 비로소 앞으로 본서에 대한 독서가 무리 없이 진행

5　초월철학의 체계를 구축하기 위해 반드시 필요한 전제라는 의미에서 '초월철학적 전제'라고 앞으로 표기한다. 칸트의 표현이다. Immanuel Kant, *Erste Einleitung in die Kritik der Urteilskraft*, S. 16; 이석윤, 421쪽 참조.

될 수 있다고 '경고'하는 듯하다. 두 서문에서 전개되는 인과론의 내용은 물론 본질은 같지만 강조점이 조금씩 다르다. 「제1서문」에서는 "우리가 합목적성을 그 자체로서 필연적으로 인식하기 때문이 아니라 우리가 필요로 하기 때문에 선험적으로 전제하고 합목적성을 사용하는 것이 정당화된다"[6]는 견지에서 중간항의 위상이 집중적으로 논구된다. 반면 「제2서문」은 이른바 '칸트적 방식'이 기대고 있는 '초월철학적 전제'를 명시적으로 부각한다.[7] 이 전제는 "판단력은 자연의 가능한 특수 법칙들에 따라 자연을 판정하는 그의 선험원리에 의해 (우리 안에 그리고 우리 밖에 있는) 자연의 초감성적 기체에 지성능력에 의한 규정 가능성[8]을 부여한다"[9]라는 문장에 집약되어 있다.

---

6 1793년 벡에게 보낸 편지, Kant, *Briefwechsel*, ed. Schöndörffer, (PhB 52) S. 642, 「제1서문」편집자 게르하르트 레만(Gerhard Lehmann)의 1926년 서문에서 재인용.

7 「제1서문」의 편집자 레만은 이처럼 두 비판서에서 칸트가 강조하는 요점이 다르다는 사실에 주목하여 칸트가 서문을 다시 쓴 이유가 '관심의 이동'에 있었다고 주장한다. 아울러 「제2서문」의 이 구절이 "칸트 이후 형이상학이 발전하는 방향을 지시하는 표현"(Gerhard Lehmann, "Zur Einführung", in: Immanuel Kant, *Erste Einleitung in die Kritik der Urteilskraft*, S. xi)이라고 지적하면서 「제2서문」의 "제2장에서 자연의 근저에 놓여있는 초감성적인 것과 자유의 근저에 놓여 있는 초감성적인 것의 상응(Entsprechung)이 '초감성적인 것의 통일이라는 이념'(die Idee der Einheit des Übersinnlichen)으로 등장하면서 여기에서 그 다음 단계의 모든 논의들이 풀려"(Gerhard Lehmann, XI 참조) 나온다는 논지를 편다. '초감성적인 것의 규정가능성'이 철학연구의 주된 관심사로 되면서 관념론이 전개되었다는 이야기일 수 있다. 철학적 미학의 관점에서 보면 이 과정은 칸트가 '사유방식의 이행'을 촉발하는 미적 범주로 설정한 조화미(Das Schöne)의 추상화 과정에 해당한다. 칸트가 정초한 조화미 범주는 자연조화미(Naturschöne)에서 헤겔의 예술조화미(Kunstschöne)로 발전된다. 자연조화미의 범주에 포함할 수 있는 18세기 전반부의 예술작품들이 차츰 형식적 완결성을 강조하는 예술조화미의 작품들로 '정신화'된다. 실러의 극작품들이 대표적이다.(이순예, 『예술과 비판, 근원의 빛』, 한길사, 2013 참조)

8 Bestimmbarkeit durch das intellektuelle Vermögen. 나는 『판단력비판』에서 '규정 가능성'(Bestimmbarkeit)의 대상으로 언급된 초감성적 기체를 '규정할 수 있는' 대상으로 만드는 것이 주어진 조건을 인위적으로 조작하는 과학주의의 성과임과 동시

두 서문을 읽으면서 내가 이해한 내용으로 '간극을 잇는' 순간의 실재에 대한 칸트의 진술을 재구성하면 이 찰나적 '순간'은 한 사유방식에서 다른 사유방식으로의 이행과정(Übergang)에서 초감성적 기체의 흔적이 내 존재를 통해 현상계를 향해 열려짐을 내가 자각하는 순간이며, 대상을 인식하면서 규정하고자 하는 개념의 관성에 포섭되지 않는 경험적 잡다의 무규정 상태를 두뇌가 포착하는 순간이고, 규정하고자 하는 오성의 관성을 거스르는 감성의 자발성을 개념의 규정 가능성에 결부된 상태로 감각하는(empfinden) 순간이자, 형이상학적으로 이질적인 것들의 공존을 균형 상태로 의식(bewußt, 자각)하는 순간이다. 이 순간에 나는 형이상학적 분열을 극복하고 통일된 주체로 자신을 정립하는 존재가 될 수 있다. 경험적 확실성이나 자유의지의 구속력 그 어느 것에도 일방적으로 기울지 않는 이 '순간'의 상태에 반성하는(reflektierend) 정신활동의 위상과 더불어 '미적'(ästhetisch)이라는 용어가 할당되었다. 칸트의 체계구상에 등장하는, 인격적 통일을 이룬 주체를 우리는 '미적 주체'로 부를 수 있다. 미적 대상 앞에서 반성사유를 하는 순간에 인간이 거머쥐는 정체성이다.

그러면 이즈음에서 칸트가 자신의 초월철학 체계를 완성하기 위해 마련한 논리를 '미적 주체' 개념을 중심으로 재구성해보자. 인식주관이

에 폐단이라고 생각한다. '규정 가능성'은 의식의 활동성 차원을 지칭하는 용어이다. 따라서 부합(Zusammenstimmung)이든 합치(Übereinstimmung)든 칸트가 『판단력비판』에서 규정의 형식성을 거론하면서 사용한 용어는 의식활동 차원에 국한해서 이해되어야 한다. '규정 가능성'이란 개념이 직관을 규정할 수 있게 된다는 뜻이 아니다. 규정하는 경우도 있다는 의미는 더욱 아니다. 개념과 직관의 상응(Entsprechung) 상태가 형성되도록 오성이 규정능력의 형식성만을 발휘하는 상태, 개념과 직관이 그런 상태로 만날 가능성을 말한다. 형식일 뿐이므로 그 결과는 전적으로 주체의 정체성 형성 차원에 그친다. 형이상학적 작용력은 박탈된 상태이다.

9 Immanuel Kant, KU, S. 34; 이석윤, 52쪽. 이석윤의 번역 "지적 능력을 통해 규정할 수 있도록 한다"를 "지성능력에 의한 규정 가능성을 부여한다"로 수정함.

세상에 대한 해명을 얻기 위해 오성을 사용하면서 시작된 '분열'은 주
관이 자유의지를 자각하는 순간 건널 수 없는 간극을 주관 안에 파놓는
다. 인식활동을 시작하기 전에는 자연존재로서 통일된 단위를 이루고
있던 인식주관에게는 통일된 상태가 더 자연스러우며 따라서 통일에
대한 열망이 의식된다. 인식주관은 분열을 딛고 다시 통일된 인격체가
되고자 한다. 칸트가 제시하는 길은 '미적 주체'가 되는 것이다. 인식주
관이 주체로 되는 길은 이 '미적인 길'밖에 없다. 칸트가 염두에 둔 '미
적'이라는 단어의 내포는 '더 많이 생각하기'이다. 인간이 '주체'로 자
신을 정립했음을 주장하기 위해서는 인식능력들이 서로를 자극하는 방
식으로 상대방을 활성화하면서 그 긴장을 통해 우리의 사유 활동이 형
이상학적 지반(Boden)을 떠나 순전히 '반성'하는 단계에 오를 때까지 고
양되어야만 한다. 우리가 칸트의 논지에서 도출해낼 수 있는 요점은 여
기까지이다. 통일된 인격체가 되고 싶은 당사자인 우리가 풀어야 할 문
제는 이 자기초월의 순간을 분화된 세계 내 존재인 분열된 자아가 어떻
게 맞이하며 아울러 어떤 근거로 정말 그렇다고 인정하게 되는가이다.
자신이 이행의 순간에 있음을 자각한다는 일은 입증하기가 무척 어려
운 사태임이 분명하기 때문이다.

　칸트 자신이 제시하는 확인의 근거는 쾌감이다. 그 초월의 순간이
'나'에게 정말 찾아왔음을 자각하게 해주는 계기로 마음속에서 일어나
는 특별한 움직임을 지목하는 것이다. 인격적으로 분열되었음을 인정하
고 재통합에 성공하는 일이 사유활동을 통해 이루어진다는 칸트의 논
리구성에 비추어 보았을 때 마음을 확인 장소로 삼는 구도 자체는 매
우 합리적으로 보인다. 두뇌에서 일어나는 일이 성공했음을 확인하는
근거가 외부에 있기보다는 당사자 안에 있는 편이 훨씬 설득력을 지니
기 때문이다. 칸트의 체계구상은 이렇게 해서 두뇌와 마음이 서로 상응
(Entsprechung)할 수 있다는 인간학적 가능성에 뿌리를 둔 구조물로 모습
을 드러낸다. 칸트의 초월철학은 인간이 머리와 마음을 일치시킬 수 있
음을 증명하고자 한다.

그런데 칸트의 체계구상이 합리적 구도에 따라 진행되었다는 사실과는 별도로『판단력비판』연구는 이 지점에서 적지 않은 곤혹감에 빠진다. 결국 두뇌와 마음의 상응관계가 체계구축의 성공 여부를 판가름하는 최종심급으로 부상하기 때문이다. 두뇌의 의식활동과 마음의 감정상태가 일종의 인과관계[10]라는 필연성으로 함께 묶일 수 있음을 논증하는 과정 역시 칸트가 심혈을 기울이고 있다는 명백한 사실과는 별도로 수용과정에서 난맥상을 보였음이 사실이다. 철학자 칸트를 인류가 그 공로에 합당하게 대우하지 않았다면, 이 최종심급의 허약성 때문일 것이라고 나는 생각한다. 그동안 인류는 예외 없이 허약함을 극복대상으로 여겼다. 모두들 강한 존재가 되고자 했던 것이다. 한번 마련되면 수미일관하게 실행될 수 있는 굳건한 프로그램이 관념론자들에 의해 추진된 까닭이기도 하다. 칸트의 '허약성'에 제대로 주목하지 않기로는 탈근대론자들도 마찬가지였는데, 그들 자신의 '강함에 대한 선망'에 원인이 있었다. 이러한 선망이 오늘날 인류의 문명을 파국으로 몰고 가는 것인지도 모른다. 그래서 나는 이즈음에서 칸트의 '허약'이 근대성의 핵을 이룬다는 사실을 새삼 들춰보는 것도 나쁘지 않다고 생각한다. 머리와 마음의 일치상태를 이룰 수 있는 원리가 우리에게 심겨 있고 이 '자연의 합목적성' 원리를 제대로 활용하면 인간이 자기분열을 극복할 수 있

10 두뇌와 마음이 함께 움직이도록 하는 자연의 합목적성은 초월철학의 구도에 따라 '전제'되는 요인이다. (이 '전제'에 대해서는 다음 장에서 서술한다.) 하지만 그런 합목적성이 있다는 전제 하에 두뇌에서 발생하는 인식능력들의 '교호적 촉진'이 마음에 쾌감을 불러일으키는 결과를 불러오고, 쾌감을 통해 판단력의 의도가 달성되었음을 알아보는 구도는 인과관계로 설명된다. 이러한 인과성은 무엇보다「제2서문」제6장의 주제이며,「제1서문」에서도 여러 차례 확인된다. "그러나 이 두 인식능력의 어느 하나가 다른 것을 동일한 표상에 있어서 촉진하기도 하고 저지하기도 하며, 그렇게 함으로써 마음상태를 촉발하는 한에서, 누리는 이 두 인식능력의 바로 동일한 관계를 단지 주관적으로만 고찰하고 따라서 감각할 수 있는 관계로서 고찰할 수도 있기 때문이다(이것은 다른 인식능력을 고립적으로 사용할 때에는 일어나지 않는 일이다)." Immaunel Kant, *Erste Einleitung in die Kritik der Urteilskraft*, S. 29~30; 이석윤, 435~36쪽.

다고 오래 전에 이야기한 칸트에 대해 우리는 뒤늦게나마 새롭게, '합당한' 관심을 표명할 필요가 있다.

(보론) 계몽의 긴장을 감당하는 개인

근대는 유럽 계몽주의 문화운동을 통해 등장한 인류문명의 고도 발달단계를 지칭하지만, 진보의 결과에 대해서는 과거지향으로 흐른 보수성이 특징이다. 따라서 유럽 18세기는 내적으로 팽팽한 긴장이 지속된, 매우 역동적인 시기로 기록되었다. 실제 역사도 무척 역동적으로 진행되었는데, 그 일차적인 원인으로 유럽 계몽주의자들이 과학적 진보의 결과 지난날과는 완전히 다른, 새로운 세계가 열릴 것이라는 생각을 품기보다 안티케의 조화를 앞으로 살고 싶은 미래로 표상하였다는 사실을 들 수 있다. 계몽주의자들은 인류가 과거에 한번 맛보았던 그 조화로운 상태가 '의도적인' 진보의 결과로 옛날보다 훨씬 더 풍요롭게 구현될 수 있기를 바랐다. 그렇게 바라면서 모든 구성원들이 자유와 평등을 누리는 조화로운 '사회'를 인간의 노력으로 지상에 세울 수 있다고 믿었다. 과거의 이상을 추종하는 '지향의 보수성'이 계몽주의자들의 낙관을 배태한 뿌리였다. 그 후로도 계몽의 지향은 인류의 역사에서 늘 미래와 과거 두 방향으로 뻗어나갔다. 계몽은 이 관성에서 벗어나지 못한다. 18세기 말 변혁기를 통과하면서 이러한 '내적 긴장'을 유발하는 계몽의 지향이 '근대성'이라는 패러다임에 고스란히 편입되어 오늘날 우리에게까지 영향을 미치고 있다. 유전자와 줄기세포를 조작하는 과학자들 역시 그 조작의 결과 인간이 더 행복해질 수 있다는 생각을 품고 있으며 그리고 그 행복은 어디까지나 '조화로운 삶'을 더 풍요롭게 누리겠다는 다짐 그리고 그럴 수 있다는 믿음에 근거한다.

하지만 현대의 과학주의는 처음 근대성 기획이 설정했던 '행복을 위한 계몽' 패러다임에서 근본적으로 이탈한 지 이미 오래이다. 언제부터인가 과학주의는 근대성 기획에 내장된 긴장을 외면하기 시작하였다. 어쩌면 과학기술의 상용화와 대중화의 결과일 수도 있다. 기술발전이 인류에게 선사한 풍요에 집착하면서 시작된 패착임이 분명하기 때문이다. 인간에 의한 자연자원 처분 가능성의 확대가 무한처분권의 정당화 유혹으로 비약해버린 오늘날, 과학주의 자체가 계몽의 대상으로 되었다. 과학적 계몽을 계속 추진하기 위해서라도 계몽이 불러오는 사회적 분화와 인격적 분열에 대해서도 진지하게 사유하는 합리적 태도를 갖출 필요가 있다. 재계몽 프로그램이 요청되는 시점이다.

칸트의 철학체계를 근대성 패러다임의 원형으로 설정해 18세기 계몽주의자들의 낙관을 반복하는 현대 과학주의에 저항할 거점으로 삼을 수 있다는 나의 판단은 그의 텍스트들이 근본적으로 '계몽의 긴장을 감당하는 개인'을 상정하고 쓰였다는 사실에 주목한 결과이다. 칸트는 계몽의 긴장을 과학기술은 물론 사회 시스템에도 전가하지 않는다. 정신능력과 정서적 올바름 모두에서 인간을 신뢰하는 그는 그런 신뢰를 발판으로 개인이 긴장을 스스로 감당함으로써 자신을 주체로 정립하고 과학적 계몽의 결과 파생된 사회적 분열을 거슬러 행복한 삶을 누릴 수 있음을 증명하려 하였다. 내가 이해하는 칸트의 비판기획이다.

주체의 정체성 확립이라는 근대의 기획은 개인의 행복추구를 핵심 결절로 삼고 있으며, 개인의 행복을 동력으로 삼는 한에서 계몽은 근대성 기획으로 이전될 수 있다. 인류는 계속 계몽하는 문명인으로 남을 수밖에 없다. 21세기에 칸트를 읽는다면, 칸트가 비판기획을 통해 18세기 계몽주의자들의 낙관에 한계를 설정하려 했던 그 점에 각별히 주의를 기울일 필요가 있다. 과학주의는 상대화되어야 하며 개인적인 문제를 모두 사회화하려는 총체주의적 경향에도 저항해야 한다. 부지런한 순진함으로 행복에 대한 표상을 훼손하고 있는 것은 아닌지, 의심하고 경계해야만 하는 것이다. 나는 칸트의 비판기획이 사회적 계몽의 긴장을 주체의 내부로 끌어들여 한층 활성화된 의식활동으로 계몽의 폭력성을 해소하려 애쓴 측면에 주목한다. 독일에서 비판전통이 예술을 핵심역량으로 관리하면서 계속 공을 들이는 이유이기도 하다.

3. 칸트 철학체계의 허약성

1) 초월철학적 전제와 인과론

지금까지 철학자 칸트의 체계구상이 '두뇌와 마음의 상응'이라는 매우 '허약한' 요인을 핵심결절로 삼고 있음을 살펴보았다. 그런데 여기에서 '상응함'(Entsprechung)은 대체 어떤 상태를 말하는가?『판단력비판』「제2서문」의 제6장은 '쾌의 감정과 자연의 합목적성 개념의 결합에 관하여'라는 제목을 달고 있어서 우리의 물음에 가장 부응할 것이라는 기대를 하게 한다. 그리고 실제로 읽어나가면 중간 즈음에 "그에 반해서 둘 또는 그 이상의 경험적 이질적 자연법칙들이 그것들을 포괄하는 하나의 원리아래에 결합될 수 있음을 발견한다는 것은, 곧 상당한 쾌뿐 아니라 흔히는 감탄조차 일으키는 근거가 되며"[11]라는 문장을 발견하게 된다. 여기에서 말하는, 이질적인 자연법칙들을 포괄하는 원리는 자연의 합목적성이다. 그렇다면 자연의 합목적성이 관철된 결과 쾌감이 발생한다는 이야기가 된다. 여기에서 칸트는 인식대상으로부터 표상을 얻는 인식능력들의 참여비율을 조절하는 합목적성 원리를 하나의 상수로 설정하고 그리고 다시 내면 감정의 성격과 강도를 지칭하는 쾌감을 다른 상수로 설정하고는 이 두 상수를 원인과 결과의 관계[12]로 결합

---

11 Immanuel Kant, KU, S. 24; 이석윤, 41쪽.

12 이 관계를 칸트는 본서 §9 「감식판단에서 쾌의 감정이 대상의 판정에 선행하는가, 아니면 후자가 전자에 선행하는가 하는 물음에 관한 연구」에서 집중적으로 논구한다. "무릇 대상이나 또는 그에 의해 대상이 주어지는 표상에 대한 이 한낱 주관적인 (미적) 판정은 그 대상에 대한 쾌감에 선행하며, 인식능력들의 조화에서의 쾌감의 근거이다." 칸트는 쾌감이 인식능력들의 활동 결과이기 때문에 보편적임을 명백히 한다.『판단력비판』을 탈근대 전망에서 '재해석'한 리오타르는 칸트가 별도로 한 장을 할애하면서까지 논증하려고 했던 감식판단의 선험성을 도외시함으로써 칸트 미학의 의미를 결정적으로 훼손했다. 리오타르는 감식판단의 보편성이 한낱 전통의 권위에 불과하다는 논지를 주장하기 위해 칸트를 오독한다.(이순예,「숭고한 질서: 후기 자본주의 세계체제에서 '부정변증법적'으로 살아남기」,『뷔히너와 현대문학』2009 참조)

하고 있는 것이다. 그렇다면 우리는 이 결합을 '서로 다른 두 요인들, 즉 두뇌의 선험원리와 마음의 흐름이 어떤 한 순간에 같은 움직임으로 결부된' 상태라고 이해할 수 있다. 이 '결부된 상태'가 고정되고 지속된다면 우리는 어떤 식으로든 '논증'의 근거를 찾아낼 수 있을 것이다. 하지만 앞에서 지적했듯이 이 상태는 찰나일 뿐이다. 마음이란 본래 늘 흐르는 것이고, "그런데 표상의 이러한 보편적 전달 가능성에 관한 판단의 규정근거가 단지 주관적인 것으로, 즉 대상의 개념과 무관한 것으로 생각된다면, 이 규정근거는 표상능력들이 주어진 표상을 인식일반에 관계시키는 한에서 이러한 표상능력들의 상호관계에 있어서 나타나는 마음 상태 이외의 것일 수 없"[13]는 쾌감에 상응하는 표상력들의 반성구조형성 역시 순간적 사건일 것이기 때문이다. 여기에 칸트적 허약성의 핵심인 논증 불가능성이 뿌리박고 있다. 인간학적으로도 심각한 난제가 아닐 수 없다.

그런데 각자 나름의 궤도에서 자기 방식대로 움직이던 머리와 마음이 서로를 자신의 동반자로 알아보는 순간, 둘은 얼마나 그 상태를 확신할 수 있으며 또 지속시킬 수 있을까. 이 허술하기 짝이 없는 순간이 자신에게 찾아왔음을 어떻게 확신할 수 있을까. 이른바 '정지된 움직임'에 해당하는 상태일 텐데, 이토록 허술한 결절에 칸트가 체계구상의 승부를 걸었다는 사실이 놀라울 따름이다. 그리고 이 허약한 결절마저 칸트는 제대로 돌보지 않는다. 자신의 철학체계를 완성하기 위해 '전제'하면서 의당 그럴 수 있다는 자세로 일관할 뿐이다. 어떻게 해서 그렇게 되는지 당연한 의구심이 들지만 칸트는 인식주관으로서 사유하는 인간이라면 그런 특별한 순간을 맞이하기 마련이라는 식으로 일관한다. 그냥 당연히 그렇게 전제할 수 있다는 입장을 밝힐 뿐, 논리적으로 추론하지 않는다.

---

13   Immanuel Kant, KU, §9, S. 55; 이석윤, 75쪽.

마음에서 감각되는(empfindbar) 쾌감이 인식능력들의 반성구조형성을 도모한 두뇌의 작용결과라는 견지에서 쾌감의 '필연성'을 논구하는『판단력비판』의 「분석론」은 판단력에 함유된 '자연의 합목적성'이 형식적임과 동시에 주관적인 원리로 작용한다는 전제 하에 반성과 쾌감의 인과관계를 도출한다. 그러므로 이 전제가 「연역론」에서 정당화될 것이라는 기대를 한다면 독자로서 매우 정당한 처사이다. 하지만 칸트는 일반적인 기대에 부응하지 않고 §38에서 "인식능력들의 관계에 대한 표상의 주관적 합목적성은 누구에게나 당연히 감히 요구될 수" 있다고 선언하는 데 그친다. 그리고는 각주를 달아 '감히 요구함'(Ansinnen)의 조건을 두 가지 명시하는데, 자연의 합목적성 원리를 함유한 판단력의 주관적, 형식적 조건이 지목된다. 이미 「분석론」에서 다각도로 '비판'된 조건들이다. 칸트는 끝내 논리적 정당화 작업을 수행하지 않는다. 자신이 도입한 전제를 반복할 뿐이다. 사태가 이렇다면 우리는 칸트가 필요하지 않기 때문에 정당화하지 않았다고 이해하는 수밖에 없다. 그리고 오성에 대해서 '우연'으로 다가오는 '특수자들' 역시 특수법칙에 의해 법칙성을 부여받아 질서를 구축한다고 여기는 칸트의 자연관에서 이해의 실마리를 찾는 수고를 지불하는 수밖에 없다.

시간과 공간에서의 자연의 통일과 우리에게 가능한 경험의 통일과는 동일한 것이다. …… 우리가 자연의 통일을 (당연히 그래야 하는 일이지만) 하나의 체계로 생각하면 그러한 경험도 경험적 법칙들에 따르는 체계 그 자체로서 가능한 것이 아니면 안 되기 때문이다. 그러므로 경험적 법칙들의 이종성과 자연형식들의 이질성이 그처럼 무한하다는 것은 마음에 걸리는 일이었지만, 그러나 그러한 이종성과 이질성이 자연에 귀속되는 것이 아니며 오히려 특수한 법칙들의 친화성에 의하여 더욱 보편적인 법칙아래 포섭되어 경험적 체계로서 하나의 경험이 될 수 있는 자격을 가지게 된다는 것은 하나의 주관적으로 필연적인 초월적 전제인 것이다.

그런데 이러한 전제가 곧 판단력의 초월적 원리이다.[14]

이러한 자연관이 '체계로서의 철학'에 대한 그의 완고함을 설명해줄 것이다. "그런 한에서 이제 오성의 초월적 법칙들에 따르는 경험 일반은 하나의 체계(System)로 간주될 수 있으며, 한낱 집합(Aggregat)으로 간주되어서는 안 된다."[15] 집합에서 체계로의 전환은 특수법칙들에 크게 의지한다. 무한히 큰 '자연형식들의 다양성과 이종성'이 경험적 잡다들을 우연적인 것들로 헤쳐 풀어놓는다면, 특수법칙은 이 우연들을 자연법칙들에 의한 질서와는 다른 질서로 배열한다. 경험적 우연 역시 체계로서의 전체에 포함된다는 것이 칸트의 근본구상이다. 이런 체계관념 때문에 칸트가 '자연의 합목적성'이라는 전제를 도입할 수밖에 없었고, 도입을 정당화하는 계기 역시 체계관념에서 이끌어내면 된다는 입장을 견지했던 것이다. 이른바 순환구도이다. 칸트의 초월철학적 '전제'는 통일된 전체로서의 자연을 상정한다. '분열의 책' 『순수이성비판』을 들고 인류 지성사에 등장한 칸트가 '통일된 전체'를 철학적 사유의 출발점이자 종착점으로 상정하였기 때문에 불가피했던 요인이다. 철학체계를 구상하면서 '불가피성'을 인정한 칸트에 대해 우리는 의아심을 품을 수 있다. 그렇지만 다른 한편으로는 오히려 통일된 전체로서의 자연을 상정하는 것만큼 자연스러운 일이 없다고 여긴 그의 자연관과 우주관에 한층 더 관심을 보일 수도 있다. 그런 자연관을 가지고 있었기 때문에 칸트는 그 자연계 안에서 생명을 유지하는 자연존재인 인간이 사용하는 판단력에 자연의 통일을 구현하는 초월철학적 원리가 들어 있다고 '전제'하는 것만큼 자연스러운 일은 없을 것이라 믿었던 것이다. 그렇다면 우리는 칸트로 하여금 '초월철학적 전제'를 도입하도록 만든 더 근본적인 전제인 '전체이고 하나인 자연'을 항상 염두에 두고 함께 사유할 필요가 있다.

---

14 Immanuel Kant, *Erste Einleitung in die Kritik der Urteilskraft*, S. 16; 이석윤, 421쪽.
15 Immanuel Kant, *Erste Einleitung in die Kritik der Urteilskraft*, S. 15; 이석윤, 420쪽.

그러나 주어진 경험적 직관에 대해서는 어떤 개념들이 우선 발견되어야 하거니와, 이러한 개념들은 하나의 특수한 자연법칙을 전제하며, 이 자연법칙에 따라서만 특수한 경험은 가능하게 된다. 그런데 그와 같은 개념들을 위해서는 판단력은 자신의 반성에 특유한, 그러나 똑같이 초월적인 원리를 필요로 한다. …… 경험적 표상들 일체의 비교는 경험적 법칙들과 이 법칙들에 적합한 종적 형식들 그러나 이 법칙들을 비교함으로써 다른 법칙들과 종적으로도 합치하는 형식들을 자연 사물들에 있어서 인식하기 위한 것인데 이러한 일체의 비교는 반드시 다음과 같은 것을 전제한다. 자연은 자연의 형식적 법칙에 관해서도 우리의 판단력에 알맞은 어떤 절약과 우리가 파악할 수 있는 어떤 동일한 형식을 지켜왔다고 하는 것이 그것이다. 그리고 이러한 전제는 판단력의 초월적 원리이므로 일체의 비교에 선행하는 것이 아니면 안된다.[16]

그러므로 이제 인간은 판단력의 '분부'에 따르기만 하면 된다.

우리의 인식능력과 자연과의 적합성의 원리가 미치는 범위까지는 이 원리에 의거하여 나아가도록 하라는 것이 우리 판단력의 분부이요, 이 원리가 어디엔가에 그 한계를 가지는가 아닌가 하는 것은 (우리에게 이 규칙을 부여하는 것은 규정적 판단력이 아니므로) 확정되지 않는 것이다. 왜냐하면 우리는 우리의 인식능력들의 합리적 사용에 관해서는 한계를 규정할 수 있지만 경험적 분야에 있어서는 한계의 규정은 가능하지 않기 때문이다.[17]

철학체계 구축을 위해 반드시 필요한 '전제'를 자연의 통일이라는 이념에 근거해 도입한 칸트는 그 이념을 구현하는 철학체계를 완성할 수

---

16 Immanuel Kant, *Erste Einleitung in die Kritik der Urteilskraft*, S. 19~20; 이석윤, 424~25쪽.
17 Immanuel Kant, KU, S. 25; 이석윤, 43쪽.

있었다. 하지만 그의 체계는 '판단력의 분부'에 복종하는 소박함을 체계 내 다양성에 대한 체험의 조건으로 제시한다. 분부에 따르는 한에서만 우리에게 체험 가능하게 되는 체계이다. 체험하려면 소박해져야 한다. 이러한 소박함에의 요청은 철학적으로 간단하지 않은 문제를 발생시켰다. 결과적으로 철학체계의 허약성을 스스로 인정하는 처사가 아닐 수 없기 때문이다. 하지만 나는 이러한 초월철학적 전제의 추론 불가능에 대한 인정, 즉 '칸트적 허약성'이 오히려 칸트 철학의 정수로서 초월철학의 미덕을 유감없이 발휘하는 요인이라고 생각한다.

이런 허술함이 철학사에서 관념론 체계로 발전되어 나가는 구체적 발원지가 되었음은 잘 알려진 사실이다. 그런데 이 '허약성과 불충분함'으로 표상되는 칸트적 독특성이 21세기의 우리에게 다시금 철학적 재사유의 발원지로 되고 있다. 칸트적 허술함을 재사유할 필요가 있는 까닭은 무엇보다도 오늘날 철학이 정체성 물음에 시달리고 있기 때문이다. 철학이 대체 무엇을 할 수 있는가 하고 묻는 것은 그동안의 궤적에 대한 반성이 일정하게 한계지점에 이르렀다는 이야기이기도 하다. 이런 물음은 완전히 새롭게 시작될 필요가 있음을 알려주는 지시자이다. 지난 시절 철학은 '개인'으로 존재하는 인간보다는 그 인간들이 모여 만든 사회, 전체로서의 체계를 더 진지하게 사유하는 경향으로 흘렀다. 그 결과 오히려 사회구성을 견인하는 인간적 요인들을 제대로 간파하지 못한 것은 아닌지 강한 의구심이 든다. 개인이 자발성과 독립성을 유지하면서 사회구성에 참여할 때 사회질서의 구속성이 보장된다고 생각하지 않을 수 없기 때문이다. 나는 이른바 '칸트적 허약성'은 인간과 사회, 개별과 보편이 각기 자신의 자율성을 유지하려 할 때 발생하는 근본적인 긴장에 원인이 있다고 생각한다. 우리는 이 긴장을 재사유해야 한다.

재사유는 초월철학적 '전제'가 도입되는 칸트의 논리구성을 재검토하면서 시작될 수 있다. 자연의 합목적성이라는 선험원리를 '전제'하고 시작하자는 칸트의 요청은 사실 매우 의외의 전망에서 풀려나오는데,

칸트의 천연스러움이 감지되는 대목이기도 하다. 인간이 자연존재라는 사실을 초월철학적 전제를 도입하는 근거로 삼기 때문이다. 칸트가 생각하는 자연존재란 자연 속에서 살아가면서 자연질서의 일부를 이루는 존재이다. 칸트는 인간이 자연에 적응하면서 동시에 자신을 자연 속에 실현하는 존재임을 명시한다. 그의 논리구성이 시작되는 출발지이기도 한 이 대목에서 칸트는 아주 당당하다.

> 왜냐하면 판단력이 선험적으로는 자연에 관한 그의 반성의 기초로 삼고 있는 원리, 즉 자연이 그의 특수한 (경험적) 법칙들에 따라 우리들의 인식능력에 대하여 가지는 형식적 합목적성의 원리를 포함하고 있는 것은 오직 미적 판단력뿐이요, 이 형식적 합목적성이 아니면 오성은 자연을 이해할 수가 없을 것이기 때문이다.[18]

인간은 오성을 사용해 자연대상을 분석적으로 처리할 권한을 갖는다. 하지만 또 다른 한편으로 인간은 자연에 순응하는 법도 알아야 한다. 그래야 자연계 내에서 생명을 유지할 수 있다. 자연존재이므로 생명체는 자기 존재의 토대를 완전히 떠나 살아갈 수 없다. 그런데 분석하는 일상을 영위하는 인간이 동시에 순응도 해야 한다면, 바로 그 분석능력을 다른 방식으로 활용할 줄 아는 존재로 인간을 상정하는 것이 가장 합리적이다. 칸트는 합리적인 철학자다. 그래서 자연의 특수법칙들에 따르는 형식적 합목적성의 원리를 자연존재인 인간이 자연대상으로부터 취한 표상에 적용할 수 있다는 '전제'를 자신의 철학체계에 도입하였다. '특수법칙에 따름'은 대상에 대한 분석적 처리를 포기하고 순전히 인식능력들 사이의 비율관계만 따지는 의식활동에 몰두한다는 이야기이다. 분석적 전유 대신 대상의 '또 다른' 존재방식과 교류하는 순간, 오성의 권한에 한계지어지면서 자연대상이 분석당하지 않은 온전한 상태로 인식

---

18 Immanuel Kant, KU, S. 31; 이석윤, 48쪽.

주관에게 다가올 수 있다.[19] 이런 방식으로 자연에 적응하는 능력을 구비한 인간은 동시에 자신을 자연 속에 관철할 수도 있다.

따라서 이러한 인과성의 결과는 이러한 자유의 형식적 법칙에 따라 이 세계에 일어나지 않으면 안 된다. 물론 원인이라는 말이 초감성적인 것에 관하여 사용될 때에는, 그것은 자연사물들의 인과성을 규정하여 이 자연사물에 특유한 자연법칙에 따라 하나의 결과를 일으키되 또 동시에 이 인과성이 이성법칙의 형식적 원리와도 일치하도록 하는 근거를 의미할 뿐이다. 그리고 이 역시 어떻게 해서 가능한가는 통찰할 수 없지만 그러나 거기에 모순이 있다고 주장하는 비난은 충분히 논박할 수가 있는 것이다. - 자유개념에 따른 결과란 궁극목적이요, 이 궁극목적은 (또는 감성계에서의 이 궁극목적의 현상)은 현존해야만 한다. 그리고 그러기 위해서는 이 궁극목적을 가능하게 하는 조건이 (감성적 존재자로서의 즉 인간으로서의 주체의) 자연적 본성 안에 전제되는 것이다. 이러한 조건을 선험적으로 그리고 실천적인 것을 고려함 없이 전제하고 있는 것이 곧 판단력이며, 판단력은 자연법칙과 자유법칙을 매개하는 개념을 자연의 합목적성의 개념에 있어서 제공한다. 그리고 이 매개적 개념은 순수이성비판에서 실천이성비판으로의 이행, 자연개념에 의한 합법칙성에서 자유개념에 의한 궁극목적에로의 이행을 가능하게 하는 것이다. 왜냐하면 자연에 있어 그리고 자연의 법칙들과 조화함으로써만 실현될 수 있는 궁극목적의 가능은 이 매개적 개념에 의해서 인식되기 때문이다.[20]

---

19 "그런데 하나의 객체에 대한 개념은 그 개념이 동시에 이 객체의 현실성의 근거를 포함하고 있는 한에 있어서, 목적이라고 일컬어지며 또 하나의 사물이 목적에 따라서만 가능한 사물들의 성질과 합치하면 그것은 그 사물들의 형식의 합목적성이라고 일컬어지므로 판단력의 원리는 경험적 법칙들 일반 아래에 있는 자연의 사물들의 형식에 관해서는 다양한 자연의 합목적성인 것이다. 다시 말하면 자연은 이 [합목적성의] 개념에 의해서, 마치 어떤 하나의 오성이 다양한 자연의 경험적 법칙들을 통일하는 근거를 함유하고 있는 것처럼 표상되는 것이다. (Immanuel Kant, KU, S. 17; 이석윤, 33쪽)

20 Immanuel Kant, KU, S. 33~34; 이석윤, 51~52쪽.

칸트는 초월철학적 전제의 도입이 실천적인 것(das Praktische)을 고려하지 않은 상태에서 이루어졌음을 명백하게 밝힌다. 이것이 바로 '전제'라는 단어의 내포일 것이다. 자유는 경험의 대상이 아니다.[21] "오로지 욕구능력과 관련해서만 선험적인 구성적 원리들을 함유하는 이성"의 소유자에 등장한, 자유개념에 따른 법칙수립의 결과물을 일컫는 '실천적인 것'은 무조건적인 것(Das Unbedingte)이다. 조건이 맞지 않으면 산출 자체가 되지 않을 것이므로 실천적인 것을 구성하는 경험적 조건을 두고 이리저리 따지는 일은 무의미하다. 자유개념의 법칙수립은 무조건 결과물을 발생시키거나 실패한다. 구성 가능성 여부를 고려하여 구성조건을 검사하는 대상일 수 없다. 무조건 전제한 후에 성공과 실패의 결과를 받아들일 뿐이다. 무조건 관철되는 경우 우리는 자유개념에 따른 이성의 실천적 법칙수립의 결과를 현실에서 감당한다. 여기에서 우리가 무슨 조건이라는 말을 할 수 있다면 성공하는 경우가 실재한다는 사실 그 자체뿐이다. 이 조건이, 즉 성공하는 경우가 있다는 사실이 초월철학적으로 전제되는 것이다. 성공 가능성이 조건이다. 이 조건을 발판으로 판단력의 매개활동이 펼쳐진다.

판단력은 자연법칙과 자유법칙을 매개하는 개념을 자연의 합목적성의 개념에 있어서 제공한다. 그리고 이 매개적 개념은 순수이성비판에서 실천이성비판으로의 이행, 자연개념에 의한 합법칙성에서 자유개념에 의한 궁극목적에로의 이행을 가능하게 하는 것이다. 왜냐하면 자연에 있어 그리고 자

---

21 "그런데 철학의 이러한 실재적 체계 그 자체는 이론 철학과 실천 철학으로 구분될 수밖에 없다. 이러한 구분은 철학의 객체들의 근본적 구별과 또 어떤 학이 내포하고 있는 그 학의 원리들의 본질적 차이 ─ 이것도 객체의 근원적 구별에 기인하는 것이다 ─ 에 따른 구분이다. 그리하여 그 한 부분은 자연철학이요 다른 부분은 도덕철학이 아니면 안 되거니와 이들 중에서 전자는 경험적 원리도 내포할 수 있으나 후자는 (자유는 절대로 경험의 대상이 될 수 없으므로) 선험적인 순수원리밖에는 결코 내포할 수가 없다.(Immanuel Kant, *Erste Einleitung in die Kritik der Urteilskraft*, S. 3; 이석윤, 409쪽)

연의 법칙들과 조화함으로써만 실현될 수 있는 궁극목적의 가능은 이 매개적 개념에 의해서 인식되기 때문이다.[22]

자연에 적응하는 능력과 자연계 안으로 자신을 관철하는 능력이 자연의 형식적 합목적성을 선험원리로 구비하고 있는 판단력에 의해 '매개'된다는 논리이다. 매개는 자연개념에 따르는 사유방식에서 자유개념에 따르는 사유방식으로의 이행을 동반함으로써 우리의 의식이 물자체에 '접촉해볼 수' 있도록 한다. 인간학적으로 매우 묵직한 귀결을 초래하는 논리구성이 아닐 수 없다. 인간과 자연의 조화를 상정하고 있는데, 이 조화가 일반적으로 생각하듯 인류 혹은 역사와 같은 거시적 차원이 아니라 개인적인 차원의 사안임이 명시되고 있기 때문이다. 칸트는 '매개'를 인식활동의 보편적 차원에서 설명하지 않는다. 매개는 개인적 사안이다. 물자체에 접촉해보는 인식주관은 '누구나'에 해당하는 일반인 차원에 머물 수 없다. 그는 특별한 개인이어야 한다. 일상적이지 않은 표상을 획득한 인식주관이 오성과 구상력의 반성구조형성을 내면의 쾌감을 통해 확인하는 순간은 정말 특별한 순간이다. 자연존재로서 일상을 영위하는 인식주관이 의식활동을 통해 일상과 보편을 매개했음을 확인하는 이 순간의 감정으로 개인은 개별성을 벗고 보편의 차원으로 상승할 수 있다. 그는 개별과 보편을 매개하는 특수자(das Besondere)가 된다.

이렇게 해서 칸트가 도입한 초월철학적 전제는 자연존재로서의 인간을 특수한 개인으로 대우하라는 요청이 된다. 인간이 자연존재라는 사실은 인간이 자신의 자유의지를 자연의 질서로 표상되는 세상에 관철한다는 뜻이기도 하다. 그런데 이 자유의지를 지닌 인간은 동시에 분석능력인 오성을 자연에 순응하는 방식으로 사용하는 존재이기도 하다. 오성의 규정능력을 무력화할 만큼 구상력이 자발성을 발휘하는 순간에

---

22 Immanuel Kant, KU, S. 34; 이석윤, 51~52쪽.

인간은 자연대상을 규정해야 할 객체로 추락시키지 않고 그 대상에서 자연의 합목적성을 발견하고 경탄한다. 경탄하는 특수한 개인은 '전체이고 하나인 자연'이라는 관념을 견지하기 위해 불가피했던 초월철학적 전제의 도입을 정당화한다. 특수한 개인의 판단력에 함유된 자연의 합목적성이라는 선험원리가 그 모든 과정을 주도했기 때문이다. 자유의지를 지녔으면서 자연에 순응도 하는 개인이 체계구상의 토대가 됨으로써 칸트의 철학체계가 허약성을 드러냈음은 사실이지만, 다른 한편으로는 이성지침들의 복합체로 굳어지지 않을 수 있었다.

2) 복원에 대한 열망으로 초월하는 인간

칸트의 철학체계를 근대성의 원형으로 보고 『판단력비판』이 유발하는 칸트 체계의 '허약성'이 근대의 긴장을 올곧게 감당한 결과라는 나의 '판단'에 대해 칸트의 텍스트들은 두 방향에서 논리적 근거를 제시한다. 하나는 칸트가 『순수이성비판』과 『실천이성비판』을 통해 구축한 형이상학적 이원론이 귀결시키는 인간학적 측면이고 나머지는 분열을 극복하려는 재통합 의지를 당연사항으로 인식주관에게 귀속시키는 초월철학적 전제이다. 이제까지 나의 서술은 이 두 측면이 칸트의 체계구상을 허약한 구조물로 귀결시킨 원인임을 밝히고, 아울러 그 '허약성'이 우리에게 재사유의 출발점이 될 수 있음을 강조하는 데 집중되었다.

이제부터 다루려는 문제는 칸트의 재통합 시도가 '당위' 차원에서 전개됨으로써 새로운 전망을 여는 결과를 불러온 측면이다. 초월철학적 전제를 도입한 칸트가 인간의 초월 가능성을 타진하고 나섰기 때문이다. 나의 결론은 칸트가 미적 주체 구상을 통해 초월 가능성을 성공적으로 논증했다는 것으로 모아진다. 이러한 견지에서 칸트의 텍스트들은 사회이론적 전망으로 재사유의 폭을 넓히는 촉매가 될 수 있다. 한계에 직면하여 폭력성을 계속 노정하는 현재의 구조를 돌파해내야 할 담당자가 어디까지나 인간이라는 견지에서 무엇보다도 인간의 능력에 대한 신뢰를 우리가 공유하고 있을 필요가 있기 때문이다. 물론 어떤 능력을 신뢰할 것인가가 관건이긴 하다. 미적 주체는 인간이 자신의 존재기반을 떠나 새로운 차원으로 비상할 수 있음을 증명한다. 나는 이 논문에서 이 '비상의 가능성'까지만 다룬다. 사회이론 차원에서 새로운 전망을 모색하는 작업은 전혀 다른 상상력을 요구하는 과제이다.

우선 앞에서도 거론한 바 있는 칸트의 통합의지를 새삼 확인할 필요가 있을 것이다. 칸트는 철학체계를 구상하면서 세계는 물론 인간마저도 내부에서 둘로 쪼갠 그 '커다란 간극'을 그대로 두고 볼 수 없다는 견지에서 통합열망을 초지일관 유지하였다. 쪼갰으면 다시 합쳐야 한다. 그리고 통합하는 일은 무엇보다도 분리되어 있음을 깨닫는 자기자각에서 시작된다. 그리고 어떻게 분리되었는지 과정과 역학을 제대로 알아야 한다. 분리의 역학을 정확하게 직시하고 있어야 제대로 된 통일기획을 추진할 수 있다. 이제까지 우리가 살펴본 바에 따르면 칸트는 '통일된 초감성적 기체라는 이념'을 인식주관이 자유의지가 발현되는 기회들을 통해 자각하게 되고, 여기에서 재통합에의 충동이 발현된다는 논리를 구성하였다. 그리고 '통일된 전체로서의 자연'이라는 표상이 시종일관 주도하는 사유의 철학 텍스트들을 남겼다. 그렇다면 철학적 사유의 목적인 '전체이고 하나인 자연'을 복원하는 과정은 어떻게 진행될 것인가? 다시 합치는 과정을 들여다보면서 복원을 구체적으로 사유하는 것이 앞으로 남은 과제이다.

칸트의 궤적을 따라 이번에도 '분열'에 대한 확인 작업에서 시작하는 것이 가장 무난할 것이다. 그런데 서문들을 읽다 보면 자신의 체계구상을 제시하던 칸트가 마무리 단계에 와서는 '확인하고 복원하기'의 절차를 불편해한다는 인상을 받는다. '판단력에 의한 오성의 법칙수립과 이성의 법칙수립의 연결에 대하여' 심사숙고하는 제2서문의 마지막 장(IX)에서 확인 작업은 복원에 대한 기대 때문에 벌써 조급하다. 누구든 조급해지면 단정하고 건너뛰게 마련이다. 칸트도 단정하면서 방향을 튼다.

자유개념은 자연의 이론적 인식에 관해서는 아무 것도 규정하지 못하며, 자연개념은 또한 자유의 실천적 법칙들에 관해서는 아무 것도 규정하지 못한다. 그리고 그러한 한에서 한 관할구역에서 다른 관할구역으로 다리를 놓는다는 일은 불가능한 일이다.[23]

복원방안을 찾기 위해 칸트가 제시하는 대로 분열의 역학을 다시 들여다보기 시작했는데, 해결방안이 곧바로 도출되지 않는다고 말하는 칸트를 만날 뿐이다. 칸트는 두 관할구역이 서로 완전히 다른 법칙들의 지배를 받는, 완결된 하부체계들을 이루고 있음을 그냥 다시 확정하고 있을 뿐이다. 그러면서 조급하게 '우리는 건널 다리를 놓을 수 없다'고 천명한다. 기대는 배반된다. 물론 배반감 때문에 우리의 기대가 사라지는 것은 아니다. 기대는 오히려 증폭된다. 그래서 칸트의 조급증도 기대 탓으로 돌린다. 칸트가 분열의 역학을 확인해나가던 중에 고민의 방향을 틀 수밖에 없었기 때문에 조급해진 것이라고 넘겨짚는다. 그를 따라가야 하는 우리 역시 방향을 바꾼다. 두 구역을 하나로 잇는 다리는 절대 놓을 수 없다. 하지만 둘로 갈라진 것을 하나로 합치기는 해야 한다. 합쳐야 하는데 다리는 안 된다. 이 부정이 너무도 확정적이므로 여기에서 우리는 안 된다고 못 박는 칸트의 의도에 부쩍 관심이 간다. 다리 말고 다른 대안을 찾으라는 이야기인가? 그러자 얼마 안 가 칸트가 불쑥 내미는 '판단력'이 새롭다.

그러나 이성은 그의 선험적인 실천적 법칙에 의하여 바로 이 초감성적 기체에 규정을 부여한다. 그리하여 판단력은 자연개념의 관할구역으로부터 자유개념의 관할구역에로의 이행을 가능하게 하는 것이다.[24]

---

23 Immanuel Kant, KU, S. 33; 이석윤, 50쪽.
24 Immanuel Kant, KU, S. 34; 이석윤, 52쪽.

판단력이 '다리'를 대신할 수 있다. 다리는 놓을 수 없다고 천명했으므로 여기서 칸트가 말하는 '이행'은 '다리를 놓는 일'과는 다른 것이어야 한다. 칸트가 판단력이 그런 일을 할 수 있다고 했으므로 판단력은 다리 없이 '이행'을 가능하게 만드는 그런 능력일 수밖에 없다. 우리는 이 사실을 곧이곧대로 받아들여야 한다. 그런데 무슨 재주로 판단력은 다리 없이 건너는 일을 할 수 있는가? 그리고 판단력이 하는 '이행'은 이른바 '다리'와 어떻게 다른가? 이렇게 해서 모든 것이 판단력의 성격에 달린 문제가 되었다.

그렇다면 판단력이 어떤 능력인지 새삼 따져보는 수밖에 없다. 이번에도 또다시 처음부터 시작하는 수밖에 없다. 조건은 명백하게 제시되어 있다. '통일된 하나'가 있어야만 하는데, 이제 독립된 하부체계들 사이를 잇는 '다리', 즉 또 다른 관할구역으로서의 하부체계는 구축할 수 없다. 그리고 이런 조건에 맞는 제3의 요인은 반드시 있다. 왜냐하면 하나로 다시 통합되어야 하니까. 다행히 칸트가 판단력이 '다리'를 대신할 수 있음을 알려주고 있으니 이 점을 주시하기로 하자. 판단력은 인식능력이다. 오성과 이성 사이에 중간자를 이루면서 독자적인 선험원리를 보유하고 있는 능력이다. 하지만 판단력에 함유된 선험원리인 '자연의 합목적성'에는 독자적인 관할구역(Gebiet)을 구축하는 능력이 결여되어 있다. 주관적이고 형식적일 뿐, 형이상학적 작용력은 박탈된 선험원리인 것이다. 이 지점에서 우리의 사유는 불현듯 처음으로 거슬러 올라간다. 나와 세상이 분열되기 시작한 때를 떠올리는 것이다. 관할구역들이 자연과 자유의 영역으로 갈라진 것은 인간의 인식능력들이 활동한 결과일 뿐, 본래 자연은 하나의 물질적 기체로서 인식능력과 무관한 채로 인간의 처분권 밖에 놓여 있지 않았던가?

오성은 그것이 자연에 대하여 선험적으로 법칙을 부여할 수 있다는 가능성에 의해서 자연이 우리에게 단지 현상으로서만 인식될 수 있다고 함을 증명하고 따라서 동시에 자연이 하나의 초감성적 기체를 가진다고 함을 고지

296

(Anzeige) 하지만 그러나 이 기체가 무엇인가 하는 것은 전혀 규정하지 않은 채 남겨둔다. …… 그러나 이성은 그의 선험적인 실천적 법칙에 의하여 바로 이 초감성적 기체에 법칙을 부여한다.[25]

원래는 하나의 덩어리였다. 그래서 분열을 확인하는 작업이 곧장 이행 가능성에 대한 확신으로 직행했던 것 아닌가. 이미 앞에서 확인했던 사항이다. 규정과 무규정이 인간의 인식능력들의 한계에서 비롯되는, 인식활동의 결과이기 때문에 기체한테는 아무런 영향도 미치지 못한다는 진실이 그냥 새삼스러울 따름이다. 기체는 그냥 한 덩어리로 계속 있다. 그 한 덩어리와 관계 맺을 때 서로 다른 두 인식능력을 사용하는 인간에게 초감성적 기체의 통일은 의식(bewusst)만 될 뿐 인식(erkennen)되지는 않는다. 이처럼 인식으로 규정되지 않는 부분도 있다는 사실을 인식주관은 안다. 알고 있는 그 개인에게 세계해명의 도구인 인식능력들의 차이에 의한 규정과 무규정은 요지부동이고, 가능과 불가능의 차이는 절대적이다. 자연존재인 인간이 독립선언을 한 이래 걸머진 운명이다. 기체에 맹목으로 붙들려 있으면서도 항상 비상하고 싶다고 여기는 개인이 계속 걸머져야 하는 운명이다. 물론 자유의지도 있기 때문에 사태가 이렇게 되기는 했다. 하지만 구속의 돌파가 맹목의 제거로 되지는 않는다. 기체가 인간을 다시 맹목을 끌어들이기 때문이다. 철학은 '기체'의 관점이 아니라 '개인'의 관점에서 세상을 해명하는 분과이다. 그래서 분화된 세계 속에서 '분열'을 앓으면서 사는 개인이 '통일 가능성'이라는 이 '초월적 사태'를 어떻게 자각할 수 있을지 그 방도를 강구해야 하는 과제를 안게 되었다.

칸트는 『판단력비판』에서 이 '철학적 과제'를 감당한다. 그리고 '미적 주체'라는 인간의 색다른 존재양태를 구성하여 내놓았다. 'Dieses x ist schön'(이 대상 x는 아름답다)이라고 판정하는 순간 인식주관이 미적

25 Immanuel Kant, KU, S. 34; 이석윤, 52쪽.

주체로 자신의 존재양태를 변환해 인식주관으로 활동하기 시작하면서 자초한 분열을 스스로 극복한다는 내용이다. 「조화미 분석론」은 이 초월적 사태를 인식주관에게 자각시키는 순간을 지구상에 불러들이기 위해 미적 대상으로 자신을 변환하는 자연대상이 이 세상에 있다는 사실을 전제로 시작된다. 4계기에 따라 파헤쳐진 이 순간은 그런 자연대상이 있음을 입증한다.[26] 무엇보다도 자연대상을 미적 대상으로 변환하는 자연의 합목적성 원리가 판단력에 선험원리로 함유되어 있다는 '초월철학적 전제'가 결정적이다. 이 원리를 관철하는 판단력이 인식주관에게 뚜렷한 결과를 남겨놓는 순간이 바로 인식주관이 미적 주체로 초월하는 순간인 것이다. 자연계의 꽃이 미적 가상의 세계로 넘어와 아름다운 대상으로 탈바꿈하면서 마음에 쾌감을 불러일으키는 것이다. 판단력의 선험원리가 이 순간의 필연성을 담보한다. 칸트의 해명에 따르면 인식주관이 얻는 쾌감은 정신능력을 특별한 방식으로 사용했음에 대한 증거이다. 그리고 인식주관에게 정신능력과 마음능력이 일치되는 순간이 있음을 알려주기 위해 미적대상으로 존재를 이전하는 자연대상이 이 세상에는 있다. 자연의 섭리이다. 이 섭리가 '초월철학적 전제'의 도입을 정당화한다. 자연이 아름다운 대상으로 탈바꿈하는 순간은 인식주관이 형이상학적 구속력에서 벗어나는 순간이다. 마음은 형이상학의 관할구역에서 벗어난 곳에 위치한다. 하지만 쾌감은 자연대상을 맞이하는 순간의 일이므로 존재는 여전히 현상계에 머문 채이다. 인식주관인 그가 마음능력을 통해 현상계를 벗어나는 체험을 하는 것이다. 이 체험은 마음속의 쾌감으로 확실하게 자각된다.

'다리'를 대신하는 것은 결국 '마음'이었다. 마음은 어디에 있는가?

---

26 4계기에 따른 분석은 아름다운 대상을 알아보는 개인의 판정이 '주관적 보편타당성'과 '필연성'을 담보한다는 내용으로 요약될 수 있다. '주관적 보편타당성의 필연성'은 자각하는 개인과 변환을 감행하는 자연의 일치 가능성에 다름 아니다. 판정하는 순간, 이 가능성이 구체화된다.

마음은 볼 수 없다. 하지만 그 실체를 부정할 수 없다. 평소 일상생활에서는 대체로 잊고 지낼지언정 수시로 강력한 감정에 휩싸이곤 하므로 우리는 인간이 머리와 몸 이외에도 마음이라는 기관을 지닌 동물임을 인정하지 않을 수 없다. 쾌감은 그중에서도 가장 두드러진 감정에 속한다. 그래서 아름다운 대상을 판정하는 순간과 마음속 쾌감을 결부시킨 칸트의 「조화미 분석론」을 우리가 논리적 추론대상으로 삼을 수 있는 것이다. 실체를 인정할 수는 있지만 객관적으로는 확인할 길이 없는 감정―이 마음속 움직임에 칸트는 철학체계의 완성을 의탁하였다. 그의 확신을 우리가 공유할 수 있는지가 관건이다. 그래서 '쾌감'의 실체를 한번 파헤쳐 볼 필요가 있다.

인간이 자기의 관념(Gedanke)을 전달할 수 있는 숙련성도 개념에 직관을 결합시키고 직관에 다시 개념을 결합시켜서 그것이 하나의 인식으로 융합하기 위해서 구상력과 오성과의 관계를 필요로 한다. 그러나 그 경우에 두 마음능력의 합치는 법칙적(gesetzlich)이며 일정한 개념의 구속을 받는다. 다만 자유로운 상태에 있는 구상력이 오성을 일깨우고 또 오성이 개념을 떠나서 구상력으로 하여금 합규칙적인 유희를 하도록 할 때에만, 비로소 그 표상이 관념으로서가 아니라 마음의 합목적적 상태의 내적 감정으로 전달되는 것이다.[27]

마음속 감정은 외부에서 어떤 계기가 주어졌을 때 촉발되고, 계기의 성격에 따라 양상을 달리해 불러일으켜지는 일종의 움직임이다. 칸트는 '인식능력들의 유희'가 자유로운 감정을 일으키고 "개념에 의거하지 않고도 단독으로 보편적 전달이 가능한 쾌감"[28]의 근거를 이룬다고 명시한다. 칸트가 생각하는 '유희'는 "자유로운 상태에 있는 구상력과 합법

---

27 Immanuel Kant, KU, §40, S. 147; 이석윤, 172쪽.
28 Immanuel Kant, KU, §45, S. 159; 이석윤, 185쪽.

칙성을 지니는 오성"[29]이 서로 부합하면서 그 유희를 불러일으킨 표상
에 적용된 합목적성 원리의 능력(판단력)이 사용될 때 작동하는 마음의
힘들을 "이를테면 강화하고 즐겁게 해주는 데 이바지하는"[30] 상태이다.
인식능력들의 활동 결과가 인식을 산출하지 않고 마음의 힘을 강화하
는 결과를 불러오는 경우인데, 본래의 궤도에서 이탈하는 이런 활동 역
시 일정한 '규칙성'에 따른다는 것이 칸트의 주장이다. 그래서 '유희'라
는 이름을 얻었다. 우리 인식능력들은 엄격하게 활동 영역을 할당받고,
그 허용된 영역 안에서만 구성능력을 발휘한다. 실천이성이든 오성이
든 설정된 한계는 절대적이다. 활동 결과 인식이 산출되지 않았다는 것
은 일단 인식능력이 한계규정을 무시했다는 뜻이다. 대신 마음의 힘을
강화하기 위해서 '유희'를 했는데, 즉 한계를 지키지 않으면서 자신을 관

---

29 이 부분을 좀 길게 인용하면 다음과 같다. "바로 구상력이 개념 없이 도식화한다
    고 하는 점에 구상력의 자유가 성립하기 때문에 감식판단은 자유로운 상태에 있
    는 구상력과 합법칙성을 지니는 오성이 서로 활기를 넣어주는 활동을 단지 감각
    하는 데에 기인하는 것일 수밖에 없다. 따라서 감식판단은 대상이 자유롭게 유희
    하는 인식능력들을 촉진하는가를 표상(표상에 의해서 대상은 주어진다)의 합목
    적성에 따라 판정하게 하는 하나의 감정에 기인하는 것일 수밖에 없다. 그리고
    감식안(Geschmack)은 주관적 판단력으로서 포섭의 원리를 함유하고 있으나, 그
    것은 직관을 개념아래에 포섭하는 원리가 아니라 자유롭게 활동하는 구상력이
    합법칙적으로 활동하는 오성과 합치하는 한에 있어서 직관 또는 현시의 능력(즉
    구상력)을 개념의 능력(즉 오성)아래 포섭하는 원리인 것이다."(Immanuel Kant,
    KU, §35. S. 137; 이석윤, 161~62쪽)
30 더 길게 인용하면 이렇다. "우리는 초월적 원리들에서 보아, 특수한 법칙들에 따
    르는 자연의 주관적 합목적성을 상정하여 인간의 판단력이 자연을 파악할 수 있
    고 그러한 특수한 경험들을 종합하여 자연의 한 체계를 이룰 수 있도록 할 충분
    한 이류를 가지고 있다. 그 경우에 우리는 자연의 많은 산물들 가운데에는 마치
    본래 우리의 판단력을 위해서 마련된 것이거나 한 것처럼, 우리의 판단력에 꼭
    적합한 종적 형식들을 내포하고 있는 산물들도 있을 수 있다고 기대할 수가 있
    다. 이러한 형식들은 그 다양성과 통일성에 의해서 마음능력들(판단력이 사용될
    때 유희하는)을 이를테면 강화하고 즐겁게 해주는 데 이바지 하는 것이요, 그 때
    문에 우리는 그러한 형식들에 대해서 아름다운 형식이라는 명칭을 붙이는 것이
    다."(Immanuel Kant, §61, S. 221; 이석윤, 251쪽)

철했는데 한계를 안 지켰다고 그냥 공중분해되기는커녕 더 큰 결과를 인식주관에게 안겨주었다. 인식은 산출되지 않았지만, 인식능력이 유희하고 있음을 마음이 알아차리는 상태를 초래한 것이다. 유희가 일정한 '규칙성'에 따랐기 때문이라고 볼 수밖에 없다. 무엇인가를 구성하는 일에는 모두 그 나름의 법칙이 있게 마련이라고 간주하지 않으면 안 되기 때문이다. '쾌감'의 경우에는 일단 오성이 규정관성을 통해 인식을 산출하지 않는 상태여야 한다는 사실이 중요하다. 그러면서도 오성은 계속 활동 중이어야 한다. 오성의 영역이 아니라고 해서 실천이성의 영역으로 편입되는 것은 아니라는 뜻이다. 이 관계는 다음과 같이 서술될 수 있다. 실천이성이 자유법칙을 현실에 관철하지 않는(못하는) 상태에 있을 때 오성이 규정능력을 박탈당해 초감성적 기체의 실재가 현상계에 '고지'(Anzeige)되는 순간 이런 특별한 순간에 특별한 개인은 규정과 무규정의 경계가 사라지는 체험(강조는 필자)을 한다.[31] 초감성적 기체의 통일이라는 이념에 따라 이처럼 두 영역이 '연결되는' 순간, 즉 오성이 규정능력을 박탈당한 채 자연인식을 위해 사용되는 순간은 반드

---

31 '매개'란 바로 이질성의 경계를 넘나들면서 소멸시킴을 뜻한다. 그처럼 경계가 사라지는 순간이 있음을 알아보는 능력이 인간에게 심겨 있다. 판단력이다. 판단력은 독자적인 관할구역에 터를 닦고 고정한 튼튼한 시멘트 다리를 두 관할구역 사이에 놓을 수는 없다. 판단력에는 관할구역 자체가 할당되어 있지 않다. 판단력의 매개는 오히려 현상계의 부정을 뜻한다. 경험세계의 경계석들을 무너뜨려서 물자체의 세계가 밀려 들어오도록 하는 움직임인 것이다. 이 움직임은 한 사유방식에서 다른 사유방식으로의 전환을 의미한다. 그래서 '이행'이다. 그리고 여하튼 현상계에 흔적을 남긴다. 자연사물을 '아름다운' 미적 대상으로 형질 변형하면서 주관이 그 '이행'을 자각하기 때문이다. 주관은 쾌(快)를 감각한다. 내가 판단력의 매개활동에 무지개다리라는 이름을 붙인다면 가시권에 들어온 초감성적 기체의 흔적을 현상계의 용어로 표현하기 위해서이다. 초감성적 기체에 접촉한 결과이므로 그 접촉이 경험적 대상으로 구성될 수는 없다. 가상으로만 남는다. 실체는 수증기 띠에 불과한데도 우리한테는 현란한 색채의 향연으로 다가오는 무지개야말로 이 '흔적의 가상'에 대한 적절한 은유일 수 있다. 일상적인 상태에서는 '보이지 않는' 광선이 특정한 밀도의 수증기를 통과하면서 '보이는 것'으로 형질이 변형된 것이다. 현상계의 현란한 색채들은 물자체의 흔적이다.

시 발생한다. 물론 칸트식으로 '있어야만 하기 때문에 있을 수밖에 없는' 순간이다.

그러므로 자연의 근저에 놓여있는 초감성적인 것과 자유개념이 실천적으로 함유하고 있는 것과의 통일의 근거가 하나 있지 않으면 안 된다.[32]

통일에 대한 열망으로 뒷받침되는 이러한 전제[33]가 없었다면, 제3비판서 『판단력비판』은 아예 쓰이지도 않았을 것이다. 간극을 메우는 방도를 찾아 칸트는 그야말로 지적 사투를 벌이는데, 이미 앞에서 지적하였듯이 이원론을 매개할 선험원리가 인간에게 심겨 있음에 대한 확신[34]을

32 Immanuel Kant, KU, S. 11; 이석윤, 27쪽.
33 초감성적 기체의 통일이라는 이념이 자연의 합목적성이라는 선험원리를 도입하게 한 근거였음을 우리는 앞에서 살펴보았다.
34 이러한 확신이 합목적성 원리를 전제하는 근거이다. "이처럼 자연이 우리들의 인식능력에 합치한다고 함을 판단력은 자연의 경험적 법칙들에 따라 자연을 반성하기 위해서 선험적으로 전제한다. 그러나 그와 동시에 오성은 그러한 합치를 객관적으로는 우연적인 것으로 승인하고 단지 판단력만이 그것을 초월적 합목적성(주관의 인식능력에 관한)으로서 자연에 부여하는 것이다. 왜냐하면 우리는 이 합목적성을 전제하지 않고서는 경험적 법칙들에 따르는 자연의 어떠한 질서도 파악하지 못할 것이며 따라서 경험적 법칙을 가지고 이 다양한 모든 법칙에 따라 수행해야 할 자연의 경험과 탐구를 위하여 아무런 실마리도 얻지 못할 것이기 때문이다."(Immanuel Kant, KU, S. 22; 이석윤, 39쪽) 그리고 "그러나 우리가 판단력(이 판단력의 올바른 사용은 필연적으로 그리고 보편적으로 요구되는 것이며, 그 때문에 건전한 오성〔상식〕이라고 일컬어지는 것도 다름 아닌 이 능력을 의미한다)의 본성으로부터 용이하게 확정할 수 있는 것은 곧 이 판단력의 고유한 원리를 발견하는 데에는 (만일 판단력이 초월적 권리를 함유하고 있지 않다면 그것은 하나의 특수한 인식능력으로서 가장 평범함 비판조차도 받지 못할 것이므로 판단력은 어떠한 하나의 원리이든 선험적으로 자기 속에 함유하고 있지 않으면 안 된다) 필시 크나큰 곤란이 따름에 틀림없다고 하는 사실이다. 그럼에도 불구하고 이러한 판단력의 원리는 선험적 개념들로부터 도출되어서는 안 된다. 왜냐하면 선험적 개념들은 오성에 속하는 것이요, 판단력은 이 개념들의 사용에만 관계할 뿐이기 때문이다. 그러므로 판단력은 스스로 하나의 개념을 제시해야 하지

원동력으로 삼는다. 확신은 찾기[35]만하면 된다는, 아무리 어려워도 찾을 수 있다는 신조로 발전한다. "초감성적 기체의 실재가 현상계에 '고지'(Anzeige)되는 순간"은 반드시 있을 수밖에 없다. 이 순간을 인식주관은 특정 대상을 '아름답다'고 판정하면서 맞이한다. 이 세상에는 우리에게 아름답게 보이는 사물이 있고, 인간에게는 그런 사물을 '아름답다'는 술어로 판정하는 능력이 심겨 있다. 그러므로 인간은 판단력의 힘으로 형이상학적 분열을 극복하는 초월의 경지로 나아갈 수 있다. 판단력은 물질성에서 벗어나와 가상의 세계로 옮아갈 수 있는 자연사물을 제대로 알아보고(비판), 성공에 대한 확신으로 마음을 동반자로 초대한다. 인식주관은 가상의 세계로 이행하는 자연사물의 현존을 경탄의 감정으로 대한다. 대상은 규정되지 않고 존중된다. 초감성적 기체의 통일이라는 이념이 인식주관에 자각되면서 판단력과 마음의 동반자 관계가구체화된다. 동반자가 된 마음을 감각하는 인식주관은 판단력이 자연사물을 대상으로 물질성에서 가상으로의 이행이라는 초월철학적 과제를수행했음을 알아볼 수 있다. 이 성공을 '아름답다'는 술어로 사회화하면서 그는 미적 주체로 우뚝 선다.

4. 마무리

지금까지 나는 칸트가 구상한 철학체계에서 인간의 초월 가능성이 논리적으로 입증될 수 있음을 밝히려고 노력하였다. 그 결과 환원구도

만 그것을 통해서 본래 사물을 인식하는 것이 아니라 그것을 단지 자기자신에 대한 규칙으로서만 사용하는 것이다."(Immanuel Kant, KU, Vorrede, S. 3; 이석윤, 19쪽)

35 "곧 이 판단력의 고유한 원리를 발견하는 데에는 (만일 판단력이 선험적 원리를 함유하고 있지 않다면, 그것은 하나의 특수한 인식능력으로서 가장 평범한 판단조차도 받지 못할 것이므로 판단력은 어떠한 하나의 원리이든 선험적으로 자기 속에 함유하고 있지 않으면 안 된다) 필시 크나큰 곤란이 따름에 틀림없다고 하는 사실이다."(Immaunel Kant, KU, Vorrede, S. 3; 이석윤 19쪽)

를 제시하였는데, 이미 지적하였듯이 매우 허약한 구도이다. 허약함을 철학체계의 결함으로 여기는 논리학자들은 논리적으로 반격을 시도할 것이다. 하지만 칸트도 명시하듯이 이 세상에는 논리학자들에게는 해당되지 않는 사안이 있는데, "감식판단에 있어서 볼 수 있는 미적 판단의 보편성이 이러한 특수한 규정을 가지고 있다는 것은 논리학자들에게는 그렇지 않겠지만 초월철학자들에게는 주의할 만한 일이다. 그리하여 초월철학자는 그러한 보편성의 근원을 발견하기 위해서 적지 않은 노력을 해야 하지만 그러나 그 대신 또 이러한 분석이 없으면 알려지지 않고 말 우리의 인식능력의 하나의 특성을 밝혀내게 되는"[36]는 일이 그것이다. 초월철학은 분석철학이 할 수 없는 일을 한다.

내가 '미적 주체'라는 새로운 차원의 존재방식을 '찾아낸' 칸트의 환원구도를 수용하지 않을 수 없다고 여기는 까닭은 인간 삶에서 감정이 오히려 행위를 결정하는 적극성을 논리보다 더 크게 발휘한다고 인정하기 때문이다. 우리는 감정의 실체를 인정해야만 한다. 그리고 소통을 논리의 차원이 아니라 감정의 차원으로 되돌려 놓아야 한다. 본래 소통은 '이해하면 수용한다'가 아니라 동감(Sympathie)이 이해를 앞서야만 한다는 '당위'의 일이었다. 칸트는 인류의 문화사에서 처음으로 인간에게 이런 '동감능력'이 선험적으로 심겨 있음을 증명한 철학자이다. 제3비판서의 「분석론」은 '쾌감의 선험성'을 논증함으로써 인간의 마음 역시 보편타당한 질서를 구성할 수 있음을 역설하고 있다. 물론 사적 주관성을 기반으로 한다는 점에서 객관적 보편성과는 질적으로 다른 질서 구성방식이다. 칸트가 논증한 주관적 보편타당성은 사적 기반을 유지하는 개인이 이웃과 공동보조를 취할 수 있음에 대한 철학적 정당화가 된다. 마음에 쾌감을 불러일으킨 대상을 '아름답다'고 추인하는 인식주관은 자신을 먼저 미적 주체로 변환한 후에 그런 사회활동을 하는 것이다. 따라서 그 '아름다운' 사물이 열어젖히는 사회적 차원은 모두의 동참을

---

36 Immanuel Kant, KU, §8, S. 51; 이석윤, 70쪽.

요구할 수 있다. 내가 마음에서 다른 존재로 변환되었음을 자각한 후에 동참한 질서이므로 타인도 그런 변화를 겪을 수 있다고 전제하고 그렇게 하라고 감히 요구(Ansinnen)하는 것이다. 인간능력에 대한 신뢰가 전제이다.

이처럼 '마음의 질서'를 지상에 불러들인 것이 칸트의 문화사적 공로이다. 이 공은 전적으로 칸트의 초월철학자로서의 자부심 그리고 초월철학적 전제를 도입하는 환원구도에 돌려져야만 한다. 철학체계의 완성을 인간의 자기초월 가능성과 맞물려 놓은 칸트가 형이상학적 규정성을 벗어나면서도 구속력이 있는 새로운 질서를 인간 세상에 도입한 것이다. 이른바 아름다움의 제국이다. 이 제국은 체계와 개인의 내면이 조응한다는 당위를 법칙으로 하여 구축된다. 인류문화사는 한때 이 법칙의 실행 가능성을 입증한 적이 있다. 고전예술이다. 그러다가 20세기 후반부터 격렬한 불신임 소송에 시달리기 시작하였다. 이 소송과 관련해서도 우리는 왜 법칙이 필요했던가를 물을 필요가 있다.

예술은 당위의 사안이라는 애초의 위상을 회복해야 할 것이다. 단순한 즐김은 물론 개인적인 차원의 취향 혹은 취미의 문제일 수 없다. 칸트가 왜 순환구도라는 위험을 무릅쓰고 감정의 선험성으로 완성되는 철학체계를 고수하였는지 재사유해야만 할 것이다. 미적 당위는 완결된 체계가 구축되어야 한다는 철학적 당위의 이면이고 진면목이다. 초감성적 기체의 통일을 철학이념으로 받아들이는 구도에서 '초월철학적 전제'의 도입은 불가피한 일이었다. 이 불가피성의 논리적 귀결이 바로 미적 당위인 것이다. 이런 '전제'를 받아들인다는 '대전제'가 재사유의 출발점을 이룰 것이다. 이 대전제를 칸트는 자신의 텍스트에서 졸렌(sollen) 동사의 투입으로 구체화했다. 도입한 전제를 증명하는 자연대상이 있어야만 하기 때문에 자신은 '찾는' 작업을 하면 되고, 그런 대상 앞에서 문명인들은 미적 반성판단을 해야만 한다는 논리이다.

이 판단(미적 반성판단: 필자)은 필연성을 요구주장하지만 그러나 '누구나가 그렇게 판단한다'고 언명하는 것이 아니라―그렇게 주장한다면 이 판단은 경험적 심리학이 설명해야 할 과제가 될 것이다 ― '우리는 그렇게 판단해야(sollen) 한다고 언명하는 것이다. 그리고 이러한 언명은 '이 판단은 그 자신만으로서 선험적 원리를 가지고 있다'고 하는 것과 같은 의미이다.[37]

어떤 대상을 마주하고, 인식주관이 그 대상에서 취한 표상을 인식구성을 위해 개념의 관할권 안으로 포섭하기도 마땅치 않고, 자연의 궁극목적을 경험세계에서 실현하기 위한 필연적 실천의 계기로 삼기도 어려운 경우에 처했을 때 그 인식주관은 지금 마주한 대상이 미적 질을 보증하는 표상을 제공하였음을 알아본다. '당위'의 실체는 바로 이 '알아봄'이다. 칸트는 바로 이 알아보는 능력이 우리에게 심겨 있음을 설득하고자 할 뿐이다.

21세기에 우리가 칸트 철학을 재사유할 필요가 있음을 설득할 목적으로 지금까지 재사유 과정을 두 단계로 정리하여 제시하였다. 첫 단계는 『순수이성비판』을 '분열의 책'(Das Buch der Entzweiung)으로 자리매김하는 재평가 작업이고 두 번째 단계는 분열극복의 초월철학적 요청을 『판단력비판』에서 재확인하는 일이다. 그래서 이 두 단계가 환원논법으로 얽혀 있다는 사실에서 재사유의 불가피성을 도출해내는 증명과정이 필요하였다. 인과관계로 묶여 있지 않은 두 단계를 재사유 요청에 대한 논거로 삼는 철학방법론을 정당화하기 위해 칸트 철학체계에 특징적인 초월철학적 전제를 집중 연구하였다. 그 결과 그와 같은 전제를 도입할 수밖에 없는 칸트 철학체계의 논리적 난제(Aporie)가 분열극복의 필연성을 보장한다는 역설을 확인하였다. 세계가 분열되어 있다는 사실

---

37 Immanuel Kant, *Erste Einleitung in die Kritik der Urteilskraft*, S. 47; 이석윤, 452~53쪽.

에서 출발하여 논리적으로 극복의 전망을 도출하는 작업이 무효했음은 20세기에 명멸한 무수한 담론들이 말해주고 있다. 극복은 논리의 사안(Sache)이 아니다. 초월의 사안이다. 칸트의 철학체계는 원래 한 덩어리였던 세계를 인간이 인식활동을 통해 현상계와 물자체로 나누어 놓은 것일 뿐이므로 이런 분열은 인간의 의식활동으로 극복될 수 있다는 당연사항을 우리에게 환기시켜준다. 인식능력의 한계를 벗어나는 무제약자(Das Unbedingte)를 표상하는 인간은 그 인식의 결과가 지구위에서 삶을 꾸리는 자기 자신에게도 고스란히 적용되는 운명을 받아들이지 않을 수 없다. 자기 삶의 조건이 세계의 형이상학적 분열임을 의식하는(bewußt) 계몽인은 아직 원상복귀에 대한 열망을 포기하지 않는 근대인이다. 인식능력으로 처리될 수 없는 것에 의해서도 자기 삶이 좌우됨을 알게 된 계몽인의 운명은 근대적 분열로 정식화되어 그동안 무수한 담론의 중심화두로 등장한 터이다. 칸트 철학을 재사유하자는 나의 요청은 이러한 근대적 분열이 처음부터 재통합을 내장한 프로그램이었음에 주목한 결과이다. 재통합이 '당위'의 위상에 오를 수밖에 없음을 칸트는『판단력비판』에서 초월철학적 전제로 설정하고 '가능할 수 있는' 통합과정을 분석하였다. 그 가능성을 현실에서 당연사항으로 탈바꿈시키는 '아름다운'(schön) 자연사물과 '성공한'(gelungen) 자율예술작품을 통해 인식주관은 미적 주체로 존재를 이전한다. 분열을 앓는 근대인은 그 분열을 초래한 인식능력으로 삶의 조건을 초월하는 도정에 오를 수 있다. 판단력의 합목적성 역시 선험적(a priori)이기 때문이다.

| 참고문헌 |

괴테, 요한 볼프강, 박찬기 옮김, 『젊은 베르테르의 슬픔』, 민음사, 2002.

_____, 안삼환 옮김, 『빌헬름 마이스터의 수업시대 1』, 민음사, 2006.

_____, 안삼환 옮김, 『빌헬름 마이스터의 수업시대 2』, 민음사, 2003.

_____, 곽복록 옮김, 『빌헬름 마이스터의 편력시대』, 서울대학교출판부, 1999.

노영돈, 「사회귀족주의: 19세기 말 독일 지식인의 정신사적 지형도」, 『독일문학』 제92집, 2004.

박구용, 「자율예술과 복제예술의 변증술」, 『사회와 철학』, 사회와철학연구회, 2013.

쉴러, 프리드리히, 류용상 옮김, 『군도』, 김광요 편역, 『독일희곡선』, 한국문학사, 1995.

이글턴, 테리, 방대원 옮김, 『미학사상』, 한신문화사, 1995.

조경식, 「프리드리히 쉴러의 미학서간에 나타난 예술의 자율성에 대한 체계이론적 분석」, 『뷔히너와 현대문학』 제18호, 2002.

레싱, 고트홀트 에프라임, 김기선 옮김, 『민나 폰 바른헬름 혹은 군인의 행복』, 성신여자대학교출판부, 2005.

랄프 루트비히, 박중목 옮김, 『쉽게 읽는 칸트』, 이학사, 1996.

박배형, 「'부정적 현시'로서의 숭고」, 『미학』 제57집, 2009.

아도르노, 테오도르 W., 이순예 옮김, 『부정변증법 강의』, 세창출판사, 2012.

아도르노, 테오도르·호르크하이머, 막스, 김유동 옮김, 『계몽의 변증법』, 문학과지성사, 2001.

에커만, 요한 페터, 장희창 옮김, 『괴테와의 대화』, 민음사, 2014.

엘리네크, 엘프리데, 정민영 옮김, 『욕망』, 문학사상사, 2006.

이순예, 「계몽주의 시기 감성복권 움직임과 반성성 미학원리의 발전」, 『독일문예사상』, 문예미학사, 1996.

_____, 「자연과 자유가 하나로 되게 하는 칸트의 미적 판단력」, 『독어교육』 제24집, 2002.

_____, 『예술과 비판, 근원의 빛』, 한길사, 2013.

_____, 「질풍노도의 해석학」, 『담론 201』, 한국사회역사학회, 2012.

_____, 「다시 물질과 노동으로」, 『여성주의 고전을 읽는다』, 한길사, 2012.

_____, 「숭고한 질서: 후기 자본주의 세계체제에서 '부정변증법적'으로 살아남기」, 『뷔히너와 현대문학』 제32집, 2009.

_____, 「미적 주체: 무지개다리를 이으며 자각하는 자아의 초월성」, 『칸트연구』 제34집, 2014.

칸트, 임마누엘, 백종현 옮김, 『순수이성비판』, 아카넷, 2007.

_____, 백종현 옮김, 『실천이성비판』, 아카넷, 2008.

_____, 이석윤 옮김, 『판단력비판』, 박영사, 2001.

_____, 이한구 옮김, 『칸트의 역사철학』, 서광사, 2009.

하버마스, 위르겐, 한승완 옮김, 『공론장의 구조변동』, 나남, 2001.

호메로스, 천병희 옮김, 『오뒷세이아』, 도서출판 숲, 2006.

Adorno, Theodor W., *Ästhetische Theorie*, Frankfurt am Main: Suhrkamp, 1998.

_____, *Negative Dialektik*, Frankfurt am Main: Suhrkamp, 1997.

_____, *Rede über Lyrik und Gesellschaft*, Gesammelte Schriften 11, Frankfurt am Main: Suhrkamp, 1974.

_____, *Einleitung in die Soziologie*, Frankfurt am Main: Suhrkamp, 1993.

_____, *Noten zur Literatur*, Frankfurt am Main: Suhrkamp, 1998.

_____, *Vorlesung über Negative Dialektik*, Frankfurt am Main: Suhrkamp, 2003.

Adorno, Theodor W. & Albert, Hans & Dahrendorf, Ralf, *Der Positivismusstreit in der deutschen Soziologie*, München: Deutscher Taschenbuch Verlag, 1993.

Baeumler, Alfred, *Das Irrationalitätsproblem in der Ästhetik und Logik des 18. Jahrhunderts bis zur Kritik der Urteilskraft*, Tübingen: Max Niemeyer, 1967.

Bahr, Ehrhardt(Hrsg.), *Was ist Aufklärung?*, Stuttgart: Reclam, 1974.

Baumgarten, Alexander Gottlieb, *Theoretische Ästhetik*, Hamburg: Felix Meiner, 1988.

Beck, Ulrich, *Der eigene Gott. Von der Friedensfähigkeit und dem Gewaltpotential der Religionen*, Frankfurt am Main: Suhrkamp, 2008.

Benjamin, Walter, *Gesammelte Schriften*, Frankfurt am Main: Suhrkamp, 1974.

Bollenbeck, Georg(Hrsg.), *Traditionsanspruch und Traditionsbruch*(Kulturelle

Moderne und Bildungsbürgerliche Semantik), Göttingen: Vandenhoeck & Ruprecht, 2002.

Bürger, Christa u.a.(Hrsg.), *Aufklärung u. literarische Öffentlichkeit*, Frankfurt am Main: Suhrkamp, 1980.

Bürger, Peter, *Theorie der Avangarde*, Frankfurt am Main: Suhrkamp, 1974.

Cassirer, Ernst, *Die Philosophie der Aufklärung*, Hamburg: Felix Meiner, 1998.

_____, *Grundprobleme der Ästhetik*, Berlin: Alexander Verlag, 1989.

Eagleton, Terry, *Ästhetik: Die Geschichte ihrer Ideologie*, Stuttgart & Weimar: Metzler, 1994.

Eisler, Rudolf, *Kant Lexikon*, Hildesheim: Olms, 1994.

Engelhardt, Ulrich, *Bildungsbürgertum. Begriffs- und Dogmengeschichte eines Etiketts*, Stuttgart: Klett-Cotta, 1996.

Erdmann, K. D., *Kant und Schiller als Zeitgenossen der Französischen Revolution*, Institute of Germanic Studies 1985 (Bithell Memorial Lectures, 1985), London, 1986.

Foucault, Michel, *Was ist Kritik?*, Berlin: Merve, 1992.

_____, *Die Ordnung der Dinge*, Frankfurt am Main: Suhrkamp, 1997.

Freud, Sigmund, *Vorlesung zur Einfuehrung in die Psychoanalyse*, Frankfurt am Main: Fischer, 1991.

Garve, Chriatian, *Popularphilosophische Schriften über literarische, ästhetische und gesellschaftliche Gegenstände*, Bd. 1, Stuttgart: Metzler, 1974.

Goldmann, Lucien, *Der christliche Bürger u. die Aufklärung*, Neuwied: Luchterhand, 1971.

Grimminger, Rolf, *Sozialgeschite der deutschen Literatur im 18. Jahrhundert*, München: Carl Hanser, 1980.

Habermas, Jürgen, *Die Moderne: ein unvollendetes Projekt*, Leipzig: Reclam, 1992.

_____, *Vom sinnlichen Eindruck zum symbolischen Ausdruck*, Frankfurt am Main: Suhrkamp, 1997.

_____, *Legitimationsprobleme im Spätkapitalismus*, Frankfurt am Main: Suhrkamp, 2009.

_____, *Strukturwandel der Öffentlichkeit*, Frankfurt am Main: Suhrkamp, 1991.

_____, *Der philosophische Diskurs der Moderne*, Frankfurt am Main: Suhrkamp, 1988.

_____, *Die Verschlingung von Mythos und Aufklärung*, in: Karl Heinz Bohrer(Hg.),

Mythos und Moderne, Frankfurt am Main: Suhrkamp, 1983, S. 405~31.

Hacke, Jens, *Philosophie der Bürgerlichkeit*, Die liberalkonservative Begründung der Bundesrepublik, Göttingen: Bandenhoeck und Ruprecht, 2008.

Hinske, Norbert, *Was ist Aufklärung?*, Beiträge aus der Monatsschrift, Darmstadt, 1973.

Hegel, G. W. F., *Enzyklopädie der philosophischen Wissenschaften im Grundrisse*, Hamburg: Felix Meiner, 1991.

_____, *Phänomenologie des Geistes*, Frankfurt am Main: Suhrkamp, 1996.

_____, *Vorlesungen über die Ästhetik*, Frankfurt am Main: Suhrkamp, 1995.

Herder, Johann Gottfried, *Abhandlung über den Ursprung der Sprache*, Stuttgart: Reclam, 1986.

Horkheimer, Max & Adorno, Theodor W., *Dialektik der Aufklärung*, Frankfurt am Main: Fischer, 1969.

Kant, Immanuel, *Was ist Aufklärung?*, Göttingen: Vandenhoeck & Ruprecht, 1994.

_____, *Kritik der Urteilskraft*, Hamburg: Felix Meiner, 1990.

_____, *Kritik der reinen Vernunft*, Hamburg: Felix Meiner, 1990.

_____, *Kritik der praktischen Vernunft*, Hamburg: Felix, Meiner, 1990.

_____, *Bemerkungen in den "Beobachtungen über das Gefühl des Schönen und Erhabenen"* (1764), Hamburg: Felix Meiner, 2013.

Kaulbach, Friedrich, *Ästhetische Welterkenntnis bei Kant*, Würzburg: Königshausen & Neumann, 1984.

Klinger, Friedrich Maximilan, *Betrachtungen und Gedanken über verschiedene Gegenstände der Welt und der Literatur*, Frankfurt am Main: Suhrkamp, 1967.

Kocka, Jürgen, *Zivilgesellschaft in historischer Perspektive*, in: Jessen, Ralph, Reichardt, S., Ansgar, K.(Hrsg.), *Zivilgesellschaft als Geschichte. Studien zum 19. und 20. Jahrhundert*, Wiesbaden: Verlag für Sozialwissenschaften, 2004, S. 29~42.

_____, *Bürgertum im 19. Jahrhundert*, Deutschland im europäischen Vergleich, Band II, Wirtschaftsbürger und Bildungsbürger, Göttingen: Vandenhoeck & Ruprecht, 1995.

Kondylis, Panajotis, *Die Aufklärung im Rahmen des Neuzeitlichen Rationalismus*, Stuttgart: Klett-Cotta, 1981.

Kopitzsch, Franklin(Hrsg.), *Aufklärung, Absolutismus und Bürgertum in Deutschland*, München: Nymphenburger Verlag, 1976.

Koselleck, Reinhart, *Kritik und Krise*, Eine Studie zur Pathogenese der bürgerlichen

Welt, Frankfurt am Main: Suhrkamp, 1973.

Koselleck, Reinhart(Hrsg.), *Bildungsbürgertum im 19. Jahrhundert*, Teil 2: Bildungsgüter und Bildungswissen, Stuttgart: Klett-Cotta, 1989.

Kulenkampff, Jens, *Kants Logik des ästhetischen Urteils*, Frankfurt am Main: Vittorio Klostermann, 1994.

Lepsius, Reiner(Hrsg.), *Bildungsbürgertum im 19. Jahrhundert*, Teil 3: Lebensführung und ständische Vergesellscahftung, Stuttgart, 1990.

Lessing, G. E., *Werke in drei Bänden*, Band II, Kritische Schriften, München: Artemis & Winkler, 1995.

Luhmann, N., *Die Kunst der Gesellschaft*, Frankfurt am Main: Suhrkamp, 1997.

Marx, Karl, *Grundrisse der Kritik der politischen Ökonomie*, Berlin: Dietz, 1953.

_____, *Zur Kritik der politischen Ökonomie*, MEW 13, Berlin: Dietz, 1974.

_____, *Das Kommunistische Manifest*, Mit einer einleitung vom Eric Hobsbawm, Hamburg/Berlin: Argument, 1999.

Mertens, Helga, *Kommentar zur ersten Einleitung in Kants Kritik der Urteilskraft*, München: Johannes Berchmans, 1975.

Model, Anselm, *Metaphysik und reflektierende Urteilskraft bei Kant*, Untersuchungen zur Transformierung des Leibniznischen Monadenbegriffs in die Kritik der Urteilskraft, Frankfurt am Main: Suhrkamp, 1987.

Moritz, Karl Philipp, *Anton Reiser. Dichtungen und Schriften zur Erfahrungsseelenkunde*, München: Deutscher Klassiker Verlag, 2006.

Nietzsche, Friedrich, *Sämtliche Werke*, Kritische Studienausgabe in 25. Bänden, München: Deutscher Taschenbuch Verlag, 1999.

Oelmüller, Willi., *Die unbefriedigte Aufklärung*, Beiträge zu einer Theorie der Moderne von Lessing, Kant und Hegel, Frankfurt am Main: Suhrkamp, 1979.

Puete, Peter(Hrsg.), *Die Erforschung der deutschen Aufklärung*, Königstein: Hain Verlag, 1980.

Puete, Peter, *Die deutsche Aufklärung*, Darmstadt: Wissenschaftliche Buchgesellschaft, 1001.

Rhi, Shun-ye, *Aporie des Schönen*, Bielefeld: aisthesis, 2002.

Ritter, Joachim, *Historisches Wörterbuch der Philosophie*, Basel: Schwabe & Co., 1971.

Roth, Ralf, *Stadt und Bürgertum in Frankfurt am Main, ein besonderer Weg von der ständischen zur modernen Bürgergesellschaft 1760~1914*, Oldenbourg: Oldenbourg Wissenschaftsverlag, 1996.

Rüsen, Jörn. u.a.(Hrsg.), *Die Zukunft der Aufklärung*, Frankfurt am Main: Suhrkamp, 1988.

Schiller, Friedrich, *Über die ästhetische Erziehung des Menschen in einer Reihe von Briefen*, Frankfurt am Main: Suhrkamp, 2009.

Schings, Hans-Jürgen(Hrsg.), *Der ganze Mensch, Anthropologie und Literatur im 18. Jahrhundert*, Sturttgart: Metzler, 1994.

Schmitt, Carl, *Der Begriff des Politischen*, Text von 1932 mit einem Vorwort und drei Collorarien, Berlin: Duncker und Humboldt, 1996.

Schmidt, Heinrich und Schoschkoff, G.(Hrsg.), *Philosophisches Wörterbuch*, Stuttgart: Körner, 1991.

Schneiders, Werner, *Die wahre Aufklärung*, Zum Selbstverständnis der deutschen Aufklärung, Freiburg: Karl Alber, 1982.

_____, *Hoffnung auf Vernunft*, Aufklärungsphilosophie in Deutschland, Hamburg: Felix Meiner, 2015.

_____, *Das Zeitalter der Aufklärung*, München: C. H. Beck, 2014.

Vierhaus, Rudolf, *Aufklärung als Prozeß*, Hamburg: Felix Meiner, 1988.

Vondung, Klaus(Hrsg.), *Das wilhelminische Bildungsbürgertum*, Zur Sozialgeschichte seiner Ideen, Göttingen: Vandenhoeck & Ruprecht, 1998.

Weber, Max, *Die protestantische Ethik und der Geist des Kapitalismus*, München: C. H. Beck, 2013.

Wellmer, Albrecht, *Zur Dialektik von Moderne und Postmoderne*, Frankfurt am Main: Suhrkamp, 1993.

Welsch, Wolfgang, *Grenzgange der Ästhetik*, Stuttgart: Reclam, 1996.

Werner, Hans-Georg, *Schillers Literarische Strategie nach der Franzoesischen Revolution*, Sitzungsberichte der Akademie der Wissenschaften in Berlin, Berlin, 1991.

Winckelmann, J. J., *Gedanken über die Nachahmung der griechischen Werke in der Malerei und Bildhauerkunst* (1775), Stuttgart: Reclam, 1968.

Wolff, Christian, V*ernünftige Gedanke von dem gesellschaftlichen Leben der Menschen und insonderheit dem gemeinen Wesen*, München: C. H. Beck, 2004.

Wolffenbütteler Studien zur Aufklärung(Hrsg.), von der Lessing-Akademie, Wolffenbüttel: Jacobi[1974~1977]; Heidelberg: Schneider[1978~1991].